버닝 데이라이트

버닝 데이라이트

BURNING
DAYLIGHT

잭 런던 | 정주연 옮김

궁리
KungRee

차례

일러두기

본문의 클론다이크 지역과 샌프란시스코 지역 지도는 원서에는 없는 것으로 독자들의 이해를 돕기 위해 제작하였다.

BURNING DAYLIGHT

1부

JACK LONDON

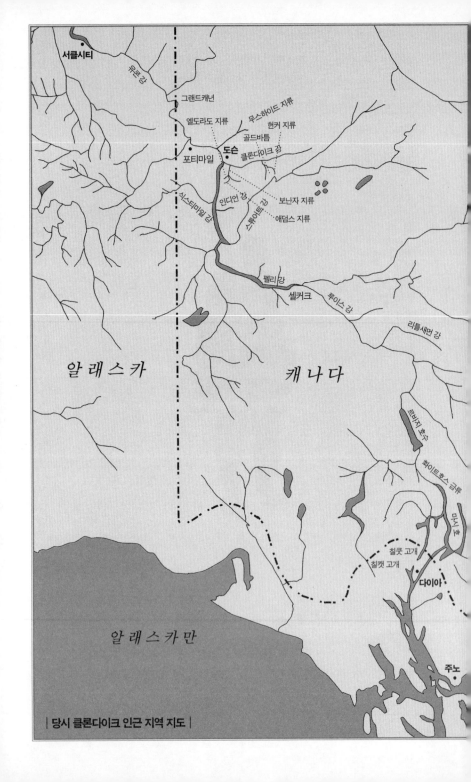

서클시티

유콘 강

그랜드캐년

무스하이드 지류

엘도라도 지류

헌커 지류

골드바틈

도슨

클론다이크 강

포티마일

보난자 지류

인디언 강

애덤스 지류

시스티마일 강

스투어트 강

펠리 강

셀커크

루이스 강

리틀새먼 강

알래스카

캐나다

리바지 호수

화이트홀스 급류

무시 호

칠쿳 고개

칠캣 고개

다이아

알래스카 만

주노

| 당시 클론다이크 인근 지역 지도 |

1

고요한 밤, 티볼리. 커다란 통나무로 지어진 건물 한쪽 바에는 여섯 명이 기대 서 있었다. 두 사람은 괴혈병 치료에 가문비나무 차가 좋은지 라임 주스가 더 좋은지 다투고 있었다. 대화의 분위기는 가라앉아 있었고 중간중간 무거운 침묵이 흐르기도 했다. 다른 이들은 그 이야기에 별 관심이 없었다. 맞은편 벽 쪽에 도박판이 한 줄로 늘어서 있었다. 주사위 판은 비어 있었다. 한 사내가 페어로 게임 테이블에서 혼자 놀고 있었다. 룰렛볼은 돌아가지도 않았다. 게임 시중꾼은 벌겋게 이글거리는 난로 옆에 서서 검은 눈동자의 미모의 여인과 이야기를 나누고 있었다. 알래스카 주노에서 유콘 항까지 '버진'이라는 별칭으로 불리는 여자였다. 스터드 포커(stud-poker, 첫 장은 엎어주고 나머지 네 장은 한 장씩 젖혀서 나눠주며 돈을 거는 포커 게임—옮긴이)판에는 세 사내가 있었지만 소형 칩으로 시큰둥하게 게임을 하고 있었고 구경꾼도 없었다. 뒤쪽에 문이 열린 댄스홀에서는 세 쌍의 남녀가 지루한 바이올린과 피아노 선율에 맞춰 왈츠를 추고 있었다.

서클시티는 황량하지도 돈이 마르지도 않았다. 광부들은 무스하이드(말코손바닥사슴[moose]의 가죽이라는 뜻. 무스는 겨울에 털이 흰색이 되는 사슴의 일종—옮긴이) 지류와 다른 광산에서 서부로 몰려들었다. 여름에 세광하여 채취한 사금은 질이 좋아서 사람들의 주머니는 사금과 금덩이로 묵직했다. 아직 클론다이크는 발견되지 않은 때였고 유콘의 광부들은 심부 채굴이나 해동 채굴의 가능성조차 알지 못했다. 겨울에는 작업이 없었기 때문에 사람들은 길고 긴 극지방의 밤 동안 서클시티 같은 커다란 캠프에서 겨울잠 자듯 머물렀다. 시간이 남아돌고 주머니가 두둑했지만 놀 데라곤 술집밖에 없었다. 하지만 티볼리는 거의 망하기 직전 같았다. 난롯가에 서 있던 버진은 입도 안 가리고 하품을 하더니 찰리 베이츠에게 말했다.

"계속 이렇게 아무 일도 없으면 난 가서 잘 테야. 그런데 캠프는 어떻게 된 거야? 다 죽어버리기라도 한 거야?"

베이츠는 대답을 하려고도 않고 뚱한 얼굴로 계속 담배만 말았다. 텅 빈 술집을 어슬렁대던 댄 맥도널드가 대화에 끼어들었다. 그는 유콘 강 상류에서 초창기에 술집을 차리고 도박을 한 사람이었고 티볼리와 거기 있는 게임판을 전부 가지고 있었다.

"누가 죽기라도 했어요?" 버진이 물었다.

"그런가보지"라는 대답이 돌아왔다.

"그렇다면 캠프 전체가 다 그렇겠군요." 그녀는 딱 잘라 말하고는 또 하품을 했다.

맥도널드가 씩 웃으며 고개를 끄덕인 뒤 말을 하려고 입을 여는 순간 앞문이 활짝 열리더니 한 남자가 모습을 드러냈다. 함께 몰아쳐 들어온 눈보라가 실내의 온기 때문에 수증기로 변했다. 그 수증기는 사내의 무릎께에서 점점 옅어지더니 바닥으로 떨어져내려 난로 가까이에서는 아주 사라졌다. 낯선 사내는 문안에 걸려 있던 작은 솔로 모카신과 목이 긴 독일풍 양말에서 눈을 털었다. 사내는 한 프랑스계 캐나다인 거구가 바에서 일어나지 않았다면 무척 커보였을 것이다. 그 거구가 사내의 손을 잡았다.

"여어, 데이라이트! 우라지게 반갑구먼." 그가 인사했다.

"잘 있었나, 루이스, 언제 온 거야?" 낯선 사내가 대답했다. "이리 와서 한 잔 하며 본(Bone) 지류(支流) 얘기나 좀 해봐, 제길, 마셔. 느덜 패거리에 있던 그치는 어디 있어? 보고 싶은데 말이야."

바에 있던 또 한 명의 덩치가 악수를 청하며 다가왔다. 본 지류에서 같이 일했던 올라프 헨더슨과 프렌치 루이스는 근방에서 몸집이 가장 큰 축에 들기는 했지만, 아무리 그렇다고 해도 그 낯선 사내보다 머리 반 정도나 더 커서 그 사내는 완전히 난쟁이처럼 보였다.

"잘 지냈나, 올라프, 자넨 내 밥이잖아, 안 그래?" 데이라이트라는 사내가 말했다. "내일이 내 생일이야. 느덜 코가 삐뚤어지게 해주지. 루이스 자네도, 내 생일이니 코가 삐뚤어지게 마셔. 이리 와서 마시게, 올라프, 이야기나 하지."

낯선 사내가 온기를 몰고 온 것 같았다. "버닝 데이라이트잖아." 버진이 사내를 알아보고 소리쳤다. 찰리 베이츠의 굳은 얼굴이 갑자기 밝아졌고 맥도널드도 끼어들었다. 버닝 데이라이트의 등장으로 그곳은 갑자기 밝아졌고 활기가 감돌았다. 바텐더들도 바빠졌다. 목소리도 높아졌다. 웃음소리도 들렸다. 바이올린을 켜며 앞쪽을 유심히 살피던 악사가 피아노 악사에게 "버닝 데이라이트야"라고 말하더니 왈츠의 속도가 눈에 띄게 빨라졌다. 음악에 맞춰 춤추던 사람들은 아주 흥겹게 빙빙 돌기 시작했다. 예전부터 버닝 데이라이트가 있으면 축 처지는 일은 없었다.

그가 몸을 돌려 난롯가의 여자를 바라보자 여자는 몹시 반가워했다.

"잘 있었어? 누이." 그가 소리쳤다. "잘 있었나, 찰리, 느덜 무슨 일들이야? 왜 싸구려 관이라도 짜놓은 것처럼 인상을 쓰고 있는 거야? 이봐. 마셔, 시체 같은 얼굴 하지 말고 뭐 마실 건지나 대. 모두들 마시라고. 오늘밤은 내 날이니 마시고 죽자고. 내일 서른 살이 되잖아. 서른이면 늙은이야. 그러니 젊어서 노는 건 오늘밤이 마지막이야. 같이 놀아줄 거지? 어서 마셔."

"어이, 거기 잠깐, 데이비스." 그는 페어로 카드 딜러를 불러 세웠다. 딜러는 막 의자를 탁자에서 빼고 있었다. "내가 한 판 걸지. 자네가 술을 사야 하는지 내가 사야 하는지 어디 한번 보자고."

그는 코트 주머니에서 묵직한 사금 자루를 꺼내더니 제일 위쪽에 있는 카드에 올려놓았다.

"50달러." 그가 말했다.

페어로 딜러가 카드 두 장을 밀어놓았다. 데이라이트가 이겼다. 딜러는 용지에 결과를 기록했고 바에 있던 저울장이가 사금 50달러어치를 저울에 달아 버닝 데이라이트의 자루에 부었다. 뒤쪽 댄스홀의 왈츠가 끝나자 남녀 세 쌍과 그 뒤로 악사들이 나오는 것이 보였다.

"느덜도 같이 마셔." 그가 소리쳤다. "이리 와, 뭐 마실래? 오늘은 나의 밤이야. 날이면 날마다 오지 않는다고. 마셔, 이 인디언놈들아. 오늘은 나의 날이라니까."

"젠장할 추잡한 밤이지." 찰리 베이츠가 끼어들었다.

"그래, 자네 말이 맞아." 버닝 데이라이트가 유쾌하게 말을 이었다.

"추잡한 밤이지. 여하튼 나의 밤이라고. 알아? 내가 바로 추잡한 늙은 늑대거든. 우는 소리 한번 들어볼래?"

그는 정말로 울부짖었다. 외로운 회색 늑대처럼. 그러자 버진이 예쁘장한 손가락으로 귀를 막고 몸을 부르르 떨었다. 잠시 뒤 버진은 그의 팔에 안겨 댄스홀을 빙글빙글 돌았고 다른 세 쌍이 함께 추었다. 흥겨운 버지니아 춤곡이 이어졌다. 모두 모카신을 신고 춤을 추고 있었다. 이내 왁자지껄해졌고 그 활기의 중심에 버닝 데이라이트가 있었다. 그는 농담과 장난으로 사람들을 낙담의 수렁에서 건져냈다.

그가 오자마자 분위기가 확 달라졌다. 그가 굉장한 활기를 그곳에 불어넣은 것 같았다. 새로 들어온 사람들은 곧바로 그런 분위기를 느끼고 어리둥절해했다. 바텐더들이 뒤쪽에서 인사를 하며 이렇게 넌지시 일렀다. "버닝 데이라이트의 난장판이오." 일단 들어온 사람들은 나가지 않아서 바텐더들은 계속 분주했다. 도박꾼들이 용기백배해지자 테이블이 곧 가득 찼고 칩이 딸 그락거리고 룰렛볼이 윙윙거리며 돌아갔다. 남자들의 거친 목소리와 욕설과 호탕한 웃음소리도 빠지지 않았다.

버닝 데이라이트의 본명이 일럼 하니시라는 것을 아는 사람은 거의 없었다. 버닝 데이라이트라는 별명은 초창기에 동료 일 꾼들을 깨울 때마다 그가 담요를 들추며 해가 불탄다(daylight is burning)라고 소리 질렀기 때문에 붙은 것이었다. 그는 그 먼 극지방 오지의 개척자들, 사실 거기 사람들은 죄다 개척자였지만, 여하튼 그들 중 고참 축에 들었다. 알 마요나 잭 맥퀘스천 같은 사람들이 나이는 더 많았지만 그들은 허드슨 강에서 출발해 동부 쪽으로 로키 산맥을 넘어온 자들이었다. 하지만 데이라이트는 칠쿳 고개와 칠캣 고개를 넘어왔다. 1883년 봄, 그러니까 12년 전 열여덟의 풋내기였을 때 다섯 사내와 함께 칠쿳을 넘었다. 그해 가을 그 고개를 다시 넘을 때 동행은 한 사람이었다. 다른 네 사람은 지도에도 나와 있지 않은 황폐하고 막막한 곳에서 불행을 맞았다. 그 뒤 12년 동안 일럼 하니시는 북극권 구역에서 금을 찾아다녔다.

그처럼 끈질기고 참을성 있게 금을 찾아다닌 사람은 아무도 없었다. 그는 그 땅과 함께 자라 어른이 되었다. 다른 곳은 알지 못했다. 어릴 적 얼마 동안은 문명을 꿈꾸었다. 포티마일이나 서클시티 같은 캠프가 그에게는 대도시였다. 그리고 저절로 자란 것이 아니었다. 그는 노력했다. 그는 역사에 남을 일을 했고, 개척했고, 횡단한 곳을 기록했고, 개척한 흔적을 지도로 남겼다.

영웅들은 좀처럼 남들을 영웅으로 숭배하지 않는다. 하지만 그 개척지 사람들은 나이도 어린 그를 영웅으로 인정했다. 시기를 따지면 다른 모든 사람들보다 앞섰다. 그가 한 일도 따지자면 다른 이들보다 훨씬 뛰어났다. 인내심을 따지자면 단연 최고였다. 게다가 자신만만하고 공명정대했고 백인이었다.

인생이 운에 따라 쉽게 오르내리는 곳의 사람들은 기분전환 삼아 거의 자동적으로 도박에 눈을 돌리게 마련이다. 유콘 강에서 사람들은 금에 목숨을 걸었고 금을 찾은 사람들은 금을 걸고 도박을 했다. 일럼 하니시도 예외가 아니었다. 그는 타고난 남자 중의 남자였고 인생을 건 도박 본능에 강했다. 어떤 도박에 거는가는 상황이 결정했다. 아이오와의 한 농장에서 태어난 그는 아버지를 따라 오리건 동부로 이주하여 그곳 광산에서 소년기를 보냈다. 그가 아는 것이라곤 커다란 말뚝을 박는 소리밖에 없었다. 게임에서 뱃심과 인내심이 중요하긴 했지만 카드를 돌리는 것은 위대한 신의 우연이었다. 확실하지만 보잘것없는 대가의 정직한 노동은 가치가 없었다. 남자란 모름지기 크게 거는 법이다. 그는 전부를 얻기 위해 전부를 걸었고, 전부를 얻지 못

하면 패자라고 생각했다. 그러니 유콘에서 지낸 12년 동안 그는 패자였던 셈이다. 지난 여름 무스하이드 지류에서 2만 달러를 벌었지만 땅속에 아직 2만 달러가 더 있었다. 하지만 그가 늘 떠들고 다니듯 건 돈을 되찾은 것에 지나지 않았다. 12년 동안 목숨을 걸었던 큰 도박판에서 4만 달러는 푼돈이었다. 떠들썩한 서클시티의 겨울 동안 티볼리에서 춤추고 마시고 내년에 일할 밑천을 빼면 남는 것이 없었다.

쉽게 얻은 것은 쉽게 사라진다. 하지만 유콘 사람들은 이렇게 말한다. 어렵게 얻은 것은 쉽게 사라진다. 춤이 한 곡 끝나자 일럼 하니시는 술을 더 시켜 분위기를 달구었다. 술은 한 잔에 1달러였고 금은 1온스(30그램)에 16달러였다. 처음에는 서른 명이 있었는데 춤이 한 곡 끝날 때마다 같이 술을 마시는 사람들이 더 늘었다. 그의 날이었으니 아무도 술값을 내지 않았다. 그렇다고 일럼 하니시가 주정뱅이란 의미는 아니었다. 그에게 위스키는 약한 술이었다. 강인하고 튼튼했고 몸과 마음에 문제가 없었기에 절대 술의 노예가 되지 않았다. 이동 중이거나 강에서 작업을 할 때는 몇 달 동안 커피 정도만 마셨고 1년 내내 커피조차 안 마신 적도 있었다. 하지만 그는 사람과 어울리기를 좋아했고 유콘 강 부근에 사교 공간이라곤 술집뿐이었기에 이런 식으로 어울릴 수밖에 없었다. 서부의 광산 캠프에서 자라던 소년 시절 그가 봤던 사람들도 으레 그렇게 했다. 술이 사교성을 표현하는 적절한 방법이었고 다른 방법은 몰랐다.

그의 외모는 눈에 띄었지만 차림새는 술집에 있는 다른 사람들과 비슷했다. 발에는 사슴 가죽을 부드럽게 무두질해 만든 인디언풍 구슬이 달린 모카신을 신었다. 작업복 바지는 평범했고 외투는 담요로 만든 것이었다. 양모 안감이 든 긴 가죽 장갑을 옆으로 늘어뜨리고 있었다. 유콘 강 부근 사람들은 모두 장갑을 가죽 끈으로 이어 이렇게 목에 걸쳤다. 머리에는 털모자를 썼는데 귀덮개는 접어 올렸고 끈이 아래로 달랑거렸다. 그의 얼굴은 마르고 약간 갸름했는데 광대뼈 아래로 살짝 그늘이 져 인디언처럼 보였다. 그을린 피부와 매서운 검은 눈동자 때문에 더 그렇게 보였지만 피부의 황갈색 광택과 눈은 영락없는 백인이었다. 그는 서른이 넘어 보였지만 매끈하게 면도를 하고 주름만 없으면 소년처럼 보였을 것이다. 인상은 얼마든지 변할 수 있었다. 인상은 그 사람이 경험하고 살아온 세월에 따라 변하는 것이었다. 그는 전혀 평범하지 않은 인생을 살아왔다. 궁핍하고 절박했던 삶이 그의 눈에서 뿜어져나오고 목소리에서도 배어나오고 입술을 통해 끊임없이 흘러나오는 것 같았다.

얇은 입술은 희고 가지런한 치아 위로 꾹 다물고 있을 때가 많았다. 하지만 입 가장자리가 올라가 있어 그리 잔인해 보이지는 않았다. 그런 입매 덕분에 마음씨가 좋아 보였고 눈가의 잔주름 덕분에 전체적으로 웃는 인상이었다. 이런 장점이 없었더라면 잔인하고 모질어 보였을 것이다. 코는 날렵했고 콧구멍은 품위 있게 볼록했고 크기도 얼굴과 균형을 이루었다. 이마는 좁은 대신 근사하게 균형을 이루며 볼록하게 솟아 있었다. 머리카락은 영락없이 인디언으로 보일 만큼 곧고 까맸으며, 건강한 윤기가 흘렀다.

"아침잠 깨우기 선수가 밤잠도 깨우는구먼"라며 댄 맥도널드
가 웃자 춤추던 사람들이 왁자지껄하게 환호성을 올렸다.

"깨울 만도 하지 뭐. 안 그래, 루이스?" 올라프 헨더슨이 말
했다.

"그래, 제길! 자네 말이 맞아. 저놈한테 금이 넘치잖아." 프
렌치 루이스가 말했다.

"하느님이 최후에 영혼을 씻길 때 저놈은 사력층(沙礫層)이랑
같이 물통에 넣으실 거야." 맥도널드가 끼어들었다.

"맞아, 맞아." 올라프 헨더슨이 중얼거리며 깊은 존경의 눈빛
으로 그 도박꾼을 바라보았다.

"그래, 진짜 그래." 프렌치 루이스가 맞장구를 쳤다. "지금
한 잔 해야 할 거 같지 않아?"

2

새벽 두 시가 되자 춤을 추던 사람들이 요기를 하느라 30분가량 쉬었다. 잭 컨즈가 포커를 하자고 한 것이 바로 이때였다. 그는 덩치가 크고 무뚝뚝하게 생긴 사내로 비틀스를 따라 북극권의 깊고 깊은 곳, 코요쿠크의 수원지에 교역장을 차리려고 했다가 쓰디쓴 실패를 맛본 사람이었다. 이후 포티마일과 식스티마일에 있는 자신의 교역장으로 돌아와 작은 제재용 톱과 기선을 마련하러 본토에 사람을 보내며 새 일을 꾸미고 있었다. 인디언들이 그때 이미 개를 끌고 칠쿳 고개를 건너 썰매로 톱을 운반하고 있었으니 얼음이 녹기 시작하는 초여름이면 유콘 강으로 올 것이었다. 그다음에 베링 해와 유콘 강어귀의 얼음까지 녹으면 세인트마이클스에서 조립된 기선은 물자들을 싣고 위병들을 태워

강으로 들어올 예정이었다.

잭 컨즈는 포커를 하자고 했다. 짝이 없어 춤을 못 추고 있던 프렌치 루이스, 댄 맥도널드, (무스하이드에서 우연히 만난) 할 캠벨이 포커판에 끼었다. 이들이 다섯 번째 포커꾼을 찾고 있을 때 마침 버닝 데이라이트가 춤추던 사람들을 거느리고 버진을 끌어안은 채 댄스홀에서 나오고 있었다. 그들이 부르자 데이라이트는 구석에 있는 테이블로 다가갔다.

"같이 하겠소? 재수가 어떤지 보지 그래?" 캠벨이 말했다.

"오늘밤 내 재수야 확실하지." 버닝 데이라이트가 들떠서 대답하자 버진이 그만두라는 듯 그의 팔을 꽉 잡았다. 버진은 좀더 같이 춤을 추었으면 했다. "오늘밤 내 재수야 확실히 좋지만 춤추러 가야 해. 느덜 돈을 다 따고 싶지도 않고 말이야."

아무도 강요하지 않았다. 사람들은 그의 거절을 그대로 받아들였다. 하지만 버진이 저녁을 먹자는 뜻으로 팔을 다시 잡아끌자 그의 생각이 바뀌었다. 춤추는 것이 싫었던 것도 아니고 여자의 기분을 상하게 할 생각도 없었지만 팔이 잡아끌리자 그의 자유로운 본성 때문에 반항심이 일었다. 어떤 여자에게도 휘둘리고 싶지 않았다. 그는 여자들에게 인기가 많았지만 그들을 그다지 중요하게 여기지 않았다. 여자들이란 장난의 대상이었고 인생이라는 더 큰 게임을 위한 위안거리일 뿐이었다. 그는 오래전 이미 위스키도 마시고 도박도 하며 여자들도 만나본 터라 심하게 빠지면 여자가 술이나 카드보다 훨씬 더 끊기 어렵다는 사실을 잘 알고 있었다.

자아가 강한 사람들이 그렇듯 그는 자신에게 몰두하는 반면 다른 사람에게 빠지는 것은 아주 질색이었다. 사랑이라는 달콤한 구속도 예외가 아니었다. 그는 사랑에 빠진 사람들이 미친 사람이라고 생각했고 미친 짓이라면 절대 할 마음이 없었다. 하지만 남자들과의 동료애는 여자와의 사랑과는 달랐다. 동료애에는 구속이 없었다. 사업상의 문제였고 서로 집착하지 않으면서도 함께 목숨과 재물을 걸고 강과 산을 헤매며 위험을 이겨내는 일종의 공정한 거래였다. 남녀 관계란 서로 집착해서 어느 한쪽에 반드시 굴복해야 했다. 동료애는 달랐다. 굴복이란 것이 없었다. 아주 강한 사람이 남에게 아주 크게 베풀었다고 해도 그것은 진심 어린 고결한 노력과 희생일 뿐이다. 폭풍이 휩쓸고 간 고개나 모기가 득실거리는 습지를 건너 짐을 나르고 동료보다 두 배 더 무거운 짐을 지는 것은 불공평이나 강제가 아니었다. 각자 최선을 다한 것뿐이다. 그것이 동료애의 본질이다. 항상 더 강한 사람이 있다. 각자 최선을 다하는 한 거래는 공평한 것이고 거래의 정신은 지켜진 것이었다.

하지만 여자들과는 그렇지 않았다. 여자들은 조금 주고 다 받으려고 했다. 여자들은 남자가 두 번만 자기를 쳐다보면 앞치마 끈으로 그 남자를 옭아매려고 했다. 버진도 그랬다. 데이라이트가 거기 와서, 머리를 뒤로 젖힌 채 하품을 하던 버진에게 춤을 청했더니 그녀는 무척 좋아했다. 춤이 한 번일 때는 아무 문제가 없었지만 두 번, 세 번, 아니 여러 번 추게 되자 그녀는 사람들이 그를 포커판에 끌어들이려고 하자 팔을 붙들었다. 바로 그 불쾌한 앞치마 끈이었다. 만약 그가 거기에 굴복했다면 그녀는 그것을 시작으로 많은 것을 강요했을 것이다. 그렇다고 그녀가 마음에 들지 않다는 뜻은 아니었다. 건강하고 키가 크고 예뻤고 춤도 아주 잘 추었지만 다른 모든 여자들과 마찬가지로 남자에게 자신의 소유물이라는 도장을 찍기 위해 앞치마 끈으로 옭아매고 손발을 묶고 싶어했다. 포커가 훨씬 나았다. 게다가 그는 춤만큼이나 포커를 좋아했다.

그는 잡아끄는 버진의 손을 밀어내며 이렇게 말했다.

"자기한테 돈 좀 주고 싶어서 그래."

버진이 또 팔을 끌었다. 앞치마 끈을 감으려고 하고 있었다. 그의 마음 한구석에 도사리고 있던 야만인이 공포와 분노의 물결을 일으켰다. 아주 짧은 순간 그는 덫을 보고 분노와 공포로 가득 찬 겁먹은 한 마리 호랑이였다. 야만인이었다면 날뛰며 그곳에서 도망쳤거나 그녀를 덮쳐 죽여버렸을 것이다. 하지만 세상 남자들을 무력한 사회적 동물로 만드는 자제심이란 것이 일어났다. 요령과 동정심이 야만인과 맞섰다. 그는 버진의 눈을 바라보며 미소를 띠고 말했다.

"자기는 가서 뭐 좀 먹지 그래. 난 배가 안 고프지만 말이야. 아직 초저녁이니 우리 계속 춤을 춰야 할 거 아냐. 어서 가서 먹고 와, 누이."

그는 팔짱을 풀고 장난스럽게 어깨로 그녀를 슬쩍 밀면서 포커꾼들을 돌아보고 말했다.

"한도액을 없애, 그럼 낄게."

"지금 정도면 최고 액수야." 잭 컨즈가 말했다.

"더 올려."

포커꾼들은 서로 힐긋거리더니 마침내 컨즈가 외쳤다.

"한도 없음."

일럼 하니시는 대기용 의자에 털썩 앉아 금이 든 자루를 꺼내다가 마음을 바꾸었다. 버진은 입을 삐죽거리다가 다른 댄서들을 따라갔다.

"샌드위치 갖다줄게, 데이라이트." 그녀는 고개를 돌려 말했다.

그는 고개를 끄덕였다. 그녀는 괜찮다는 듯 미소를 짓고 있었다. 이제 그는 앞치마 끈에서 풀려났고 그녀의 기분도 크게 상하게 하지 않았다.

"마커로 하지. 돈을 내면 테이블이 어지럽잖아. 안 그래들?"

"난 찬성." 할 캠벨이 대답했다. "나는 5백 달러."

"나도." 하니시가 대답했고 다른 사람들도 각자의 마커에 같은 값을 매겼다. 가장 소액은 프렌치 루이스로 1백 달러로 정했다.

당시 알래스카에는 대단한 악당도 사기꾼도 없었다. 사람들은 정직하게 게임했고 서로를 믿었다. 말 한마디가 사금냄비 속의 금만큼 믿을 만했다. 마커는 납작한 직사각형의 모조 돈으로 값은 1센트 정도였다. 하지만 게임에서 하나에 5백 달러라고 하면 5백 달러가 됐다. 그 마커의 주인이 마커를 사금 5백 달러만큼 바꿔주는 것이 당연했다. 마커는 색깔이 모두 달라서 누구의 것인지 쉽게 알 수 있었다. 또 이 시기 유콘 지역에서 테이블 스테이크(테이블 위에 내놓은 금액만을 베팅할 수 있는 룰. 아무리 좋은 패를 가졌더라도 게임 중에 주머니에서 돈을 꺼내서 베팅할 수 없다 —
옮긴이)는 꿈도 꾸지 않았다. 서로를 굳게 믿었기에 걸 돈이 어
디에 있든 어떤 종류의 재산이든 모두 걸 수 있었다.

하니시가 패를 떼고 돌리기 시작했다. 능숙하게 손을 놀리면
서 바텐더들에게 술을 시켰다. 첫번째 카드를 왼쪽에 앉은 댄 맥
도널드에게 주며 소리쳤다.

"어이, 에스키모 개! 인디언 개! 땅에 엎드려. 준비해! 줄 단
단히 매! 줄에 몸무게를 싣고 가슴걸이 매! 이야! 와! 끝나면
아침밥 먹으러 가자고. 그런데 느덜 오늘밤 무지 힘들게 마구 달
려야 할 거야. 아주 크게 당할 놈도 있을 테고."

일단 게임이 시작되자 조용해졌다. 도박꾼들은 서로 거의 말
을 나누지 않았지만 주변은 떠들썩했다. 일럼 하니시가 생기를
불어넣은 것이었다. 점점 더 많은 광부들이 티볼리에 모여들었
다. 버닝 데이라이트가 술판을 벌였다 하면 모두가 끼고 싶어했
다. 댄스홀은 가득 찼다. 여자들이 적어서 남자들이 큰 손수건
을 팔에 감고 여자 역을 하며 춤을 추었다. 게임판마다 사람들이
몰려들었다. 기다란 바나 난롯가에 모여 있는 사람들의 떠들썩
한 목소리와 동전 딸랑거리는 소리, 룰렛볼이 오르내리는 날카
로운 소음이 함께 뒤섞였다. 유콘의 밤 특유의 것들이 모두 함께
어우러졌다.

도박판은 별로 변화가 없었다. 아주 큰 판돈도 없었다. 그 결
과 큰 판도 적은 판돈으로 이어졌다. 하지만 게임이 오래가는 법
이 없었다. 프렌치 루이스는 스트레이트로 캠벨과 컨즈의 트리

플 세 개 중 두 개에 이겨 5천 달러의 거금을 땄다. 8백 달러는 마지막에 3 원 페어가 가지고 갔다. 그 뒤 하니시가 컨즈에게 2천 달러를 불렀다. 컨즈가 패를 까 보였는데 포 플러시였고 하니시는 10 원 페어였다. 그는 그런 패로 돈을 걸 만큼 강심장이었던 것이다.

그러다 새벽 세 시 큰 판이 벌어질 패가 나왔다. 사람들이 기다리고 기다리던 순간이었다. 티볼리 전체가 설레었다. 구경꾼들은 조용해졌다. 이야기를 하고 있던 사람들도 모두 테이블가로 모여들었다. 다른 도박꾼들은 게임을 접었고 댄스홀도 비었다. 마침내 1백 명 남짓의 구경꾼들이 포커판에 빽빽하게 모여들었다. 카드를 뽑기도 전에 큰돈이 걸렸고 뽑힌 패를 뒤집지도 않았는데 계속 액수가 올라갔다. 컨즈가 패를 돌리자 프렌치 루이스가 처음 마커를 던졌다. 1백 달러였다. 캠벨은 그냥 '받기만' 했지만 일럼 하니시는 5백 달러로 올려놓으면서 맥도널드에게 한 판 쉬라고 말했다.

맥도널드는 자기 패를 흘긋 다시 보고는 마커에 1천을 써넣었다. 컨즈는 패를 보며 오래 고심하더니 마침내 '받았다'. 그러니 프렌치 루이스는 죽지 않으려면 9백 달러를 더 걸어야 해서 또 한 번 고민 끝에 그 돈을 내놓았다. 캠벨도 마찬가지였는데 놀랍게도 9백을 받고 1천을 더 걸었다.

하니시는 "다들 올리는군" 하더니 1천 5백을 받고 1천을 올렸다. "내일 아침밥이 바로 여기 달렸군. 잘 보라구."

"나도 아침밥을 위해" 하며 맥도널드가 2천을 더 걸더니 1천을 더 올렸다.

이 순간 제대로 큰 판이 벌어진 것을 알게 된 도박꾼들은 바짝 긴장했다. 표정은 그대로였지만 모두 정신을 바짝 차렸다. 다들 아무렇지 않은 척하려고 애썼지만 반응은 제각각이었다. 할 캠벨은 하던 대로 신중한 척했다. 프렌치 루이스는 흥분을 제대로 감추지 못했다. 맥도널드는 계속 통이 큰 척했지만 과장의 낌새가 있었다. 컨즈는 침착하게 감정을 숨기며 어물쩍거렸다. 하지만 일럼 하니시는 시종일관 익살을 떨고 장난을 쳤다. 이미 1만 1천 달러라는 거금이 걸려 있었고 마커들이 테이블 가운데 어지럽게 쌓여 있었다.

"이제 마커가 없어." 컨즈가 안타깝다는 듯 말했다. "차용증으로 하자."

"안 접으면 좋겠는걸." 맥도널드는 진심으로 그렇게 생각하는 듯했다.

"아직 안 접지. 벌써 1천을 땄잖아. 안 접으려면 얼마 내야 하지?"

"3천. 하지만 더 올린대도 아무도 안 말려."

"올려. 제기랄, 내가 자네들처럼 시시한 패를 가졌다고 생각하겠지만 말이야." 컨즈는 자신의 패를 보았다. "내가 뭐하는지 감이 와. 3천을 받겠어."

그는 용지에 금액을 써서 서명을 하고 테이블 중앙으로 밀었다.

이제 관심의 초점은 프렌치 루이스였다. 그는 한동안 초조한 듯 카드를 만지작거렸다. 그런 뒤 "제기랄! 감이 안 와"라고 툴툴거리며 패를 버렸다.

다음 순간 수백 개의 눈이 캠벨에게 옮겨갔다.

그는 "잭을 실망시킬 순 없지"라며 기꺼이 2천을 불렀다.

이제 눈들이 하니시에게 쏠렸다. 그는 *끄적끄적*하더니 용지를 앞으로 내놓았다.

"이게 주일학교 모임이 아니란 걸 똑똑히 보여주지"라고 말했다. "잭, 자네 걸 받고 1천 더 올리겠어. 맥, 이제 자네가 받을 차례야."

"그래, 내가 돈 벌 차례지. 1천 더 올려." 맥도널드가 대답했다. "아직도 감 좋아? 잭."

"아무렴 감이 딱 와." 컨즈는 오랫동안 카드를 만지작거렸다. "난 감을 믿어. 자네들 나 알잖아. 나에겐 증기선, 벨라호가 있어. 아무리 못해도 2만짜리야. 게다가 식스티마일 모래톱에 5천이 묻혀 있지. 그리고 제재소용 톱도 하나 있는 거 알지? 지금 린더먼에 있고 대형 평저선(平底船)도 만들고 있지. 어때? 나 믿을 만하지?"

"잘해보라구. 자네 '확실' 믿을 만해." 데이라이트가 대답했다. "말이 난 김에 하는 말인데 난 맥의 금고에 2만이 있고 무스하이드 바닥 밑에 2만이 더 있어. 캠벨, 자네 그 땅 알잖아? 그게 다 돈이잖아?"

"그렇고 말고, 데이라이트."

"지금 얼마까지 올랐지?" 컨즈가 물었다.

"받기만 하려면 2천."

"니, 들어오면 망할 거야." 데이라이트가 경고했다.

"감이 크게 와. 무시할 순 없지." 컨즈는 쌓여가는 용지 더미 위에 2천이라고 쓴 용지를 올렸다. "운이 오르고 내리는 게 느껴지거든."

"난 뭐 대단한 감은 없는데 패가 괜찮아. 마음에 들어." 캠벨이 말하며 용지를 밀어넣었다. "하지만 더 걸 만한 패는 아니야."

"난," 데이라이트가 금액을 쓰더니 말을 이었다. "1천 받고 1천 더."

그때 뒤에 서 있던 버진이 아무리 친한 친구라도 해서는 안 될 짓을 했다. 데이라이트의 어깨 너머로 그의 카드 다섯 장을 집어들고 가리면서 보았다. 퀸 세 장과 8 두 장이었다. 하지만 버진이 읽은 패가 무엇인지 아무도 몰랐다. 모든 눈이 카드를 읽는 그녀의 얼굴에 꽂혔지만 전혀 알 수가 없었다. 버진의 표정은 얼음 조각상 같았다. 표정에 전혀 변화가 없었다. 콧구멍 한 번 벌름거리지 않았고 눈빛도 전혀 달라지지 않았다. 얼굴 근육 하나 떨리지 않았다. 버진은 테이블에 카드를 다시 엎어놓았다. 아무것도 알아내지 못한 도박꾼들의 눈길이 천천히 거두어졌다.

맥도널드는 다정하게 미소를 지었다. "난 자넬 알아, 데이라이트, 그러니 2천을 받지. 잭, 자네 감은 어때?"

"여전히 꿈틀대고 있다네, 맥. 지금까진 몰랐지만 감이란 놈이 아주 시끄럽게 떠들면서 날 꼬드기고 있어. 기꺼이 거기 넘어가줘야지. 암. 그렇고 말고. 3천에 받겠어. 또 감이 오는걸. 데이라이트가 받을 거란 감 말이야. 안 그래?"

"맞아." 데이라이트가 맞장구를 치자 캠벨이 패를 접었다.
"캠벨이 낭떠러지를 알아보네. 잘했어. 난 2천을 받고 카드 더
보겠어."

쥐죽은듯 조용한 가운데 새 카드가 주어졌다. 세 도박꾼의 낮
은 목소리밖에 들리지 않았다. 이미 3만 4천 달러가 걸려 있었
지만 게임은 이제 시작인 듯했다. 데이라이트가 세 장의 퀸을 쥐
고 두 장의 8을 버리고 두 장을 새로 받자 버진은 깜짝 놀랐다.
이번에는 그녀도 그 패를 감히 보지 못했다. 아무렇지 않은 척할
자신이 없었던 것이다. 그도 보지 않았다. 주어진 새 카드 두 장
이 테이블에 그대로 엎어져 있었다.

"자네도 더 볼래?" 컨즈가 맥도널드에게 물었다.

"아니, 됐어." 대답이었다.

"알고 있겠지만 더 받겠다면 받을 수 있어." 컨즈가 알려주었다.

"아니, 이거면 됐어."

컨즈도 두 장의 새 카드를 받았지만 보지는 않았다.

하니시는 아직도 카드를 그대로 엎어두고 있었다.

"난 말이야, 끝난 패에는 걸지 않아." 그는 천천히 말하며 술
집 주인을 쳐다보았다. "맥, 이제 자네 운대로 해봐."

맥도널드는 자기 카드 장수를 확인시키려 조심스럽게 카드를
세었다. 용지 위에 액수를 써서 내밀며 이렇게만 말했다.

"5천."

그를 유심히 보던 컨즈는 자신의 새 카드 두 장을 보고 역시

카드 장수를 확인시키려고 나머지 세 장의 카드를 세고는 베팅 용지에 쓰고 말했다.

"맥, 받을게. 그리고 데이라이트가 못 들어오게 1천 더 올릴 게."

시선이 모두 데이라이트에게 옮겨갔다. 마찬가지로 새 카드를 보고 카드를 세어 다섯 장임을 확인시켰다.

"6천 받고 5천 더. 잭 자네가 못 들어오게 하려고."

"나도 5천 올리지. 데이라이트를 도와주고 싶어서." 이번에는 맥도널드가 말했다.

그의 목소리는 약간 쉰 듯하고 긴장된 듯했으며 말할 때마다 입꼬리가 불안한 듯 실룩거렸다.

컨즈는 얼굴이 파래졌고 구경꾼들은 펜을 쥔 그의 손이 떨리는 것을 보았다. 하지만 아무렇지 않은 목소리로 말했다.

"감을 믿어. 5천 올려."

이제 데이라이트에게 시선이 모두 쏠렸다. 머리 위에 매달린 등유 램프가 이마의 땀방울을 비추고 있었다. 구릿빛 뺨은 피가 몰려 거무스름해졌다. 검은 눈에서는 광채가 났고 콧구멍은 팽팽하게 벌어졌다. 그는 깊은 폐와 넓은 공기통로 덕분에 살아남은 야만인의 후손임을 증명하듯 콧구멍이 컸다. 맥도널드와 달리 목소리는 단호하고 한결같았고 컨즈와 달리 손을 떨지 않았다.

"난 1만. 맥, 자네를 걱정해서는 아니고. 잭처럼 감 때문이야."

"나도 그 감에 5천을 얹지." 맥도널드가 말했다. "새 카드를 받기 전에 패가 끝내줬어. 이번에도 그럴 거야."

"새 카드를 보니 감이 더 좋아." 컨즈가 말했다. "그래서 말이야, '올려, 잭, 올려'라는 소리가 들리는걸. 5천 더 올리겠어."

데이라이트는 의자에 기대 등유 램프를 바라보며 소리내어 계산했다.

"새 카드 받기 전 나한테 돌아온 게 9천이었지. 내가 그걸 받고 1만 1천 올렸어. 이제 3만 만들지. 1만 더 낼 수 있어."

그는 앞으로 몸을 기울이고 컨즈를 바라보았다. "그러니 1만에 패 까겠어."

"원하면 올려도 돼." 컨즈는 대답했다. "자네 개들이 5천 정도는 족히 되잖아."

"개는 안 돼. 금은 괜찮지만 개들은 절대 안 돼. 그냥 패 까겠어."

맥도널드는 한참 고민했다. 아무도 움직이지 않았고 숨소리조차 들리지 않았다. 구경꾼들도 모두 온몸에 힘을 잔뜩 준 채 그대로 서 있었다. 한쪽 다리에 실려 있던 몸무게를 다른 쪽으로 옮기는 이조차 없었다. 신성한 침묵이었다. 사방이 통나무 벽인 실내에는 거대한 난로에 공기가 빨려 들어가면서 굉음이 날 뿐 개 짖는 소리조차 들리지 않았다. 유콘에서는 이런 큰 도박이 열리는 일이 드물었다. 사실 이번 판이 유콘 역사상 가장 컸다. 마침내 술집 주인, 맥이 입을 열었다.

"내가 지면 티볼리를 저당 잡혀야겠네."

나머지 두 도박꾼이 고개를 끄덕였다.

"그럼, 나도 패를 보이겠어." 맥도널드는 용지에 5천 달러를 써서 더했다.

판돈을 확인해보자는 사람도 자기 패에 대해 말하는 사람도 없었다. 침묵 속에 도박꾼들이 일제히 테이블 위에 카드들을 뒤 집어놓자 구경꾼들이 발끝을 세우고 목을 길게 뺐다. 데이라이트는 퀸 네 장과 에이스, 맥도널드는 잭 네 장과 에이스, 컨즈는 킹 네 장과 3이었다. 컨즈는 팔을 둥그렇게 벌려 판돈 항아리를 끌어왔다. 팔이 떨리고 있었다.

데이라이트가 자기 카드에서 에이스를 집더니 맥도널드의 에 이스 쪽으로 던지며 말했다.

"저것 때문에 힘을 냈어. 이길 수 있는 게 킹밖에 없단 걸 알 았는데 잭이 다 가지고 있었어."

"자넨 뭘 가졌어?" 그는 캠벨에게 흥미진진한 듯 물었다.

"스트레이트 포 플러시, 양쪽 오픈 엔드. 새로 받은 패가 좋 았어."

"그렇다니까! 자넨 스트레이트, 스트레이트 플러시나 플러시 를 할 수 있었어."

"그러게 말이야." 캠벨이 애석한 듯 말했다. "죽기 전에 6천 이나 걸었잖아."

"자네가 새 카드를 받았어야 했어." 데이라이트가 웃었다. "그랬으면 내가 퀸 네 장을 안 받았을거야. 빌리 롤린스와 우편 물 계약이나 하고 개 끌고 다이아로 가야겠어."

컨즈는 돈을 세어보려고 했지만 너무 떨려서 할 수가 없었다.

데이라이트가 자기 쪽으로 판돈을 끌어와 마커와 차용증을 나누어 놓고 재빠른 머리로 계산을 했다.

"12만 7천." 큰 소리로 알렸다. "잭, 지금 당장 다 받으면 집에 가도 되겠어."

승자는 미소를 지으며 고개를 끄덕이기는 했지만 입이 떨어지지 않는 것 같았다.

"술이나 한턱 내겠어." 맥도널드는 말했다. "이제 이 술집은 내 것 아니잖아."

"아니, 아직 자네 거야." 컨즈가 혀로 입술에 침을 바르며 말문을 열었다. "자네 차용증은 오래 지나도 믿을 만하니까. 그런데 오늘 술은 내가 내지."

"다들 뭘 마실지 말해. 이긴 놈이 낸대." 데이라이트가 사람들에게 외치며 의자에서 일어나 버진의 팔을 잡았다. "한 곡 추지, 춤꾼들! 아직 초저녁이고 아침엔 식사와 우편물 계약이 있으니. 이봐, 롤린스. 이제 내가 그 계약 하는 거야. 난 아침 아홉 시에 출발해. 이리 와. 바이올린 안 켜고 뭐해?"

3

데이라이트의 밤이었다. 주체할 수 없는 기쁨과 즐거움이 이어지며 시끌벅적한 술판의 중심에 그가 있었다. 일부러 더 흥분한 척하자 점점 더 흥분됐다. 아무리 심한 장난도 사람들이 다 받아주었고 멍청하게 노래를 부르거나 뒤처져 흥얼거리고 있는 이들을 빼고는 모두 함께 떠들었다. 어떤 문제도 생길 수 없었다. 버닝 데이라이트가 주도하는 술판에서는 화를 내거나 악의를 품으면 안 된다는 것이 유콘 사람들에게 상식이었다. 감히 싸울 수도 없었다. 이전에는 더러 싸움도 있었는데 사람들은 큰 싸움의 끝이 어떤지 잘 알았다. 그런 싸움을 중재할 수 있는 이는 데이라이트밖에 없었다. 데이라이트의 날에는 웃고 즐기거나 아니면 집에 가는 수밖에 없었다.

그는 지치지도 않았다. 춤을 추다가 컨즈에게 2천 달러어치의 사금을 주었고 무스하이드 청구지(請求地)를 넘겨주었다. 그리곤 빌리 롤린스의 우편물 계약서를 받고 떠날 채비를 했다. 개를 끌 인디언 카마를 깨우러 사람을 보냈다. 카마는 자신의 부족, 타나나우에서 멀리 떨어진 이곳까지 와서 백인들과 함께 눈길을 달리는 일을 하고 있었다. 큰 키, 다부진 근육에 털가죽을 휘감은 모습이 영판 야만족인 카마는 티볼리에 들어와서도 주변의 흥청거리는 술꾼들과 악수를 나누지 않았다. 불편해하지도 않았다. 데이라이트가 명령을 내리자 그 명령을 손가락으로 꼽으며 말했다.

"음. 편지들을, 음, 롤린스에게서 가져와. 썰매에, 음, 실어. 셀커크를 찾아가. 개떼를, 음, 셀커크에 끌고 간다는 말이군."

"그래, 카마. 개떼."

"음, 썰매를, 음, 아홉 시까지 여기 가지고 와. 설상화(雪上靴)도, 음, 가지고 와. 텐트는, 음, 가지고 오지 마. 음, 천막 덮개는? 음, 작은 덮개?"

"덮개는 필요 없어." 데이라이트는 단호하게 대답했다.

"음, 아주 추워."

"낮에 움직일 거야. 알겠어? 많은 편지를 가지고 가고 많은 편지를 가지고 올 거야. 자넨 힘센 사람이야. 아주 춥고 아주 오래 이동해도 괜찮아."

"물론 괜찮지." 카마는 참겠다는 듯 중얼거렸다.

"아주 추워. 전혀 걱정 없어. 음, 아홉 시에, 음, 출발 준비."

카마는 모카신을 신은 채 휙 돌더니 인사를 하지도 받지도 않고 두리번거리지도 않은 채 스핑크스처럼 단호하게 걸어 나갔다. 버진이 데이라이트를 한쪽 구석으로 잡아끌었다.

"데이라이트, 좀 봐." 낮은 목소리로 말했다. "자긴 망했어."

"응, 완전히."

"맥의 금고에 내 돈 8천이 있어." 그녀가 말을 시작하려고 했다.

하지만 데이라이트가 말을 막았다. 앞치마 끈이 희미하게 보이기 시작하자 그는 야생 망아지처럼 뒷걸음질을 쳤다.

"괜찮아. 세상에 나올 때 빈털터리였고 죽을 때도 빈털터리고. 여기 온 후에도 내내 빈털터리였는걸, 뭐. 이리 와, 왈츠나 추자고."

"그래도 내 말 좀 들어봐." 그녀는 설득했다. "난 돈이 필요 없어. 빌려줄게." 그의 얼굴에 경계의 빛이 어리는 것을 보고 급히 덧붙였다. "자금을 대는 거야."

"난 누구에게도 자금 따윈 안 받아." 그는 대답했다. "내 자금은 내가 벌어. 내가 떼돈을 벌면 그건 전부 내 것이야. 사양하겠어. 누이, 정말 고맙지만. 자금은 우편 사업으로 모으면 돼."

"데이라이트." 버진은 약간 못마땅한 듯 그를 불렀다.

하지만 그가 갑자기 열정이 끓어오른다는 듯이 버진을 댄스홀로 이끌자 그녀는 왈츠에 맞추어 빙글빙글 돌며 춤을 추었다. 그러면서 유혹을 전부 뿌리치고 자기를 안고 있는 이 남자의 강철 같은 심장에 대해 곰곰이 생각했다.

이튿날 아침 여섯 시 그는 위스키에 찌든 채 바에 서서 팔씨름을 하고 있었다. 두 사람이 한쪽 구석에 마주 보고 서서 오른손을 맞잡은 채 팔꿈치를 바 위에 올리고 상대의 손을 넘어뜨리는 시합이었다. 사람들이 차례차례 그의 손을 잡았지만 아무도 그의 손을 꺾지 못했다. 막강한 힘의 소유자인 올라프 헨더슨과 프렌치 루이스조차도 마찬가지였다. 사람들이 데이라이트가 요령이 좋아 이긴 것이라고 주장하자 그는 다른 시합을 하자고 했다.

"느덜, 모두 잘 들어." 그가 외쳤다. "지금부터 할 일은 두 가지야. 내 금자루 무게를 달아. 그다음에 자네들이 바닥에 있는 밀가루 자루를 들어올려봐. 할 수 있는 끝까지 말이야. 그럼 난 거기에 자루 두 개를 더 얹어서 들어 보이지."

"젠장, 내가 할게!" 프렌치 루이스의 목소리가 환호성을 뚫고 솟아올랐다.

"잠깐만!" 올라프 헨더슨이 소리쳤다. "나도 못지않아, 루이스, 나랑 반으로 나누지."

데이라이트의 자루를 저울 위에 올려보니 정확히 400달러어치였다. 루이스와 올라프가 절반씩 걸었다. 맥도널드의 창고에서 23킬로그램짜리 밀가루 포대들을 날라 왔다. 먼저 힘을 시험해보는 사람들도 있었다. 의자 두 개를 놓고 그 사이 바닥에 밀가루 포대를 밧줄로 묶어놓은 뒤 의자 위에 발을 벌리고 섰다. 이런 식으로 해서 대부분이 185, 230킬로그램을 들었고 275킬로그램을 드는 사람도 있었다. 그 뒤 두 덩치가 320킬로그램을 시도했다. 프렌치 루이스는 자루를 하나 더 얹어 345킬로그램을 성공했다. 올라프도 성공했지만 370에서 실패했다. 여러 번 힘을 쓰느라 이마에 땀이 송골송골 맺혔고 뼈에서 우지끈 소리까지 났다. 두 사람 다 370까지 들었지만 곧 떨어뜨렸으니 제대로 들어올린 것은 아니었다.

"젠장! 데이라이트, 이번에 큰 실수한 거야." 프렌치 루이스가 몸을 일으켜 의자에서 내려오며 말했다. "철로 만든 인간이 아니면 이건 못해. 45킬로그램을 더 들어야 해, 이 친구야. 4.5킬로그램이 아니라 45킬로그램이라고." 자루 두 개를 더 얹고 묶으려는데 컨즈가 끼어들었다. "하나만 하지."

"두 개!" 누군가 소리쳤다. "내기는 두 개였잖아."

"둘 다 마지막 자루를 제대로 못 들었잖아." 컨즈가 맞섰다.

"345킬로그램밖에 못 들었어."

하지만 데이라이트가 호기롭게 무시해버렸다.

"그런 식으로 성가시게 해서 좋을 게 뭐야? 두 개에 한 개 더 얹지. 내가 세 개를 못 들면 두 개도 못 들 게 분명해. 올려."

그는 의자 위에 올라가 쭈그리고 앉아서 밧줄 가까이에 손이 닿도록 어깨를 구부렸다. 발을 약간 움직여 시험 삼아 밧줄을 당겨 근육을 팽팽하게 만든 뒤 밧줄을 놓고 몸의 모든 부분이 완벽한 상태가 되도록 조절했다.

프렌치 루이스가 의심스러운 눈초리로 보고 있다가 외쳤다.

"당겨, 데이라이트, 악착같이 당겨봐!"

다시 데이라이트의 근육이 팽팽해지더니 그의 근사한 몸에 제대로 힘이 들어가기 시작했다. 떨리거나 힘겨워 보이지도 않고 415킬로그램짜리 덩어리를 들어올렸고 그 덩어리를 다리 사이에서 추처럼 앞뒤로 흔들었다.

올라프 헨더슨이 소리가 들릴 만큼 깊게 한숨을 쉬었다. 버진은 자기도 모르게 아플 만큼 몸에 힘을 주고 있다가 풀었다. 프렌치 루이스가 경건하게 중얼거렸다.

"데이라이트님께 경례! 저는 아기입니다. 당신은 큰 어르신이고요."

데이라이트는 짐을 내려놓고 바닥으로 뛰어내린 뒤 바를 돌아보았다.

"담아." 자기 자루를 무게 다는 사람에게 던져주며 소리치자 자루를 받은 사람이 두 패배자의 자루에서 400달러어치를 꺼내 데이라이트의 자루에 담았다.

"술 들어, 모두!" 데이라이트는 말을 이었다. "마실 술 이름을 대. 승자가 낸다!"

"오늘은 나의 밤이다!" 이후 10분 동안 계속해서 소리쳤다. "나는 외로운 늑대야. 서른 번의 겨울을 지냈지. 오늘이 내 생일, 1년에 단 하루 있는 날이니 누구든 때려눕혀주지. 이봐! 자네들 전부 눈 속에 파묻어주지. 이봐. 신참, 고참, 모두 와서 나의 세례를 받아!"

바텐더와 노래를 부르고 있던 주정꾼들을 뺀 나머지가 모두 문밖으로 몰려나갔다. 순간 맥도널드는 이 순간을 모면할 생각으로 팔을 쫙 벌리고 데이라이트에게 다가갔다.

"뭐야? 자네가 처음이야?" 데이라이트는 웃으며 반기듯 상대의 손을 꽉 쥐었다.

"아니, 아니야." 그는 서둘러 부인했다. "그저 생일 축하하려고. 자네야 물론 날 눈 속에 처박을 수 있지. 415킬로그램을 들어 올린 사람한테 감히 어떻게 대항하겠나?"

맥도널드의 몸무게는 80킬로그램이었고 데이라이트는 그를 손으로 잡기만 했다. 하지만 눈 깜짝할 새 그 술집 주인은 거꾸로 눈 속에 처박혔다. 그런 뒤 잽싸게 가장 가까이에 있던 사람 몇을 쏘아보더니 여섯 명을 더 내던졌다. 저항해봐야 허사였다. 그의 손아귀에서 이리저리 내동댕이쳐진 사람들은 온갖 우스꽝스러운 자세로 보드라운 눈 위로 나동그라졌다. 하지만 다친 사람은 없었다. 희미한 별빛 아래라 누가 이미 메다꽂혔는지 그렇지 않은지 구분이 쉽지 않아서 어깨와 등에 묻은 눈을 보고 내동댕이칠 사람을 찾기 시작했다.

"아직 세례를 못 받았어?" 계속 이렇게 물으며 무자비한 손길을 뻗쳤다.

수십 명이 눈 속에 길게 줄을 이루며 나뒹굴고 있었고 많은 사람들은 짐짓 예배라도 드리듯 무릎을 꿇고 머리 위에 눈을 퍼 올리며 의식이 끝났다고 알리는 듯했다. 그런데 다섯 사람이 몰려서 있었다. 이들은 벽지에서 온 개척자들로 한판 붙을 기세였다.

가장 혹독한 힘 대회의 우승자들이었다. 수많은 난투극에서 승리한 노병들, 피와 땀과 끈기로 뭉친 사람들이었다. 하지만 이들에게는 데이라이트에게 있는 것 한 가지가 없었다. 바로 두뇌와 근육의 거의 완벽에 가까운 협응력이었다. 노력해서 얻은 게 아니었다. 타고난 것이었다. 그의 신경은 다른 사람들보다 더 빨리 메시지를 전달하기 때문에 남보다 훨씬 빨리 의지를 행동에 옮길 수 있었다. 근육은 화학물질에 즉각 반응하여 원하는 바를 곧바로 실행에 옮겼다. 그는 그렇게 타고났다. 그의 근육은 고성능 폭약 같았다. 몸에 있는 레버가 덫이 닫히듯 순식간에 작동했다. 그리고 무엇보다 근육의 힘이 거의 초인에 가까워서 수백만 명의 힘을 한꺼번에 가지고 있는 셈이었다. 근육이 크다는 말이 아니라 그 차원이 달랐다. 즉 그는 근육 자체가 매우 발달했다. 그래서 적이 알아채거나 저항하기 전에 힘을 아주 수월하게 사용해서 목적을 달성하였다. 반대로 자신에게 가해지는 힘도 아주 쉽게 간파해서 그 힘에 저항하는 동시에 번개처럼 빠른 반작용으로 자신을 지킬 수 있었다.

"느덜 거기 서 있어봐야 아무 소용없어." 데이라이트는 기다리고 있는 무리에게 말했다. "얼른 포기하고 세례 받는 게 좋을 걸. 다른 때는 언제고 나를 이길 수 있을지 모르지만 내 생일에는 내가 최고라는 걸 알아주면 좋겠는데 말이야. 팻 핸러헌의 상판을 보니 굶주린 거 같은데 이리 와, 팻."

팻 핸러헌, 역대 맨주먹 싸움 챔피언이자 난폭한 싸움꾼으로 명성이 자자한 그가 앞으로 나섰다. 두 사람은 손을 맞잡았다. 하지만 그 아일랜드인은 미처 힘도 써보지 못하고 무자비한 목 누르기에 눌려 머리와 어깨가 눈 속에 묻혀버렸다. 전직 벌목꾼 조 하인스는 2층에서 뛰어내리는 것과 맞먹는 힘으로 덤볐다. 하지만 허리치기에 당해 미처 손도 쓰지 못한 채 나동그라졌다.

데이라이트는 전혀 지친 기색이 없었다. 그 오랜 시간 동안 숨차거나 피곤해하지도 않았다. 사실 그럴 시간도 없었다. 그의 몸은 한순간 무시무시하게 폭발했고 곧바로 이완되었다. 그래서 독 왓슨, 싸움전력이 없지만 강철같이 몸이 단단한 회색 수염의 사내가 눈 깜짝할 순간 몸을 날렸다. 또 한 번 힘을 쓰려고 정신을 가다듬으며 서 있던 데이라이트는 갑자기 그를 뒤로 밀어붙여 쓰러뜨렸다. 이것을 보고 머리를 굴리던 올라프 헨더슨은 데이라이트가 독 왓슨을 부축해주려고 몸을 숙여 손을 내밀고 있을 때 몰래 달려들었다. 데이라이트는 무릎과 손을 짚고 엎드려 옆에서 공격하는 올라프의 무릎을 옆으로 받아넘겼다. 올라프는 관성 때문에 데이라이트를 넘어 멀찍이 떨어졌다. 데이라이트는 그가 일어나기도 전에 등에 그를 걸머메고 빙빙 돌려 얼굴과 귀를 눈에 비비며 목을 눌렀다.

"나도 자네만큼은 힘이 있지만, 데이라이트, 정말이지 자네 같이 잘 잡는 사람은 처음 봤어." 올라프는 지껄이며 일어섰다.

다섯 명 중 마지막은 프렌치 루이스였는데 그는 이미 앞서 일어난 일을 본 터라 신중을 기했다. 서로 맞붙기 전 꼬박 1분 정도를 맴만 돌며 힘겨워했다. 그런 뒤 또 1분쯤 서로 팽팽하게 빙빙 돌았다. 바로 그때 싸움이 흥미진진해졌다. 데이라이트가 번개처럼 움직였다. 몸에 폭발적인 힘이 들어갔다. 프렌치 루이스는 버티느라 거대한 뼈대가 삐걱거릴 지경이더니 서서히 힘이 빠져 굴복하고 말았다.

"승자가 낸다!" 데이라이트가 외쳤다. 벌떡 일어나 티볼리로 향했다. "모두들 와. 이쪽이 술독이라구."

　사람들은 기다란 바를 등지고 여기저기 두세 줄로 서서 모카신에서 서리를 털어냈다. 바깥의 기온은 영하 51도였다. 고참 중 단연 가장 용감한 비틀스가 '사사프라스 뿌리' 술을 마시다가 비틀대며 데이라이트에게 축하해주러 다가갔다. 그러다 한마디 하고 싶은 생각이 드는지 웅변조로 목소리를 높였다.

　"데이라이트가 내 친구라는 게 아주 자랑스럽네. 우린 지금껏 함께 개척을 했지. 데이라이트가 그 제기랄, 더럽고 낡은 모카신을 들면 18캐럿이 나왔지. 데이라이트도 처음 여기 왔을 땐 어렸어. 자네들이 그 나이엔 머리에 피도 채 안 말랐을 테지만 데이라이트는 달랐어. 태어날 때부터 어른이었던 거야. 그렇다고 모두가 그래야 한단 말은 아니야. 그땐 지금처럼 사람들이 나약하지 않았으니까 말이야." 비틀스는 곰이라도 끌어안듯 크게 팔을 벌려 데이라이트의 목을 끌어안았다. "왕년 그 좋은 때 자네와 내가 개썰매를 끌고 유콘에 왔을 때 말이야, 먹을 게 흔하지도 않았고 공짜로 먹여주는 사람도 없었잖아. 사냥을 마치고 캠프에서 모닥불을 피워서 연어 발자국을 쫓고 토끼 뱃살을 먹고 살았잖아. 안 그래?"

　하지만 사람들은 그가 연어와 토끼를 바꿔 말하는 것을 듣고 큰 소리로 웃었다. 그러자 비틀스는 곰 같은 팔을 풀고 홱 돌아섰다.

　"웃어, 애송이들아, 웃어! 하지만 자네들 중 제일가는 놈이 발 벗고 나서도 데이라이트는 못 따라갈 거다. 내 말이 맞지, 캠벨?

내 말이 맞잖아, 맥? 자네들은 데이라이트의 가장 오랜 호위병이고 진짜 개척자잖아. 증기선도 없고 교역소도 없던 그 시절, 우린 연어 뱃살을 먹고 토끼 발자국을 쫓아 먹고 살아야 했어."

데이라이트가 의기양양하게 주위를 둘러보자 한마디 하라며 환호성이 들려왔다. 그는 그러겠다고 했다. 의자가 날라져 왔고 그가 그 위에 올라섰다. 그도 군중들만큼 취해 있었다. 흥분한 군중들, 그들은 투박한 옷을 입고 모카신이나 머크럭(방수가 되는 에스키모인들의 장화. 바다코끼리 가죽으로 만들며 가장자리에 털이 달려 있다.)을 신고 목에는 벙어리 장갑을 걸고 털모자의 귀덮개는 위로 올리고 있어서 투구를 쓴 것처럼 보였다. 데이라이트의 검은 눈이 번뜩였고 독한 술의 열기가 구릿빛 뺨에서 거무스름하게 뿜어 나왔다. 애정 어린 환호에 둘러싸였지만 수많은 취한 목소리가 뭐라고 하는지 알아들을 수는 없었다. 그의 눈에 수상쩍은 물기가 어렸다. 사람들은 세상이 시작된 이래 줄곧 이런 술판을 벌이고 싸우고 흥청거려왔다. 어두운 동굴 입구에서건 개척지 불가에서건 로마제국 궁과 강도귀족의 성채에서건 혹은 하늘로 치솟은 현대식 호텔에서건 뱃사람들의 술판에서건 말이다. 북극광 아래에 제국을 건설한, 떠들썩하게 거들먹거리는 이 술꾼들도 그들과 똑같이 이런 짧은 광란의 순간 동안만은 영웅적 투쟁의 힘들고 잔인한 현실에서 벗어날 수 있었다. 그들은 현대의 영웅이었지만 고대의 영웅과 다를 바 없었다. "음, 여러분, 무슨 말을 해야 할지 잘 모르겠네." 데이라이트는 빙빙 도는 머리를 가라앉히려고 애쓰며 서투르게 이야기를 시작했다. "이야기를 하나 해야겠어. 주노에 파트너가 있었어. 노스캐롤라이나 출신이었는데 나한테 이 이야기를 자주 들려주었지. 그 지방 산악지대에서 전해 내려오는 결혼식 이야기지. 결혼식에 참석한 사람은 모두 친구거나 가족이었어. 목사가 마무리를 하면서 말했어. '그들이 예수께서 맺어주셨으니 아무도 갈라놓지 못하리라.'

'목사님', 신랑이 말했어. '그 선언이 문법적으로 틀렸습니다. 제대로 좀 합시다.'

연기가 걷히자 신부는 주위를 둘러보았지. 목사, 신랑, 형제, 삼촌 두 명, 하객 다섯 명이 죽어 있었어.

그러자 신부가 한숨을 내쉬며 이렇게 말했지. '최신식 자동 연발권총이 내 미래를 망쳤네'."

"그러니까 내 말은 말이지." 데이라이트는 큰 웃음이 잠잠해지자 이렇게 덧붙였다. "잭 컨즈의 킹 네 장이 내 미래를 망쳤어. 난 완전히 잡쳤으니 다이아로 갈 거야."

"떠난다고?" 누군가 소리쳤다. 그의 얼굴에 섬광처럼 화가 난 빛이 스쳤다가 사라졌다.

"저거 그저 농담으로 묻는 거 맞지?" 미소를 지으며 말했다. "물론 난 안 떠나."

"한 번 더 맹세해. 데이라이트." 같은 목소리가 외쳤다.

"그래 맹세하지. 난 1883년 처음 칠쿳 고개를 넘어왔어. 가을의 심한 눈보라 속에 그 고개를 넘었어. 누더기 같은 셔츠 한 벌과 생밀가루 한 컵을 가지고 말이야. 그해 겨울 주노에서 밑천을 잡고 봄에 그 고개를 다시 넘어갔지. 그다음에 배가 고파서 떠났어. 이듬해 봄 다시 갔어. 난 그때 맹세했지. 목돈을 만들 때까지 다시는 안 떠나겠다고 말이야. 아직 목돈을 못 벌어서 여기 있는 거야. 지금은 안 떠나. 편지만 받아서 바로 돌아올 거야. 다이아에서 안 자고 올 거란 말야. 개만 바꾼 다음에 바로 칠쿳에 가서 편지랑 식량을 받을 거야. 그리고 한 번 더 맹세하는데 말이야, 지옥불과 세례 요한의 머리를 걸고 맹세하는데 말이야, 떼돈을 벌기 전엔 아무데도 안 떠날 거야. 그리고 지금 이 자리에서 말해주는 건데 그건 엄청나게 큰돈이어야 해."

"큰돈이 얼마야?" 비틀스가 아래쪽에서 데이라이트의 다리를 다정하게 잡으면서 물었다.

"그래, 얼마? 그 떼돈이란 게 얼마요?" 다른 사람이 소리쳤다.

데이라이트는 잠시 잠자코 있더니 대답했다. "4, 5백만"이라고 천천히 말했다. 비웃는 듯한 야유가 일자 조용히 하라는 뜻으로 손을 들었다. "아주 적게 잡으면 백만까지는 가능해. 그리고 1온스라도 모자라면 떠나지 않을 거야."

야유가 터져 나왔다. 지금까지 유콘의 총 금생산량이 5백만이 안 되었을뿐더러 아무도 1백만은커녕 1만도 번 적이 없었으니까 말이다.

"다덜 잘 들어봐. 잭 컨즈가 오늘밤 한몫 잡는 것을 봤지. 모두들 그치가 일찌감치 내뺄 거라고 확신했었지. 컨즈의 킹 세 장은 거의 쓸모가 없는 거였잖아. 하지만 컨즈는 킹이 더 들어오리란 걸 알고 있었던 거야. 그게 바로 감이었고 그는 그걸 따랐지.

유콘 강에서 대박이 터질 거야. 이제 머지않았어. 내 말은 저 허섭스러운 무스하이드, 버치 지류 같은 데서 있었던 일 같은 것을 말하는 게 아니야. 정말로 큰 한 건, 머리털이 곤두설 만큼 큰 걸 말하는 거야. 성공의 기운이 맹렬하게 감돌며 솟아오르려고 애쓰고 있어. 아무도 그걸 막을 수 없어. 그 기운이 강으로 올 거야. 느덜 이제 나를 만나려면 내 모카신 자국을 쫓아와야 할 걸. 스튜어트 강, 인디언 강, 클론다이크 강 근방의 어딘가로 말이야. 편지를 가지고 돌아와서는 내 뒷머리가 안 보일 만큼 빨리 그곳으로 달려갈 거야. 그 기운이 오고 있어. 땅속에 사금이 있고 냄비 하나에 1백 달러씩 나올 거야. 외지 사람들이 5만 명은 밀려올 거야. 그 행운이 터지면 지옥이 열린 것처럼 보일걸."

그는 잔을 들어 입으로 가져갔다. "건배, 모두에게 행운이."

잔을 비우고 의자에서 내려온 그는 또 한 번 비틀스의 힘찬 포옹을 받았다.

"내가 자네라면 말이야, 데이라이트, 오늘 개썰매는 안 타겠어요." 조 하인스가 바깥의 온도를 알아보고 들어와 충고했다. "갑자기 추워졌어요. 영하 52도인데 점점 내려가고 있어. 좀 풀릴 때까지 기다리는 게 낫겠어요."

데이라이트가 웃자 주변에 있던 고참 개척자들도 함께 웃었다.

"자네 같은 애송이들은 서리가 조금만 내려도 벌벌 떨어. 데이라이트를 몰라서 하는 말이야. 추위가 데이라이트를 막을 수 있다고 생각하다니 말이야."

"이 온도에서 길을 나서면 폐가 얼어붙어요." 조가 대답했다.

"찌찌랑 막대사탕이나 얼겠지! 이봐, 하인스, 여기 온 지 고작 3년밖에 안 됐지. 아직 멀었어. 난 데이라이트를 코요쿠크 강 25킬로미터 상류에서 만났는데 어느 날 온도계가 영하 57도에서 터졌어."

하인스는 걱정스러운 듯 고개를 저었다.

"그때는 폐가 얼지 않은 거죠." 그는 안타까워했다. "만약 이번 추위가 풀리기 전에 떠난다면 결코 견디지 못할 겁니다. 게다가 텐트나 덮개도 없이 가잖아요."

"다이아까지는 1천 6백 킬로미터이야." 비틀스가 비틀거리며 의자 위로 기어올라가 데이라이트의 목에 팔을 두르고 기대 큰소리로 말했다. "1천 6백 킬로미터. 거기다 길도 다 안 나 있어. 하지만 풋내기들 덤벼, 내기하겠어. 데이라이트가 30일 안에 다이아까지 가는 데 걸지."

"그럴려면 하루 평균 53킬로미터 이상 가야 해." 독 왓슨이 끼어들었다. "나도 경험이 있는데 눈보라 때문에 칠쿳에 일주일은 묶여 있어야 할 거야."

"암만." 비틀스는 쏘아붙였다. "게다가 데이라이트는 30일 안에 다시 1천 6백 킬로미터를 되돌아와야 하고 말이야. 성공하는 데 500달러 걸지. 제기랄, 눈보라 따위는, 뭐."

그는 자기 말을 강조하듯 볼로냐 소시지만한 금자루를 꺼내 바에 쾅 던졌다. 독 왓슨도 그 옆에 자기 자루를 던졌다.

"잠깐!" 데이라이트가 외쳤다. "비틀스가 옳아. 나도 하지. 다이아 편지를 가지고 티볼리 문을 나서는 지금부터 60일. 5백 달러 걸지."

못 믿겠다고 외치는 소리가 일더니 수십 명이 자기 금자루를 꺼냈다.

잭 컨즈가 사람들을 밀치며 데이라이트에게 바싹 다가왔다.

"난 자네한테 걸지, 데이라이트." 그가 외쳤다. "십중팔구 못 할 거야. 75일로 해."

"동정 마, 잭." 데이라이트의 대답이었다. "내기는 공정해. 기한은 60일이야."

"75일, 십중팔구 자넨 못 와." 컨즈가 우겼다. "피프티마일은 허허벌판이고 가장자리 얼음은 녹아 있어."

"나한테 따간 건 자네 거야." 데이라이트는 말을 이었다. "그리고 제기랄, 잭, 그런 식으로 그걸 돌려주면 안 돼. 자네랑은 내기 안 해. 나한테 돈을 거저 주겠다는 거잖아. 잘 들어, 잭. 감이 와. 금방 돈을 다시 벌 거야. 상류에서 크게 한 건이 터지기만 기다려. 그때 나랑 남자답게 아주 크게 한판 하자고. 결정된 거지?"

그들은 악수를 나누었다.

"저놈은 해낼 거야." 컨즈는 비틀스에게 소곤거렸다. "데이라이트가 60일 안에 돌아오는 데 5백 달러, 여기 있어"라고 큰 소리로 덧붙였다.

빌리 롤린스도 내기에 응했다. 비틀스는 컨즈를 꽉 껴안았다.

"맹세코 나도 걸었어." 올라프 헨더슨이 말하며 데이라이트를 비틀스와 컨즈에게서 끌어당겼다.

"승자가 낸다." 데이라이트가 소리치며 내기를 받아들였다.

"'증말' 이길 거야. 60일은 술 안 마시고 버티기엔 너무 길잖아. 그러니 내가 살게. 다들 주문해. 술 시켜!"

비틀스는 위스키 잔을 손에 들고 다시 의자로 기어올라가 비틀거리며 아는 노래를 한 곡 불렀다.

오, 헨리 워드 비처(유명한 미국 목사―옮긴이)와
주일학교 선생님들이
모두 사사프러스 뿌리를 노래하네.
하지만 분명한 것.
제대로 부르자면
그건 금지된 과일의 즙이라네.

사람들이 합창부분을 함께 불렀다.

하지만 분명한 것.
제대로 부르라면
그건 금지된 과일의 즙이라네.

누군가가 덧문을 열었다. 희뿌연 회색빛이 새어 들어왔다.

"버닝 데이라이트, 버닝 데이라이트." 누군가 다급하게 불렀다.

데이라이트는 지체없이 문쪽으로 돌아서 귀덮개를 내렸다.

바깥에 카마가 서 있었다. 너비 40센티미터에 길이 2미터 정도의 기다란 썰매 옆에 말이다. 쇠로 만들어진 썰매날 15센티미터 위에 썰매 바닥이 있었다. 사슴가죽 끈이 달린 그 판 위에는 편지와 사람과 개의 식량과 물품이 든 얇은 캔버스 자루들이 놓여 있었다. 썰매 앞에는 개 다섯 마리가 곱슬거리는 털 가장자리에 서리가 맺힌 채 한 줄로 늘어서 있었다. 개들은 허스키 종으로 크기와 색깔이 같았는데 보통 개보다 더 크고 모두 회색이었다. 개들의 잔혹해 보이는 입에서부터 북슬북슬한 꼬리까지 회색 늑대와 아주 흡사했다. 사실 그 개들은 길이 들긴 했지만 겉모습이나 성질은 늑대였다. 썰매 짐 꼭대기에는 아무때나 꺼내 신을 수 있도록 두 켤레의 설상화가 삐죽 나와 있었다.

비틀스는 자루 입구에 보이는 북극 토끼털을 가리켰다.

"저게 이불이야." 그는 말했다. "3킬로그램짜리 토끼털. 저걸 덮고 자면 정말 따뜻하다는데 그건 말도 안 되는 소리야. 나도 해봤거든. 데이라이트의 지옥불 난로라나 뭐라나. 그는 그런 인간이야."

"저 인디언이 안돼 보여." 독 왓슨이 말했다.

"데이라이트가 저자를 죽게 할 거야. 확실해. 죽게 하고 말 거야." 비틀스는 의기양양하게 되풀이했다. "내가 잘 알아. 데이라이트와 함께 가본 적이 있어. 데이라이트는 평생 지쳐본 적이 없어. 지친다는 게 무슨 말인지도 모를걸. 영하 42도에서 데이라이트가 젖은 양말을 신고 하루 종일 달리는 걸 봤어. 그렇게 하고도 살아남을 사람은 데이라이트밖에 없어."

이런 이야기가 계속되는 동안 데이라이트는 주위 사람들에게 작별인사를 했다. 위스키 때문에 정신이 약간 혼미한 상태였지만 버진이 키스하려고 하자 앞치마 끈에 매이지 않으려고 길 쪽으로 고개를 돌렸다. 버진에게 키스를 하기는 했지만 다른 세 여자들에게 한 것처럼 살짝 했을 뿐이었다. 긴 벙어리 장갑을 끼고 개들을 일으킨 후 지폴(썰매의 옆 쪽에 묶여 있는 단단한 막대. 조종과 지탱에 이용된다)에 자리를 잡았다.

"가자, 예쁜이들아." 그가 소리쳤다.

짐승들은 즉시 가슴 줄을 당기고 눈 위에 낮게 웅크린 뒤 발톱으로 땅을 팠다. 개들이 열심히 낑낑거리자 썰매가 앞으로 나아갔고 뒤따라 데이라이트와 (그의 뒤에) 카마가 달렸다. 사람과 개들은 강둑을 넘어 얼어붙은 유콘 강 바닥으로 내려가더니 회색 어둠 속으로 사라졌다.

4

설상화가 필요 없는 다져진 길에서 개들은 평균 시속 10킬로미터로 달렸다. 개를 따라잡으려면 두 사람은 뛰어가야 했다. 데이라이트와 카마는 번갈아가며 규칙적으로 지폴을 놓고 쉬었다. 이런 곳에서는 나는 듯 빨리 달리는 썰매를 조종하고 썰매를 앞질러 가기가 어렵기 때문이었다. 쉬는 사람은 썰매 뒤쪽에 있다가 썰매에 올라타기도 했다.

　힘은 들었지만 기분은 상쾌했다.

　잘 다져진 길 위를 나는 듯 빨리 달렸다. 이후 계속 길이 나지 않은 곳을 갈 것이며 그런 곳에서는 잘해야 시속 5킬로미터밖에 안 나올 것이었다. 그럴 때는 썰매를 타고 쉬거나 뛸 필요도 없다. 지폴은 조종이 쉬워질 것이다. 둘이서 번갈아가며 설상화를 신고 개들이 갈 길을 터주고 뒤로 돌아와 쉬면 된다. 물론 기분 좋은 일일 리는 없다. 게다가 앞으로는 뒤죽박죽 얼음투성이 길을 헤쳐나가야 할 텐데 그럴 때는 시속 3킬로미터 정도밖에 속도를 낼 수 없었다. 최악의 얼음 범벅길도 남아 있었다. 그런 길은 길지는 않았지만 시속 1.5킬로미터만 달리려고 해도 아주 힘이 들 것이니 그야말로 최악일 것이다.

카마와 데이라이트는 서로 말을 하지 않았다. 일의 특성상 말을 할 수 없기도 했고 두 사람 다 일할 때 말을 하는 성격도 아니었다. 드물게 꼭 필요해서 쉴 때에도 아주 짧은 말만 했고 카마는 툴툴거리는 소리면 족했다. 개가 낑낑거리거나 으르렁거릴 때도 있었지만 대체로 조용했다. 들리는 것이라고는 쇠로 된 날카로운 썰매날이 단단한 바닥에 긁히는 소리와 썰매의 뼈대가 삐걱거리는 소리밖에 없었다.

데이라이트는 티볼리의 왁자지껄한 소음으로부터 다른 세계로 벽을 통과해온 것 같았다. 침묵과 부동의 세계였다. 아무것도 움직이지 않았다. 유콘 강은 1미터 두께의 얼음 아래에서 잠자고 있었다. 바람도 불지 않았다. 강둑 양쪽으로 빽빽한 전나무 속의 수액 한 방울도 움직이지 않았다. 나무들은 가지가 견딜 수 있는 아주 적은 양의 눈을 얹은 채 완벽한 석화 상태로 서 있었다. 아주 조금만 흔들렸어도 눈이 떨어졌을 텐데 눈은 그대로였다. 이 엄숙한 침묵의 가운데에서 생명과 움직임이 있는 물체는 썰매밖에 없었다. 썰매의 거칠고 격렬한 움직임으로 오히려 침묵이 더 두드러졌다.

죽은 세계였고 회색뿐인 세상이었다. 날씨는 춥고 맑았다. 대기에 수분이라고는 없으니 안개도 연무도 없었다. 그렇지만 하늘은 회색장막을 친 듯했다. 이유는 이랬다. 하늘에 구름이 없어서 해를 가리지 않았지만 가릴 해가 없었다. 극 남쪽의 태양은 자오선 쪽으로 천천히 뜨지만 태양과 얼어붙은 유콘 강 사이에 지구의 불룩한 부분이 끼어들어 있었다. 유콘 강은 밤이었다. 낮이라고 해도 사실은 긴 해질녘일 뿐이었다. 열두 시 십오 분 전 남쪽으로 넓은 강굽이가 길게 드러난 곳에 태양의 위쪽 끄트머리가 보였다. 하지만 태양은 똑바로 떠오르지 않았다. 비스듬하게 떠올라 정오가 되어서야 태양의 아래쪽 끝이 수평선 위로 올라왔다. 희미하고 어둠침침한 태양이었다. 햇살은 따사롭지 않았고 태양을 똑바로 마주보아도 눈을 다치지 않았다. 태양은 최고점에 떠오르자마자 수평선 아래로 다시 기울었고 열두 시 십오 분, 다시 땅에 그늘이 드리웠다.

　사람과 개들은 계속 달렸다. 데이라이트와 카마는 둘 다 식욕으로 보자면 야만인 수준이라 할 수 있다. 먹는 시간이나 양이 불규칙해서 엄청나게 먹어치울 때도 있었고 전혀 먹지 않고 오래 버틸 때도 있었다. 개들은 하루에 딱 한 번만 먹였고 말린 생선도 5백 그램 이상 먹이지 않았다. 개들은 늘 굶주려 있었지만 컨디션은 최상이었다. 선조인 늑대들과 마찬가지로 개들의 영양 작용은 아주 경제적이고 완벽했다. 낭비라곤 없었다. 아주 적은 먹이도 에너지로 바꾸었다. 카마와 데이라이트도 그랬다. 참고 견디는 데 이골이 난 조상의 후예다웠다. 그들의 영양섭취 과정은 완벽한 절약 모드 그 자체였다. 소량의 음식으로 엄청난 에너지를 낼 수 있었다. 낭비라곤 없었다. 따뜻한 문명국에서 책상머리에만 앉아 있는 사람이 카마와 데이라이트처럼 먹는다면 점점 힘이 빠지고 걱정만 많아질 것이다. 이런 사람들은 절대 모르겠지만 데이라이트와 카마는 배고픔이 뭔지 너무 잘 알기 때문에 언제든 먹을 수 있었다. 늘 식욕이 넘치고 불안정하기 때문에 아무것이나 잘 먹었다. 소화불량 따위는 없었다.

오후 세 시가 되자 석양이 지고 밤이 되었다. 별들이 아주 낮게 떠 선명하고 밝게 빛나서 그 빛을 받으며 계속 이동할 수 있었다. 지치지 않았다. 이날 천천히 달려서라기보다는 약속한 60일의 첫날이어서 그랬을 것이다. 술 마시고 춤추느라 밤을 샌 데이라이트였지만 전혀 지장이 없는 것 같았다. 이유는 두 가지였다. 우선 놀라운 체력 덕분이었고 둘째, 밤을 그렇게 보낸 적이 거의 없었기 때문이었다. 다시 책상머리의 사람 이야기를 하자면 그런 이들은 자기 전 커피 한 잔만 마셔도 독한 술과 흥분으로 밤을 지샌 데이라이트보다 더 힘들 것이다.

데이라이트는 시계가 없었지만 시간의 흐름을 느낄 수 있었고 잠재의식 속에서 시간을 알 수 있었다. 여섯 시가 됐다고 느끼자 캠프를 칠 장소를 물색하기 시작했다. 한 번 굽어지자 강을 건너는 길로 접어들었다. 적당한 장소를 찾지 못해서 1.5킬로미터 떨어진 반대편 강변까지 계속 갔다. 하지만 도중에 얼음이 마구 엉킨 곳을 지나게 됐는데 그곳을 통과하는 데만 한 시간이 걸렸다. 마침내 찾고 있던 것이 어렴풋이 보였다. 강변 가까이에 있는 죽은 나무였다. 썰매를 그곳까지 몰고 갔다. 카마는 만족한 듯 웅얼거렸고 캠프를 치기 시작했다.

노동 분담은 완벽했다. 각자 할 일을 잘 알고 있었다. 데이라이트는 도끼를 들고 죽은 나무를 팼다. 카마는 설상화를 신고 유콘 강의 얼음 위에 쌓여 있는 60센티미터 높이의 눈을 치우고 도끼로 얼음을 깼다. 마른 박달나무 껍질에 불이 붙기 시작하자 카마가 썰매에서 짐을 내리고 개에게 마른 생선을 먹였다. 그동안 데이라이트는 요리를 했다. 카마는 음식자루를 나무 높은 곳에 매달아 개들이 뛰어올라도 닿지 않게 했다. 그다음 어린 전나무를 베어 가지들을 다듬었다. 불 옆의 무른 눈을 밟아 뭉개고 그 위를 다듬은 나뭇가지로 덮었다. 이렇게 해서 평평해진 이곳에 마른 양말과 속옷, 이불이 들어 있는 소지품 자루를 올려놓았다. 그런데 토끼털 이불이 카마의 것은 두 장, 데이라이트의 것은 한 장이었다.

그들은 묵묵히 일했다. 이야기도 나누지 않았고 시간을 낭비하는 일도 없었다. 각자 맡은 일을 했고 아무리 사소한 일이라도 남에게 떠넘길 생각은 하지도 않았다. 얼음이 더 필요한 것 같아 카마가 가지러 갔고 그동안 개 한 마리가 달려들어 설상화가 엎어지자 데이라이트가 다시 세워놓았다. 커피가 끓고 베이컨이 튀겨지고 팬케이크 반죽이 섞이는 동안 데이라이트는 커다란 콩 냄비를 올려놓았다. 돌아온 카마는 전나무 가지 가장자리에 앉아서 장비를 손질하며 기다렸다.

"내 생각에 스쿠쿰과 부가가, 음, 아마 많이 싸우는 것 같아."

함께 먹으며 카마가 말했다.

"계속 잘 지켜봐." 데이라이트의 대답이었다.

이것이 식사하는 내내 그들이 나눈 유일한 대화였다. 한 번 카마가 욕을 하더니 벌떡 일어나 손에 장작을 들고 가서 엉겨붙어 싸우는 개들을 때려 떼어놓았다. 데이라이트는 음식을 씹으며 양철 냄비에 얼음덩이를 넣어 녹였다. 식사가 끝나자 카마는 불을 다시 지피고 아침에 쓸 나무를 더 베어놓았고 전나무 가지 잠자리로 돌아와 장비를 손보았다. 데이라이트는 베이컨을 큼직하게 잘라 부글부글 끓고 있는 콩 냄비에 던져 넣었다. 두 사람의 모카신은 혹한에도 불구하고 젖어 있었다. 전나무 가지 잠자리에서 나갈 일이 없어지자 모카신을 벗어 짧은 나뭇가지에 걸어 불가에서 말리며 가끔씩 뒤집어주었다. 마침내 콩이 다 익자 데이라이트는 지름 8센티미터 길이 45센티미터의 밀가루 자루에 부었다. 그런 뒤 눈 위에 얼도록 두었다. 나머지 콩은 아침에 먹으려고 냄비에 그대로 두었다.

아홉 시가 지나서 잠잘 준비를 했다. 개들도 이제 다투지 않고 피곤에 지쳐 발을 코앞에 모아 털이 북슬거리는 꼬리로 덮은 채 눈 속에 고꾸라졌다. 카마는 취침용 모피를 펼치고 파이프에 불을 붙였다. 데이라이트가 갈색 종이 시가를 말고 있을 때 두 번째 저녁 대화가 시작되었다.

"내 생각에 100킬로미터 정도 온 것 같아." 데이라이트가 말했다.

"음, 맞아." 카마가 말했다.

각자 자기 이불 속으로 들어갔다. 하루 종일 입고 있던 파카(면으로 만들어진 가볍고 모자가 달린 겉옷) 대신 모직으로 만든 반코트를 입었으니 이제 준비가 다 됐다. 눈을 감자마자 잠이 들었다. 별들이 싸늘한 대기 속에서 반짝이며 흔들렸고 아름다운 북극광이 커다란 전조등처럼 머리 위를 비추고 있었다.

암흑 속에서 데이라이트가 카마를 깨웠다. 오로라가 아직 빛나고 있었지만 새날이 시작된 것이었다. 데운 팬케이크와 콩, 튀긴 베이컨과 커피가 아침이었다. 개들은 아무것도 먹지 못한 채 멀리 눈 위에서 꼬리를 말고 먹고 싶은 듯 쳐다보았다. 가끔씩 서리 때문에 아픈 듯 앞발을 쳐들기도 했다. 극심한 추위였다. 적어도 영하 54도는 되었으니 맨손으로 개줄을 묶던 카마는 자주 불 옆으로 와서 언 손가락을 녹여야 했다. 두 사람이 함께 짐을 싣고 썰매를 묶었다. 마지막으로 한 번 더 손을 녹인 뒤 벙어리장갑을 끼고 개들을 강둑 위로 몰아 강을 따라 내려갔다. 데이라이트의 예상에 따르면 일곱 시경이었다. 하지만 별들이 찬란히 빛나고 있었고 머리 위에는 녹색의 북극광 줄기가 여전히 너울거리고 있었다.

두 시간 뒤 갑자기 어두워졌다. 너무 어두워서 거의 본능에만 의지해 나아갔다. 그 어둠을 보고 데이라이트는 자신이 추측한 시간이 옳다고 생각했다. 그것은 새벽이 오기 전의 어둠이었다. 알래스카의 겨울이 아니면 어디서도 볼 수 없었다. 회색빛이 아주 천천히 어둠 속으로 숨어들어 처음에는 감지할 수 없을 정도였다가 발 아래의 길이 희미하게 밝아오는 게 보였다. 그다음 개의 발이 보이고 나서 달리고 있는 개의 행렬과 양편의 눈길이 확연히 보였다. 그 뒤에는 가까운 강둑이 잠시 희미하게 보였다가 사라지더니 다시 보였다. 몇 분 지나지 않아 멀리 1.5킬로미터쯤 떨어진 강둑이 서서히 시야에 들어왔고 앞뒤로 얼어붙은 강이 온전히 다 보였다. 왼쪽에 예리하게 깎아지른 산줄기가 눈으로 덮인 채 튀어나와 있었다. 그것이 다였다. 해는 뜨지 않았다. 여전히 세상은 회색이었다.

낮에 스라소니 한 마리가 개의 코앞으로 재빨리 지나가 눈덮인 숲 속으로 사라진 적이 있었다. 개들의 야성이 되살아났다. 모두 울부짖고 목덜미털을 세우더니 쫓아가려고 길을 벗어났다. 데이라이트가 "워" 하고 소리치며 가까스로 지폴을 잡아 부드러운 눈 속으로 썰매를 기울였다. 개들이 멈추자 썰매를 다시 세웠고 5분이 지나자 다시 단단히 다져진 길을 따라 나는 듯 달리고 있었다. 그 스라소니가 이틀 동안 보았던 유일한 생명체였다. 그래서인지 사뿐히 뛰어 사라져버린 그 짐승이 유령처럼 느껴졌다.

열두 시, 지구의 불룩한 부분 위로 태양이 모습을 드러내자 길을 멈추고 눈 위에 작게 불을 피웠다. 데이라이트는 도끼로 언 콩소시지 덩어리를 쪼겠다. 이것들을 프라이팬에서 녹여 데우면 요깃거리가 되었다. 커피는 없었다. 그런 사치는 바라지도 않았다. 개들은 실랑이를 멈추고 부러운 듯 쳐다만 보았다. 개들에게는 밤에만 생선을 먹였다. 낮 동안은 계속 일만 했다.

추위는 계속되었다. 강철같이 강한 사람만이 이렇게 낮은 기온에서 계속 이동할 수 있었으니 카마와 데이라이트는 각자 자기 인종 중 최고였다. 하지만 카마는 데이라이트가 더 낫다는 것을 알고 있었고 애초에 자신이 뒤처질 운명임을 알았다. 노력을 게을리한다거나 정신이 해이해지지는 않았지만 심적으로 부담이 되었다. 그는 데이라이트를 숭배했다. 자신의 백인 길동무가 금욕적이고 과묵하며 강한 체력에 자신감까지 차 있다는 것을 잘 알고 있었다. 탁월할 가치가 있는 분야에서 탁월한 사람이었고 신과 같은 인간이었으니 카마로서는 숭배할 수밖에 없었다. 하지만 그런 내색은 하지 않았다. 이런 사람을 낳은 백인종이 땅을 정복하는 것이 당연하다는 생각도 들었다. 인디언들이 이렇게 끈덕지고 참을성 있는 종족에 대항한들 승산이 있을까? 인디언들조차도 이렇게 기온이 낮을 때는 움직이지 않는 것이 수천 세대부터 내려온 그들의 상식이었다. 하지만 따뜻한 남쪽에서 온 데이라이트는 그들보다 더 강해서 그들의 두려움을 비웃고 하루에 열 시간에서 열두 시간씩 이동했다. 그리고 60일 동안 하루에 53킬로미터의 속도로 이동할 수 있다고 생각했다니! 새로 눈이 내릴 때까지 기다리지 않으면 길을 잃거나 물 가운데 갇히게 될 것이었다.

하지만 카마는 불평하거나 게으름을 피우지 않고 계속 속도를 유지했다. 영하 54도는 몹시 춥다. 물이 0도부터 얼기 시작하니 영하 54도는 빙점보다 54도 낮다. 반대로 빙점보다 54도가 높으면 영상 54도인데 이것은 아주 뜨거운 것이니 영하 54도가 어느 정도인지 짐작할 수 있을 것이다. 게다가 온통 어둠뿐인 가운데 이동하는 데이라이트와 카마였으니 얼마나 추웠을지도 잘 알 수 있을 것이다.

카마의 광대뼈가 얼어버렸다. 자주 문질러 주었는데도 살갗이 검게 변했고 쓰라렸다. 또 폐의 가장자리 조직도 약간 얼었다. 위험했다. 영하 54도에 심하게 힘을 쓰면 안 되는 이유가 바로 그것이었다. 하지만 카마는 불평하는 법이 없었고 데이라이트는 용광로여서 3킬로그램짜리 토끼털 한 장을 덮고도 6킬로그램짜리를 덮은 듯 따뜻하게 잘 잤다.

둘째 날 밤, 80킬로미터를 더 가서 알래스카와 북서 국경 사이에 캠프를 쳤다. 마지막의 짧은 구간을 제외하고는 다이아로 가는 내내 캐나다 영토를 밟아야 했다. 길이 굳어 있고 눈이 내리지 않으면 네 번째 날 밤은 포티마일에 캠프를 칠 계획이었다. 카마에게도 그렇게 말은 해두었지만 셋째 날 기온이 올라가기 시작했기 때문에 곧 눈이 내릴 것이 뻔했다. 유콘 강에서는 따뜻해져야 눈이 내리기 때문이다. 또 바로 이날 얼음이 녹아 엉망인 길을 15킬로미터 정도를 가야 했다. 짐이 실린 썰매를 직접 손으로 큰 얼음 위로 끌어올렸다 내렸다 했다. 이런 곳에서 개들은 별 쓸모가 없었다. 개도 사람도 심하게 혹사당했다. 그날 밤 전날보다 한 시간을 더 달렸지만 낮에 지체한 시간을 겨우 조금 보충할 수 있었다.

아침에 일어나보니 이불 위에 눈이 25센티미터나 쌓여 있었다. 개들은 눈 아래 묻혀 편하게 잠들어서 일어나기 싫어했다. 눈이 내렸다는 것은 더 힘들어진다는 뜻이었다. 썰매날이 새로 내린 눈 위에서는 잘 미끄러지지 않기 때문에 둘 중 한 사람이 썰매가 빠지지 않도록 앞에서 설상화를 신고 눈을 다져주어야 했다. 남쪽 사람들이 알고 있는 눈과 아주 달랐다. 이곳의 눈은 단단하고, 곱고, 건조했다. 설탕과 비슷했다. 발로 차면 모래처럼 쉬익쉬익 소리를 내며 날아갔다. 입자들이 응집력이 없어서 눈덩이로 뭉칠 수도 없었다. 눈송이가 아니라 아주 작은 기하학적 서리 결정체로 이루어져 있었다. 사실은 눈이 아니라 서리였다.

게다가 날씨가 따뜻해져 겨우 영하 29도밖에 되지 않아 귀덮개를 올리고 벙어리장갑을 벗었는데도 걷느라 힘들어서 땀이 났다. 그날 밤 포티마일에 가지 못해서 다음날에 그곳에 도착했다. 머물 시간이 없어서 편지와 추가 식량만 받아 바로 떠나야 했다. 다음날 오후 클론다이크 강어귀에 캠프를 쳤다. 포티마일 이후 사람 그림자도 본 적이 없었다. 길을 만들며 가야 했다. 그해 겨울 그때까지 포티마일 강 남쪽을 지나간 사람은 아무도 없었다. 사실 그 겨울 내내 그들을 제외하고는 아무도 지나가지 않았다. 그런 때 유콘 강 유역은 황량했다. 클론다이크 강과 다이아의 솔트워터 강 사이에 눈으로 덮인 황무지가 있었는데 1천 킬로미터 가까이 되는 그 황무지 전체에서 사람을 만날 법한 곳은 단 두 곳이었다. 두 곳 다 외딴 교역소였다. 식스티마일과 셀커크였다. 여름에는 스튜어트 강과 화이트 강어귀, 빅 새먼과 리틀 새먼 강, 르바지 호수에서 인디언들을 만날 수 있었지만 겨울에는 그들이 산으로 돌아가는 무스 떼를 따라 이동한다는 것을 잘 알고 있었다.

그날 밤 클론다이크 강어귀에 캠프를 친 데이라이트는 저녁에 할 일을 다 끝내고도 잠자리에 들지 않았다. 곁에 백인이 있었다면 자신의 '감' 대로 되어가고 있다고 말했을 것이다. 하지만 몸을 말고 눈 속에 누운 개들과 토끼털을 덮고 깊이 잠든 카마를 두고 그저 설상화를 동여매고 높은 강둑 위의 넓은 평지로 올라갔다. 그런데 전나무가 너무 빽빽하게 들어차 있어서 멀리까지 볼 수가 없자 나무들을 헤치고 강둑 산비탈에 올라갔다. 그곳에서 동쪽에서 직각으로 흘러들어와 남쪽 유콘 강에서 장중하게 굽이진 클론다이크 강이 보였다. 왼쪽 하류 무스하이드 산 쪽으로 그 이름처럼 거대한 흰색 얼룩이 별빛 아래 선명했다. 그 이름을 지은 것은 슈왓카 중위였다. 그 용감한 탐험가는 칠쿳 고개를 넘어 유콘 강을 따라 내려갔었다. 하지만 데이라이트는 그보다 훨씬 더 이전에 그 산을 보았다

하지만 시선은 그 산에 머물러 있지 않았다. 데이라이트의 관심은 바로 그 큰 평원이었다. 그 가장자리에 기선을 띄울 만큼 깊은 물길이 지나고 있었다.

"저기가 딱이야"라고 중얼거렸다. "4만 명이 캠프를 칠 만해. 이제 금만 찾으면 돼." 잠시 동안 생각에 잠겼다. "선광냄비 하나에 10달러어치가 나오면 엄청난 인파가 알래스카로 몰려들 거야. 여기가 아니래도 이 근방일 거야. 새 마을이 들어설 만한 곳을 계속 찾아봐야겠어. 증말 좋은 생각이야."

잠시 동안 서서 황량한 평지를 지긋한 눈길로 바라보며 인파가 몰려드는 광경을 상상했다. 상상 속에서는 제재소와 대규모

상점, 술집, 댄스홀, 광부들의 숙소가 길게 늘어선 거리도 있었다. 그 거리를 따라 수천 명이 오르내렸고 상점 앞에는 기다란 개줄을 단 썰매들이 무거운 짐을 싣고 있었다. 그 썰매들이 큰길에 멈추었다가 상상 속의 광산을 향해 얼어붙은 클론다이크를 따라 올라가는 모습도 보았다.

웃으며 그 광경을 떨쳐내고 비탈을 내려와 평원을 건너 캠프로 갔다. 이불을 말고 5분 동안 누워 있었는데 이상하게도 잠이 오지 않았다. 옆에서 자고 있는 인디언과 꺼져가는 불씨, 그 너머에 북슬북슬한 꼬리를 코에 덮고 누워 있는 개 다섯 마리와 눈 속에 똑바로 세워져 있는 설상화 두 켤레가 보였다.

"감이 제대로야"라고 웅얼거리다가 포커 게임이 생각났다. "킹 네 장." 회상에 잠긴 듯 싱긋 웃었다. "정말 대단한 '감'이었어!"

다시 누워서 목까지 이불을 당겨 덮은 뒤 귀덮개를 내리고 눈을 감자 잠이 들었다.

5

그들은 식스티마일에서 식량을 싣고 편지를 몇 킬로그램 실은 뒤 계속해서 나아갔다. 포티마일에서부터 줄곧 길을 내며 왔는데 다이아까지도 계속 그랬다. 데이라이트는 잘 견뎌내고 있었지만 카마에게는 죽음이 다가오고 있었다. 자존심 때문에 입을 열지 않았지만 갑작스러운 추위에 폐가 얼어붙었던 것이 아직 낫지 않았다. 폐 가장자리가 아주 조금 얼었지만 그 부분이 썩기 시작하자 마른기침이 자주 났다. 힘든 작업으로 몸에 무리가 가자 기침을 더 자주 했고 거의 발작하듯 기침을 해댔다. 눈이 충혈되어 부풀었고 눈물이 계속 흘러내렸다. 베이컨 구을 때 연기 한 번만 마셔도 30분 동안 발작적인 기침을 할 정도여서 데이라이트가 요리를 할 동안 바람이 부는 쪽에 피해 있어야 했다.

매일 푹푹 빠지는 눈 위를 끊임없이 걸었다. 단단한 표면을 나는 듯 달리는 희열도 쾌감도 없으니 힘들고 지루했다. 번갈아 가며 설상화를 신고 앞서 걸어야 했다. 나아지는 것도 없으니 더 힘들었다. 90센티미터 정도 쌓인 푸석푸석한 눈을 다지며 걸어야 했는데 성긴 망처럼 생긴 설상화를 신고 밟으면 30센티미터 정도가 꺼졌다. 이럴 때 설상화를 신고 걸으면 평소보다 더 힘이 들었다. 한쪽 발을 들어 올려 앞으로 뻗을 때 발이 기울어지면 앞으로 나아갈 수가 없었다. 그래서 발을 수직으로 들어올려야 했다. 설상화로 눈을 밟으면 그 앞코가 90센티미터 높이의 눈벽에 닿았다. 발을 들어올릴 때 조금이라도 앞으로 기울이면 신발의 코가 눈에 박혀 뒤꿈치가 뒤쪽 다리에 닿을 만큼 뒤로 미끄러졌다. 그래서 매번 발을 90센티미터나 번쩍 치켜들어야 했다.

이렇게 조금씩 길을 다지면 그 뒤를 개가 달렸고 그 뒤로 지폴을 잡은 사람이, 그다음에 썰매가 달렸다. 아무나 할 수 없을 만큼 열심히 달리고 있었지만 시속 5킬로미터 정도가 고작이었다. 그러면 시간이 더 많이 들 것이니 데이라이트는 뜻밖의 사고로 더 늦어질 것까지 감안해 하루에 열두 시간씩 달리기 시작했다. 밤에 캠프를 치고 콩을 끓여 먹고, 아침밥을 먹고 캠프를 걷고, 점심 때 콩을 녹이는 데 세 시간을 쓰고 나면 잠자고 쉴 시간이 아홉 시간밖에 남지 않았기 때문에 사람도 개도 1분도 허비하지 않았다.

펠리 강 근처 교역소에서 데이라이트는 카마에게 셀커크에 남았다가 다이아에서 돌아오는 길에 합류하는 것이 좋겠다고 했다. 르바지 호수 출신의 갈 곳 없는 어떤 인디언이 대신 함께 가겠다고 나섰지만 카마가 고집을 부렸다. 그는 약간 화난 듯 툴툴거리자 데이라이트가 그 뜻을 알아챘다. 지친 개들은 돌아올 때 데리고 가기로 하고 팔팔한 개 여섯 마리를 교체해서 떠났다.

밤 열 시가 될 때까지 달려서야 셀커크에 도착했지만 다음날 아침 여섯 시 다시 길을 떠나 셀커크와 다이아 사이에 있는 8백여 킬로미터의 황무지를 향했다. 다시 갑자기 추워졌지만 따뜻하든 춥든 길을 만들면서 가는 상황은 매한가지였다. 온도가 영하 45도로 내려가자 한층 더 힘들어졌다. 그렇게 낮은 온도에서는 서리 결정이 썰매날에 모래알갱이처럼 강한 저항을 가하기 때문이었다. 개들은 영하 28도나 35도일 때보다 더 힘껏 끌어야 했다. 데이라이트는 하루 이동 시간을 열세 시간으로 늘리고 남은 시간을 바짝 줄였다. 앞으로 힘든 길이 남았다는 것을 알고 있었기 때문이었다.

아직 한겨울이 오지 않았고 거친 피프티마일 강을 보니 역시 그의 판단이 옳았다. 얼지 않은 넓은 강 양편 가장자리는 위험천만의 얇은 얼음이었다. 물이 가파른 절벽으로 밀려와서 가장자리에는 얼음이 얼 수가 없는 곳이 많았다. 그들은 돌고 돌아 강을 건너기도 하고 다시 돌아오기도 하면서 수십 번 시도한 끝에 위험한 곳을 피해 길을 찾았다. 속도가 느렸다. 교량 역할을 하는 얼음덩이는 튼튼한지 미리 시험해보아야 했다. 그래서 데이라이트나 카마가 설상화를 신고 앞서 가서 살펴보았는데 이때 기다란 장대를 비스듬히 들고 갔다. 이렇게 해야 얼음이 깨져 물에 빠져도 장대가 걸려 매달릴 수 있었다. 그런 사고가 여러 번 일어났다. 영하 45도에서 허리까지 젖었으니 얼어붙는 것은 당연했다. 그래서 물에 빠지면 지체할 수밖에 없었다. 물에 빠졌다 나오면 혈액순환이 멈추지 않도록 뛰어다녀야 했고 빠지지 않은 사람이 불을 피웠다. 그런 뒤 옷을 갈아입고 또 물에 빠질 때를 대비해 젖은 옷을 말렸다.

설상가상으로 어두울 때는 이 위험한 작업조차 할 수가 없어서 해지기 전까지 여섯 시간 동안만 움직일 수 있었다. 1분 1초가 소중해서 헛되이 보내지 않으려고 애썼다. 그래서 해가 뜨려는 기미가 보이기도 전 캠프를 해체하고 개들을 채비시킨 뒤 불가에서 몸을 웅크리고 기다렸다. 점심도 먹지 않았다. 아주 많이 뒤처져 있으니 식사시간을 줄일 수밖에 없었다. 하루에 25킬로미터를 가는 날도 있었고 20킬로미터를 가는 날도 있었다. 아주 험한 구간에서는 세 번이나 되돌아와야 했고 썰매와 짐을 지고 산을 넘어가야 했기 때문에 이틀 동안 고작 15킬로미터밖에 가지 못했다.

마침내 공포의 피프티마일 강을 건넜고 르바지 호수에 들어섰다. 이곳은 얼지 않은 부분도 얼음으로 진창이 된 곳도 없었다. 50킬로미터를 가는 내내 눈이 탁자처럼 평평하게 쌓여 있었다. 그 눈의 깊이는 90센티미터 정도였고 밀가루처럼 고왔다. 잘해야 고작 시속 5킬로미터를 달렸지만 늦게라도 피프티마일을 건넌 것이 다행이라고 생각했다. 오전 열한 시 호수 끝에 다다랐다. 오후 세 시 북극의 밤이 되었을 때 그 강의 수원지가 처음 눈에 띄었으며 첫 별을 보고 자신들의 위치를 파악했다. 저녁 여덟 시 호수를 뒤로 하고 루이스 강어귀로 들어섰다. 여기서 30분가량 쉬면서 익힌 콩 덩어리를 녹여 먹고 개들에게 특별 배급도 주었다. 그런 뒤 상류에 캠프를 쳤을 때가 새벽 한 시였다.

그날 열여섯 시간을 달렸고 개들은 지쳐 싸우지도 않았다. 심지어 으르렁거리는 소리도 내지 않았다. 카마는 마지막 몇 킬로미터에서 눈에 띄게 절룩거렸다. 하지만 데이라이트는 다음날 아침 여섯 시 다시 길에 올랐다. 열한 시가 되자 화이트호스 기슭에 도착했고 그날 밤 박스 협곡 너머에 캠프를 쳤다. 이제 뒤에는 가장 험한 강들이 앞에는 호수들이 있었다.

지체하지 않았다. 여명 속에 여섯 시간, 어둠 속에 여섯 시간, 이렇게 하루에 열두 시간을 열심히 달렸다. 세 시간은 요리와 장비 수선, 캠프 설치와 해체에 쓰였고 남은 아홉 시간 동안 개와 사람 모두 시체처럼 잠을 잤다. 강철 같던 카마의 체력이 바닥났다. 매일매일 뼈가 빠지게 힘들어 진이 다 빠졌다. 힘을 보충하는 데 점점 더 많은 시간이 필요했다. 움직임이 느려졌고 체력이 회복되지 않았고 이제 계속 절뚝거렸다. 하지만 굴하지 않고 계속 움직였다. 꾀를 부리지도 않았고 불평의 기미조차 없었다. 데이라이트도 얼굴이 파리했고 피로했다.

그는 지쳐 보였지만 어떻게 된 일인지 놀랍게도 계속 달렸다. 남쪽 경계를 건너는 마지막 며칠 동안 데이라이트는 불굴의 인내심으로 계속 달렸다. 카마는 일찍이 그런 인간을 본 적도 없고 그런 인간이 있다고 생각해본 적도 없었으니 그를 신으로 여길 수밖에 없었다.

이제 앞서서 길을 열 수가 없을 만큼 카마의 병세가 악화되었다. 데이라이트가 혼자 무거운 설상화를 신고 온종일 고생할 수밖에 없었다. 마시 호에서 린더먼 호까지 여러 개의 호수를 건너 칠쿳 고개의 비탈길을 오르기 시작했다. 그날 어둑해졌을 때 고개의 마지막 고비 아래에 캠프를 치는 것이 너무도 당연한 일이었다. 하지만 데이라이트는 멈추지 않고 그 고개를 넘어 쉽 캠프로 내려갔다. 그렇게 하지 않았다면 하루 동안 그곳에서 발이 묶였을 것이었다. 뒤쪽으로 눈폭풍이 사납게 몰아치고 있었던 것이다.

이번 고비에서 카마는 완전히 기력이 떨어졌다. 아침에 아예 움직이지도 못했다. 데이라이트가 다섯 시에 깨웠지만 힘들게 몸을 일으키더니 신음하다 다시 쓰러져버렸다. 데이라이트는 캠프의 잡일을 혼자 다 하고 개들을 채비시켜 출발 준비를 끝냈다. 그런 뒤 토끼털 이불 세 장으로 그 속수무책의 인디언을 둘둘 말아 썰매 위에 눕히고 묶었다. 상황이 좋았고 거의 끝이 가까웠다. 그는 다이아 협곡을 지나 다이아 교역소로 이어진 굳게 얼어붙은 길로 개들을 몰았다. 계속 달렸다. 카마는 짐 위에서 신음했고 데이라이트는 빠르게 미끄러지는 썰매 활주부에 치이지 않으려고 지폴 옆에서 재빨리 움직였다. 바다를 옆에 낀 다이아에 도착했다.

약속대로 데이라이트는 거기서 머무르지 않았다. 새로 받은 편지와 음식을 싣고 새 개들을 채비시키고 새 인디언을 합류시키는 데 한 시간이 걸렸다. 카마는 데이라이트가 출발 준비를 마치고 뒤에 서서 작별인사를 할 때까지 한마디도 하지 않았다. 악수를 나누었다.

"음, 저, 제기랄, 저 인디언 죽일 거야." 카마가 말했다. "맞지? 데이라이트. 죽일 거야."

"펠리까지는 버틸 거야." 데이라이트는 싱긋 웃었다.

카마는 믿을 수 없다는 듯 고개를 저었고 작별인사 대신 옆으로 돌아누워 등을 돌렸다.

데이라이트는 그날 칠쿳 고개를 건넜고 어둠과 크레이터 호의 몰아치는 눈발 속에서 150여 미터 더 내려가 캠프를 쳤다. 수목 한계선 훨씬 너머에 있는 정말로 추운 곳이었는데 썰매에 장작도 싣고 오지 않았었다. 그날 밤 90센티미터의 눈이 쌓여서 어두운 아침 그들이 눈을 헤치고 일어났을 때 그 인디언이 도망가려고 했다. 인간말종이라고 할 만한 사람들과 할 만큼 일을 해본 그였다. 하지만 데이라이트는 엄하게 가지 말라고 설득해서 딥 호와 롱 호를 건넜고, 린더먼 호의 평지로 내려왔다.

올 때와 마찬가지로 살인적인 속도여서 그 인디언도 카마처럼 배겨내지 못했다. 불평은 하지 않았다. 도망가려고도 하지 않았다. 계속 열심히 달렸지만 다시는 데이라이트와 상종하지 않겠다고 속으로 다짐했다. 그렇게 여러 날이 흘러 밤과 낮이 여러 번 바뀌었고, 한파가 끝나고 눈이 내리더니 다시 한파가 몰아쳤다. 이렇게 수 킬로미터를 지났다.

하지만 피프티마일에서 사고가 터졌다. 얼음판을 건너다가 얼음이 깨져 개들이 얼음에 휩쓸려 떠내려가버렸다. 그 개들과 가장 뒤쪽 개를 이어주던 끈이 끊어져서 개들을 잡을 수가 없었다. 이제 남은 것은 한 마리밖에 없었다. 데이라이트와 그 인디언은 썰매 끈을 몸에 묶었다. 이런 일에서는 사람 한 명이 개 한 마리를 대신할 수 없는 법인데 지금 두 사람은 개 다섯 마리 몫의 일을 하려고 하고 있었다. 한 시간이 지난 뒤 데이라이트는 짐의 무게를 줄이기로 했다. 개 사료와 여분의 비품, 예비 도끼를 내던졌다. 남은 개 한 마리가 너무 힘들어 힘줄이 끊어져 불구가 되고 말았다. 데이라이트는 그 개를 쏴 죽이고 썰매를 내버렸다. 데이라이트는 등에 70여 킬로그램의 편지와 식량을 지고 인디언에게는 55킬로그램짜리 짐을 지웠다. 가재도구들은 미련 없이 던져버렸다. 그 인디언은 그가 중요하지도 않은 편지들은 안 버리고 콩, 컵, 들통, 접시, 여벌의 옷들을 내던져버리는 것을 보고 질겁했다. 각자 이불 한 장, 도끼 한 자루, 양은 들통 한 개, 베이컨과 밀가루를 조금씩만 남겼다. 베이컨은 위급한 상황에서는 날것으로도 먹을 수 있었고 밀가루는 더운 물에 타서 먹을 수 있었다. 소총과 탄약 수십 개도 버렸다.

이렇게 해서 셀커크를 향해 320킬로미터를 갔다. 늦게까지 달리고 일찍부터 이동하기 시작했고 캠프를 세우고 개를 돌보는 데 썼던 시간을 이제 모두 이동에 쏟아부었다. 밤이 되면 조그만 불가에 웅크리고 누워 이불을 덮은 채 밀가루 스프를 먹고 막대 끝에 베이컨을 꽂아 녹여 먹었고 아침이면 어둠 속에서 말 한마디 없이 일어나 재빨리 짐을 지고 머리띠를 고쳐 매고 길을 나섰다. 셀커크가 몇 마일 남지 않았을 때부터 데이라이트는 그 인디언을 앞세웠다. 데이라이트의 뺨은 움푹 패이고 눈은 퀭했다. 다른 사람이었다면 벌써 쓰러져 잠들어버렸거나 편지 자루를 내팽개쳤을 것이었다.

셀커크에서, 가는 길에 두고 갔던 개들을 다시 채비시켰다. 모두 힘을 회복해 있었다. 그날 바로 출발했다. 가는 길에는 자원한 르바지 출신 인디언과 지폴을 번갈아 잡았다. 계획대로라면 이틀이 남아 있었지만 눈이 내린 데다가 길이 다져지지 않은 상태인 포티마일까지 이틀이었다. 거기서부터 날씨가 좋았다. 한파가 닥쳐올 시기라는 데에 성패를 걸고 식량의 무게를 줄였다. 포티마일 사람들은 불길하다는 듯 고개를 가로저으며 눈이 계속 내리면 위험할 것이라고 충고했다.

"한파가 '증말' 올 거야." 그는 웃으며 개를 몰았다.

그해 겨울 이미 수많은 썰매가 포티마일과 서클시티를 오간 뒤여서 길은 잘 다져져 있었다. 그리고 한파가 닥치더니 계속 이어졌고 서클시티까지는 겨우 320킬로미터 정도밖에 남지 않은 상태였다. 그 르바지 출신 인디언은 젊었고 아직 자신의 한계를 알지 못해 자신감이 넘쳤다.

데이라이트가 몰아치는 대로 기꺼이 따랐으며 처음에는 자신이 데이라이트보다 낫다고 생각하기까지 했다. 그래서 처음 150킬로미터 정도 간 뒤 데이라이트가 전혀 지친 기색이 없는 것을 보고 깜짝 놀랐다.

그 인디언은 남은 150킬로미터를 가는 동안 지쳐버렸지만 이를 악물고 계속 쫓아갔다. 데이라이트는 지폴에서 달렸고 썰매 위에 타고 있는 동안에는 쉬면서 계속해서 나는 듯 빨리 몰았다. 마지막 날, 전보다 맑고 추워서 거의 완벽에 가까운 속도로 질주하여 110여 킬로미터를 달렸다. 밤 열 시가 되자 강둑에 닿아 서클시티의 대로를 달리고 있었다. 그러자 그 젊은 인디언은 썰매에 탈 차례였는데도 뛰어내려 썰매를 따라 달렸다. 그것은 대단한 허세였다. 자신이 한계에 이르렀다는 것을 알면서도 필사적으로 그 한계를 뛰어넘으려고 용감하게 계속 달렸다.

6

티볼리는 사람들로 들어찼다. 두 달 전 데이라이트가 떠나던 모습을 지켜본 이들이었다. 이날이 바로 60일째 되는 날 밤이었다. 그의 성공 여부를 두고 의견이 나뉘었다. 열 시가 될 때까지도 계속 돈을 걸고 있었지만 실패에 거는 사람이 많아졌다. 버진도 속으로는 실패를 확신하고 있었지만 찰리 베이츠와 20온스 대 40온스로 그가 자정까지 도착한다는 쪽에 걸었다.

처음 개 짖는 소리를 들은 사람이 바로 그녀였다.

"들어봐요." 그녀는 외쳤다. "데이라이트예요."

사람들은 모두 문으로 몰려들었다가 두 겹의 방풍문이 열어젖혀지자 뒤로 물러섰다. 격렬한 개 울음소리와 채찍소리가 들렸다. 마지막으로 지친 개들이 나무 바닥 위로 썰매를 끌고 올라

오도록 재촉하는 데이라이트의 목소리가 들렸다. 순식간에 개들과 함께 연기처럼 하얀 수증기와 서리가 밀려들었다. 그 서리 속으로 개들의 머리와 등이 보였는데 얼마나 힘들었는지 강물에 빠진 것처럼 흠뻑 젖어 있었다. 그 뒤로 지폴에 있는 데이라이트가 보였다. 서리에 가려 무릎 아래 부분이 보이지 않아서 마치 서리를 헤치고 오는 것처럼 보였다.

예전의 데이라이트 그대로였다. 여위고 피로해 보이긴 했지만 검은 눈은 전보다 더 빛나고 있었다. 면 파카를 수도승처럼 머리부터 무릎까지 걸치고 있었다. 캠프의 연기와 불에 그을리고 더러워진 옷만 보아도 그 여행이 어땠는지 알 만했다. 두 달 동안 자란 턱수염이 얼굴을 덮고 있었고 수염에는 110여 킬로미터를 달리며 내뿜은 입김 때문에 얼음조각이 엉겨 있었다.

극적이고 멜로드라마 같은 등장이었다. 스스로도 그렇게 생각하고 있었다. 그것이 그의 삶의 방식이었다. 자신의 의지대로 살았다. 동료들은 그를 위대한 북극의 영웅이라고 불렀다. 그 자신도 그런 평가를 자랑스러워하고 있었는데 3천 2백여 킬로미터의 여정을 끝내고 개, 썰매, 편지, 인디언과 함께 불쑥 나타난 이 순간이 그 절정이었다. 이로써 그는 유콘 지방에 다시 한 번 이름을 떨치게 되었다. 개척자들과 개썰매꾼의 왕이었다.

환영의 함성이 들리고 익숙하고 자질구레한 티볼리의 모든 것, 기다란 바와 줄지어 선 술병, 도박판, 커다란 난로, 저울 앞에 선 사람, 악사, 남자들과 여자들, 버진, 셀리아, 넬리, 댄 맥도널드, 비틀스, 빌리 롤린스, 올라프 헨더슨, 독 왓슨을 본 순간 전율이 느껴졌다. 그곳은 떠나던 날 그대로여서 마치 그동안 시간이 멈춘 듯했다. 광막한 순백의 황무지에서 보낸 60일이 주마등처럼 머릿속을 스쳤지만 전혀 현실감이 느껴지지 않았다. 그 60일은 찰나처럼 짧은 한순간일 뿐이었다. 침묵의 벽을 통과해 그 시간 속으로 달려나갔다가 곧바로 다시 그 벽을 통과해 순간적으로 티볼리의 소음과 함성 속으로 돌아온 것 같았다.

캔버스 편지 자루가 실린 썰매를 내려다보자 비로소 그 60일과 얼음으로 덮인 3천 2백여 킬로미터가 실감났고 마음이 놓였다. 자신에게 내밀어진 손들을 꿈꾸는 듯 마주잡고 흔들었다. 크나큰 기쁨이 느껴졌다. 삶은 숭고했다. 그는 삶을 사랑했다. 인간애와 동료애를 만끽했다. 그것들은 전부 그의 것, 그만의 것이었다. 강렬하고 멋진 경험이었다. 가슴속에 감동이 밀려들자 모두와 손을 잡고 그들을 힘껏 끌어안고 싶어졌다.

그는 깊게 숨을 들이마시고 소리쳤다. "승자가 낸다. 내가 이겼어, 안 그래? 마셔. 알래스카 개새끼들아. 인디언 놈들아. 술 시켜! 솔트워터에서 온 따끈따끈한 다이아 편지야. 정말이라니까. 풀어봐, 어서!"

수십 명이 썰매줄에 손을 뻗치자 그 줄을 풀고 있던 젊은 르바지 출신 인디언이 갑자기 맥없이 일어섰다. 눈에는 놀라움이 가득했다. 주변을 거칠게 쏘아보았다. 그런 상황이 처음이었던 것이다.

그는 갑자기 한계를 느꼈다. 마비가 오는지 온몸을 떨더니 무릎을 꿇고 천천히 몸을 기울이다가 썰매 위로 푹 쓰러졌고 의식

전체에 어둠이 맹렬하게 덮쳐오는 것을 느꼈다.

"기절했어." 데이라이트가 말했다. "옷 벗기고 침대에 눕혀. 증말 좋은 놈이야."

"정말이네. 지쳐서 나가떨어졌어." 곧바로 독 왓슨이 말했다.

편지를 맡기고 개들을 우리에 넣고 먹이를 주게 했다. 비틀스는 사사프라스 찬가를 불렀고 사람들은 기다란 바에 늘어서서 술을 마시고 떠들며 내깃돈을 주고받았다.

잠시 뒤 데이라이트는 버진과 빙글빙글 돌며 왈츠를 추고 있었다. 이제 파카 대신 털모자와 긴 코트를 입었고 얼어붙은 모카신을 벗어던진 채 양말 바람으로 춤을 추고 있었다. 무릎까지 흠뻑 젖은 채 달려온 터라 긴 독일풍 양말에는 얼음이 엉겨 있었다. 실내가 따뜻해서 녹기 시작해 얼음이 대롱대롱 매달렸다. 다리를 움직일 때마다 이 얼음덩어리들이 덜렁거리다가 바닥에 툭툭 떨어졌다. 춤추던 사람들이 밟아 미끄러지기도 했다. 하지만 모두 모른 척 넘겼다. 데이라이트는 그 먼 오지에서 법과 같은 사람이었고, 윤리의 기준이었으며, 옳고 그름의 기준을 행동으로 보여주는 사람이었다. 오히려 법보다 위였다. 사람들은 그가 옳지 않은 일은 절대 안 할 사람이라고 믿었다. 그가 한 일은 옳아야 했다. 남들이 똑같은 일을 할 때 허용되든 안 되든 그는 옳았다. 그것은 물론 그가 늘 옳은 일을 하고 남들보다 더 고매하고 훌륭한 행동을 했기 때문이었다. 노련하지만 대부분 사람들보다 나이가 어린 그 새로운 땅의 영웅은 가장 특별한 사람, 가장 뛰어난 사람, 가장 위대한 사람이었다. 그러니 버진이 그와 여러 번 춤을 추며 그의 팔에 자신을 내맡긴 것은 전혀 이상하지 않았다. 하지만 그녀는 그가 자신을 친한 친구이며 춤 잘 추는 여자 이상으로 봐주지 않는다는 것을 알기에 마음이 아팠다. 그가 다른 여자도 사랑하지 않는다는 게 그나마 위안이 되었다. 버진은 그의 사랑을 간절히 원했지만 그는 손수건을 팔에 묶은 남자들과 추듯 그저 춤을 즐길 뿐이었다.

그날 밤 실제로 그런 사내 한 명과 춤을 추었다. 개척자들 사이에서 한 명이 다른 사람을 빙빙 돌리고 그것을 견뎌내는 시합이 있었다. 페어로 카드 딜러인 벤 데이비스가 팔뚝에 야한 손수건을 감고 데이라이트와 버지니아 춤곡에 맞추어 춤을 추게 되자 그 시합이 시작됐다. 춤이 시작되자 모두가 구경하느라 뒤로 물러섰다. 두 사람은 한 방향으로만 빙글빙글 돌았다. 바에 그 시합 소식이 전해지자 모두 술잔을 내려놓고 게임을 접었다. 구경하려는 사람들로 댄스홀이 가득 찼다. 음악이 끊임없이 계속되었고 두 사람은 빙글빙글 돌았다. 데이비스는 요령이 좋아서 유콘 강 유역의 건장한 남자들 여럿을 쓰러뜨린 경험이 있었다. 하지만 정작 얼마 뒤 손을 든 것은 데이라이트가 아니라 데이비스였다.

얼마 동안 빙글빙글 돌고 난 뒤 데이라이트는 갑자기 멈추더니 파트너의 손을 놓고 뒷걸음질을 치다가 혼자 빙글빙글 돌며 퍼덕퍼덕 손짓을 했다. 마치 허공에 기대려고 하는 듯했다. 하지만 데이비스는 놀란 듯 경박한 미소를 띤 채 옆으로 물러나 균형을 잡으려고 돌아서다가 바닥에 거꾸로 처박혔다. 데이라이트는 계속 비틀거리면서도 빙글빙글 돌며 허공에 손을 휘젓고 있다가 제일 가까이 있던 여자를 붙들고 왈츠를 추기 시작했다. 또 한 번 큰일을 해낸 것이었다. 3천 2백여 킬로미터의 얼음 길을 달렸고 바로 그날 110여 킬로미터를 오느라 녹초가 되었는데도 멀쩡한 사람을 빙빙 돌려 고꾸라뜨린 것이다. 그것도 벤 데이비스를.

데이라이트는 높은 곳을 좋아했다. 한정된 공간이라 차지할 만한 곳이 별로 없기는 했지만 늘 눈독을 들이던 제일 높은 자리를 끝내 차지했다. 세상 대부분의 사람들이 그를 몰랐지만 넓디넓고 고요한 북쪽의 백인, 인디언, 에스키모들은 모두 그를 알고 있었다. 베링 해에서 모든 고개까지, 아주 먼 강의 상류부터 배로 곶의 툰드라 해안까지 모두. 그는 승부욕이 강한 사람이었다. 자연이나 사람, 도박의 운과 씨름할 때도 마찬가지였다. 삶이든 일이든 모두 게임이었다. 철저한 도박사였다. 위험과 모험이 고기와 술이었다. 하지만 막무가내로 덤벼들지는 않았다. 꾀와 요령과 힘이 있었다. 하지만 그 모든 것의 뒤에는 사라지지 않는 행운이 있었다. 행운은 때로는 믿고 있던 사람들을 배신하여 현명한 자를 누르고 바보에게 축복을 내리기도 했다. 모두가 행운을 갈망하고 붙들고 싶어한다. 그도 그랬다. 마음 깊은 곳에서 늘 삶이 속삭이며 매혹의 노래를 부르며 부추겼다. 더 많은 사람을 이길 수 있고, 남들이 못하는 일을 할 수 있고, 남들이 실패한 일을 성공할 수 있다고 부추겼다. 삶은 강하고 튼튼하며 나약하지도 않고 지치지도 않은 채 낙관주의로 현혹시켜 자기만족과 자기애에 빠지게 했다.

언제 어디서 어떻든 행운을 찾게 될 것이고 그 행운의 낙인을 찍어 행운의 주인이 될 것이라는 속삭임. 아주 작은 소리였지만 늘 트럼펫 소리처럼 분명하게 들렸다. 포커를 할 때 그 속삭임은 에이스 네 장과 로열 플러시였다. 광산을 찾았을 때 그 속삭임은 얕은 흙 속의 금, 깊숙한 암석 속의 금, 땅속 곳곳에 묻힌 금이었다. 너무도 위험한 눈길과 강물, 굶주림 속에서 그 속삭임은 남들은 못하지만 그만은 성공하리라고 했다. 삶의 오래된 거짓말이었다. 다른 사람들을 이기고 가슴 깊이 간직한 욕망을 이루어낼 수 있다고 스스로를 속이는, 변치도 사라지지도 않는 거짓말.

이제 아까 그 이야기로 돌아와, 데이라이트는 어지러워서 춤을 멈추고 사람들에게 술을 권했다. 하지만 모두 거절했다. 이긴 사람이 술을 사야 한다는 데이라이트의 지론이 이제 받아들여지지 않았다. 그것은 관례와 상식에 반했고 우정을 강조하고 있지만 바로 그 우정의 이름으로 거부해야 할 것이었다. 술은 벤 데이비스가 사는 것이 옳았다. 게다가 데이라이트 덕분에 늘 손님이 많았으니 데이라이트의 술값과 나머지 비용도 술집에서 내야 하는 것이었다. 비틀스가 나서서 이렇게 주장했다. 짧고 아주 상스러운 투였지만 모두 박수를 보냈다.

데이라이트는 씩 웃더니 옆의 룰렛 테이블로 가서 노란 칩을 한 자루 샀다. 10분이 지났을 때 무게를 달고 있더니 2천 달러어치의 사금이 그의 자루에 부어졌다. 행운, 약소했지만 이것 역시 그의 행운이었다. 더더욱 의기양양해졌다. 그는 살아 있었고 이 밤은 그의 것이었다. 호의로 자신의 술을 거절했던 사람들을 돌아보고 이렇게 말했다.

"이번엔 정말 이긴 놈이 낸다."

이번에는 사람들도 받아들였다. 데이라이트는 삶의 등에 올라타 재갈을 물리고 박차를 가하기만 하면 됐다.

새벽 한 시 일라이저 데이비스가 헨리 핀과 벌목꾼 조 하인스를 문 쪽으로 데려가는 것이 보였다. 데이라이트가 끼어들었다.

"느덜 어디 가?" 그들을 바 쪽으로 당기면서 물었다.

"자러." 일라이저 데이비스가 대답했다.

그는 싸구려 씹는 담배를 질겅이는 뉴잉글랜드 출신으로 마운트데저트 섬 오지에서 서부의 부름을 받고 달려온 용감한 가문 출신이었다. "아침에 개썰매를 몰아야 해서." 조 하인스가 변명조로 덧붙였다.

데이라이트가 붙들었다. "어디로? 뭐 좋은 일 있소?"

"없어." 일라이저가 설명했다. "자네 감을 믿고 상류 쪽에 손을 대보려는 거야. 같이 가겠나?"

"같이 가고 말고." 데이라이트가 흔쾌히 응했다.

하지만 일라이저는 그저 농담으로 같이 가자고 했던 터라 그 대답을 곧이곧대로 듣지 않았다.

"스튜어트 강에 손댈 거야." 그가 계속 말을 이었다. "알 마요가 스튜어트에 처음 갔을 때 가능성 있어 뵈는 모래톱을 봤다고 했어. 강이 얼어 있을 때 훑어보려고. 데이라이트, 잘 들어봐.

겨울 채굴이 크게 유행할 때가 올 거야. 그땐 여름에만 몰려드는 사람을 비웃게 될 거야."

당시 유콘 강 유역에서 겨울에 채굴한다는 것은 꿈도 못 꿀 일이었다. 땅은 지표에서부터 근저까지 얼어 있어서 화강암처럼 단단하게 얼어붙은 사력층에는 곡괭이나 삽을 쓸 수가 없었다. 여름 태양에 땅이 녹으면 땅을 팠다. 여름이 채굴기였다. 겨울 동안 사람들은 식량을 실어 나르고 무스 사냥을 하며 여름에 일할 준비를 한 뒤 삭막하고 춥고 어두운 몇 달 동안 서클시티와 포티마일 같은 큰 캠프에서 빈둥거렸다.

"겨울 채굴은 증말 될 거야." 데이라이트가 맞장구를 쳤다. "상류에 가서 크게 한 건 터질 때까지 기다려. 그러면 새로운 채굴 방식을 보게 될 거야. 미리 수갱에 장작을 때고 파들어가 기반암을 따라 구멍을 뚫어놓는 건 어때? 목재가 필요하겠지? 그 얼어붙은 진흙과 사력층은 지옥이 얼고 지옥물이 아이스크림처럼 얼 때까지 그대로 있을 거요. 때가 오면 그 아래 30센티미터 깊이의 광맥이 채산에 맞을 거요. 같이 가겠어, 일라이저."

일라이저는 웃으며 두 동료를 다시 불러 문 쪽으로 돌아섰다.

"기다려요." 데이라이트가 불렀다. "정말 간다니까."

세 사람이 휙 돌아섰다. 놀랍고 기쁘면서도 믿을 수 없다는 표정이었다.

"농담 마." 조용하고 침착한 위스콘신 출신의 벌목꾼 핀이 말했다.

"나한테 개와 썰매가 있어. 두 팀으로 나누고 짐을 절반씩 나

누면 돼. 단, 천천히 조금씩 가야 해. 개들이 지쳐 있을 게 뻔하
잖아."

세 사람은 너무도 기뻤지만 아직도 믿지 못하는 눈치였다.

"이봐. 장난 그만 쳐. 사업 이야기를 하는 거라고. 정말 같이
갈 거야?" 조 하인스가 잠깐 있다가 말을 던졌다.

데이라이트는 손을 내밀어 악수를 청했다.

"그러면 자네도 자러 가게." 일라이저가 충고했다. "여섯 시
에 개썰매를 출발시킬 거야. 네 시간밖에 못 자."

"하루 더 있다 가는 게 좋겠어. 데이라이트가 충분히 쉬어야
하잖아." 핀이 제안했다.

그 말이 데이라이트의 자존심을 건드렸다.

"아니, 안 그래도 돼. 여섯 시에 출발해. 몇 시에 깨워줄까?
다섯 시면 되겠지. 그럼 됐어. 내가 전부 깨워줄게."

"자넨 좀 자야 해." 일라이저가 진지하게 충고했다. "이렇게
계속 갈 순 없어."

데이라이트는 지쳤다. 정말로 지쳤다. 강철 같은 몸의 그였지
만 지쳤다. 몸이 잠을 자라고 아우성이었고 누적된 피로와 새로
시작될 일에 진저리를 쳤다. 이런 몸의 저항이 머릿속까지 폭동
처럼 치밀어 올랐다. 하지만 마음 깊은 곳에 있는 삶과 정열이
시비를 걸었다. 사람들이 모두 보고 있으니 지금이 바로 업적을
더 쌓고 힘을 과시할 때라고 속삭였다. 삶이 또 오래된 거짓말을
속삭거렸다. 게다가 위스키가 삶의 뻔뻔스러움과 허영심을 부
추겼다.

"느덜은 아직 젖먹이라고 생각하는 모양이지?" 데이라이트는 물었다. "난 두 달 동안 술을 입에도 안 댔고 춤도 안 췄고 사람 그림자도 못 봤어. 가서 자. 다섯 시에 느덜 다 깨우지."

그날 밤 내내 그는 양말 바람으로 춤을 추었고 새벽 다섯 시 새 길동무들의 오두막을 천둥처럼 두들기며 자신의 이름이 된 노래를 불렀다.

"해가 이글거려. 스튜어트 강에 갈 놈들아! 해가 탄다! 해가 불타. 해가 탄다고!"

7

이번 길은 쉬웠다. 길이 단단했고 시간 맞춰 가야 할 우편물도 없었다. 하루 주행거리가 더 짧았고 여행 시간도 짧았다. 편지를 실어 나른 지난 여행에서 세 명의 인디언이 나자빠졌지만 이때 같이 가는 사람들은 스튜어트 강의 모래톱에 도착할 때까지 뻗으면 안 된다고 생각했기에 알아서 속도를 늦추었다. 그런데 이 정도의 여정으로도 동료들은 지쳤다. 하지만 데이라이트는 이미 회복했고 휴식도 충분했다. 개 때문에 포티마일에서 이틀을 지체했고 식스티마일에서 개를 바꾸었다. 셀커크에서 서클시티까지 달린 개들은 데이라이트와 달리 다 회복되지 않았다. 그래서 네 사람은 식스티마일에서 새 개들과 함께 데이라이트의 썰매를 타고 갔다.

다음날 밤 스튜어트 강어귀의 삼림지에 캠프를 쳤다. 데이라이트가 마을 건설 이야기를 꺼내자 사람들은 코웃음을 쳤다. 하지만 그는 아랑곳하지 않고 수목이 우거진 미로 같은 삼림지 전체에 말뚝을 둘러박았다.

"스튜어트 강에서 크게 한 건 터진다면 느덜 거기 뛰어들겠나 안 뛰어들겠나. 난 증말 할 거야. 잘 생각해봐. 나랑 같이 하는 게 좋을걸." 그가 목소리를 높였다.

하지만 그들은 생각을 바꾸지 않았다.

"하퍼나 조 래듀처럼 자네도 틀렸어." 조 하인스가 말했다. "그들은 늘 그런 짓을 했어. 클론다이크 바로 아래 무스하이드 산 밑에 있는 큰 평원 자네도 알지? 포티마일의 기록관이 거기 말뚝이 쳐진 지 한 달 좀 안 됐다고 하더라고. 하퍼와 래듀 마을 터래. 하하하!"

일라이저와 핀도 함께 그를 비웃었다. 하지만 데이라이트는 너무도 진지했다.

"감이 와." 그가 외쳤다. "감이 온다고. 감이 있다니까. 안 그랬으면 그치들이 그 큰 평원에 말뚝을 쳤겠소? 내가 먼저 했어야 했는데."

그가 아쉬운 듯 말하자 또 한 번 비웃음이 터졌다.

"웃으쇼, 다덜 웃으라고. 그게 문제야. 자네들은 금 사냥이 한몫 잡는 유일한 방법이라고 생각하지. 하지만 큰 건이 터지면 느덜은 땅바닥만 갈퀴로 긁을 거야. 그래봐야 제기랄, 그건 얼마 안 될걸. 사금 채취통의 홈에 있는 수은을 보잘것없다고 비웃고 그 금부스러기가 신이 약자들과 풋내기들을 놀리려고 만든 거라고 생각하고 있잖아? 질 낮은 금에 지나지 않는 것이지, 느덜 생각대로라면 말이야. 그 부스러기를 그냥 두면 절반을 놓치는 거란 말야."

"하지만 그 땅은 행운이 자기 것이 될 거라 믿고 마을터에 말뚝을 치고 무역소를 세우고 은행을 여는 사람 거요."

이 대목에서 환희에 들떴다. 알래스카의 은행! 너무도 아쉬웠다.

"그래, 주식거래를 시작하는 거야."

또다시 그들은 포복절도했다. 조 하인스는 옆구리를 쥐고 이불 위를 데굴데굴 굴렀다.

"그런 뒤 광산 거물들이 와서 느덜이 다른 잔챙이들처럼 긁고 간 강들을 모두 사들일 거야. 그치덜 여름에 수력 채광을 하고 겨울에는 증기 해동을 할 거야."

증기 해동! 거기가 한계였다. 데이라이트는 사람들이 너무 비웃자 흥분한 것이 분명했다. 증기 해동이라니. 심지어 장작때기조차 시도한 사람이 없는 한낱 막연한 꿈에 불과한 때였는데 말이다.

"웃어, 제기랄, 웃으라구! 왜 못 보는 거야? 야옹거리는 새끼고양이 같으니라고. 클론다이크에서 그런 큰 건이 터지면 하퍼와 래듀는 백만장자가 될 거야. 확실해. 그리고 스튜어트 강에서 그런 일이 벌어지면 일럼 하니시 마을터의 벼락 경기를 구경하게 될 거야. 그때 느덜은 돈타령이나 하고 있겠지." 그는 체념

한 듯 한숨을 내쉬었다. "그러면 난 느덜에게 푼돈이나 집어주거나 먹을 걸 사주겠지. 아니면 뭐든 주겠지."

데이라이트는 선견지명이 있었다. 한정된 곳에 살았지만 그가 보는 것은 모두 큰 것이었다. 사고는 질서정연했고 상상력은 현실적이어서 결코 헛된 꿈을 꾸지 않았다. 숲이 울창한 눈 덮인 황무지를 보면서 번성하는 대도시가 그곳에 있는 광경을 상상했을 때 이미 그곳에서 금이 발견될 가능성을 보았고 그다음에 기선상륙, 제재소와 창고의 위치, 외진 북극 광산 도시에 필요한 것이 무엇인지 모두 생각해두었다. 그러나 이것은 더 큰 것, 말하자면 도박판일 뿐이었다. 꿈속의 도시 거리와 건물들, 사람과 돈이 얽혀 있는 곳에는 기회가 넘쳐났다. 그것은 큰 도박판이었다. 한계라면 하늘, 남쪽으로 이어진 하늘과 북쪽에 오로라가 펼쳐진 하늘밖에 없었다. 큰 게임이었다. 어떤 유콘 사람이 상상할 수 있는 것보다 훨씬 큰 게임이었다. 그는 자신이 이미 그 게임에 뛰어들었다는 것을 알고 있었다.

그것을 증명할 길이 감밖에 없었다. 하지만 분명 감이 들었다. 좋은 패에 가진 돈을 모두 털어 거는 것처럼 미래에 강 상류에 대박이 터질 것이라는 감으로 목숨과 노력을 퍼부었다. 그래서 개와 썰매를 끌고 설상화를 신은 채 얼어붙은 스튜어트 강기슭까지 애써 올라온 것이다. 목소리와 도끼 소리, 멀리서 들려오는 총소리로도 절대 깨지지 않는 백색 황무지의 끝없는 적막을 가로질러 계속 나아갔다. 인간이라고는 찾기 힘든 그 거대하고 고요한 언 땅을 지나서 하루에 수 킬로미터씩 힘들게 이동하며 얼음을 녹여 마시고 눈 속에서 캠프를 치고 밤을 보냈다. 개들은 서리가 맺힌 털 속으로 몸을 움츠렸고 네 컬레의 설상화는 썰매 옆 눈 속에 세워져 있었다.

사람의 흔적이라고는 찾아볼 수 없었지만 딱 한 번 강둑 옆에 조잡한 삿대배 한 척이 숨겨져 있는 것을 보기는 했다. 배 주인이 왜 배를 버려두고 갔는지 궁금해하며 계속 썰매를 몰았다. 우연히 인디언 마을을 지나게 되었지만 인디언들은 한 명도 없었다. 무스 떼를 쫓아 스튜어트 강 수원지까지 올라간 것이 분명했다. 유콘 강에서 320킬로미터 정도 올라가니 알 마요가 말했다는 모래톱이 나왔다. 캠프를 치고 식량은 개들이 먹지 못하도록 높은 곳에 숨겨두고 얼음 가장자리를 뚫어 사력층까지 파기 시작했다.

힘들고 단조로운 생활이었다. 아침식사가 끝나면 희미한 여명 속에서 일을 했다. 밤이 되면 요리를 하고 자질구레한 일을 한 뒤 담배를 피우고 잡담을 나누다가 이불을 둘둘 말고 빛나는 오로라와 별들이 반짝이는 하늘을 이고 잠을 잤다. 식단도 단조로웠다. 발효시킨 반죽으로 구운 빵, 베이컨, 콩, 자두 한 줌에 밥이 있을 때도 있었다. 고기는 구할 수가 없었다. 동물이 없었기 때문이었다. 아주 이따금씩 눈신토끼나 흰담비의 흔적이 발견되기도 했다. 하지만 생명체라곤 아예 사라져버린 곳처럼 보였다. 이들도 그런 사정을 잘 알고 있었다. 어떤 해에 사냥감이 넘쳐나던 곳도 이삼년 후 다시 가보면 흔적도 찾을 수 없다는 것을 경험으로 알고 있었다.

그 모래톱에서 금이 발견되기는 했지만 돈이 될 만한 양은 아니었다. 일라이저는 80킬로미터 정도 떨어진 곳에서 무스 사냥을 하면서 큰 지류의 표면 사력층을 선광냄비로 떠보았는데 색깔이 좋았다. 개에 채비를 하여 불 밝힐 기구들을 싣고 썰매를 몰아 그곳으로 갔다. 이곳에서 유콘 역사상 최초의 장작 때고 수갱 파기를 시도했다. 데이라이트가 생각해낸 방법이었다. 이끼와 풀들을 제거한 뒤 마른 전나무로 불을 피웠다. 여섯 시간 동안 불을 피우면 진흙이 20센티미터 녹았다. 그러면 곡괭이를 깊숙이 찔러 넣고 삽으로 떠낸 후 다시 불을 피웠다. 그 실험의 성공에 들떠 이른 아침부터 늦게까지 일했다. 언 진흙땅 2미터 아래에 마찬가지로 얼어붙은 사력층이 있었다. 여기서부터 일이 더뎌졌다. 하지만 불을 더 잘 다룰 수 있게 되어서 불을 한 번 피워서 12에서 15센티미터가량까지 녹일 수 있었다. 그 사력층에 사금이 있었고 60센티미터 아래에 또 진흙이 있었다. 5미터 지점에서 얇은 사력층의 광맥을 찾아내서 냄비로 떠내보니 6에서 8달러만큼의 금이 있었다. 불행히도 그 사력층의 두께는 30센티미터도 되지 않았다. 그 아래쪽에 오래된 나무줄기가 뒤엉켜 있고 정체불명의 동물 화석이 들어 있는 진흙층이 있을 뿐이었다. 그들이 찾은 것은 분명 금이었다. 거친 금. 그러니 기반암에는 더 많이 묻혀 있을 가능성이 있었다. 12미터 아래 기반암이 있을 것 같아 계속 파내려갔다. 두 조로 나뉘어 두 개의 갱에서 밤낮 없이 일했다. 연기가 끊임없이 피어올랐다.

이때 콩이 떨어져 일라이저가 식량을 가지러 메인 캠프로 갔다. 일라이저는 노련한 불굴의 개척자였다. 왕복 160킬로미터가 넘었지만 갈 때 가벼우니 하루, 올 때는 무거우니 이틀이 걸릴 것이라며 사흘 만에 돌아오겠다고 약속했다. 그런데 둘째 날 밤에 돌아왔다. 일행이 막 잠자리에 들었을 때 그가 오는 소리가 들렸다.

"도대체 무슨 일이야?" 헨리 핀이 불빛 속에서 빈 썰매와 그러잖아도 길쭉하고 심각한 일라이저의 얼굴이 더 길고 심각해진 것을 보고 물었다.

조 하인스가 장작을 더 넣자 나머지 세 사람이 이불을 둘둘 만 채 불 가까이로 모여들었다. 콧수염을 기른 일라이저의 얼굴과 눈썹이 얼음범벅이 되고 눈썹과 옷의 털도 마찬가지여서 산타클로스처럼 보였다.

"자네들 강 옆 은신처 모퉁이에 서 있는 큰 전나무 생각나지?" 일라이저가 말문을 열었다.

어떤 불행이 있었는지 곧 밝혀졌다. 아주 꿋꿋해 보여서 앞으로도 몇 세기는 능히 버틸 것 같던 커다란 나무가 속이 썩어 있었던 것이다. 어떤 이유에서였는지 뿌리가 약해졌다. 숨겨둔 짐과 눈의 무게를 견디지 못했다. 오랫동안 버텼지만 마침내 균형이 깨진 것이다. 나무가 흔들거리다 넘어져 땅에 부딪히면서 감춰둔 짐들이 떨어졌고 네 사람과 열한 마리의 개들을 지켜주던 평화가 깨졌다. 식량이 바닥났다. 울버린들이 떨어진 식량에 달려들어 먹어치웠다.

"그놈들이 베이컨과 자두, 설탕과 개 먹이를 모두 먹어치웠어." 일라이저는 말했다. "그리고 자루를 물어뜯어 밀가루와 콩과 쌀이 사방에 흩어졌어. 4백 미터쯤 떨어진 곳에 빈 자루가 있었어."

오랫동안 아무도 말이 없었다. 죽은 듯 고요한 북극의 겨울, 사냥감이 없는 곳에서 식량을 잃어버리는 것은 대재앙이나 다름없었다. 그들은 허둥대지 않고 코앞에 닥친 일에 대해 곰곰 생각하기 시작했다. 조 하인스가 처음 말문을 열었다.

"눈을 떠내고 콩과 쌀을 찾으면 돼. 남은 쌀은 3, 4킬로그램밖에 없지만."

"누가 개들을 좀 데리고 식스티마일에 가야겠군." 데이라이트가 말했다.

"내가 갈게." 핀이 말했다.

그들은 잠시 생각했다.

"하지만 남은 개들과 세 사람은 핀이 돌아올 때까지 뭘 먹지?" 하인스가 물었다.

"방법은 하나야." 일라이저가 말했다. "조, 자네가 개들을 끌고 스튜어트 강 상류로 가서 인디언들을 찾아. 고기를 한 덩어리가지고 오는 거야. 자네는 헨리가 식스티마일에서 돌아오기 전에 여기 올 수 있을 거야. 그동안 나와 데이라이트만 먹으면 되는데 우린 적당히 먹고 버틸 수 있을 거야."

"아침에 짐을 숨겨뒀던 곳에 가서 눈을 떠내고 우리 식량을 찾자." 데이라이트는 이렇게 말하면서 돌아누워 이불을 말아 덮고는 이렇게 덧붙였다. "일찍 시작하려면 자야 해. 자네 둘은 개를 데리고 아래쪽으로 가. 일라이저와 나는 가서 무스가 있나 볼게."

94

8

지체하지 않았다. 하인스와 핀은 개들과 함께 이미 양식이 바닥난 채 이틀 동안 굶주리고 있었다. 사흘째 되는 날 정오 일라이저가 도착했지만 무스가 없었다고 했다. 그날 밤 데이라이트도 같은 소식을 가지고 돌아왔다. 그들이 돌아오자마자 사람들은 은신처 주변에서 조심스럽게 눈을 떠내기 시작했다. 쉬운 일이 아니었다. 은신처에서 거의 90여 미터 떨어진 곳에 콩이 흩어져 있었다. 모두가 하루를 더 고생했다. 네 사람은 거기서 찾은 얼마 안 되는 음식을 요령껏 나누었다.

제일 큰 몫은 데이라이트와 일라이저에게 주어졌다. 스튜어트 강 상류와 하류로 개를 끌고 가면 먹을 걸 찾을 수 있을 것이었다. 하지만 남은 두 사람은 그들이 돌아올 때까지 버텨야 했다. 더욱이 하루에 1백, 2백 그램씩 콩을 먹어치우던 개들이 처지면 개를 끌고 간 사람들은 위급한 순간 개라도 잡아먹을 수 있었다. 하지만 남은 사람들은 위기의 순간에 잡아먹을 개도 없었다. 데이라이트와 일라이저의 상황이 더 절망적이었던 것은 바로 그런 이유였다. 덜 절망적인 방법도 없었고 그럴 생각도 없었다. 시간이 흘러 아주 천천히 봄이 오기 시작했다. 이러다 갑자기 번개처럼 봄이 와버릴 것이었다. 1896년의 봄이 오고 있었다. 매일매일 태양이 더 남동쪽으로 떠올라 하늘에 더 오래 머물렀고 더 먼 서쪽으로 졌다. 3월이 끝나고 4월이 시작되었고 야위고 굶주린 데이라이트와 일라이저는 두 동료가 어떻게 되었는지 궁금했다. 모든 가능성을 고려해봐도 이미 돌아와야 할 시간이 많이 지나 있었다. 사고를 당한 것이 분명했다. 두 사람이 각각 다른 방향으로 갔으니 그 중 한 사람은 사고가 났을 수도 있었다. 하지만 두 사람 모두 재난을 당했다는 것은 최악의 상황이었다.

데이라이트와 일라이저는 요행을 바라면서 비참한 생활을 이어나갔다. 해빙이 아직 시작되지 않아서 망가진 은신처 주변에서 눈을 긁어 냄비와 들통, 사금 채취 냄비에 넣고 녹였다. 잠시 그대로 두었다가 따라내면 냄비 바닥에 진흙 침전물이 얇게 깔려 있었다. 이것은 수천 입방미터의 눈 속에 흩어져 있던 극소량의 밀가루였다. 이 진흙 침전물에는 물에 젖은 찻잎이나 커피찌꺼기도 있었지만 쓰레기 조각도 있었다. 하지만 은신처에서 더 멀수록 밀가루의 양은 점점 더 적어졌고 진흙의 양도 줄어들었다.

일라이저는 나이가 더 많았기 때문에 먼저 기운이 빠져 대부분의 시간 동안 털이불 속에 틀어박혀 지냈다. 이따금씩 나타나는 나무다람쥐로 목숨을 부지했다. 사냥은 데이라이트 혼자 해야 해서 힘이 들었다. 탄약이 겨우 30발밖에 없었기 때문에 한 발도 실수하면 안 되었다. 그리고 45구경 소총이었기 때문에 작은 동물은 머리를 쏘아 잡아야 했다. 동물이 아주 드물었고 보이지 않는 날도 많았다. 어쩌다가 한 마리 발견하면 엄청나게 신중했다. 몇 시간에 걸쳐 몰래 접근했다. 힘이 빠져 떨리는 팔로 수십 번 동물을 조준했지만 쉽게 방아쇠를 당기지 않았다. 그런 억제는 의지가 강한 사람만 할 수 있는 일이었다. 그는 고수였다. 완벽한 확신이 들어야 비로소 방아쇠를 당겼다. 공복의 고통과 팔딱팔딱 심장이 뛰는 그 작은 먹잇감의 유혹이 아무리 참기 힘들어도 작은 실수조차 용납할 수 없었다. 타고난 도박사인 그는 도박을 하고 있었다. 목숨이 판돈이었고 탄약은 카드였으니 최대한 신중하고 최대한 숙고하며 큰 도박꾼만이 할 수 있는 도박을 하고 있었던 것이다. 총알 한 발이 곧 다람쥐 한 마리였으니 한 발을 쏘는 데 하루가 걸린다고 해도 그는 도박 방법을 바꾸지 않을 것이었다.

다람쥐는 버릴 데가 없었다. 가죽도 끓이면 수프가 되었고 뼈는 잘게 빻으면 씹어 먹거나 삼킬 수 있었다. 눈 속을 샅샅이 뒤져서 크렌베리를 찾는 날도 있었다. 크렌베리라면 잘해야 거친 껍질로 둘러싸여 씨와 물이 대부분이었다. 게다가 그가 찾은 것들은 작년 것들로 말라서 쭈글쭈글해서 먹을 데도 없었다. 어린 나무껍질도 별로 나을 것이 없어서 한 시간 동안 끓여서 아주 오래 씹은 후 삼켜야 했다.

4월이 끝나가더니 갑자기 봄이 찾아왔다. 낮은 길어졌다. 햇볕에 눈이 녹기 시작했고 눈 밑으로 작은 시내가 흐르는 소리가 들렸다. 하루 종일 치누크가 불었고 그날 눈의 높이가 꼬박 30센티미터나 줄어들었다. 늦은 오후면 녹은 눈이 다시 얼어서 사람 몸무게를 지탱할 만큼 단단해졌다. 남쪽에서 온 작고 흰 눈새들은 하루를 머물렀다가 다시 북쪽으로 떠났다. 하늘 높이 얼지 않은 강을 찾아 일찍 날아왔던 기러기들이 쐐기 모양의 대열로 북쪽으로 날아가기도 했다. 그리고 강둑 옆에서는 작은 버드나무 한 무리가 싹을 틔웠다. 그 새싹을 끓여 먹으니 힘이 나는 듯했다. 희망을 품었던 일라이저는 데이라이트가 그 새싹들을 더 찾지 못하자 다시 낙담했다.

나무에 물이 올라 언 땅이 생명을 되찾자 보이지 않는 작은 시냇물의 지저귐이 점점 더 커졌다. 하지만 강은 아직 녹지 않았다. 긴 겨울 동안 강은 돌처럼 단단해져 있어서 번개처럼 봄이 닥쳐도 하루아침에 녹지 않았다. 5월이 되자 작년의 모기들이 길을 잃고 있다가 바위틈과 썩은 나무에서 기어나왔다. 성충이었지만 해를 끼치지 않았다. 귀뚜라미들이 울기 시작했고 더 많은 기러기와 오리들이 머리 위로 날아갔다. 강은 아직도 단단했다. 5월 10일이 되자 스튜어트 강의 얼음이 강둑에서부터 큰 소리를 내며 깨져 1미터가량 솟아올랐다. 하지만 아래로 흘러가지는 않았다. 스튜어트 강은 유콘 강 하류가 먼저 녹아야 흐를 수 있었다. 그렇게 될 때까지 스튜어트 강 아래의 얼음은 밑에서 물이 불어나면서 점점 더 높이 솟아오를 수밖에 없었다. 언제 유콘 강이 녹을지 알 수 없었다. 3천 2백여 킬로미터 떨어진 그 강은 베링 해로 흐르기 때문에 그 강의 중심부에 들어차 있는 수백만 톤의 얼음이 언제 사라질지는 베링 해의 얼음 상황에 달린 것이었다.

5월 12일, 두 사람은 모포와 들통, 도끼 한 자루와 총을 가지고 강 하류 쪽으로 걷기 시작했다. 전에 보았던 삿대배를 찾으려는 계획이었다. 물이 녹으면 그 배를 타고 물살을 따라 식스티마일까지 흘러내려 가려고 했다. 먹지도 못해 걸음은 느렸고 힘이 많이 들었다. 일라이저는 점점 더 자주 넘어지고 일어나지도 못했다. 데이라이트가 일으켜 세웠지만 일라이저는 비틀거리다가 다시 넘어지곤 했다.

그 배에 도착했어야 하는 날 일라이저가 완전히 쓰러졌다. 데이라이트가 일으켜 세웠지만 다시 쓰러졌다. 데이라이트는 그를 부축하여 함께 걸어가보려고 했지만 자신도 너무 지쳐 있어서 함께 쓰러지고 말았다.

데이라이트는 일라이저를 강둑으로 끌어다놓고 대충 캠프를 세운 뒤 다람쥐를 찾기 시작했다. 그도 이때부터 자주 쓰러지게 되었다. 저녁에 첫번째 다람쥐를 찾았지만 쏠 확신이 들기도 전에 어두워져버렸다. 타고난 참을성으로 다음날까지 기다려 곧 잡았다.

대부분을 일라이저에게 먹이고 자신은 딱딱한 부분과 뼈를 먹었다. 하지만 불가사의하게도 이 작은 고깃덩이를 먹자 이 작은 생물을 움직이게 했던 힘이 사람을 움직이게 하는 힘으로 바뀌었다. 이제 그 다람쥐는 전나무 위로 뛰어오르지도 나뭇가지 사이를 뛰어다니지도 아찔하게 가지에 매달려 찍찍거리지도 못했다. 그 힘은 그들의 지친 근육과 나약한 의지까지 미쳐 수 킬로미터를 비틀거리며 걷게 했다. 숨겨진 배를 찾아내고는 마침내 배 앞에 쓰러져 한동안 일어나지 못했다.

힘이 세다면 작은 배 한 척쯤 땅으로 끌어내리는 일은 쉽겠지만 데이라이트가 그 일을 하는 데 몇 시간이 걸렸다. 그리고 배 옆에 모로 누워 여기저기 갈라진 틈을 이끼로 메우는 데 날이 갈수록 더 오래 걸렸다. 하지만 그 일을 끝냈을 때도 강이 아직 녹지 않았다. 얼음이 높이 올라와 있었지만 아래로 흐르지는 않았다. 그리고 또 하나 남은 일이 있었다. 강이 흐를 때 배를 띄우는 일이었다. 데이라이트는 비틀거리며 넘어지면서 녹아 질척거리는 눈 사이를 헤집고 다니거나 밤에 서리가 딱딱하게 굳어 몸무게를 지탱할 수 있을 때 강을 건너가 다람쥐를 한 마리 더 잡아 그 복슬복슬한 것을 뛰게 하고 시끄럽게 조잘거리게 하던 힘이 다시 한 번 사람의 몸을 일으키고 당기는 힘으로 바뀌어 강변의 얼음 위로 배를 끌어다놓고 강으로 밀어뜨릴 수 있기를 기대했지만 허사였다.

5월 20일이 되어서야 강이 녹았다. 새벽 다섯 시에 하류로 흘러가기 시작했는데 데이라이트는 이미 며칠 전부터 얼음이 녹는 것을 지켜보느라 뜬눈으로 밤을 지새우고 있었다. 일라이저는 너무 지쳐서 그 장관에 관심이 없었다. 희미하게 의식은 있었지만 얼음이 부서지고 커다란 얼음덩어리가 강둑에 부딪히고 나무 뿌리가 뽑히고 수백 톤에 달하는 흙이 떨어져 나가는 동안 움직이지도 않고 누워만 있었다. 이 거대한 붕괴의 충격으로 사방의 땅이 흔들리고 진동했다. 한 시간 후 그 흐름이 멈추었다. 그 아래 어디선가 막혀 멈추어버린 것이었다. 그런 뒤 강이 다시 흐르기 시작하자 얼음이 강 가운데 부분에 강둑 높이만큼 솟아올랐다. 거기에 훨씬 더 많은 물이 흘러내려오자 수백만 톤을 훨씬 넘는 얼음이 더해져 꽉 막혔다. 압력과 무게가 엄청나게 커졌다. 거대한 얼음덩어리들이 밀려 마침내 손가락으로 으깬 멜론씨처럼 터져 공중으로 솟았고 강둑 전체로 얼음벽이 밀려 올라갔다. 막혔던 물이 흐르며 부서지고 으깨지는 소리는 더 커졌다. 그렇게 또 한 시간이 지났다. 강은 빠른 속도로 흘렀다. 하지만 강둑 꼭대기의 얼음은 남아 강가로 튀어나와 있었다.

얼음이 다 흘러내려가고 나자 데이라이트는 실로 여섯 달 만에 처음으로 녹은 강을 보았다. 그는 아직 스튜어트 강 최상류에서 얼음이 꽉 끼어서 떠내려오지 않았으며 언젠가 그 얼음들이 풀려 흘러내려올 것임을 알고 있었다. 하지만 상황이 너무 절망적이라 기다릴 수 없었다. 일라이저의 상태가 너무 나빠서 언제 죽을지 몰랐다. 데이라이트 자신도 그 지친 몸으로 배를 띄울 수 있을지 확신할 수 없었다. 도박이었다. 만약 얼음이 더 녹기를 기다린다면 일라이저는 죽을 게 뻔했고 십중팔구 그 자신도 죽을 것이었다. 만약 배를 띄울 수 있다면, 그리고 새로 얼음이 내려오기 전에 배를 타고 갈 수 있다면, 또 유콘 강 상류에서 흘러

내려오는 물을 만나지 않는다면, 그리고 수많은 소소한 일들뿐만 아니라 앞에서 말한 모든 만약의 상황에 운이 유리하게 움직이면 식스티마일에 도착해서 구조될 것이었다. 그리고 또 한 가지, 식스티마일을 지나쳐 흘러가지 않고 배를 댈 만큼 힘이 남아 있어야 했다.

일을 시작했다. 얼음벽은 배가 놓여 있는 곳보다 1.5미터 높았다. 우선 배를 띄울 가장 알맞은 장소를 찾았다. 그곳에는 거대한 얼음 덩어리가 강 쪽으로 완만하게 기울어져 있었는데 얼음벽 꼭대기에서 강물까지는 4.5미터였다. 6, 7미터 떨어진 그곳까지 배를 끌고 가는 데만 한 시간이 걸렸다. 힘이 들어서 구역질이 나기도 했고 눈이 머는 것처럼 느껴질 때도 했다. 앞이 보이지 않고 다이아몬드 가루를 뿌린 듯 눈이 부시고 앞에 얼룩 같은 것이 있는 것처럼 보여서 괴로웠으며 심장이 격하게 뛰어서 숨이 막힐 것 같았다. 일라이저는 관심도 보이지 않았고 눈조차 뜨지 않았다. 그래서 데이라이트는 혼자서 분투했다. 마침내 배를 벽 꼭대기에 올려놓고 안전하게 균형을 잡은 뒤 너무 힘들어 무릎을 꿇었다. 손과 무릎으로 기어올라가 토끼털 이불, 소총, 들통을 배 안에 올려놓았다. 도끼는 빼기로 했다. 도끼를 올려놓으려면 6미터가량을 또 기어 오르내려야 했기 때문이었다. 도끼가 필요하다고 생각했어도 마찬가지였을 것이었다.

일라이저는 예상보다 더 큰 문제였다. 쉬어가면서 한 번에 10여 센티미터씩 일라이저를 끌어당겨 배 옆까지 끌고 갔다. 하지만 배에 태울 수가 없었다. 일라이저처럼 늘어진 몸은 같은 무게의 단단한 몸보다 들기가 훨씬 어려웠다. 그의 몸이 꽉 채우지 않은 옥수수자루처럼 가운데가 꺾였기 때문에 들어올릴 수가 없었다. 먼저 배에 올라 그를 끌어올리려 했지만 허사였다. 머리와 어깨는 배 가장자리까지 올려놓을 수 있었다. 하지만 하체를 들어올리기 위해 잡고 있던 손을 떼자 허리 부분이 휘어지면서 얼음 위로 떨어졌다.

단념하고 새로운 방법을 썼다. 데이라이트는 그의 얼굴을 때리기 시작했다.

"제발, 사내새끼답게 굴어." 그는 외쳤다. "그래! 제기랄, 당신! 그래!"

욕을 내뱉을 때마다 뺨과 코, 입을 내려쳐 그의 쇠약해진 정신과 머나먼 곳에서 헤매고 있는 의지력을 되돌아오게 하려고 했다. 눈이 떨리며 떠졌다.

"이봐, 잘 들어!" 목이 쉬도록 소리쳤다. "내가 당신 머리를 뱃머리에 올리면 매달려요! 내 말 알았어요? 매달리라고! 꽉 물어. 그냥 매달려!"

다시 눈이 떨리며 감겼지만 데이라이트는 자신의 말이 전해졌다는 것을 느꼈다. 다시 한 번 속수무책인 사내의 머리와 어깨를 뱃머리에 올려놓았다.

"매달려, 제기랄! 물어!" 그는 손을 하체 쪽으로 옮기면서 소리쳤다.

힘이 빠진 한 손이 뱃머리에서 미끄러졌고 다른 쪽 손가락에도 힘이 빠졌지만 일라이저는 잘 매달려 있었다. 하체를 들어올릴 때 일라이저의 얼굴이 바닥에 부딪혀 나뭇조각에 코, 입술, 뺨이 눌리고 찢어졌다. 그런 뒤 일라이저가 뱃바닥으로 미끄러졌고 흐느적거리던 몸의 허리 부분이 뱃머리에서 꺾여 다리가 바깥으로 늘어졌다. 하지만 다리뿐이어서 데이라이트가 안으로 밀어넣을 수 있었다. 숨을 몰아쉬며 일라이저를 바로 눕히고 모포를 덮어주었다.

마지막 일만 남았다. 배를 띄우는 것. 꼭 해야 하고 가장 힘든 일이었다. 먼저 일라이저를 배 후미로 옮겨놓아야 했다. 그를 들어올리려면 엄청난 힘이 필요했다. 데이라이트는 마음을 굳게 먹고 시작했다. 그런데 그가 알아채지 못했지만 무언가 털썩하는 소리가 났다. 다음 순간 그는 복부가 꺾인 채 날카로운 고물에 기댄 채 누워 있었다. 그는 난생처음 기절했다. 죽은 것처럼 느껴졌고 내부에서 아무것도 움직이지 않는 것 같았다. 이상한 일이지만 전혀 걱정이 되지 않았다. 환영이 떠올랐다. 선명하고 실제 같았다. 강철 칼날처럼 날카롭게 생각이 떠올랐다. 평생 삶의 적나라한 모습을 보아왔던 그였지만 이때처럼 삶의 모습을 제대로 본 적은 없었다. 처음으로 화려한 자신의 존재를 의심했다. 잠시 삶이 늘 거짓말을 잊고 주춤거렸다. 어쨌든 그는 작은 구더기에 불과했다. 다른 구더기들과 똑같았다. 그가 잡아먹었던 다람쥐나 실패해서 죽어버린 다른 사람들이나 이미 죽었을 게 분명한 조 하인스와 헨리 핀이나 얼굴을 다쳐 저쪽 뱃바닥에 내팽개쳐져 있는 일라이저와 똑같은 구더기였다. 데이라이트는 누운 곳에서 또 한 번의 해빙이 닥쳐올 강굽이까지 볼 수 있었다. 과거, 백인도 인디언도 없었던 강의 모습이 그려졌다. 그가 본 스튜어트 강은 늘 한결같아서 겨울이면 얼어붙고 봄이면 얼음이 녹아 자유롭게 흘렀다. 그리고 한없이 펼쳐질 미래에 마지막 인간세대가 황량한 알래스카에서 사라지고 그 자신도 이미 사라져버리고 없을 때도 한결같이 남아 있을 그 강, 얼어붙고 녹아 넘치며 계속해서 흘러가는 강의 모습도 보였다.

삶은 거짓말쟁이 사기꾼이었다. 모든 피조물을 우롱했다. 삶에 대해 가장 적극적으로 두둔했던 그조차 우롱했다. 그는 아무것도 아니었다. 단지 금을 찾아 진흙 속을 기며 꿈꾸고 동경하고 도박하다가 죽어 없어질 살과 신경과 감각 덩어리일 뿐이었다. 죽은 것들만 남았다. 살도 신경도 감각도 없는 것들, 모래와 진흙과 자갈, 펼쳐진 평원, 산, 강, 매년 얼었다 녹는 것들 말이다. 결국 치사한 게임이다. 주사위는 조작되었다. 죽은 자들은 이기지 못했고 모두가 죽었다. 이긴 것은 누구인가? 삶도 아니고, 야바위꾼도, 바람잡이의 일인자도 아니었다. 삶은 늘 번성하는 묘지이며 끝없는 장례행렬이었다.

잠시 현재로 눈을 돌려보니 강은 여전히 흐르고 있었고 회색어치 한 마리가 뱃머리에 앉아 거만하게 자신을 내려다보고 있었다. 그런 뒤 꿈꾸듯 다시 생각 속으로 빠져들었다.

그 게임의 끝에는 도망갈 길이 없었다. 결코 벗어날 수 없는 운명임이 틀림없었다. 그래서 어쨌다는 것인가? 계속 그 질문을 되씹어보았다.

그는 평범한 의미의 종교를 무시했다. 다른 사람을 공평하게 대우하고 정당하게 겨루는 일을 종교처럼 실천하며 살아왔기에 미래의 삶에 대한 공허한 탁상공론에 빠지지 않았다. 죽음은 모든 것의 끝이었다. 늘 그렇게 믿었고 두려워한 적이 없었다. 지금 이 순간 수면보다 4.5미터 높은 곳에 있는 배는 움직일 수 없는 상태이고, 힘이라고는 전혀 남지 않은 상태로 기절해 배에 누워 있으면서도 그는 여전히 죽음이 모든 것의 끝이라고 믿고 있었고 두렵지 않았다. 그 생각이 너무 단순하고 견고해서 처음으로, 아니 마지막으로도 죽음이 두려워 몸부림쳐지지 않았다.

그는 사람과 짐승들이 죽는 것을 많이 보아왔다. 이제 그의 머릿속에 그 죽음들이 밀려들었다. 당시에 보았던 것처럼 생생했지만 아무런 느낌이 없었다.

그래서 어쨌다는 것인가? 그들은 죽었다. 이미 오래전의 일이다. 죽은 자들은 죽음에 대해 걱정하지 않았다. 그들은 배에 엎드려 죽음을 기다리고 있지도 않았다. 죽음은 쉬웠다. 상상했던 것보다 더 쉬웠다. 그러니 죽음이 가까이 와 있는 지금 오히려 기뻤다.

새로운 환영이 떠올랐다. 자신의 꿈인 융성한 도시가 보였다. 유콘 강 상류 높은 강둑 위 평원을 가로질러 드넓게 펼쳐진 북극 지방의 황금 대도시. 기선들이 강둑에 세 줄로 정박해 있는 것이 보였다. 작업 중인 제재용 톱들과 광산으로 물품을 수송하는 썰매가 두 줄로 늘어서 있고 그 뒤로 개들이 길게 늘어서 있는 것이 보였다. 더 멀리 도박장, 은행, 증권거래소 그리고 여태껏 보았던 것보다 엄청나게 더 큰 도박장의 시설과 현금, 마커들, 행운과 기회가 보였다. 대성공에 대한 감이 우글거리는 도박장이었다. 그런 생각을 하자 삶이 전율하며 흥분해서 또다시 오래전 그 거짓말을 속삭이기 시작했다.

데이라이트는 몸을 굴려 배에서 내려 기댄 채 얼음 위에 앉았다. 그 대성공에 뛰어들고 싶었다. 안 될 게 뭐람. 지친 몸에서 힘을 끌어모으면 배를 세워 물에 띄울 수 있을 것이다. 그러다가 정말 터무니없게도 클론다이크 마을터에서 하퍼와 조 래듀에게서 지분을 사들여야겠다는 생각이 떠올랐다. 그들은 이권 3분의 1을 싸게 팔 것이 분명했다. 그런 뒤 스튜어트 강에서 대박이 터지면 일럼 하니시 마을터로 횡재를 거머쥘 수 있을 것이다. 클론다이크에서라면 절대 그 행운을 놓치지 않을 것이었다.

그러면서 그는 힘을 모았다. 얼음 위에서 몸을 쭉 뻗고 엎드려 30분 동안 그대로 쉬었다. 그런 뒤 일어나서 고개를 흔들어 눈 앞 섬광 같은 것을 떨어내고 배를 붙들었다. 자신의 상태를 정확하게 알고 있었다. 처음에 성공하지 못하면 그다음에도 마찬가지일 것이다. 그동안 모은 힘을 온전히 집중했다. 더 이상 힘이 남아 있지 않을 만큼 온 힘을 쏟아부었다.

몸뿐만 아니라 영혼의 힘까지 짜내 배를 들어올렸다. 배가 움직였다. 기절할 것 같았지만 계속했다. 배가 경사면 아래쪽으로 움직이기 시작하는 것이 느껴졌다. 마지막 남은 힘을 다해 겨우 배 안으로 들어갔다. 일라이저의 다리 위에 떨어졌다. 일어나려고 했지만 그럴 수가 없어서 누워 있었는데 배가 수면에 떨어지는 소리가 들려왔다. 나무 꼭대기들을 보니 배가 빙글빙글 돌고

있는 것이 분명했다.. 충돌의 충격과 부서지는 얼음조각을 보니
배가 강둑에 부딪히고 있는 모양이었다. 배는 수십 번 맴돌고 부
딪히더니 제대로 떠내려갔다.

정신을 차리고 보니 잠이 들었던 모양이었다. 해를 보니 시간
이 꽤 흐른 것 같았다. 이른 오후였다. 뱃머리에서 몸을 끌며 일
어났다. 배는 강 가운데에 있었다. 울창한 강둑 옆쪽으로 미끄
러지듯 가고 있었는데 그 아래쪽에는 얼음이 반짝이고 있었다.
가까이에 뿌리 뽑힌 거대한 소나무가 떠내려가고 있었다. 변덕
스러운 물살의 움직임에 배가 그 나무에 부딪히고 있었다. 그는
앞으로 기어가서 밧줄로 배를 그 나무뿌리에 묶었다. 그 나무가
빨리 떠내려가 물속으로 더 깊이 들어갈수록 밧줄이 팽팽해졌
다. 어지러워 둘러보니 강둑이 기울어져 흔들리는 것처럼 보였
고 태양은 하늘에서 추처럼 흔들리고 있었다. 데이라이트는 토
끼털로 몸을 감싸고 바닥에 누워 잠이 들었다.

깨어났을 때는 캄캄한 밤이었다. 등을 대고 누워 있어서 별이
빛나는 것이 보였다. 불어난 물소리가 잦아들어 있었다. 갑작스
럽게 배가 당겨지는 것을 보니 느슨해졌던 소나무에 맨 밧줄이
소나무가 갑자기 빠르게 움직이면서 홱 당겨진 것이 분명했다.
이따금 유빙 조각이 배에 부딪혀 으스러졌다. 어쨌든 아직 막히
지 않았구나 하고 생각하며 눈을 감고 잠에 빠졌다.

다시 눈을 떴을 때는 밝은 낮이었다. 태양을 보니 정오였다.
멀리 강둑을 흘긋 보니 그곳은 그 대단한 유콘 강이었다. 식스티
마일이 멀지 않았다. 지독하게 지쳐 있었다. 배 후미의 앉을 자

리로 몸을 끌며 가고 있었지만 움직임은 느리고 어설프고 부정확했으며, 숨도 가쁘고 어질어질했다. 총이 옆에 놓여 있었다. 오랫동안 바라보았지만 일라이저가 숨을 쉬고 있는지 아닌지 알 수가 없었다. 너무 멀게 느껴져 직접 가보지도 못했다.

그는 다시 꿈과 생각 속으로 빠져들었지만 그것들은 자주 끊어졌다. 잠든 상태도 정신을 잃은 상태도 아니었지만 의식이 있는 상태도 아니었다. 뇌가 고장난 것 같았다. 그런 상태에서도 잠깐씩 상황 파악은 했다. 아직 살아 있으니 구조될 가능성이 높았다. 그런데 배가 얼음 위에 있을 때 쓰러졌는데 어떻게 죽지 않았을까? 마지막에 한 일이 너무도 힘들게 떠올랐다. 하지만 왜 그랬던가. 죽을까봐 두려워서가 아니었다. 죽음을 두려워하지 않았던 것은 확실했다. 문득 대박에 대한 감이 기억났고 그 큰 게임에서 이기고 싶은 욕망 때문에 죽지 않았다는 것을 알게 되었다. 그런데 왜? 백만장자가 되면 뭐한단 말인가? 큰돈을 쥐어보지 못한 사람들과 마찬가지로 죽을 것인데. 다시 의문이 들었지만 생각이 점점 더 자주 끊어지기 시작했고 온몸에 기분 좋은 나른함이 퍼졌다.

깜짝 놀라서 일어났다. 안에서 누군가가 일어나라고 속삭였다. 별안간 식스티마일이 눈에 들어왔다. 30미터도 채 떨어지지 않은 곳이었다.

물살이 데려다준 것이었다. 하지만 바로 그 물살이 배를 하류로 밀어내고 있었다. 아무도 보이지 않았다. 사람이 살지 않는 곳 같았지만 부엌의 굴뚝 위로 올라오는 연기가 보였다. 소리를 지르려고 했지만 소리가 나오지 않았다. 목구멍에서 소름 끼치게 가르랑거리고 쌕쌕거리는 쉰 소리만이 나왔다. 더듬더듬 소총을 찾아 어깨에 올리고 방아쇠를 당겼다. 발사의 반동이 뼈 전체로 울리자 극심한 고통을 느꼈다. 무릎 아래로 총을 내렸는데 다시 어깨에 들어올릴 수가 없었다. 서둘러야 했다. 정신이 혼미해지는 것이 느껴져 그대로 방아쇠를 당겼다. 총알이 배 밖으로 튀어 나갔다. 하지만 의식을 잃기 전 부엌문이 열리는 것이 보였다. 한 여인이 커다란 통나무집에서 내다보고 있었다. 그 집이 나무들 사이에서 기괴하게 흔들렸다.

열흘 뒤 하퍼와 조 래듀가 식스티마일에 도착했을 때 데이라이
트는 완전히 회복되진 않았지만 자신의 감을 따를 만큼은 힘이
있었다. 그는 그들과 클론다이크 이권 3분의 1과 자신의 스튜어
트 마을터 이권 3분의 1을 맞바꾸었다. 그들이 클론다이크 지방
에 대해 이미 확신하고 있었기에 하퍼는 클론다이크 강어귀에
작은 교역장을 열겠다며 뗏목에 식량을 싣고 강을 따라 떠났다.

　"인디언 강에 부딪혀보는 게 어떻소, 데이라이트?" 떠나기
전 하퍼가 일렀다. "그 강 상류에 작은 지류와 물이 빠져나간 골
짜기가 아주 많이 있으니 어딘가에서 금이 자길 좀 찾아달라고
아우성을 치고 있을 거야. 이건 내 감이오. 큰 건이 터질 거야.
인디언 강이 수만리 떨어져 있는 것도 아니고 말이오."

"그리고 무스가 엄청 많소." 조 래듀가 거들었다. "밥 헨더슨이 뭔가 큰일이 터질 거라고 장담하면서 거기 위쪽 어딘가로 간지 이제 3년 됐소. 무스를 잡아먹고 살면서 여기저기 미친 듯이 다니면서 조사하고 있다지."

데이라이트는 인디언 강에 돈을 걸기로 결심했다. 하지만 일라이저에게는 함께 가자고 할 수가 없었다. 일라이저의 영혼은 굶주림 때문에 입은 심한 상처로 공포에 사로잡혀 있었다.

"먹을 것이 없으면 견딜 수가 없어." 그가 설명했다. "이게 아주 멍청한 짓이란 걸 나도 알지만 어쩔 수가 없어. 배가 터질듯 불러서 한 입도 더 못 먹게 돼야 겨우 식탁에서 물러날 수 있어. 난 서클시티로 돌아가 괜찮아질 때까지 캠프나 치고 있을게."

데이라이트는 며칠 더 꾸물거리며 체력을 비축하면서 얼마 안 되는 여장을 정리했다. 35킬로그램 정도의 짐을 지고 인디언식으로 개들에게 14킬로그램 정도를 지워서 가볍게 떠날 생각이었다. 밥 헨더슨처럼 고기는 현지에서 해결할 생각이었다. 린더먼 호에서부터 제재용 톱을 싣고 온 잭 컨즈의 나룻배가 식스티마일에 줄을 매자 데이라이트는 여장을 꾸리고 개들을 태운 뒤 마을터 신청서를 일라이저에게 넘겨주고 잘 챙겨두라고 이른 뒤 떠나, 바로 그날 인디언 강어귀에 닿았다.

강 상류 65킬로미터 정도 위치에 쿼츠 지류라고 들었던 곳과 50킬로미터 쯤 떨어져 있는 오스트레일리아 지류에서 밥 헨더슨의 흔적을 발견했다. 수 주일이 지났지만 아무도 만나지 못했다. 하지만 무스는 많아서 개들과 함께 고기를 맘껏 먹었다. 12개의 모래톱에서 그저 '품삯' 정도가 아니라 제법 '이문'을 얻었고 여러 지류에서 진흙층과 사력층에 금가루가 넓게 흩어져 있는 걸 보면 상당한 양의 금이 있을 것이 확실했다. 언덕 북쪽 봉우리를 자주 쳐다보던 그는 금이 그곳에서 오는 게 아닐까 하는 생각이 들었다. 결국은 도미니언 지류 위쪽으로 올라가 그 분수계를 건너 클론다이크 강으로 이어지는 지류로 내려갔다. 이곳은 나중에 헌커 지류라는 이름이 붙게 된다. 그 분수계에서 오른쪽으로 커다란 반구형 지대를 끼고 갔으면 골드바틈으로 갈 수 있었을 것이다. 골드바틈은 밥 헨더슨이 클론다이크에서 처음으로 수지가 맞게 금을 캐내어 그렇게 이름을 붙인 곳이었다. 하지만 데이라이트는 그쪽으로 가지 않고 헌커 지류 아래로 클론다이크 쪽으로 계속 가서 유콘 강의 인디언들이 여름 낚시 캠프를 치는 곳까지 갔다.

이곳에서 카맥이라는 스쿼맨(북미인디언 여자를 아내로 삼은 백인—옮긴이)과 그의 인디언 처남, 스쿠쿰 짐과 하루 동안 캠프를 치고 배를 한 척 사서 개들을 배에 태우고 유콘 강을 따라 포티마일로 내려갔다. 8월이 끝나가고 있어 낮이 점점 짧아졌고 겨울이 오고 있었다. 그는 상류 지방에서 대박이 터질 것이라고 굳게 믿은 채 너댓 명을 모을 계획이었고 안 되면 한 명이라도 구해 다가올 겨울 결빙이 시작되기 전 강 상류로 거슬러 올라가려고 했다. 하지만 포티마일 사람들은 확신이 없었다. 그들은 서쪽 광산만으로 만족했다.

그래서 카맥과 그의 처남 스쿠쿰 짐, 또 한 명의 인디언 컬터스 찰리만 함께 포티마일에 갔다. 그들은 곧바로 금 관리관에게 달려가 세 건의 권리와 보난자 지류의 채굴권을 청구했다. 그런 뒤 그날 밤 사우어도우 술집에서 사람들에게 정제하지 않은 금을 보여주었다. 사람들은 싱긋이 웃더니 고개를 가로저었다. 그들은 이전에도 금 발견의 징조를 본 적이 있었다. 이런 일은 마을터와 교역소 근처의 시굴을 부추기려는 하퍼와 조 래듀의 계획임이 너무도 뻔해 보였다. 그리고 카맥이 누구인가? 인디언을 아내로 둔 사람이었다. 여태껏 뭔가 찾아냈다는 스쿼맨은 듣도 보도 못했다. 그리고 보난자 지류는 어떤가? 오래전부터 그저 래빗 지류라고 불리는, 클론다이크 강어귀 바로 위에 있는 무스 방목장일 뿐이었다. 만약 이미 권리를 청구하고 금을 보여준 것이 데이라이트나 밥 헨더슨이었다면 거기 뭔가 있다고 생각했을 것이다. 하지만 카맥은 스쿼맨이었다. 그리고 스쿠쿰 짐에다 컬터스 찰리라니! 안 돼, 안 된다. 두말할 것도 없이 안 되는 일이었다.

데이라이트처럼 상류 지방에 대한 믿음이 굳은 사람이라도 그랬을 것이다. 불과 며칠 전에도 카맥과 그 인디언들이 시굴은 할 생각도 않고 어슬렁거리고 있는 것을 보지 않았던가? 그런데 그날 밤 열한 시 침대 가장자리에 앉아서 신발끈을 풀던 데이라이트에게 갑자기 어떤 생각이 떠올랐다. 그는 코트를 입고 모자를 쓰고 사우어도우로 다시 갔다. 카맥은 아직도 거기서 사람들의 믿을 수 없다는 시선 앞에 금을 자랑하고 있었다. 데이라이트는 그의 옆에 가서 카맥의 자루에 있는 것을 모두 판 위에 쏟았다. 그리고 세세하게 한참을 살펴보았다. 그런 뒤 서클시티와 포티마일에서 가져온 자기 자루의 금을 다른 판 위에 쏟았다. 그 것들도 오랫동안 자세히 살피고 비교했다. 이윽고 그는 자기 금을 다시 넣고 손을 들어 카맥 일행의 말을 막았다.

"이봐, 느덜한테 말할 게 있어." 그가 말했다. "상류에서 분명히 대박이 터질 거야. 확실하게 말할 수 있는데 이게 바로 그거야. 지금 저기 있는 금은 여기선 나온 적이 없어. 저건 새로운 금이야. 은이 더 많이 들어 있어. 색깔을 보면 알 수 있어. 카맥의 말이 맞아. 크게 성공할 수 있다고. 누가 나랑 같이 해볼 사람 없나?"

아무도 나서지 않았다. 오히려 웃음과 야유 소리만 터져 나왔다.

"아마 자네는 거기 마을터를 가지고 있겠지." 누군가 말했다.

"그렇고 말고." 그가 대답했다. "그리고 하퍼와 래듀의 터진 분 3분의 1도 가지고 있어. 느덜 같은 겁쟁이들이 여태껏 버치 지류에서 긁어모은 것보다 내 작은 땅뙈기가 더 비싼 값에 팔릴 거야."

"그래, 맞아. 데이라이트." 컬리 파슨스가 위로하듯 끼어들었다. "자네는 유명인사니 자네가 그 땅에 대해서 정말로 확신하고 있다는 걸 우리도 알아. 하지만 자네도 역시 이런 야바위꾼들의 짜고 치는 게임에서는 잃을 수 있단 걸 알아야지. 솔직하게 말해보게. 언제 카맥이 여기서 시굴했지? 카맥이 캠프에 누워 있다가 그 인디언들과 연어 낚시를 했다고 자네 입으로 말했잖

아. 그게 불과 얼마 전의 일이잖아."

"데이라이트 말은 사실이야." 카맥이 흥분한 듯 끼어들었다. "내 말도 사실이고. 맹세할 수 있어. 정말이야. 난 시굴하려고 안 했어. 그럴 생각조차 없었거든. 하지만 데이라이트가 하류 쪽으로 배를 타고 내려갔을 때, 그러니까 뗏목에 식량을 싣고 간 바로 그날이었어. 그런데 밥 헨더슨 말이야. 그가 쿼츠 지류와 골드바틈 사이의 분수계를 건너 식량을 싣고 인디언 강을 거슬러 돌아갈 계획으로 식스티마일에 온 거야."

"도대체 골드바틈의 어디를 말하는 거야?" 컬리 파슨스가 물었다.

"저 너머에 있는 래빗 지류가 바로 보난자야." 스쿼맨이 계속했다. "클론다이크로 흘러가는 큰 강의 지류야. 난 그 길로 올라갔었지. 분수계를 넘어 수 킬로미터를 계속 내려오려고 했는데 거기서 보난자를 발견한 거야. '나랑 같이 가서 말뚝을 박자, 카맥.' 밥 헨더슨이 나에게 말했지. '이번엔 제대로야. 골드바틈에 있어. 벌써 45온스 캤어.' 그래서 난 스쿠쿰 짐과 컬터스 찰리와 함께 갔어. 그리고 골드바틈에 말뚝을 쳤지. 난 무스가 없을까 하고 은근히 기대하며 보난자까지 다시 갔어. 보난자에서 내려오다가 쉬면서 요리를 했어. 나는 자러 갔고 스쿠쿰 짐은 직접 시굴을 시작했지. 물론 헨더슨을 경계하면서 말이야. 스쿠쿰 짐은 자작나무가 한 그루 있는 기슭까지 바로 올라갔어. 그곳에서 선광냄비에 흙을 가득 떴는데 씻어내보니 금이 1달러어치 이상 나왔어. 그래서 나를 깨웠고 내가 가봤지. 난 한 번에 2달러

50센트어치를 건졌어. 그래서 내가 그 강을 대발견의 장소라는 뜻으로 '보난자'라고 이름 붙이고 여기 와서 알린 거야."

그는 사람들이 믿는지 보려고 걱정스럽게 이리저리 둘러보았지만 의심에 찬 얼굴들밖에 없었다. 데이라이트만 그렇지 않았다. 그는 내내 카맥의 표정을 살피고 있었다.

"하퍼와 래듀가 분위기를 띄우면 자네한테 얼마를 준다던가?" 누군가 물었다.

"그들은 이 사실을 몰라." 카맥은 대답했다. "정말 맹세코 진실을 말하는데 한 시간에 3온스를 세광했다구."

"그리고 금이 나왔고." 데이라이트가 말했다. "그 금은 예전의 금들과 달라. 색깔을 좀 봐."

"약간 더 진해." 컬리 파슨스가 말했다. "카맥이 그 자루에 은화 몇 개를 같이 가지고 있었을 거야. 그곳에 뭔가 있었다면 왜 밥 헨더슨이 몰랐겠어?"

"밥은 골드바틈 위쪽에 있었어." 카맥이 설명했다. "큰벌이가 오고 있는 거라니까."

돌아온 것은 한바탕 웃음뿐이었다.

"누가 내일 나랑 같이 보난자까지 배를 저어 가겠나?" 데이라이트가 물었다.

아무도 나서지 않았다.

"그럼 누가 선불로 식량 450킬로그램을 실어다 주겠나?"

컬리 파슨스와 팻 모나헌이 나서자 데이라이트는 급한 성질대로 바로 노임을 지불하고 살 식량을 정해주었다. 이렇게 해서 그의 자루가 비어버렸다. 그는 사우어도우를 나서려다 말고 문 앞에서 바 쪽으로 몸을 홱 돌렸다.

"또 무슨 감이 오나?" 누군가 물었다.

"증말 왔어." 그가 대답했다. "이번 겨울 클론다이크에서 밀 가루가 증말 돈이 될 거야. 누가 나한테 돈 좀 빌려주겠나?"

순간 수십 명이 그 가망 없어 보이는 계획에 끼려고 금자루를 내밀며 몰려들었다.

"밀가루가 얼마나 필요한데?" 알래스카 커머셜 사의 창고 관 리인이 물었다.

"2톤 정도."

금자루를 내민 사람들은 손을 거두지는 않았지만 왁자지껄한 소리가 터져 나오자 주춤했다.

"2톤이나 뭘 하려고?" 그 창고 관리인이 물었다.

"이봐." 데이라이트가 대답했다. "느덜은 여기 오래 안 있어 서 이 동네 구석구석을 잘 몰라. 난 절인 양배추 공장과 비듬치 료제 공장을 열 거야."

그는 가리지 않고 돈을 빌렸고 아홉 척의 배에 밀가루를 가지 고 오기로 여섯 사람과 계약하고 돈을 지불했다. 이미 자루가 비 었으니 빚이 늘었다.

컬리 파슨스가 포기했다는 듯 바에서 머리를 숙이고 있었다.

"도대체 그 많은 것으로 무엇을 하려는 거야." 그가 끙끙댔다.

"간단히 차례차례 설명해주지." 데이라이트는 손가락을 하나 씩 꼽기 시작했다. "첫 번째 감, 상류 지방에 큰 벌이가 있을 것이다. 두 번째 감, 카맥이 발견했어. 세 번째 감, 육감이 맞다. 이건 식은 죽 먹기야. 첫 번째 감과 두 번째 감이 맞는다면 밀가루 값은 천정부지가 될 거야. 첫 번째 감과 두 번째 감을 제대로 따르면 난 성공한 것이나 다름없다. 이게 바로 셋째지. 내 말이 맞는다면 이번 겨울 밀가루값이 금값과 같아질 거야. 감이 왔으면 다 걸어. 행운이 왔는데 안 잡으면 무슨 소용이야? 난 제대로 된 감이 오기만을 오랫동안 기다려왔어. 지금이 그때야. 자, 이제 거기 걸 거야. 아주 간단해. 잘 자게, 다덜 잘 자."

10

아직도 사람들은 그 성공에 대해 확신이 없었다. 무거운 밀가루를 가지고 클론다이크 강어귀에 이른 데이라이트는 아직 주인 없이 버려져 있는 넓은 평지를 보았다. 강가로 내려가니 아이작 추장과 인디언들이 캠프를 치고 그 옆에서 연어를 말리고 있었다. 그 캠프에는 경험 많은 고참들도 여럿 있었다. 텐마일 지류에서 여름일을 끝낸 그들은 유콘 강을 타고 서클시티로 가려고 했다. 그런데 식스티마일에서 금 발견 소식을 듣고 살펴보러 들른 것이었다. 데이라이트가 밀가루를 내렸을 때 그들은 막 돌아가려던 참이었다. 그들의 말은 비관적이었다.

"제기랄, 무스 방목장 따위." 롱 짐 하니라는 사람이 양은 찻잔을 후후 불다가 말했다. "자넨 이 일과 관련이 없지, 데이라이트? 이건 빌어먹을 놈의 야바위야. 그저 금이 발견된 척하는 거야. 배후에 하퍼와 래듀가 있고 카맥도 한통속이야. 벼랑 끝 바위 사이에 있는 8백 미터도 안 되는 무스 방목장을 채굴한다는 이야기를 도대체 누가 들어나 봤겠나? 기반암까지 얼마나 되는지 누가 알겠냐는 말이야."

데이라이트는 공감하는 듯 고개를 끄덕이며 잠시 생각했다.

"사금을 전혀 뜨지 못했소?" 마침내 그가 물었다.

"사금은 빌어먹을!" 그는 화를 내며 대답했다. "내가 갓난앤 줄 알아? 풋내기 하나가 방목장 주변을 돌다가 흙 한 냄비만 떴어. 멍청하게 자넨 내 말을 못 알아듣는 거야? 난 척 보면 알아. 아침에 서클시티로 갈 거야. 난 이 상류 지방을 믿어본 적이 없어. 지금부턴 타나나의 수원지라면 괜찮을 거야. 내 말 새겨들어. 큰 행운이 온다면 강을 타고 올 거야. 여기 있는 조니가 발견지 아래 3킬로미터 정도 말뚝을 치긴 했는데 조니도 잘 몰라." 조니가 부끄러운 듯 바라보았다.

"그저 재미로 한 것뿐이야." 조니가 설명했다. "그 지류에 스타 플러그(씹는 담배―옮긴이) 5백 그램 값만 걸었는걸."

"난 당신 편이오." 데이라이트가 바로 말했다. "하지만 내가 2만이나 3만을 벌어도 다들 우는 소리 마셔."

조니가 밝게 싱긋 웃으며 말했다.

"담뱃값이면 돼."

"나도 그 옆에 말뚝을 칠 걸 그랬네." 롱 짐이 푸념하듯 중얼거렸다.

"아직 안 늦었시다." 데이라이트가 대답했다.

"하지만 거기까지 갔다 오는 데 32킬로미터가 넘어."

"내가 내일 거기 가서 형씨 말뚝까지 쳐주겠소." 데이라이트가 제안했다. "그러면 조니처럼 하면 되겠네. 팀 로건에게서 돈을 받아. 사우어도어에서 술집을 하고 있으니 나한테 돈을 빌려 줄 거야. 자네 이름으로 빌린 다음 나한테 양도한 후 서류를 팀에게 주면 돼."

"나도." 세 번째 고참자가 끼어들었다.

이렇게 해서 데이라이트는 스타 플러그 약 1.5킬로그램 값에 보난자의 150미터짜리 소유권 세 건을 당장 사들였다. 자신의 이름으로 더 말뚝을 치게 되었고, 다른 사람들은 단순한 양도였다.

"씹는 담뱃값이라고 무모한 짓을 하는 거 아냐?" 롱 짐이 싱긋 웃었다. "어디 공장이라도 있어?"

"아뇨, 하지만 감이 와요." 그가 대답했다. "그 행운에 담배 세 개 값이면 거의 껌값이라니까."

하지만 한 시간 뒤 보난자에서 막 돌아온 조 래듀가 자기 캠프로 성큼성큼 들어왔다. 처음에는 카맥이 발견한 금에 대해 언급도 하지 않더니 나중에 수상쩍게 데이라이트에게 마을터에 대한 지분 값으로 1백 달러를 제안했다.

"현금으로?" 데이라이트가 물었다.

"물론이오. 거기서 대박이 터질 거요."

말하면서 래듀는 금자루를 꺼냈다. 데이라이트는 멍하니 무게를 가늠해보고 여전히 멍한 채 끈을 풀어 사금가루를 손바닥에 쏟아 대충 훑어보았다. 여태껏 보았던 사금보다 색깔이 짙었다. 하지만 카맥의 것보다는 아니었다. 그는 금을 자루에 부어 래듀에게 돌려주었다.

"내 생각엔 나보다 형씨한테 더 필요할 것 같은데." 데이라이트가 말했다.

"아니오. 난 더 많아." 그가 안심시켰다.

"어디서 난 거요?"

데이라이트가 무심코 그렇게 물은 것이어서 래듀도 인디언처럼 무신경하게 그 질문을 들었다. 하지만 서로 눈이 마주친 아주 짧은 순간 알 수 없는 무엇인가가 조 래듀의 몸과 영혼에서 번뜩이며 뿜어나온 것 같았다. 데이라이트는 그 번뜩임을 느꼈고 상대방이 알고 있는 것과 계획을 숨기고 있다는 것을 눈치챘다.

"당신이 나보다 그 지류를 잘 알아." 데이라이트는 말을 이었다. "만약 그 마을터에 대한 내 지분값이 자네가 알고 있는 대로 1백 달러라면 그 가치는 내가 알든 모르든 1백 달러요."

"3백을 주겠소." 래듀는 체념한 듯 제안했다.

"말했잖소. 내가 모르는 게 뭐든 그 가치는 당신이 나한테 주는 만큼이오."

조 래듀가 타협을 제안한 것이 바로 그때였다. 데이라이트를 사람들이 없는 곳으로 데려가더니 은밀하게 말했다.

"거기가 정말 대박이요." 그는 아예 단정지어 말했다. "난 사금을 채취하거나 선광하지 않았소. 그 자루에 있는 것은 어제 벼랑 끝 바위에서 뜬 것이오. 얕은 흙에서 뜰 수 있는 거요. 그 강의 기반암에 뭐가 있는지 아무도 모르오. 하지만 큰 건이 분명해. 장담하지. 은밀하게 가능한 많은 곳에 자리를 잡아요. 여기저기 흩어져 있지만 어딘가에선 5만까지 될 거요. 찾기가 어려워서 문제지."

* * *

한 달이 지났지만 보난자 지류는 아직 조용했다. 몇몇 사람이 말뚝을 쳐놓긴 했지만 대부분 말뚝을 치고 난 뒤 포티마일과 서클시티로 내려가버렸다. 아주 굳게 믿고 있는 사람들만 남아서 다가올 겨울에 대비해 통나무집 짓기에 분주했다. 카맥과 인디언들은 세광통을 만들고 물을 끌어오느라 바빴다. 숲에서 직접 톱으로 목재를 잘라 와야 했기 때문에 진행이 느렸다. 보난자 더아래쪽 상류에서 배를 타고 온 네 남자가 있었다. 댄 맥길배리, 데이브 맥케이, 데이브 에드워즈, 해리 워였다. 이들은 사람들에게 물어보지도 않고 비밀을 풀지도 않으며 자기들끼리 모여 있었다. 한편 데이라이트는 카맥의 땅에서 파낸 흔적이 있는 부분을 선광해 지표에서 금조각을 찾아낸 적도 있었다. 그래서 그만 아래위를 오가며 1백 군데를 더 선광해보았지만 아무것도 찾지 못하자 기반암에 무엇이 있는지 궁금해졌다. 강 가까이에서 그 조용한 네 사내가 갱도를 판 것을 알고 있던 차에 세광통을 만들기 위해 목재를 자를 때 나는 가늘고 긴 톱 소리가 들렸다. 데이라이트는 그들이 세광하는 첫날 무턱대고 그들에게 갔다.

그 중 한 사람이 다섯 시간 동안 삽질을 한 끝에 13.5온스의 금을 캐내는 것을 보았다. 그것들은 기반암에서 나온 것이었는데 크기가 핀 머리만 한 것에서부터 12달러짜리 금괴만한 것까지 있었다. 그날 첫눈이 조금 날렸으니 북극의 겨울이 가까워지고 있었다. 하지만 데이라이트에게는 스러져가는 짧은 여름의 잿빛 햇살 따위는 보이지 않았다. 실현될 자신의 상상만 눈에 선했다. 그 드넓은 평원의 눈 위에 세워질 새로운 황금 도시 말이다. 금은 기반암에 있었다. 그게 중요했다. 카맥의 생각이 맞았다. 데이라이트는 씹는 담뱃값에 사들인 세 뙈기의 땅 옆에 자기 이름으로 말뚝을 둘러박았다. 이로써 그는 너비가 그 벼랑 끝과 끝까지이고 길이가 6백 미터가 넘는 땅을 가지게 되었다.

그날 밤 클론다이크 어귀에 있는 캠프에 돌아오니 다이아에 남겨두고 왔던 인디언 카마가 와 있었다. 카마는 카누를 타고 그 해의 마지막 우편물을 가지고 온 것이었다. 데이라이트는 카마가 사금 2백 달러어치를 가지고 있는 것을 보고 바로 빌렸다. 대신 카마에게 말뚝을 칠 수 있게 해주고 포티마일을 지나갈 때 등록하라고 했다. 데이라이트는 다음날 아침 떠나는 카마 편에 하류의 고참들에게 보내는 편지를 많이 보냈다. 그 편지에는 즉시 와서 말뚝을 치라는 내용이 들어 있었다. 보난자에 있는 다른 사람들도 카마 편에 비슷한 편지들을 많이 부탁했다.

"전에 없이 엄청나게 많은 사람들이 몰려들 거야. 확실해." 데이라이트는 만족한 듯 미소를 지으며 상상에 빠졌다. 포티마일과 서클시티에서 흥분해 허둥지둥 배에 타고 유콘 강까지 수백 킬로미터 노를 저어 오고 있는 사람들이 보이는 듯했다. 사람들이 자신의 편지를 그대로 믿어줄 것을 알았기 때문이었다.

사람들이 몰려오자 보난자 지류는 잠에서 깨어났고 허위와 진실 사이의 장거리 경주가 시작됐다. 거짓말이 아무리 빨리 달려도 곧 진실이 따라잡아 추월했다. 카맥의 2달러 50센트 소문을 의심했던 사람들이 직접 2달러 50센트를 뜨고는 1온스를 떴다고 거짓말을 했다. 오랫동안 그런 거짓말이 계속 만들어졌고 사람들은 이제 1온스가 아니라 5온스를 떠냈다. 그리고 10온스를 얻었다고 우겼다. 하지만 그 말이 사실인지 보려고 냄비에 흙을 가득 채우고 세광해보면 12온스였다. 이런 일이 반복되었다. 사람들은 대담하게 계속 거짓말을 했지만 진실이 계속 추월했다.

12월의 어느 날, 데이라이트는 자기 땅 기반암에서 흙을 한 냄비 떠서 통나무집에 가지고 갔다. 이곳에 캔버스 탱크의 물이 얼지 않게 장작을 때고 있었다. 탱크 옆에 쪼그리고 앉아 세광을 시작했다. 냄비에는 흙과 자갈만 잔뜩 든 것 같았다. 냄비를 빙빙 돌려 분리하자 더 밝고 굵은 입자가 가장자리로 씻겨 나왔다. 한 번씩 손가락으로 살살이 뒤져 자갈을 한 줌씩 떠냈다. 냄비의 내용물이 줄어들었다. 점점 줄어 거의 바닥에 가까워지자 팬을 흔들어 출렁거리게 하여 물을 따라냈다. 이제 냄비 바닥이 온통 버터로 덮인 것처럼 보였다. 진흙물이 출렁일 때 노란색이 살짝 살짝 보였다. 금이었다. 사금, 굵은 금조각, 금덩어리, 커다란 금덩어리. 그는 혼자였다. 잠시 냄비를 내려놓고 한참 생각에 잠겼다. 그런 뒤 세광을 마무리하고 얻은 것들의 무게를 달았다.

1온스당 16달러라고 보면 냄비의 금은 7백 달러가 넘었다. 상상 이상이었다. 땅 한 뙈기에 2만 달러, 아무리 해도 3만 달러를 넘지 않을 것이라고 생각했었다. 하지만 땅 한 뙈기에 적어도 50만 달러는 되었다. 설령 그런 땅이 많지 않다고 해도 말이다.

그는 그날 갱에 일하러 돌아가지 않았고 다음날도 그 다음날도 가지 않았다. 대신 모자를 쓰고 벙어리장갑을 긴 채 가벼운 옷차림으로 토끼털 모포를 등에 두른 채 지류와 봉우리를 돌아다니며 주변 지역 전체를 둘러보았다. 그는 지류마다 한 뙈기씩 땅을 잡아둘 수 있었지만 신중하게 행동했다. 헝커 지류에서는 한 부분에만 말뚝을 박았다. 살펴보니 보난자 지류는 어귀에서부터 수원까지 온통 말뚝투성이였고 그곳으로 흘러드는 더 작은 지류와 협곡에도 마찬가지로 말뚝이 많이 쳐져 있었다. 보통 사람들은 그런 곳에 큰 희망을 걸지 않았지만 보난자까지 못 들어온 수백 명은 그곳에 말뚝을 쳤다. 가장 유명한 것은 애덤스 지류였다. 가장 가능성이 희박한 곳은 엘도라도 지류였는데 카맥이 광맥을 발견했다고 한 곳 바로 위쪽이었다. 데이라이트조차도 엘도라도의 모양이 마음에 들지 않았다. 하지만 감에 따르기로 하고 엘도라도에서 밀가루 반 자루 값에 한 구역을 샀다. 한 달 뒤 그 옆쪽 땅을 8백 달러에 샀다. 석 달 뒤 더 넓혀 세 번째 땅을 4만 달러에 사들였다. 나중에 그가 많은 지류 중에서 가장 마음에 들어하지 않았던 그곳 땅의 4분의 1을 사려면 115만 달러가 될 것이었다.

그는 7백 달러 넘게 세광한 뒤 쪼그리고 앉아 오랜 생각에 잠겼던 그날부터 곡괭이와 삽에는 손도 대지 않았다. 그 놀라운 세광을 마친 날 조 래듀에게 이렇게 말했다.

"조, 다시는 힘든 일을 하러 안 갈 거요. 이제 머리를 쓸 거야. 금을 키우는 거지. 종자 삼아 약간의 금만 손에 넣으면 금은 점점 자라날 거요. 냄비 바닥의 금 7백 달러어치를 보고 내가 마침내 종자를 가졌다는 걸 알게 됐소."

"어디 가서 그걸 키울 계획이오?" 조 래듀가 물었다.

그러자 데이라이트는 손을 들어 단호하게 분수계 너머의 땅과 지류들을 가리켰다.

"행운이 저기 있소." 그는 말했다. "다덜 내가 피우는 연기만 봐. 저곳들을 볼 수 있는 사람은 수백만 달러를 벌 거요. 오늘 오후 냄비 바닥에서 7백 달러어치의 금을 보았을 때 수백만 달러를 벌게 되리란 것 알았소. 그러곤 박수를 치며 이렇게 말했지. '마침내 버닝 데이라이트가 왔도다!'"

11

카맥의 발견이 있기 전에는 유콘의 개척 영웅이었던 버닝 데이
라이트가 이제 금광 발견의 영웅이 되었다. 그의 감이 어떤 것이
었는지 어떻게 그 감을 따랐는가 하는 이야기는 널리 퍼졌다. 분
명 그는 단연코 가장 대담하게 감에 따랐다. 그래서 아무리 운이
좋다는 사람도 데이라이트만큼 인정받지 못했다. 게다가 여전
히 감을 따르고 있었고 변함없이 대담했다. 지각 있다는 사람들
은 모두 그가 번 돈을 다 날릴 것이라고 예언하며 고개를 가로저
었다. 그가 자기 땅이 모두 금으로 뒤덮여 있다고 착각하고 있으
며 그런 식으로 사광 채취 사업을 하는 사람은 절대 성공할 수
없다고 주장했다.

한편 그의 재산은 수백만 달러에 이르는 것으로 평가받고 있

었기에, 무모한 이들은 데이라이트가 거는 데는 잃을 게임에도 따라 걸었다. 그의 엄청난 씀씀이와 돈에 대한 무관심 뒤에는 날카로운 현실적 판단과 사고력과 통찰력, 대담한 도박가로서의 뱃심이 있었다. 한 번도 본 적 없는 것을 내다보았기에 그가 하는 게임은 크게 따거나 전부 잃는 쪽이었다.

"여기 보난자엔 금이 너무 많아서 여기만 광맥일 리가 없어." 그는 주장했다. "정말 어딘가에 있는 모광맥에서 나오는 게야. 그러니 다른 지류에도 금이 있을 거야. 느덜, 인디언 강을 잘 봐. 클론다이크 분수계의 저편으로 흘러나가는 지류들에도 이쪽으로 흘러나가는 지류와 똑같이 금이 있을 거야."

그는 큰 분수계 너머 인디언 강 유역까지 여섯 무리의 탐광자들에게 자금을 대주며 자신의 주장을 뒷받침했다. 행운의 지류에 말뚝을 치지 못한 사람들은 보난자에 있는 자신의 땅에서 일하도록 했다. 그리고 그들에게 섭섭찮게 보수를 주었다. 하루 여덟 시간 3교대로 16달러였다. 아직 식량이 충분한데도 물이 얼기 전 마지막으로 식량을 실은 벨라 호가 도착하자 잭 컨즈에게 창고터를 넘기고 1896년 겨울 내내 일꾼들이 먹을 음식을 사들였다. 그렇게 해서 그해 고통스러운 겨울 기근이 닥쳐 밀가루가 5백 그램에 2달러에 팔리고 있을 때에도 보난자 청구지 네 군데 모두에서 그의 일꾼들은 계속 3교대로 일할 수 있었다. 다른 광산주들은 일당 15달러를 지급했다. 하지만 일꾼들을 쓰기 시작한 최초의 광산주였던 그는 처음부터 일당에만 1온스를 들였다. 그의 일꾼들이 실력이 좋아 더 많이 줄 만하기도 했다.

결빙이 시작된 초겨울 가장 엉뚱한 게임이 시작되었다. 수백 명의 사람들이 몰려와 보난자가 아닌 다른 지류에만 말뚝을 치고 툴툴거리며 포티마일과 서클시티로 내려가버린 뒤였다. 데이라이트는 자신의 보난자 땅 한 곳을 알래스카 커머셜 사에 저당잡히고 신용장을 주머니에 챙겼다. 그런 뒤 개들을 준비해 그만이 낼 수 있는 속도로 얼음 위를 내달렸다. 앞뒤에 인디언 한 명씩을 달리게 하고 그는 네 마리 개들과 같이 달렸다. 그리곤 포티마일과 서클시티에서 그는 수십 건의 토지 소유권을 사들였다. 나중에 대부분이 사실상 쓰레기로 밝혀질 것이었지만 몇몇은 보난자의 다른 어떤 곳보다 더 엄청난 가치가 있었다. 적게는 15달러에서 많게는 5천 달러까지 지불하고 닥치는 대로 소유권을 사들였다. 제일 비싼 것은 티볼리 술집에서 산 것이었다. 엘도라도 위쪽 땅이었는데 그가 그 비싼 값에 합의하자 마침 그 사슴 방목지를 둘러보고 막 돌아온 제이콥 윌킨스라는 고참이 술집을 나서며 말했다.

"데이라이트, 나는 자네를 7년 동안 알아왔어. 지금까지 항상 똑똑했지. 그런데 자넨 지금 사방에서 당하고 있어. 말하자면 강도를 당한 거야. 그 빌어먹을 사슴 방목지에 5천 달러라는 건 사기야. 더 이상 그런 식으로 자네가 당하는 걸 볼 수가 없네."

"장담하건대, 윌킨스," 데이라이트가 대답했다. "카맥이 발견한 것은 너무 대단해서 그게 전부 얼마인지 알 수도 없을 정도요. 그건 제비뽑기야. 내가 사는 땅은 전부 제비지. 엄청난 보상이 증말 돌아와요."

제이콥 윌킨스는 문을 열어둔 채 서서 못 믿겠다는 듯이 콧방귀를 꿰었다.

"생각해보쇼, 윌킨스," 데이라이트가 말을 이었다. "수프가 비오듯 쏟아진다면, 뭘 하겠소? 물론 숟가락을 사겠죠. 나도 분명 숟가락을 살 거요. 클론다이크에 행운 수프가 비처럼 내릴 거요. 숟가락이 없으면 아무것도 못 한단 말이지."

하지만 윌킨스는 이 대목에서 문을 쾅 닫고 나가버렸다. 데이라이트는 말을 멈추고 토지 구매건을 마무리했다.

도슨으로 돌아온 그는 약속대로 곡괭이와 삽에는 손도 대지 않았지만 어느 때보다 더 열심히 일했다. 한꺼번에 여러 가지 일에 손을 대서 계속 바빴다. 대리로 일을 시키려니 비용이 많이 들기도 했고 어떤 땅을 넘기고 어떤 땅을 가지고 있을지 결정도 해야 해서 여러 지류를 직접 돌아다녀야 했다. 알래스카에 오기전 석영 광산에서 일했던 그는 모광맥을 찾을 수 있기를 꿈꾸었다. 그는 사광 캠프는 오래가지 않는 반면 석영 캠프는 오래 남을 수 있어서 몇 개월에 걸쳐 수십 명에게 찾으라고 했다. 모광맥은 발견되지 않았고 이후 몇 년 뒤 추산해보니 그것을 찾느라 들인 돈이 5만 달러였다.

하지만 그는 큰 게임을 하고 있었다. 들인 비용이 엄청났지만 더 엄청나게 벌었다. 그는 위치를 정하면 지분 절반을 산 뒤 자금을 대고 다른 사람이 사게 한 다음엔 그의 소유로 만들었다. 밤이고 낮이고 늘 개들이 준비되어 있었다. 그것도 가장 빠른 개들이었다. 새로 금광이 발견되어 사람들이 몰려들었을 때 엄청나게 춥고 긴 밤 내내 가장 앞에 서서 금광 바로 옆에 자신의 말뚝을 박은 것은 바로 버닝 데이라이트였다. 이렇게 해서 (쓸모없는 많은 지류들은 말할 것도 없이) 설퍼, 도미니언, 익셀시스, 시워시, 크리스토, 알람브라, 두리틀 같은 좋은 지류의 땅을 가지게 되었다. 그가 쏟아부은 수천 달러가 수만 달러가 되어 다시 흘러나왔다. 포티마일 사람들은 그의 밀가루 2톤에 대한 이야기를 전하면서 그가 50만에서 1백만 달러 정도까지 벌었을 것이라고 했다. 아주 확실하게 알려져 있는 한 가지 사실은 그가 밀가루 반 자루를 주고 사들였던 이른바 최초의 엘도라도 절반 지분이 50만 달러의 가치가 있었다는 것이다. 한편 댄서인 프레다가 물길을 건너 피터버러 사의 카누를 타고 질척한 얼음 범벅의 유콘 강에 도착하여 열 자루에 천 달러를 불렀지만 살 수가 없었다. 그때 한 번도 본 적이 없는 그녀에게 그가 밀가루를 선물로 주었다고 한다. 처음 자선시설을 연 가톨릭 신부에게도 이런 식으로 열 자루를 보냈다.

그는 너무 후했다. 혹자들은 미친 짓이라고 했다. 그가 감을 따라 밀가루 반 자루로 50만을 벌어들이고 있을 때 스무 자루씩이나 댄서와 신부에게 주어버린 것은 완전히 미친 짓이었다. 하지만 그것이 그의 방식이었다. 돈은 마커에 불과했다. 그에게 중요한 것은 게임이었다. 수백만 달러의 재산에도 그는 전혀 변하지 않았다. 게임에 더 열정적으로 임했다는 것 외에는 말이다. 술이라면 무한정 마실 수 있을 만큼 돈이 있었고 술이 늘 가까이에 있었는데도 훨씬 술을 적게 마셨다는 사실을 보면 아주 드문 경우를 제외하고 그는 늘 자제하는 사람이었다. 가장 큰 변화는 이런 것이었다. 이동할 때를 제외하고는 직접 요리를 하지 않았다. 건강이 나빠진 광부 한 명이 통나무집에서 함께 살면서 요리를 했다. 하지만 식단은 변한 것이 없었다. 베이컨, 콩, 밀가루, 자두, 말린 과일과 밥이었다. 옷차림도 예전과 같았다. 작업복, 독일풍 양말, 모카신, 플란넬 셔츠, 모피 모자, 모포 같은 긴 코트를 입었다. 50센트에서 1달러밖에 안 했지만 시가에는 손도 대지 않았다. 불 더럼 담배와 손으로 마는 갈색 종이 담배면 족했다. 개들을 많이 키우는 데 엄청난 비용을 들였던 것은 사실이었다. 하지만 그것들은 사치가 아니라 사업상의 비용이었다. 빨리 이동해야 했다. 요리사를 고용한 것도 그 때문이었다. 너무 바빠서 요리를 할 수가 없었다. 그뿐이었다. 수백만 달러를 벌기 위해 뛰어다니면서 불을 지피고 물을 끓이는 데 시간을 쓰는 것은 도움이 되지 않았다.

도슨은 1896년 겨울 급속하게 성장했다. 마을터의 판매로 데이라이트에게 돈이 쏟아져 들어왔다. 곧바로 그 돈을 더 불릴 곳에 투자했다. 사실 그는 거래를 계속 확장해가는 위험한 게임을 하고 있었다. 사금 캠프에서 이보다 더 위험한 게임은 없었다. 하지만 그는 눈을 바짝 뜨고 있었다.

"형씨들은 이 대박 소식이 외부에 알려지기만 기다리쇼." 그가 술집 무스혼에서 친한 고참들에게 말했다. "내년 봄이 돼야 알려질 거요. 그러니 세 차례에 걸쳐 사람들이 몰려올 거요. 여름에는 가볍게들 들어올 거고 가을에는 채비를 제대로 하고 올 거고 봄, 그러니까 후년 봄에는 5만이 올 거요. 그 풋내기들 때문에 앞이 잘 안 보일걸. 자, 1897년 여름과 가을에 제대로들 몰려올 거요. 거기 대비해 무엇을 하겠소?"

"자넨 뭘 할 건데?" 한 친구가 물었다.

"아무것도 안 하죠." 그가 대답했다. "이미 증말 다 했소. 통나무들이 빠져나갈 수 있게 유콘 강 상류에 여러 개의 길을 마련했지. 강이 녹고 나면 뗏목들이 보일 거요. 통나무집! 내년 가을 최고의 값이 될 거요. 목재! 최고로 오를 거요. 확실해. 고개 너머에 제재소 두 개를 빌려놓았지. 호수가 열리자마자 올 거요. 형씨들 목재가 필요하다는 생각이 들면 지금 당장 가공 안 된 것으로 천 개에 300달러에 계약합시다."

쓸 만한 곳의 땅들이 그해 겨울 1만 달러에서 3만 달러에 팔렸다. 데이라이트는 길목과 수로마다 전갈을 보내 새로 오는 사람들에게 통나무 뗏목을 타고 오도록 해서 1897년 여름 그의 제재소는 밤낮없이 3교대로 가동되었지만 여전히 집을 지을 통나무가 있었다. 이 통나무집들은 대지를 포함해 1천 달러에서 수천 달러까지에 팔렸다. 그 마을의 사업용지에 있는 2층짜리 통나무 건물들로 한 채당 4만, 5만 달러를 벌었다. 그는 새로 늘어난 이 자본을 바로 다른 사업에 투자했다. 그는 계속 금을 굴리고 있었는데 이제는 그가 만지는 것은 모두 금으로 변하는 것 같았다.

하지만 카맥의 발견으로 시작된 그 광란의 첫번째 겨울에 데이라이트는 많은 것을 배웠다. 통이 큰 성격이었지만 균형을 잘 잡고 있었다. 벼락부자들이 어떻게 낭비하는지 지켜보았지만 끝까지 이해하지는 못했다. 그의 타고난 성격과 사고방식에 따르면 떠들썩한 밤모임에서 포커로 돈을 날리는 것은 전혀 문제가 되지 않는 일이었다. 서클시티에서 포커를 하던 날 밤 그가 전 재산 5만 달러를 잃은 것이 바로 그런 일이었다. 하지만 그에게 그 5만 달러는 포커판에 끼는 데 든 돈에 불과했다. 그것이 몇백만 달러였다면 문제가 달랐다. 그런 거금은 밑천이니 술집 바닥에 뿌리면 안 되는 돈이었다. 백만장자들이 술 취해 균형감각을 깡그리 잃은 채 내던져서는 안 되는 돈이었다. 맥만이라는 사람은 술집 계산서 한 장에 3만 8천 달러를 썼다. 그리고 깡패 지미라는 사람은 방탕한 생활로 4개월 동안 한 달에 10만 달러를 쓴 뒤 3월의 어느 날 밤 술 취해 눈 위에 쓰러져 얼어 죽었다. 그리고 스위프트워터 빌은 방탕한 생활로 비싼 땅 세 군데를 날린 뒤 3천 달러를 빌려 들고 그 지방을 떴다. 그런 뒤 바람나 자신을 차버린 애인이 달걀을 좋아했다는 이유만으로 도슨 시장에서 한 다스에 24달러짜리 달걀을 110다스나 사들여 모두 개밥으로 주어버렸다.

샴페인이 한 병에 40에서 50달러였고 굴 스튜 통조림 한 개가 15달러였다. 데이라이트는 그런 사치품에 탐닉하지 않았다. 술집에서 사람들에게 한 잔에 50센트하는 위스키는 거리낌 없이 돌렸지만 그런 헤픈 성격 어딘가에 굴 통조림을 15달러 내고 사는 것에 대한 건전한 반항심과 계산 감각이 있었다. 반면 그는 제정신이 아닌 몰상식한 벼락부자들 중에서 제일 엉뚱했던 사람이 쓴 돈보다 더 많은 돈을 불행한 사람들을 구제하는 데 쓸 수 있었다. 자선시설의 신부는 처음에 받은 밀가루 열 자루보다 훨씬 더 많은 기부금을 받았을 것이다. 그리고 데이라이트에게 온 고참들도 각자의 형편에 따라 도움을 받아가곤 했다. 하지만 거품만 잔뜩 나는 샴페인 한 병에 50달러라니! 그건 끔찍했다.

그렇지만 가끔씩 전부터 하던 대로 시끌벅적한 광란의 밤을 보냈다. 예전과 이유는 달랐다. 첫째, 오래전부터 그렇게 해왔기 때문에 사람들이 그런 것을 기대하기 때문이었다. 둘째 그럴 만한 돈이 있었기 때문이다. 그러나 이제 그런 식으로 놀며 즐기는 것을 그렇게 좋아하지 않았다. 새롭게 힘의 맛을 알았고 그것을 갈망하게 되었다. 알래스카에서 단연 제일 부유한 광산주였지만 아직도 더 부자가 되고 싶었다. 그가 하고 있는 것은 큰 게임이었고 다른 어떤 것보다 그 게임이 좋았다. 어떤 면에서 그는 생산적인 일을 하고 있었다. 중요한 일이기도 했다. 백만 달러짜리 엘도라도 지류를 볼 때, 잘 가동되고 있는 제재소 두 곳과 무스하이드 산 바로 위 커다란 소용돌이를 일으키며 강을 타고 내려오는 통나무 뗏목들을 바라볼 때 느꼈던 것 같은 기쁨을 맛본 적이 없었다. 그것들이 그에게 색다른 감동을 주었기 때문이다. 금은 심지어 저울 위에 있을 때도 어쨌든 추상적이었다. 그것은 어떤 일을 할 수 있는 힘을 상징할 뿐이다. 하지만 제재소는 물질 그 자체이고 구체적이고 실체적이며 더 많은 일을 하기 위한 수단이었다. 그것들은 실현된 꿈이었다. 상상 속의 덧없는 꿈이 견고하고 의심할 여지 없이 실현된 물질이었다.

여름 인파가 몰려들자 외지에서 주요 신문과 잡지의 특파원들이 찾아왔다. 이들은 하나같이 데이라이트의 칭찬에 지면을 무한정 할애했다. 그래서 데이라이트는 알래스카에서 가장 위대한 인물로 알려졌다. 물론 몇 달 뒤에 스페인 전쟁에 세상의 이목이 집중되자 데이라이트는 깡그리 잊혀졌다. 하지만 클론다이크에서는 여전히 유명인사였다. 그가 도슨의 거리를 지날 때면 모든 눈이 그를 따라 움직였다. 술집에서는 풋내기들이 경외의 눈길을 떼지 못했다. 그가 그 지방 제일가는 부자일 뿐만 아니라 그 신생지의 개척기에 칠쿳을 넘고 유콘 강을 타고 내려와 더 나이든 거물들, 알 마요와 잭 맥퀘스천을 만난 사람이었기 때문이었다. 수많은 험난한 모험을 했던 바로 그 버닝 데이라이트, 얼음에 갇힌 포경선에 툰드라 황무지를 건너 북극해로 가라는 말을 전했고, 서클시티에서 솔트워터까지 60일 만에 편지를 운반했으며 1891년 겨울 타나나 부족 전체를 죽음에서 구했던 것이 바로 그 버닝 데이라이트였다. 그러니 신참내기들은 그에게서 수십 명한테 받을 감동을 한 번에 받았다.

그는 자기를 알리는 데에 타고난 재능이 있었다. 그가 한 일은 아무리 우연히 자연스럽게 일어난 일이어도 대중에겐 아주 자극적이었다. 그리고 그의 놀라운 일들은 늘 사람들의 입에 오르내렸다. 데니시 지류에 몰려든 인파 중 가장 앞에 섰든 아니든, 눈으로 덮인 설퍼 지류에서 최고 기록을 갱신했든 아니든, 여왕 탄생일(6월 둘째 토요일) 카누 경주에 개척자 대표가 못 나가게 되자 마지막 순간 어쩔 수 없이 참가해서 우승을 했든 안 했든 늘 그랬다. 예를 들면 어느 날 밤 무스혼에서 잭 컨즈와 오래전 약속했던 포커판을 벌였다. 아침 여덟 시가 돼서야 게임이 끝났다. 데이라이트가 딴 돈은 23만 달러였다. 이미 엄청난 갑부인 잭 컨즈에게 이 정도는 잃어도 괜찮았다. 하지만 도시 전체가 그 판돈의 크기로 들썩거렸고 그 도시에 머물던 수많은 통신원들이 특보를 타전했다.

12

데이라이트는 계속 거래를 확장하고 있었기 때문에 엄청난 수입에도 불구하고 그 첫해 겨울 내내 현금 때문에 쪼들렸다. 기반암의 녹은 금은 곧 다시 얼어붙었다. 그래서 수백만 달러어치의 금이 묻혀 있는 자신의 땅에 손을 댈 수가 없었다. 햇볕에 다시 땅이 녹고 물이 녹아 빠져나가기 전에는 금을 꺼낼 수가 없었다. 그래서 남아 있는 금을 새로 생긴 은행 두 곳에 맡겼다. 그러자 많은 사람들이 덤벼들어 자기 사업에 그 돈을 끌어들이려고 했다.

하지만 그는 독자적인 사업을 하기로 결심했기에 대체로 방어적이 아니면 공격적인 단체에만 참여했다. 그래서 가장 높은 임금을 지불했던 그였지만 광산주 연합에 가입했고 분쟁을 처리하고 늘어가는 노동자들의 반발을 억눌렀다. 시대가 바뀐 것이다. 옛날은 가버렸다. 이제 새 시대였으니 부유한 광산주인 데이라이트는 자신이 속한 계급에 충실했다. 한편 그가 고용한 고참들은 조직화된 광산주 단체로부터 자신들을 지키기 위해 십장이 되어 신참들을 지휘했다. 하지만 데이라이트에게 그런 일은 머리의 문제가 아니라 가슴의 문제일 뿐이었다. 가슴속은 지난날을 잊을 수 없었지만 머리로는 가장 현대적이고 가장 실용적인 방법에 따라 경제 게임을 하고 있었다.

하지만 이런 착취자 집단 말고는 사내들의 게임에 얽매이려고 하지 않았다. 혼자서 일을 하고 있었기에 자신의 돈을 모두 동원해야 했다. 새로 세워진 주식거래소가 아주 흥미로웠다. 이전에 이런 제도를 경험해본 적이 없었지만 곧 그 장점을 파악하고 이용했다. 자신의 계획에 꼭 필요한 일은 아니었지만 어쨌든 그것도 도박이었다. 그래서 그의 말마따나 그저 재미 삼아 투자를 좀 했다.

"그게 페어로 게임보다 증말 더 나아." 어느 날 이렇게 말했다. 일주일 동안 사고팔고를 반복하여 도슨 투기꾼들을 흥분시킨 뒤 자기 패를 까 보이고 누가 봐도 거액을 벌어들인 후였다.

모두들 한몫 챙기고 나면 살벌한 북극의 전장을 떠나 남쪽 본토로 향했다. 하지만 그는 언제 떠나느냐는 질문에 늘 웃으며 지금 하고 있는 도박이 끝날 때라고 대답했다. 좋은 패를 받았는데 게임을 그만두는 사람은 멍청이라는 말도 덧붙였다.

그를 영웅으로 받들고 있는 수천 명의 신참내기들은 데이라이트가 아무 것도 두려워하지 않는다고 생각했다. 하지만 비틀스와 댄 맥도널드 같은 탐광자들은 여자들 이야기를 꺼내며 고개를 가로젓고 낄낄거렸다. 그들이 옳았다. 데이라이트는 주노의 퀸앤에 살던 열일곱 살 때 사랑이 뻔뻔스럽고 바보 같은 짓이라고 생각하게 되면서부터 줄곧 여자들을 두려워했다. 사실 여자에 대해 아는 것도 없었다. 광산에서 여자란 드물어서 수수께끼 같은 존재였다. 그런 곳에서 태어난데다 여자 형제도 없었고 어머니도 어렸을 때 죽었으니 여자와 접촉해볼 기회 자체가 드물었다. 사실 퀸앤에서 떠난 후 시간이 좀 흘러 유콘 강에서 여자들을 만나기도 했고 사귀려고도 했다. 그 여자들은 광산을 처음 연 남자들을 따라 고개를 넘어온 개척자들이었다. 하지만 그는 여자들과 있으면 늑대 앞의 양처럼 두려웠다. 남자로서의 자존심 때문에 겉보기에는 여자들과 잘 지냈다. 하지만 그에게 여자들은 어려운 책과 같았다. 그래서 늘 혼자서나 여럿이서 함께 어울려 게임하는 편이 더 좋았다.

그는 클론다이크의 왕이자 엘도라도의 왕이었고, 보난자의 왕, 목재의 왕, 탐광자들의 왕자 같은 호화로운 이름으로 불렸다. 개척자의 아버지라는 영예로운 칭호도 있었다. 하지만 그는 예전보다 여자들이 더 두려웠다. 이전에는 여자들이 그에게 팔을 뻗치지 않았는데 이제 갈수록 점점 더 많은 여자들이 그곳으로 몰려들고 있었다. 금 감독관 집에서 식사를 하거나 댄스홀에서 술을 주문하거나 《뉴욕선》여성 특파원들과 인터뷰를 하거나 언제든 여자들이 모두 그에게 손길을 뻗치는 것이 문제였다.

단 한 사람 예외가 있었다. 댄서인 프레다, 그가 밀가루를 주었던 젊은 여자였다. 그녀와 있을 때만은 마음이 편했다. 그녀가 절대 그에게 손길을 뻗치지 않아서였다. 하지만 그녀는 그에게 엄청난 공포를 겪게 할 운명이었다. 1897년 가을이었다. 스튜어트 강 바로 아래쪽에서 유콘 강과 만나는 헨더슨 지류를 살펴보고 돌아오고 있었다. 겨울이 단숨에 닥쳤고 약한 피터버러 카누를 타고 유콘 강 하류 110여 킬로미터 지점 질척한 얼음범벅 속에서 악전고투하고 있었다. 벌써 단단하게 언 가장자리에 바싹 붙어 클론다이크 강어귀를 빠른 속도로 달리고 있는데, 누가 그 가장자리에서 흥분한 듯 날뛰며 물속으로 뛰어들려고 했다. 그다음 순간 털옷을 입은 여자의 몸이 거꾸로 빠르게 흐르는 얼음물 속으로 떨어지는 게 보였다. 그는 순식간에 그곳까지 카누를 몰아 어깨가 물에 닿도록 몸을 기울여 소용돌이가 이는 물살 속에서 여자를 조심스럽게 카누 위로 끌어올렸다. 프레다였다. 그녀는 지칠대로 지쳐 기절해버렸다. 나중에 정신을 차리더니 그녀는 분노에 찬 푸른 눈으로 그를 쏘아보며 말했다. "왜 그랬어요? 이런, 왜 그랬냐고요?"

그는 괴로워졌다. 밤이면 이전과 달리 쉽게 잠들지 못했고 그녀의 얼굴과 분노에 찬 푸른 눈빛이 떠올라 몇 번이고 그녀의 말을 되새겨보게 되었다. 그 말의 진실성이 느껴졌다. 그 비난은 진짜였다. 그녀는 진실을 말했다. 그는 다시 곰곰이 생각해보았다.

다시 만났을 때 그녀는 화를 내며 그를 경멸했다. 그러다가 곧 그에게 사과했다. 그러면서 자신에게서 살고 싶은 욕구를 앗아간 남자가 있음을 넌지시 드러냈다. 터놓고 말했지만 두서가

없어서 몇 년 전 뭔진 모르지만 일이 있었다는 것밖에 알아들을
수 없었다. 그 남자를 사랑했던 모양이었다.

역시 사랑이 문제였다. 사랑은 추위나 굶주림보다 더 끔찍했
다. 여자들 자체는 보기도 좋고 호감도 갔다. 하지만 사랑이라
고 부르는 것이 다가와 여자들을 태워버리고 나면 여자들은 이
성을 잃어 무슨 짓을 할지 알 수 없게 되었다. 프레다는 풍만한
몸매에 아름답고 똑똑한 여자였다. 하지만 사랑이 찾아오자 세
상이 싫어졌다. 사랑이 클론다이크 강에서 자살을 하게 했고
자신을 구해준 사람을 증오하도록 만들었다.

그는 천연두를 피했듯 사랑을 잘 피해 살아왔다. 하지만 천연
두처럼 잘 전염되는 사랑이 있었고 그것은 최악의 상태로 치닫
게 되었다. 사랑은 남자든 여자든 아주 무시무시하고 터무니없
는 짓을 하게 했다. 그것은 일시적인 정신착란과 비슷했지만 더
심했다. 만약 데이라이트가 감염되었다면 아주 심하게 앓았을
것이다. 사랑은 광증, 그 중에서도 심한 광증이었고 전염성이
최고로 강했다. 대여섯 명의 젊은이가 프레다에게 미쳐 있었다.
그들 모두 그녀와 결혼하고 싶어했다. 하지만 그녀는 다른 세계
의 누군가에게 미쳐 있어서 그들을 거들떠보지도 않았다.

그를 더욱 두려움에 떨게 한 결정적 사건은 버진의 일이었다.
버진은 어느 날 아침 자신의 집에서 시체로 발견되었다. 머리에
총알이 관통했는데 유서도 남기지 않았다. 그 일이 있은 뒤 사람
들은 이렇게 말했다. 데이라이트가 해도 너무 했다. 그녀는 그
때문에 자살했다. 모두들 그렇게 생각했고 그렇게 말했다. 기자

들이 그 사건을 상세히 보도했고 클론다이크의 왕, 데이라이트
는 또 한 번 미국의 주말판 신문에 대서특필되었다. 특집기사는
버진이 착실하게 살았다고 전했다. 도슨에서 댄스홀 같은 데는
절대 가지 않았다. 서클시티를 떠나 그곳에 처음 왔을 때 세탁일
로 먹고 살았다. 그다음에는 재봉틀을 사서 남자들의 무명 파카,
털모자, 사슴가죽 장갑을 만들었다. 그런 뒤 퍼스트 유콘 은행
에서 행원으로 일하게 되었다. 이 모든 사실이 알려지자 누구나
그녀의 때 이른 죽음의 원인이 데이라이트라고 믿게 되었다.

그리고 최악의 사실은 데이라이트조차 그렇게 믿었다는 것이
다. 그녀를 마지막으로 보았던 밤을 잊을 수가 없었다. 당시에
는 대수롭지 않게 여겼던 아주 사소한 일들까지 다 기억나 떨쳐
지지 않았다. 그 비극적 사건이 있고 나니 그 행동들이 전부 이
해가 갔다. 그녀의 침묵, 삶에 대한 성가신 의문들이 모두 해결
된 듯 평온한 확신, 어머니처럼 따스했던 그녀의 말과 행동들도
모두 이해할 수 있었다. 자신을 보던 눈길과 미키 돌런이 스쿠쿰
협곡에 말뚝을 치다 실수한 이야기를 들려주었을 때 그녀가 어
떻게 웃었는지도 기억났다. 그녀의 웃음은 경쾌하고 명랑했지
만 전같은 활기가 없었다. 그렇다고 무겁게 가라앉지도 않았다.
오히려 만족스럽고 아주 평온해 보였다. 그녀는 그를 속였고 그
는 바보같이 속았다. 그날 밤 그는 그녀가 이제 자기에게 별다른
감정이 없다는 생각까지 했다. 그래서 그녀와 편안한 친구관계
가 될 것이라고 기대했다.

그런 뒤 그는 문 앞에서 모자를 들고 잘 자라고 말했다. 그때

당황스러운 일이 일어났다. 그녀가 몸을 구부려 그의 손에 입을 맞추었던 것이다. 그땐 그녀가 자신을 놀리고 있다고 생각했지만 이제 손에 그 입술의 감촉이 다시 느껴지는 듯해서 전율에 휩싸였다. 그녀가 안녕, 영영 안녕이라고 말하고 있었는데 그는 전혀 알아듣지 못했다. 바로 그 순간과 그날 저녁 내내 그녀는 신중하고 냉정하게 죽을 결심을 했던 것이었다. 그가 알았더라면! 그 전염병에 걸리지 않았지만 그 결심을 조금이라도 눈치챘었다면 그녀와 결혼했을 것이다. 그러나 그가 아는 그녀는 자존심이 강해서 동정심으로 하는 결혼을 받아들일 사람이 아니었다. 결국 그녀를 살릴 방법은 없었다. 사랑이라는 병에 단단히 걸려 있었고 애초에 그 병으로 죽을 운명이었다.

단 하나, 그도 그 병에 걸렸다면 그녀가 살 수 있었을지 모른다. 하지만 그는 그 병에 걸린 적이 없었다. 설사 병에 걸린다고 해도 프레다나 다른 여자였을 가능성이 더 많았다. 다트워시라는, 보난자의 산출이 좋은 땅에 말뚝을 쳤던 대학생이 있었다. 늙은 두리틀의 딸 버사가 그에게 미쳐 있다는 것을 모르는 사람이 없었다. 하지만 그가 사랑에 빠진 것은 하고많은 여자 중 하필 위대한 구겐해머 사의 광산 전문가, 월스스톤 대령의 아내였다. 그 결과 세 가지 광증이 나타났다. 다트워시가 광산을 제값의 10분의 1에 팔았고 그 불쌍한 여자는 체면을 내팽개치고 그와 함께 배를 타고 유콘 강 하류로 도망쳐 외진 곳에 숨었다. 월스스톤 대령은 씩씩거리며 살인이니 파멸이니 하는 말을 입에 담으며 배로 그들 뒤를 쫓았다. 금방이라도 일어날 것 같은 엄청난 비극이 질퍽한 유콘 강을 타고 포티마일과 서클시티를 지나 황무지에서 터졌다. 그곳에 있는 것은 사랑이었다. 사랑은 남자와 여자들의 삶을 어지럽히고, 파멸과 죽음으로 이끌며, 현명하고 신중한 것을 모조리 뒤죽박죽으로 만들고, 순결한 여인이 매춘이나 자살을 하도록 하고, 늘 정정당당하고 순수했던 남자가 악한이나 살인자가 되도록 했다.

데이라이트는 난생처음 용기를 잃었다. 부인할 수 없을 만큼 많이 겁에 질려버렸다. 여자들은 끔찍한 존재였고 사랑이라는 균이 여자들 주변에 득실거렸다. 그리고 여자들은 너무 무모하고 겁도 없었다. 여자들은 버진의 일을 알고도 전혀 두려워하지 않았다. 오히려 전보다 더 유혹적으로 그에게 손을 내밀었다. 그는 만약 가진 것이 없었다고 해도 막 서른을 넘긴 아주 힘세고 잘생기고 성격 좋은 남자였으니 평범한 여자들의 선망의 대상일 수밖에 없었다. 그런데 그런 타고난 매력에 엄청난 재력까지 더해지자 임자 없는 여자들은 모두 그에게 노골적으로 추파를 던졌다. 임자 있는 여자들도 한둘이 아니었다. 다른 남자였다면 이런 시선에 우쭐해서 이성을 잃어버렸을 것이다. 하지만 그는 점점 더 두려워지기만 했다. 그래서 여자들을 만날 기회가 있는 초대는 거의 다 거절했고 남자들만 참석하는 식사 자리와 댄스홀이 없는 술집 무스혼에만 드나들었다.

13

1897년 겨울 도슨에는 6천 명이나 되는 사람들이 빠른 속도로 계속 작업을 해나갔다. 하지만 여러 고개 너머에 10만 이상이 봄을 기다리고 있다는 소문이 있었다. 어느 짧은 오후 늦게 데이라이트는 프렌치 고원과 스쿠쿰 고원의 광산 비탈에서 사방을 둘러보고 있었다. 아래에는 엘도라도 지류 중 가장 산출이 많은 곳이 있었고 보난자 위 아래 수 킬로미터까지 다 보였다. 거대한 약탈의 현장이었다. 고원은 꼭대기까지 나무가 베어졌고 헐벗은 사면이 깎이고 구멍이 뚫린 자리는 쌓인 눈으로도 다 가려지지 않은 채 드러나 있었다. 발 아래 사방이 오두막집이었다. 하지만 사람들은 많이 보이지 않았다. 사방을 뒤덮은 연기가 계곡에 들어차 있었고 오후의 회색 공기가 음울한 석양처럼 보였다.

눈으로 덮인 진흙층과 사력층에 있는 수많은 구멍에서 연기가 피어오르고 있었다. 얼지 않도록 늘 불을 피우고 깊은 기반암 아래로 사람들이 기어 오르내리며 긁어내고 구덩이를 팠다. 새로 갱도를 뚫고 있어서 여기저기서 불이 벌겋게 피어올랐다. 사람이 그 구멍에서 기어 드나드는 모습이 보였다. 손으로 나무를 깎아 만든 높은 단 위에 녹은 사력층을 권양기(捲揚機)로 끌어올려 놓으면 바로 얼어붙었다. 봄에 세광한 흔적이 도처에 널려 있었다. 세광통 더미, 불룩 솟은 골짜기, 거대한 물레바퀴들이었다. 모두 금에 미친 사람들이 남긴 찌꺼기였다.

"땅만 많이 파는군." 데이라이트는 큰 소리로 중얼거렸다.

언덕을 보니 숲이 거의 다 사라져 헐벗어 있었다. 이렇게 위에서 바라보니 사람들의 활기찬 작업은 끔찍한 혼란이었다. 부족한 것이 넘쳐났다. 사람들은 각자 열심히 일했지만 그 결과는 대혼란뿐이었다. 가장 풍부한 금광인데도 흥분해 분별력을 잃은 사람들이 더 캘 것이 남아 있는데도 그냥 내버려뒀다. 1년이 지나 대부분 구역을 다 파헤쳐 거기서 채굴한 금보다 땅 속에 남아 있는 금이 더 많을 것이었다.

필요한 것은 조직이었다. 그리고 훌륭한 회사에 통째로 맡겨진 엘도라도 지류를 머릿속에 상세하게 그려보았다. 아직 시도는 안 했지만 꼭 성공할 증기 해빙법을 임시로 써볼 생각이었다. 계곡 사면과 계단에서 수력 채광을 한 뒤 캘리포니아에서 쓰는 채금선(採金船)을 강바닥에서 사용해야 했다.

또 한 번 대박의 기회가 있었다. 그는 늘 구겐해머 사와 영국의 큰 회사들이 비싼 월급을 주고 전문가들을 파견하는 이유가 궁금했었다. 이유는 그들의 계획에 있었다. 그들이 그에게 다 파내고 난 광산터와 산광찌꺼기를 팔라고 했던 것도 그 계획 때문이었다. 그들은 작은 광산주들이 맘껏 파가도록 내버려두었다. 남은 것만도 수백만 달러가 되기 때문이었다.

그리고 그는 연기가 피어오르는 조잡스러운 이 지옥을 보면서 새로운 게임, 구겐해머를 비롯한 큰 회사들과 맞붙을 새 게임을 구상했다. 새로운 생각이 떠오르자 기분이 좋았지만 좀 싫증도 났다. 오랜 시간 살았던 북극이 지겨웠고 바깥세상이 궁금해졌다. 남들의 입을 통해서만 들어서 아직 어린아이처럼 아무것도 모르고 있는 큰 세상. 거기에도 게임이 있다. 더 큰 판이지만 수백만 달러를 쥐고 있는 이상 그가 끼지 못할 이유가 없었다. 그는 바로 그날 오후 스쿠쿰 고원에서, 이번에 클론다이크에서 마지막으로 최고의 게임을 하고 바깥세상으로 나가기로 결심했다.

하지만 시간이 걸렸다. 그는 믿을 만한 대리인들에게 전문가들을 따라가서 그들이 사려는 지류를 사들이라고 했다. 그들이 사들이려고 하는 채굴이 끝난 지류마다 그가 버티고 섰다. 그는 교묘하게 흩어져 있는 땅들이나 일부 구간을 사들여 그들의 계획을 망쳐놓았다.

"난 형씨들과 다 까놓고 게임을 하고 있소. 안 그렇소?" 그는 한 열띤 협상에서 이렇게 말한 적이 있었다.

전쟁, 휴전, 협상, 승리, 패배가 잇달았다. 1898년이 되자 클론다이크에 있는 6천 명의 재산과 일은 데이라이트가 참가한 전

투의 영향을 받아 오락가락했다. 더 큰 게임이 점점 더 그의 입맛을 자극했다. 이미 이때 그 유명한 구겐해머 사와 맞붙었고 승리하고 있었다. 그것도 완벽하게 이기고 있었다. 아마도 가장 심한 싸움은 오피르에서였을 것이다. 그곳은 최고의 사슴 방목지로 그곳의 사금은 질은 낮지만 양이 엄청나서 가치가 있었다. 데이라이트는 그곳의 심장부에 일곱 뙈기의 터를 소유하고 있었고 그곳에 대해서는 협상에 응하지 않았다. 구겐해머 전문가들은 그가 그곳을 감당할 수 없을 것이라고 생각했다. 그래서 그곳을 팔라는 최후통첩을 해왔다.

계획은 그가 세웠다. 하지만 실행에 옮기기 위해 본토에 사람을 보내 유능한 기술자들을 불러왔다. 130킬로미터 정도 떨어진 링카빌리 분수계에 저수지를 만들어 그 130킬로미터에 걸쳐 거대한 나무 도관을 통해 오피르까지 물을 끌어왔다. 저수지와 도관 비용은 3백만 아니, 거의 4백만 달러에 가까웠다. 거기서 끝이 아니었다. 발전시설을 지어 작업장에 전깃불을 밝히고 가동도 전기로 했다. 다른 탐광자들은 이 상상도 못할 비용에 놀라 비관적으로 고개를 가로저었으며 그에게 파산을 경고하고 터무니없는 모험적 사업에는 투자하지 않겠다고 했다. 하지만 데이라이트는 비웃으며 나머지 마을터 소유권을 팔아치웠다. 사광붐의 절정기, 아주 적절한 시기였다. 술집 무스혼에서 고참들에게 5년 내에 도슨의 마을터가 폭락하지는 않을 것이지만 통나무집들은 찍혀서 불쏘시개가 될 것이라고 했을 때 큰 비웃음을 샀지만 그 전에 모광맥이 발견될 것이라고 장담했다. 그는 망설이지 않고 밀고 나가서 목재가 더 이상 필요해지지 않자 제재소도 팔아버렸다. 또 여러 지류에 흩어져 있는 소유권을 처분해서 전혀 남들 신세를 지지 않고 도관 건설을 끝내고 준설기를 제작하고 기계들을 들여와 당장이라도 오피르의 금을 캐낼 수 있게 되었다. 5년 전 인디언처럼 개에 짐을 싣고 인디언 강에서부터 분수계를 건너 인디언처럼 사슴고기만 먹으면서 침묵의 황무지를 누볐던 그가 이제 자신이 거느린 노동자 수백 명이 백색 아크등 아래에서 거친 호각소리에 따라 열심히 일하는 것을 지켜보는 입장이 되었다.

그러나 일이 마무리되자 그는 떠날 채비를 했다. 그가 떠나겠다고 하자 구겐해머 사가 오피르와 그곳 발전소 전체를 놓고 영국 회사들과 새로 진출한 프랑스 기업들과 입찰 경쟁을 벌였다. 구겐해머 사가 최고액수를 불러서 데이라이트는 순익으로 딱 1백만 달러를 벌었다. 2천만에서 3천만까지 받을 수 있다는 소문이 돌았다. 하지만 그는 자기가 할 일을 잘 알고 있었기에 마지막 소유지를 팔아 수입을 쓸어 담은 뒤 1천 1백 만이 약간 넘는 거금을 들고 감에 따라 그곳을 떠났다.

그의 출발은 그 전의 업적들처럼 유콘의 역사적 사건이 되었다. 그가 유콘 전체에 한 턱 내자 도슨은 축제장이었다. 그 마지막 하룻밤, 그 이외에는 아무도 돈을 낼 수 없었다. 술은 팔리는 것이 아니었다. 모든 술집들이 문을 닫지 않고 있어서 지친 바텐더들이 교대로 일했고 술은 공짜였다. 이 호의를 받아들이지 않고 돈을 내겠다고 고집을 피우는 사람들은 몇 차례 싸움을 벌였다. 풋내기들이 그런 일이 데이라이트에게 모욕이 되지 않도록 나섰다. 그러는 내내 데이라이트는 모카신을 신은 채 돌아다니며 제멋대로 떠들고 마시면서 선량한 마음과 동지애에 푹 빠져 늑대처럼 울부짖으면서 자신의 날이라고 외치기도 하고 바위에서 팔씨름을 하며 힘자랑을 하기도 했다. 그을린 얼굴은 술로 붉게 달아올랐고 검은 눈은 번뜩였다. 작업복과 인디언 외투를 입고 있었고 귀덮개를 달랑거리며 목이 긴 벙어리장갑은 끈에 매달려 어깨에 걸쳐져 있었다. 하지만 이번에 그가 내놓은 돈은 포커판에 끼려고 내는 돈도 아니고 내기에 거는 돈도 아니었다. 수많은 마커를 가진 그가 게임할 때마다 빼놓지 않고 내놓는 마커 하나에 불과했다.

그날 밤은 도슨 최고의 밤이었다. 데이라이트는 그 밤이 잊을 수 없는 밤이 되기를 바랐고 실제로 그렇게 되었다. 많은 사람들이 술에 취했다. 가을 날씨가 계속 되어 유콘 강은 아직 얼지 않았지만 온도는 영하 30도였고 점점 더 낮아지고 있었다. 그래서 눈 속에 쓰러져 한 시간만 잠이 들어도 목숨이 위험했기 때문에 그런 이들을 구하기 위해 순찰을 돌 사람들이 꼭 있어야 했다. 이 구조단을 생각해낸 것은 무수한 사람들을 취하게 만든 장본인인 데이라이트였다. 그는 도슨 전체가 그날 밤 신나게 즐기기를 바랐지만 결코 경솔하거나 방종하지 않는 성격이어서 그날 밤 사고가 일어나지 않도록 조치를 했다. 예전처럼 싸움이나 다툼도 일어나서는 안 되며 그것을 어기는 사람들은 그가 직접 처리할 것이라고 포고했다. 하지만 그런 일은 생기지도 않았다.

수백 명의 헌신적인 추종자들이 골칫거리들을 눈 위에 몇 번 굴린 뒤 침대로 밀어넣었다. 넓은 세상에서는 산업의 대지도자가 죽는다고 해도 그들이 돌리던 기계가 멈춰서는 것은 잠시뿐이었다. 하지만 클론다이크는 달랐다. 지도자가 떠나게 되자 그 시끌벅적한 아쉬움에 스물네 시간 동안 아무 기계도 돌아가지 않았다. 수천 명이 일하고 있는 거대한 오피르도 멈췄다. 그 이튿날 아무도 출근하지 않았고 일을 시키는 사람도 없었다.

다음날 새벽 도슨 사람들이 작별인사를 했다. 수천 명에 이르는 사람들이 벙어리장갑을 끼고 귀덮개를 끌어내려 묶은 채 강둑에 늘어섰다. 영하 35도였고 가장자리의 얼음은 두꺼워졌고 유콘 강은 질퍽한 얼음을 실어왔다. 데이라이트는 시애틀 호의 갑판에서 손을 흔들며 인사를 했다. 밧줄이 풀리고 기선이 물살을 헤집고 나아갈 때 가까이에 있던 사람들은 데이라이트의 눈에 물기가 차오르는 것을 보았다. 이렇게 해서 그는 고향을, 사실상 그가 알고 있는 유일한 땅, 험한 북극 지방을 떠났다. 그는 모자를 벗어 흔들며 외쳤다.

"잘 있게, 다덜. 잘 있으시오, 다덜."

BURNING DAYLIGHT

2부

JACK LONDON

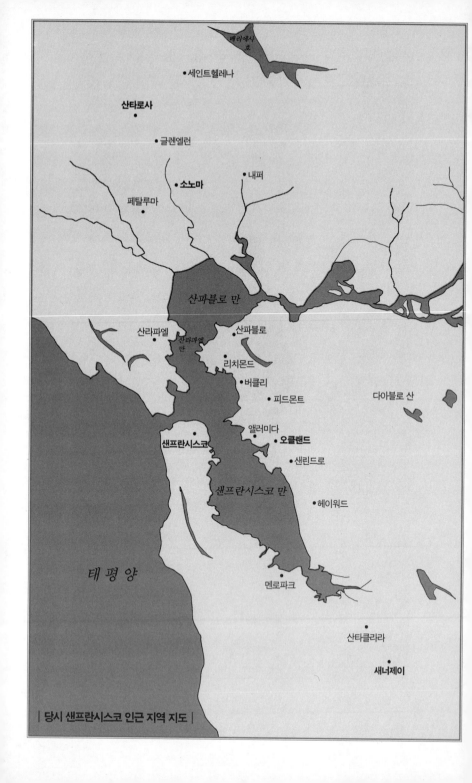

당시 샌프란시스코 인근 지역 지도

1

버닝 데이라이트는 별다른 각광을 받지 못한 채 샌프란시스코에 내렸다. 사람들은 그를 잊었고 클론다이크도 잊어버렸다. 세상은 다른 일들에 관심이 있었고 알래스카의 모험도 스페인 전쟁처럼 이미 한물간 이야기였다. 이후로 많은 일들이 생겨났다. 매일같이 흥미로운 사건들이 일어나고 있었고 신문의 지면은 한정되어 있었다. 하지만 이렇게 무시당하고 나니 오히려 흥분되었다. 1천 1백만 달러를 손에 쥔 화려한 이력의 북극 거물이 이렇게 눈에 띄지 않는다는 것은 이 새로운 판이 얼마나 큰지 입증하고 있었다.

그는 세인트프랜시스 호텔에 자리를 잡고 호텔 입구에서 햇병아리 기자와 인터뷰를 했는데 하루치 짧은 기사로 나갔다. 그는 혼자 싱긋 웃은 뒤 주위를 둘러보고 사람들과 사물들의 새로운 질서를 익히기 시작했다. 아주 어색했고 아주 침착했다. 1천 1백만을 쥐고 있다는 생각에 자신감이 있었는데 이제 엄청난 확신도 있었다. 전혀 당황하지 않았고 주변의 문화나 힘에 겁을 집어먹지도 않았다. 여기도 또 다른 황무지일 뿐이었다. 이곳의 방식을 배우고 좋은 사냥감의 흔적과 길목과 물웅덩이가 어딘지, 나쁜 길과 피해야 할 홍수는 어떤 것인지 배우면 되는 일이었다. 평소와 마찬가지로 일부러 여자는 피했다. 자신의 많은 재산 때문에 접근하는 매력적이고 눈부신 존재와 가까이서 실랑이를 하게 될까 너무 두려웠다.

여자들이 눈길을 주고 그를 갈망했다. 하지만 그는 여자들과 함께 있을 때면 두려움을 철저히 숨긴 채 오히려 대담하게 행동했다. 여자들이 그의 재산에만 끌린 것은 아니었다. 그는 아주 남자답고 출중했다. 눈에 띄는 외모에 엄청난 힘을 가진, 남성미로 터질 듯한 겨우 서른여섯의 젊은이였고 포장된 도로에서는 절대 익힐 수 없는 자유분방한 걸음걸이와, 좁은 공간에서 지친 도시인들과는 다른 검은 눈의 소유자였으니 호기심에 찬 변덕스러운 많은 여자들의 눈길을 끌 만했다. 그는 교활하게 미소를 지으며 수많은 위험에 대처했듯 여자들을 대했다. 하지만 냉정하게 처신하기가 기근이나 서리, 홍수 때보다 더 힘들었다.

그가 이곳에 온 것은 여자들의 게임이 아니라 남자들의 게임을 하기 위해서였다. 아직 만나본 적이 없는 남자들. 그들은 나약해 보였다. 신체적으로 말이다. 게다가 그들이 거래할 땐 냉혹하지만 겉모습은 부드럽고 유순하다는 것을 간파했다. 고양이 같았다. 클럽에서 사람들을 만나보면 그들의 동료애가 과연 얼마나 진실할지, 얼마나 지나야 발톱을 세워 착취하고 강탈할지 궁금해졌다. "사업이야." 그는 되뇌었다. "게임이 시작되어 현실적인 문제에 부딪히면 저자들은 어떻게 할까?" 불쑥 이런 의심이 들면 내심 이렇게 단정했다. "증말 사기꾼일 거야." 이따금씩 들리는 소소한 뒷소문이 자기 판단이 옳았음을 확인시켜주었다. 반면 그들이 풍기는 남자다운 분위기 때문에 정당한 게임을 할 것 같다는 생각도 들었다. 싸움에서는 착취하고 빼앗겠지만 그것은 자연스러운 일이었다. 하지만 왜 그런지는 몰라도 그들은 착취와 약탈을 할 때도 규칙에 따를 것만 같았다. 그것이 그들에게서 받은 인상이었다. 하지만 다른 모든 세상과 마찬가지로 그들 중에도 악한이 몇몇 있을 게 분명했다.

여러 달 동안 샌프란시스코에서 게임판과 규칙을 익히고 뛰어들 준비를 했다. 영어 과외까지 받으며 최악의 결점을 없애는데 성공했지만 흥분하면 '느덜', '증말' 같은 말이 튀어나오기 일쑤였다. 식사법과 옷 입는 법, 도시 사람의 몸가짐과 처신을 배웠다. 그렇다고 지나치게 공손하거나 순하게 행동하는 법은 없었다. 하지만 자제해서 부드럽게 대화하다가도 누군가 방해를 하거나 화를 많이 돋우면 거친 행동이 바로 튀어나왔다. 또면 외딴 지방 출신의 보통 약자들과 달리 사람들이 숭배하는 권력자, 그 권력을 남용하여 남을 지배하려는 사람들에게 머리를 숙이지 않았다. 그는 우상숭배가 어떤 것인지, 어떻게 그것이 이용되는지 잘 알고 있었다.

구경만 하는 데 싫증이 나자 최근 금광붐이 일었다는 네바다로 달려갔다. 그의 말대로 '그저 푼돈 좀 투자해보려고' 말이다. 겨우 열흘 토노퍼 주식 거래소에서 투자했지만 야생 황소처럼 맹렬하게 덤벼들어 아주 전형적인 도박꾼들을 마음껏 주물러주었다. 막판에는 플로리델을 걸고 도박을 해서 순이익이 50만 달러에 이르기도 했다. 그런 뒤 입맛을 다시며 다시 샌프란시스코, 세인트프랜시스 호텔로 향했다. 맛을 보고 나니 게임에 대한 굶주림이 더 심해졌다.

또 한 번 신문들이 그를 대서특필했다. 버닝 데이라이트의 이름이 다시 헤드라인을 장식했다. 기자들이 몰려들었다. 지난 잡지와 신문들이 다시 읽혔다. 낭만적이고 역사적인 일럼 하니시, 혹한 속의 모험가, 클론다이크의 왕, 개척자의 아버지 이야기가 백만 가정의 아침상에 토스트와 나란히 올랐다. 그래서 그는 시작할 때를 채 굳히기도 전 어쩔 수 없이 게임에 뛰어들었다. 그의 1천 1백만 달러의 해변으로 금융업자, 후원자, 투기의 바다에 던져진 온갖 물건과 쓰레기들이 밀려들었기 때문이다. 자기 방어를 위해 게임을 하는 수밖에 없었다. 사람들은 바싹 긴장했고 그를 주목했으며 그에게 패를 나눠주고 게임을 시작하라고 아우성이었다. 그렇게 해서 그는 게임을 하러 나섰다. 하지만 그가 아주 쉽게 떨어져나갈 것이라는 예측도 나왔다. 그가 시골식으로 게임을 할 것이라고 했다. 외모가 흐트러져 있고 털이 많다는 말들도 따라붙었다.

처음에 그는 장난 삼아 자잘한 게임들을 했다. 홀스워시에게 말했던 대로 '시간 끌기 전술'이었다. 홀스워시와는 알타퍼시픽 클럽에서 만난 사이였다. 홀스워시가 그에게 접근했다. 데이라이트로서는 작은 판에 낀 것이 다행이었다. 선수들이 너무 많이 몰려들어 놀랄 정도였기 때문이다. 그는 그들을 '땅 위의 상어'라고 불렀다. 그들의 책략은 간파하기 너무도 쉬운데 그렇게 많은 사기꾼들이 얼마든지 먹잇감을 찾을 수 있다는 사실이 놀라웠다. 그들의 수상쩍은 낌새가 그렇게 잘 보이는데 왜 다른 사람들은 속는지 알 수가 없었다.

그리고 더 많은 상어들이 있다는 것을 알게 되었다. 홀스워시는 그를 잘 보살펴주고 충고도 해주고 그 지역 경제계의 거물을 소개해주는 등 단순히 같은 클럽의 회원이 아니라 형제처럼 대해주었다. 홀스워시 가는 멘로 파크 근방의 쾌적한 목조주택에 살고 있었다. 데이라이트는 그곳에서 자주 주말을 같이 지내며 한 번도 꿈꾸어본 적이 없던 가정의 쾌적함과 따스함을 느꼈다. 홀스워시는 꽃을 아주 좋아했으며 가축 키우기에 반쯤 미쳐 있었다. 데이라이트는 그런 그를 편안하고 기분 좋게 보면서 즐거워했다. 사람이 그렇게 따뜻하고 약하다는 것은 그만큼 건전하다는 뜻이라고 생각해서 그와 한층 더 가까워졌다. 데이라이트는 그가 큰 야심은 없지만 성공한 부유한 사업가라고 생각했다. 적은 돈을 따고도 쉽게 만족해버려서 큰 게임에는 뛰어들 수 없는 사람 말이다.

이렇게 주말을 보내던 어느 날 홀스워시가 그에게 글렌 엘런의 벽돌공장일, 사소하고도 건전한 일을 부탁했다. 데이라이트는 그 공장의 상황에 대해 그에게서 상세히 들었다. 그 사업은 전혀 무리가 없어서 거절할 이유가 없었다. 다만 너무 자잘한 일이어서 자신의 성향과 잘 맞지 않는다는 게 문제였다. 그래도 그와의 우정 때문에 그 일을 맡기로 했다. 홀스워시는 자신도 그 일에 약간 관계하고 있고, 탄탄한 사업이지만 자기는 다른 일 때문에 할 수가 없다고 했다. 데이라이트는 자본금, 5만 달러를 미리 치렀다. 나중에 웃으면서 이렇게 설명했다. "제대로 속았어. 하지만 홀스워시는 그의 닭과 과일나무를 욕했던 사람들에 비하면 잔챙이였어."

하지만 큰 교훈을 얻었다. 사업의 세계에 신뢰라는 것이 거의 없다는 것, 심지어 빵을 나누어 먹으며 쌓은 소박한 신뢰도 보잘 것없는 벽돌공장과 5만 달러 앞에서는 하찮은 것이라는 사실을 알게 되었다.

하지만 표면에 있는 상어들은 수준과 등급이 제각각이었다. 더 아래쪽 깊은 곳을 보면 공정하고 안정적인 것이 있을 것이라고 생각했다. 이들 실업계의 거물과 재계의 지배자들이 바로 그가 함께 일하게 될 사람들이었다. 그들은 그 거대한 거래와 사업의 성격 때문에 공정할 수밖에 없었다. 잔챙이 사기꾼의 간계와 사기 게임이 설 자리는 없었다. 소인배들은 엽총으로 금광에 질 좋은 광석을 넣어 속이고 친구에게 보잘것없는 벽돌공장을 팔아넘길 수 있겠지만 대형금융거래에서는 그런 일은 할 만한 가치가 없었다. 그들은 지역 개발, 철도 건설, 광산 개장, 거대한 자연자원 개발일을 하는 사람이었다. 그들의 게임은 크고 안정적일 수밖에 없었다. 그는 간단히 이렇게 정리했다. "그들은 확실허세를 부려 속일 리가 없어."

그래서 소인배 홀스워시 같은 사람들에게 신경을 쓰지 않기로 결심했다. 사람들과 잘 지냈지만 누구와도 친하지 않았고 특별한 우정을 쌓지 않았다. 소인배들, 이를테면 알타퍼시픽 클럽 사람들이 싫지는 않았다. 자신이 뛰어들 큰판에서 그들을 파트너로 선택하지 않을 뿐이었다. 그 큰 게임이 무엇인지는 자신도 몰랐다. 그저 기다리고 있었다. 그러는 동안 작은 게임에 끼어들었다. 불모지 간척 사업 여러 건에 투자했고 다가올 큰 기회를 잡기 위해 눈을 부릅뜨고 있었다.

그때 존 다우셋, 그 유명한 존 다우셋을 만났다. 아주 우연한 일이었다. 데이라이트도 잘 알고 있듯이 그것은 순전한 우연이었다. 로스앤젤레스에서 산타카탈리나 섬에 참치가 엄청 뛰어오른다는 이야기를 듣고 샌프란시스코로 돌아가기로 한 일정을 바꾸어 그 섬에 갔다. 그곳에서 존 다우셋을 만나 분주한 서부 여행 일정을 쪼개 며칠 머물렀다. 물론 다우셋은 이 눈부신 클론다이크 왕에 대해, 그가 3천만 달러를 가지고 있다는 소문을 들어 알고 있었으니 데이라이트에게 관심을 가졌던 것이 분명하다. 데이라이트를 만나면서 머릿속에 어떤 생각이 불쑥 떠올랐을 것이다. 하지만 그는 그 생각을 바로 끄집어 올리지 않고 조심스럽게 숙성시키는 쪽을 택했다. 그래서 대체로 평범한 이야기를 했고 데이라이트에게 잘해주고 친해지려고 애썼다.

데이라이트는 이런 거물을 처음 만나본 터라 좋아하며 빠져들었다. 그 거물이 아주 친절하고 서민적이어서 수많은 은행을 지휘하고 보험을 주무르고 스탠더드 오일의 간부들과 구겐해머 가문과 한편이라는 사실을 인정하기 힘들었다. 외모도 평판이나 행동방식과 일치했다.

데이라이트는 그의 몸을 보고 자신의 판단이 모두 옳다고 확신했다. 그는 나이 예순에 백발이었지만 악수를 해보니 원기 왕성했으며 걸음걸이가 힘찼고 모든 몸동작이 단호하고 명확해서 전혀 늙은 것 같지 않았다. 피부는 홍조를 띠고 있었고 얇고 선명한 입술은 농담을 어떻게 받아 넘기는지 잘 알고 있었다. 눈은 옅고 맑은 푸른빛이었다. 숱이 많은 회색 눈썹 아래에 있는 눈은 숨기는 빛 없이 예리하게 상대를 보았다. 데이라이트는 그의 지성이 잘 훈련되고 정돈되어 있고 그 작용은 쇠덫처럼 아주 확실하다는 느낌을 받았다. 그는 정말로 아는 것이 많고 감상에 젖거나 어리석은 감정의 허식으로 지적 능력을 포장하는 법도 없었다. 명령을 내리는 데 익숙한 사람이어서 말과 몸동작에 힘이 넘쳤다. 맞장구도 잘 치고 재치까지 있었으니 홀스워시 정도의 잔챙이들과는 확실히 달랐다. 데이라이트는 그 가문의 내력도 알고 있었다. 그의 조상은 미국의 으뜸 선조였으며 참전 경험이 있었다. 동명의 선조 존 다우셋은 연방주의의 든든한 버팀목이었고 다우셋 준장은 독립전쟁에서 명성이 드높았고 다우셋 장군은 1812년 전쟁에 참전했으며 가문의 시조는 초기 뉴잉글랜드에서 땅과 노예를 소유했던 사람이었다.

"증말 진짜 거물이야." 알타퍼시픽의 끽연실에서 클럽 동료들에게 이렇게 말했다. "갤런, 정말이지 놀라운 사람이야. 거물이 어떤지는 알고 있었지만 그를 만나고 나서야 진짜 거물이 어떤지 제대로 알게 됐어. 영향력있는 사람이지. 모든 면에서 특출해. 천 명 중 한 명 있을까 말까 한. 의지할 수 있는 사람이야. 그가 하는 게임에 한계란 없어. 눈썹 하나 까딱 않고 수천만 달러를 딸 수도 잃을 수도 있을 거야."

갤런은 담배를 뻐끔거리고 있다가 마지막 대목에서 그를 의심하는 듯했다. 하지만 데이라이트는 칵테일을 주문하느라 이 의심의 눈초리를 보지 못했다.

"그와 일하겠다는 말인 것 같군." 갤런이 말했다.

"아냐, 어림없는 소리. 내 얘기는, 쉽게 말해서, 그런 거물들이 어떻게 큰일을 하는지 알게 됐다는 거지. 그가 모르는 게 없는 것 같아서 내 자신이 초라했어."

"개썰매 얘기라면 얼마든지 충고해줄 수 있을 거 같은데 말이야." 데이라이트는 잠시 말을 끊고 생각에 잠기더니 다시 말을 이었다. "그리고 포커판이나 사금 채광, 박달나무 카누 노젖기에 대해서는 좀 가르쳐줄 게 있을 거 같아. 하지만 그가 나한테서 북쪽 게임을 배우진 않겠지. 그가 평생 해온 게임을 내가 배우게 될 것 같아."

2

얼마 후 데이라이트는 뉴욕에 도착했다. 존 다우셋이 보낸 편지 때문이었다. 타자기로 작성된 몇 줄 안 되는 단순한 편지였지만 데이라이트는 그 편지를 받고 감격했다. 그런 감격을 느낀 적이 있었다. 열다섯 살 애송이 시절 템파스 산에 있을 때 도박사 톰 갈스워시가 판 벌일 사람이 모자라자 그에게 이렇게 말했던 것이다. "이리 와. 꼬마, 카드 받아." 그 감격이 되살아났다. 타자기로 친 단조로운 문장들은 수수께끼로 가득해 보였다. "우리가 당신을 모셔오도록 호위슨 씨를 호텔로 보냅니다. 그는 믿을 만한 사람입니다. 우리가 함께 있는 것을 본 적이 없을 겁니다. 우리와 이야기를 나누고 나면 이해하게 될 것입니다." 데이라이트는 그 문장들을 읽고 또 읽었다. 큰 게임이 시작되었고 함께 하자고 손을 내밀고 있는 것 같았다. 그랬다. 대륙을 건너오라고 그렇게 단호한 초대장을 보낸 데에 다른 이유가 있을 리 없었다.

'우리가' 보낸 호위슨 씨 덕분에 허드슨 강 상류의 으리으리한 전원주택에서 그들을 만났다. 안내에 따라 데이라이트는 대기하고 있던 자동차에 올랐다. 차 주인이 누구인지, 나무가 빽빽이 들어찬 비옥하고 경사가 완만한 잔디밭이 딸린 그 집의 주인이 누구인지 전혀 알 수가 없었다. 다우셋 외에 한 사람이 더 와 있었다. 데이라이트는 소개를 받기도 전에 그 사람을 알아보았다. 너대니얼 레튼이 분명했다. 잡지와 신문에서 그의 얼굴을 수십 번도 더 보았고 대러토너 대학에 기부금을 냈다는 기사도 읽은 적이 있었다. 그도 세력가라는 느낌은 들었지만 이상하게도 다우셋과는 비슷한 점이 없어 보였다. 깨끗함만 빼고는 모든 점에서 다우셋과 달랐다. 그 점이야말로 너대니얼 레튼의 가장 뿌리 깊은 기질인 것 같았다. 쇠약해 보일 정도로 마른 그는 신비로운 화학물질 같은 차가운 광채를 띠고 있는 것 같았다. 얼음 같은 외모 아래에 천 개의 태양이 타오르는 듯한 열기가 느껴졌다. 커다란 회색 눈 때문이었다. 그 눈은 지나치게 여위고 시체처럼 창백한 얼굴에서 타오르고 있는 것처럼 보였다. 쉰이 넘지 않은 나이에도 회색 머리카락이 드문드문 보여 다우셋의 연배로 보였다. 게다가 너대니얼 레튼은 절제력이 있었다. 데이라이트에게는 잘 보였다. 그는 더없는 평정 상태로 사는 야윈 금욕주의자였다. 대륙 저편의 빙하 밑에서 나온 사람 같았다. 하지만 가장 강렬한 인상을 주는 것은 무엇보다도 거의 완벽에 가까운 깨끗함이었다. 그에게는 불순물이라고는 없었다. 모두 불로 정화된 듯했다. 수많은 사내들이 쓰는 욕지거리가 그의 귀에는 너무 심한 모욕이고, 불경스러운 것 같았다.

그들은 함께 마셨다. 너대니얼 레튼은 그곳에 상주하는 하인이 정수기에서 뽑아준 생수를 마셨고, 다우셋은 스카치 소다를, 데이라이트는 칵테일을 마셨다. 아무도 자정이 가까운 시간에 그가 마티니를 마시는 것을 이상하게 여기지 않았다. 데이라이트에게는 아주 특별했다. 꽤 오래전부터 마티니는 마시는 시간과 장소가 엄격하게 정해져 있다고 알고 있었기 때문이었다. 하지만 그는 마티니를 좋아했고 가리지 않는 성격이어서 자기가 좋을 때 거침없이 마시는 편이었다. 다른 사람들은 그런 그의 행동을 이상하게 여기곤 했었는데 다우셋과 레튼은 그렇지 않았다. 그래서 데이라이트는 속으로 이렇게 생각했다. '내가 염화제2수은을 마신다고 해도 확실 눈 하나 깜박 안 하겠군.'

이렇게 각자 마시고 있을 때 리온 구겐해머가 도착해서 스카치를 주문했다. 데이라이트는 호기심에 그를 자세히 살폈다. 이 사람이 바로 그 위대한 구겐해머 가 사람이었다. 북극에서 구겐해머와 접전을 벌인 적이 있었지만 이 사람은 그보다 더 젊었다. 리온 구겐해머는 그 오래전 일을 알고 있다고 말했다. 그는 데이라이트의 대담함에 찬사를 보냈다. "아시다시피 우리는 오피르 소식을 전해들었습니다. 데이라이트 씨, 아아, 하니시 씨, 그 사건으로 크게 자극을 받았지요."

소식을 전해들었다고! 데이라이트는 그 구절의 충격에서 벗어날 수가 없었다. 클론다이크의 수백만 달러를 동원해, 온갖 힘을 다 쏟아부은 일에 대해 그저 소식을 전해들었다고 하다니! 구겐해머 가에게는 그 정도의 싸움은 그저 전해듣는 사소한 충돌에 지나지 않는다는 뜻이 분명했다. '여기 아래 지방 사람들은 확실 큰 게임을 한다.' 이렇게 생각하며 그 대단히 큰 게임에 끼게 된 것에 으쓱해졌다. 그 순간 소문과 달리 자신이 가진 돈이 3천만이 아니라 1천 1백만이라는 사실이 너무도 유감스러웠다. 하지만 그는 솔직했다. 자신이 정확하게 얼마나 많은 칩을 살 수 있는지 알려줄 것이었다.

리온 구겐해머는 젊고 뚱뚱했다. 눈 밑쪽이 불룩 튀어나와 그늘이 져 있는 것을 제외하고는 아무리 많아도 서른을 넘지 않은 것 같은 얼굴은 소년처럼 부드럽고 주름도 없었다. 또 깔끔해 보였다. 얼굴은 홍조를 띠고 있었고 상처 없이 매끈하게 면도한 피부를 보니 건강도 더할 나위 없이 좋아보였다. 완벽한 피부 상태 덕분에 뚱뚱한 몸과 툭 튀어나온 배도 그냥 괜찮아 보였다. 약간 살이 쪘을 뿐이었다.

구겐해머가 곧 열릴 국제 요트 경기와 자신의 호화로운 증기 요트, 일렉트라 호와 그 최신형 엔진이 이미 한물갔다는 이야기를 하고 나자 사업 이야기가 본격적으로 시작되었다. 다우셋이 사업 계획에 대해 이야기하자 나머지 두 사람은 한 마디씩 거들었고 데이라이트는 질문을 던졌다. 그 계획이 어떤 것이든 그는 눈을 부릅뜨고 뛰어들려고 했다. 그들은 구체적 전망으로 그를 만족시켜주었다.

"사람들은 당신이 우리와 함께인지 꿈에도 모를 겁니다." 이야기가 끝나갈 때 구겐해머가 잘생긴 유대인 특유의 눈을 열정적으로 빛내며 불쑥 끼어들었다. "사람들은 당신이 특유의 해적 스타일로 투기한 거라고 생각할 겁니다."

"물론, 잘 아시겠지만 하니시 씨, 무조건 우리 동맹을 비밀로 해야 한다는 것을 이해하셔야 합니다." 너대니얼 레튼이 진지하게 경고했다.

데이라이트는 고개를 끄덕였다.

"결과적으로 이익만 발생할 것입니다. 이 일은 합법적이고 정당하기 때문입니다. 손해는 주식 투기꾼들만 입게 됩니다. 시장을 파괴하려고 하는 것이 아닙니다. 잘 이해하시면 시세를 올릴 수 있습니다. 정직한 투자자가 승자가 될 것입니다."

"예, 바로 그겁니다." 다우셋이 말했다. "구리에 대한 시장의 수요가 지속적으로 증가하고 있습니다. 워드밸리 구리회사와 그쪽 편은 이미 말씀드렸듯이 세계 공급량의 4분의 1을 대고 있는 거물입니다. 그 규모를 추정할 수 없을 정도입니다. 우리는 준비가 다 되어 있습니다. 이미 많은 자산이 있지만 더 가지고 싶은 겁니다. 워드밸리 구리회사가 지금은 너무 앞서가고 있어서 계획에 적합하지 않습니다. 그러니 돌 하나로 두 마리 새를 잡아야 합니다."

"내가 바로 그 돌이오." 데이라이트가 미소를 띠며 끼어들었다.

"예, 바로 그렇습니다. 워드밸리를 위협하는 동시에 워드밸리를 거둬들이세요. 그러면 우리가 엄청난 이익을 볼 것이며 당신도 마찬가지일 겁니다. 그리고 레튼 씨가 지적한 대로 이 일은 합법적이고 정당합니다. 18일에 감독관들이 모여 통상적인 배당률 대신 두 배의 배당률을 선언할 것입니다."

"그러면 공거래자들은 어떻게 됩니까?" 리온 구겐해머가 흥분하여 외쳤다.

"공거래자들은 투기꾼들입니다." 너대니얼 레튼이 설명했다. "잘 아시겠지만 그런 도박꾼들은 월스트리트의 거품이지요. 진짜 투자자들은 다치지 않을 것입니다. 게다가 그들은 워드밸리를 신뢰해야 한다고 생각하게 될 겁니다. 그러면 우리는 그들의 신뢰를 이용해 간략하게 설명했던 큰 계획을 실행할 것입니다."

"세간에는 온갖 소문들이 퍼질 겁니다." 다우셋이 데이라이트에게 경고했다. "하지만 그 소문에 동요하지 마십시오. 그 소문들은 우리가 퍼뜨린 것일 수도 있습니다. 왜 그래야 하는지 어떻게 그렇게 할 수 있는지는 알려드릴 겁니다. 하지만 절대 그 소문에 흔들리면 안 됩니다. 당신은 내부 사정을 알 수 있는 위치에 있는 사람입니다. 사들이기만 하면 됩니다. 감독관들이 두 배의 배당률을 선언하는 마지막 순간까지 계속 사들여야 합니다. 워드밸리는 뛰어오를 것이고 그러면 그 뒤에는 살 수가 없을 겁니다."

"우리가 원하는 것은," 말을 이어받은 레튼이 의미심장하게 말을 멈추고 생수를 한 모금 들이켰다. "우리가 원하는 것은 대중이 가지고 있는 워드밸리를 모두 빼앗는 것입니다. 시장을 침체시키고 소유자들에게 겁을 주면 쉽게 가능한 일입니다. 우리는 그 시장을 완벽하게 장악하고 있기 때문에 상승세에서 워드밸리를 사들여도 전혀 문제가 없습니다. 자선사업을 하자는 말이 아닙니다. 우리의 큰 계획에 투자할 사람들이 있어야 합니다. 우리는 그 매매로 직접 손해를 보지 않습니다. 감독관들의 일시적인 조치가 알려지면 워드밸리는 끝도 없이 치솟을 겁니다. 게다가 합법적인 매매의 장외에서 공거래자들은 아주 높은 가격 때문에 쪼들리게 될 겁니다. 하지만 아시다시피 그것은 부차적인 것일 뿐입니다. 어떤 면에서 불가피한 것입니다. 반면 우리는 그 국면에 대해 자만해서는 안 됩니다. 공거래자들은 순전한 투기꾼이니 당연히 그 대가를 치르게 될 겁니다."

"그리고 또 한 가지, 하니시 씨." 구겐해머가 말했다. "만약 현금이 부족하거나 하면 즉시 우리에게 알려야 합니다. 잊지 마시오. 당신 뒤에는 우리가 있습니다."

"예, 당신 뒤에는 우리가 있습니다." 다우셋이 한 번 더 말했다.

너대니얼 레튼도 지지의 뜻으로 고개를 끄덕였다.

"18일 배당률 두 배 이야긴데 말입니다." 존 다우셋은 공책에서 종이 한 장을 꺼내고 안경을 썼다. "수치를 보여주겠소. 여기 보이시죠."

그러면서 워드밸리가 설립되던 날부터 수입과 배당률에 관한 기술적이고 역사적인 긴 설명을 시작했다.

회의는 한 시간 정도 이어졌다. 이 짧은 시간 동안 데이라이트는 인생의 최고 꼭대기에 섰다. 이 사람들은 큰 게임을 하는 사람이자 세력가들이었다. 사실 이들이 진정한 권력 중추부가 아니란 것은 그도 알고 있었다. 이들은 모건 사와 해리먼 사 정도는 아니었다. 하지만 그 거인들과 연이 닿아 있는 좀 작은 거인이었다. 또 그들이 자신을 대하는 방식도 마음에 들었다. 예의 바르고 거만하지 않았다. 그렇다고 대등한 관계였다는 말은 아니지만 그들이 미묘하게 추켜세우자 빠져나갈 수가 없었다. 왜냐하면 재산뿐만 아니라 경험 면에서도 그들이 자신보다 한 수 위라는 것을 너무도 잘 알고 있기 때문이었다.

"투기하는 군중들을 휘저어놓을 것입니다." 가려고 일어서자 리온 구겐해머가 기쁜 듯 선언했다. "당신이 바로 그 일을 할 사람입니다, 하니시 씨. 사람들은 당신이 혼자 일한다고 생각할 테니 당신 같은 새 인물을 잘라내려고 가위를 잘 갈아두고 있을 겁니다."

"그들은 분명히 속을 겁니다." 목에서 귀까지 커다란 머플러를 두르고 있던 레튼이 맞장구를 칠 때 그 무시무시한 회색 눈이 번뜩였다. "그들의 사고방식은 판에 박혀 있습니다. 뻔한 계산밖에 못 하는 그들은 예상 밖의 일, 그러니까 새로운 조합, 변수, 변형 때문에 당황할 겁니다. 당신이 적임자입니다, 하니시 씨. 다시 말하지만 그들은 투기꾼이니 어떤 일을 당해도 쌉니다. 그들은 합법적인 사업을 방해하고 폐를 끼칩니다. 그들 때문에 우리 같은 사람들이 어떤 어려움을 겪는지 잘 모르실 겁니다. 작전 투기로 아주 건실한 계획을 망쳐놓기도 하고 가장 안정적인 제도조차 뒤엎어버립니다."

다우셋과 젊은 구겐해머가 한 차에 타고 레튼은 따로 탔다.

데이라이트는 조금 전 일어난 일들을 빠짐없이 똑똑하게 떠올리며 서 있었다. 떠나는 그 순간의 광경이 매우 인상적이었다. 현관 지붕의 불은 꺼져 있었고 그 아래로 넓은 계단이 펼쳐져 있고 계단이 끝나는 곳에서부터 자갈이 깔려 있었다. 그곳에 세 대의 차가 무시무시한 밤의 괴물처럼 늘어서 있었다. 칠흑 같은 밤, 자동차 불빛이 칼이 단단한 물체를 잘라내듯 어둠을 예리하게 갈랐다. 말 잘 듣는 하인은 시중을 든 뒤 조각상처럼 서 있었다. 그 하인은 아라비안 나이트의 마신(魔神) 같았다. 털코트를 입은 운전사들이 어슴푸레하게 보였다. 차들은 박차가 가해진 말처럼 차례로 어둠 속으로 휙 내달리더니 진입로를 돌아 사라졌다.

마지막 차례여서 바깥을 응시하며 앉아 있던 그는 산처럼 어렴풋하고 거대하게 어둠을 뚫고 솟아 있는 불 꺼진 집을 흘끗 보았다. 누구의 집일까? 궁금했다. 왜 이 집을 비밀 회합의 장소로 쓰는 것일까? 하인에게 물어볼까? 운전사? 그들이 이 사람들을 '우리의' 호위슨 씨처럼 믿고 있을까? 비밀인가? 그 일에는 비밀이 너무 많았다. 그리고 비밀과 권력이 손을 잡고 있었다. 뒤로 기대어 담배연기를 깊이 들이마셨다. 이제 큰일이 벌어지려고 하고 있었다. 큰 판의 카드가 섞이고 어느새 거기에 끼어들어 있었다. 잭 컨즈와의 포커 게임이 생각나 큰 소리로 웃었다. 그때는 카드 한 장에 수천을 걸었지만 이제 수백만을 걸었다. 그런 뒤 18일 배당률이 선포되면 자신을 쳐내려고 날 선 가위를 들고 있던 사람들이 당황할 것을 생각하며 킬킬거렸다.

3

호텔로 돌아와 보니 새벽 두 시가 다 된 시간인데도 기자들이 기다리고 있었다. 다음날 아침에는 더 많은 기자들이 왔다. 이렇게 해서 그는 종이 확성기가 울리는 소리와 함께 뉴욕의 환영을 받았다. 또 한 번 그의 개성 넘치는 얼굴이 신문에 크게 실리고 왁자지껄한 소란이 일었다. 클론다이크의 왕, 북극의 영웅, 3천만 달러를 가진 북극의 벼락부자가 뉴욕에 온 것이었다. 그는 왜 왔는가? 네바다에서 토노퍼 주식 거래소의 군중들을 쳐냈듯 뉴요커들을 쳐내기 위해서인가? 클론다이크의 야만인이 도착하자 월스트리트가 가장 경계했다. 과연 월스트리트가 그를 잘라낼 것인가? 월스트리트는 많은 야만인들을 잘라냈다. 이번엔 버닝 데이라이트의 파멸일까? 데이라이트는 혼자서 싱긋 웃고는 모호하게 인터뷰를 했다. 그렇게 하는 것이 이로울 것이었다. 월스트리트가 자신을 쳐내기 전에 일어날 일을 생각하며 다시 싱긋 웃었다.

그의 투기를 예상하고 있던 사람들은 워드밸리의 대량 구매가 시작되자 그가 조작하고 있다고 재빠른 판단을 내렸다. 재계가 소문으로 들썩거렸다. 다시 한 번 그가 구겐해머 가를 뒤쫓고 있었다. 오피르 이야기가 수도 없이 보도되어서 나중에는 데이라이트조차 그 기사들을 봐도 아무렇지 않았다. 그는 계속 밀어붙였다. 투기꾼들은 까맣게 속았다. 그는 매일 구매량을 늘렸지만 워낙 매도하는 이들이 열성적이라 워드밸리는 천천히 올랐다. "이게 증말 포커보다 낫군." 데이라이트는 제대로 동요가 일어나자 기뻐서 혼자 중얼거렸다. 신문들은 앞다투어 수많은 억측과 짐작을 내놓았고 기자군단이 데이라이트를 계속 미행했다. 신문들이 '느덜', '증말' 같은 그의 사투리를 흥밋거리로 삼자 그는 일부러 다른 탐광자들에게서 배운 말을 쓰기도 하고 어떤 때는 자기 식으로 새로 만들어 쓰기도 하면서 과장해서 사투리를 더 남발했다.

18일 목요일이 되기 며칠 전부터 그는 무척 흥분해 있었다. 새로운 도박이기도 했고 세계에서 가장 큰 도박이었고 이 바닥에서 잔뼈가 굵은 단골 도박꾼이었어도 바짝 긴장할 수밖에 없을 정도로 판돈이 컸기 때문이었다. 끝도 없이 매도가 계속되었지만 그의 지속적인 매수로 워드밸리는 점점 올랐고 목요일이 다 돼가자 상황이 심각해졌다. 누군가 파산해야 했다. 이 클론다이크 도박사가 얼마나 많은 워드밸리를 살 것인가? 얼마나 많이 사들일 수 있을까? 워드밸리 측은 지금까지 무엇을 했는가? 데이라이트는 그들의 인터뷰 기사를 감상했다. 레온 구겐해머는 과감하게 이 북쪽의 크로이소스(큰 부자)가 실수를 할 수도 있다는 견해를 내놓기도 했다. 하지만 존 다우셋은 개의치 않는다고 했다. 그들은 이의를 제기하지도 않았다. 그의 의도가 무엇인지 확실치 않았지만 한 가지는 확실했다. 그가 워드밸리를 계속 사들이고 있다는 것이었다. 그들은 걱정하지 않았다. 데이라이트나 그의 극적인 작전이 어떻게 되든 워드밸리는 걱정 없었고 지브롤터의 바위처럼 튼튼해서 앞으로도 걱정 없을 것이었다. 아니, 이제 팔 워드밸리가 없었다. 이런 거짓말 같은 시장의 상태는 금방 끝나기 마련이었으니 워드밸리는 아무리 광적인 주식 거래의 혼란이 일어나도 자사의 평탄한 행로를 바꾸려고 하지 않았다. "그것은 처음부터 끝까지 순전히 도박입니다." 너대니얼 레튼이 말했다. "우리는 그것과 아무런 관련이 없으며 어떤 식으로든 논평을 하지 않을 것입니다."

그 동안 데이라이트는 파트너들과 여러 차례 비밀리에 만남을 가졌다. 레온 구겐해머와 한 번, 존 다우셋과 한 번, 호위슨 씨와 두 번이었다. 그 만남에서 할 일은 축하밖에 없었다. 그가 들은 대로 모든 일이 만족스럽게 진행되고 있었으니까 말이다.

그런데 화요일 아침 데이라이트에게 당황스러운 소문이 들려왔다. 그 소문은 《월스트리트 저널》에도 실렸다. 믿을 만한 내부 소식통에 의하면 목요일 워드밸리 감독관들이 만났을 때 통상적인 배당금 선언이 아니라 추징금을 부과할 것이라고 했다. 이것이 바로 데이라이트가 받은 첫번째 견제였다. 만약 상황이 그렇다면 파산하게 될 것이니 충격이 아닐 수 없었다. 그리고 이 어마어마한 일을 전부 자신의 돈으로 한 셈이 되는 것이었다. 다우셋, 구겐해머, 레튼은 아무것도 잃지 않을 것이다. 제정신이 아니었다. 홀스워시와 벽돌공장이 떠올랐다. 그래서 전화기로 달려가 매수 주문을 모두 취소했다.

"그건 그저 소문일 뿐입니다." 수화기에서 레온 구겐해머의 쉰 목소리가 들려왔다. "아시다시피 나도 감독관인데 그런 조치가 고려된 적이 있다면 내가 모를 리가 없겠지요." 너대니얼 레튼은 말했다. 그리고 존 다우셋은 이렇게 말했다. "소문에 불과한 건 조심하라고 이미 말하지 않았습니까. 그 소문에 진실은 조금도 없습니다. 전혀요. 신사로서 내 명예를 걸고 말하는 겁니다."

데이라이트는 순간적으로 겁을 먹었던 것을 몹시 부끄러워하며 제자리로 돌아왔다. 매수 중단으로 주식 거래소에 대소동이 일어나서 매도측이 주식 시장을 내려치고 있었다. 워드밸리는 바보처럼 그 충격의 예봉에 얻어맞아 이미 폭락하고 있었다. 데이라이트는 침착하게 매수 주문을 두 배로 늘렸다. 그리고 화요일과 수요일에도, 목요일 아침에도 계속 사들이자 워드밸리는 의기양양하게 더 올랐다. 그들은 계속 팔자 그는 계속 사들여서 그의 구매 능력을 몇 배 초과하게 되자 양도를 생각해야 했다. 아무려면 어떤가? 이제 배당금이 두 배가 될 것이라고 스스로를 안심시켰다. 양도로 힘들어질 것은 공거래자들일 것이니 그와 타협하려고 할 것이다.

그런 뒤 청천벽력이 내리쳤다. 워드밸리가 소문대로 추징금을 징수했다. 데이라이트는 팔을 번쩍 쳐들었다. 보도를 확인하고 단념했다. 승리한 매도측이 워드밸리뿐만 아니라 모든 유가증권을 하락시켰다. 데이라이트는 워드밸리가 바닥을 쳤는지 아직도 폭락하고 있는지 애써 알아보려고도 하지 않았다. 월스트리트가 미쳐 있는 동안 데이라이트는 기절하지도 않았고 당황조차 하지 않고 뒤로 물러나 생각에 잠겼다. 중개인들과 한 차례 잠깐 만난 뒤 호텔로 갔다. 가는 길에 석간 신문을 집어들어 헤드라인을 훑어보았다. "버닝 데이라이트 빈털터리가 되다" "데이라이트 당하다" "또 한 명의 서부인, 부정 이득을 취하는 데 실패하다" 호텔에 도착하니 그동안 데이라이트를 따라하던 한 젊은 풋내기 투기꾼이 자살했다는 보도가 최신판에 실려 있었다.

"도대체 왜 자살을 한 거야?" 데이라이트는 중얼거렸다.

방으로 올라가 마티니 칵테일을 한 잔 주문하고 신발을 벗고 앉아서 생각했다. 반시간 뒤 일어나 술을 마셨고 몸에 술기운이 따뜻하게 퍼지자 얼굴에 느긋한 쓴웃음이 서서히 번졌다. 자신을 비웃고 있었다.

"이런, 사기를 당했어." 그는 중얼거렸다.

웃음이 사라지자 얼굴은 어둡고 심각해졌다. 여러 건의 (아직도 높이 평가받고 있는) 서부 개간 사업의 이익을 빼면 그는 파산이었다. 하지만 더 심한 타격을 입은 것은 자존심이었다. 지금껏 너무 안일했다. 그들이 그를 속였지만 그것을 증명할 길이 없었다. 아무리 멍청한 농사꾼이라도 증거 서류쯤은 받아두었을 텐데 한 신사와 약속만 했을 뿐 아무것도 안 했다. 게다가 구두로 한 약속이었다. 신사와의 약속이라니. 코웃음이 났다. 전화로 들은 존 다우셋의 목소리가 아직 귓가에 남은 듯했다. "신사로서 내 명예를 걸고." 그들의 참모습은 교활한 도둑이고 사기꾼이었다. 이제 그를 배신하고 말았다. 신문이 옳았다. 그가 뉴욕에 왔다가 결국 잘려나갔고 다우셋, 레튼, 구겐해머 씨가 잘라냈다. 그는 피라미였다. 그들은 단 열흘 동안 그를 농락했다. 그 정도 시간이면 그와 1천 1백만 달러를 삼켜버리기에 충분했다. 물론 그들은 계속 그에게 주식을 팔았었고 이제 시장이 저절로 주가를 회복하기 전 아주 헐값에 워드밸리를 사들이고 있었다. 그에게서 얻은 부정이득으로 너대니얼 레튼은 대학교에 새 건물을 몇 동 신축할 게 분명했다. 레온 구겐해머는 새 요트 엔진을 사겠지. 아니 요트 몇 대를 통째로 사들일지도 몰랐다. 하지만 사악한 다우셋이 무엇을 할지는 짐작할 수 없었다. 은행을 몇 개 열 가능성이 가장 컸다.

데이라이트는 앉아서 칵테일을 마셨고 알래스카에서의 삶을 되돌아보며 1천 1백만 달러를 벌기 위해 고군분투했던 험난한 시간들을 회상했다. 잠시 초조해지면서 그 배신자들을 죽여버리고 싶은 무모한 생각과 계획이 머리를 스쳤다. 그 젊은 풋내기가 자살 대신 했어야 할 일은 바로 살인이었다. 사냥을 갔어야 했다. 데이라이트는 손가방을 열어 자동소총을 꺼냈다. 커다란 콜트 자동권총 44구경이었다. 엄지손가락으로 안전 잠금쇠를 풀고 외부 총신을 밀어 작동시키고 탄창의 용기를 넣었다. 8개의 탄환이 잇따라 미끄러져 빠져 나왔다. 탄창을 다시 채우고 탄약통 한 개를 약실에 밀어넣고 공이치기를 완전히 젖히고 안전제동장치를 위로 밀쳤다. 총을 코트 옆주머니에 쑤셔넣고 마티니를 한 잔 더 주문한 뒤 다시 의자로 돌아갔다.

한 시간 동안 계속 생각했다. 이제 웃지 않았다. 얼굴에 주름이 잡혔다. 그 주름 속에 북극에서의 고통스러움, 서리에 언 상처와 그가 쟁취하고 이겨냈던 것이 모두 들어 있었다. 끝없이 길게 느껴지던 몇 주간의 여행, 배로 곳의 황량한 툰드라 해안, 맹렬히 부딪혀오던 유콘 강의 얼음덩어리들, 짐승들과의 싸움, 사람들과의 투쟁, 지루하고 메마른 굶주림의 나날들, 코요쿠크에서 모기떼와 함께 지낸 지옥처럼 고통스러운 기나긴 몇 개월, 곡괭이와 삽을 들고 했던 노동, 짐을 질 때 거는 멜빵과 끈 때문에 남은 흉터와 상처, 개와 함께 고기만 먹고 지낸 날들, 고생과 땀과 노력의 기나긴 20년 세월이 있었다.

열 시 정각, 일어나 도시 주소록을 열심히 들여다보았다. 그런 뒤 신발을 신고 모자를 쓰고 어둠 속으로 나갔다. 택시를 두 번 갈아타고 마침내 사설 탐정소의 야간 사무실에 도착했다. 그가 후한 선금을 내놓고 여섯 명을 골라 직접 지시를 내렸다. 그들은 그렇게 단순한 일로 그렇게 많은 돈을 받은 적이 없었다. 각각에게 임무 수행금을 주고 5백 달러 지폐를 한 장 더 주면서 성공하면 더 주겠다고 약속했다. 그는 세 명의 파트너가 벌써 움직인 것이 아니라면 이튿날 모일 것이라고 확신했다. 그 세 사람

각각에게 탐정 두 명씩을 붙였다. 그가 알고 싶은 것은 시간과 장소뿐이었다.

"무슨 짓이든 다 해야 하오." 그의 마지막 지시는 이러했다. "정보가 필요하오. 어떻게 하든 무슨 일이 생기든 끝까지 해낼 것이라고 믿소."

그는 올 때처럼 택시를 갈아타고 호텔 방으로 돌아갔고 칵테일을 한 잔 더 마시고 잠자리에 들었다. 아침에 옷을 입고 면도를 한 뒤 아침식사를 주문하고 신문을 보내라고 한 뒤 기다렸다. 술은 마시지 않았다. 아홉 시 정각, 전화기가 울리기 시작하더니 속속 보고가 들어왔다. 너대니얼 레튼은 태리타운에서 기차를 탈 것이고 존 다우셋은 지하철로 움직일 것이었다. 레온 구겐해머는 아직 움직이지 않았지만 감시당하고 있었다. 이날 오후 데이라이트는 그 도시 지도를 펼쳐놓고 그 세 사람의 동선을 그려보았다. 너대니얼 레튼은 뮤추얼솔랜더 빌딩의 자기 사무실에 있었다. 다음으로 구겐해머가 도착했다. 다우셋은 아직 자신의 사무실에 있었다. 하지만 열한 시가 되자 그도 도착했다는 보고가 들어왔다. 몇 분 뒤 데이라이트는 차를 빌려 뮤추얼솔랜더 빌딩을 향해 속도를 내고 있었다.

4

문이 열렸을 때 너대니얼 레튼은 말을 하고 있었다. 그는 말을 멈추고 두 명의 동료와 함께 당황한 기색을 애써 감추고 방으로 성큼성큼 걸어 들어오는 데이라이트를 바라보았다. 그 개척자는 자기도 모르게 더 건들거리며 아무렇게나 걸었다. 사실 발밑을 더듬고 있는 것처럼 보였다.

"안녕하쇼, 여러분, 안녕하쇼." 들어올 때 그들이 보여준 어색한 침묵을 모른 척하고 말했다. 그들에게 다가가 차례로 악수를 했다. 손을 너무 세게 쥐어서 너대니얼 레튼은 몸을 움찔 했다. 데이라이트는 커다란 의자에 털썩 걸터앉아 피곤한 얼굴로 몸을 쭉 뻗었다. 가지고 온 손가방은 아무렇게나 바닥에 던져놓았다.

"난 증말 잘 해냈소." 그는 한숨을 쉬었다. "그들을 멋지게 쳐 냈지. 진짜 근사했어. 이 게임의 묘미를 이렇게 끝에 가서야 알 았지 뭐요. 정말이지 아주 격전이었소. 그리고 모두 속아 넘어 가는 과정은 놀라웠소."

느릿느릿한 서부인 특유의 정겨운 말투에 그들은 안심했다. 어쨌든 그는 그렇게 무시무시하지 않았다. 데이라이트는 레튼이 바깥 사무실에 지시해둔 것을 무시하고 강제로 이 방에 밀고 들 어왔지만 소란을 일으켰거나 거칠게 굴었던 기색이 전혀 없었다.

데이라이트는 사근사근하게 물었다. "당신 파트너에게 좋은 소식을 안 전해줄 거요? 아니면 파트너가 너무 똑똑해서 놀란 건가?"

레튼은 목에서 마른 소리를 냈다. 다우셋은 조용히 앉아서 기 다렸고 레온 구겐해머는 일부러 또박또박 말했다.

"당신은 분명히 큰 소동을 일으켰소."

데이라이트의 검은 눈에 만족스러움이 드러났다.

"암, 그렇고말고." 그는 기뻐하며 외쳤다. "우리가 그들을 속 였잖소! 진짜 놀랐소. 그렇게 쉽게 속을지 꿈에도 상상 못 했거 든."

"그럼," 그는 멈추면 어색해질까봐 계속 말을 이었다. "이제 설명하는 게 낫겠지. 난 그 빌어먹을 '20세기' 열차를 타고 오후 에 서쪽으로 가야 하거든." 손가방을 끌어당겨 열고 두 손을 집 어넣었다. "하지만 잊지 마쇼, 당신덜이 나한테 월스트리트 패 거리들을 속이라고 할 때 그저 말만 속삭거려야 했어. 물건들을 가지고 그쪽으로 가겠소."

그가 꺼낸 것은 수표를 끊어주고 남은 뭉치와 수표책, 중개인들의 영수증 뭉치였다. 그것들을 큰 테이블에 한 더미 수북하게 쌓아올리고 남은 것들도 모두 꺼내서 올렸다. 그리곤 코트 주머니에서 종이 한 장을 꺼내 큰 소리로 읽었다.

"1천 2만 7천 42달러 68센트. 내가 계산한 비용이요. 물론 그건 우덜이 번 돈을 계산하기 전에 제해야겠지. 당신들이 계산해 놓은 것은 어디 있소? 분명히 엄청난 금액일 텐데."

세 사람은 곤혹스러운 시선을 주고받았다. 이 사내는 예상보다 훨씬 더 멍청하거나 그렇지 않다면 그들이 예측할 수 없는 게임을 하고 있었다.

너대니얼 레튼이 입술을 축이며 말했다.

"다 계산을 하려면 아직 몇 시간이 더 걸릴 겁니다, 하니시 씨. 호위슨 씨가 지금도 작업 중이오. 우리, 아, 당신 말대로 우리에게 상당히 큰 금액이오. 점심이나 같이하면서 이야기해보는 게 어떻겠소? 나는 점심시간이 끝나면 사무실로 돌아가야 하니 당신도 기차를 놓치지 않을 겁니다."

다우셋과 구겐해머가 거의 노골적으로 안도감을 드러냈다. 상황은 명백해지고 있었다. 이런 상황에서 자신들에게 약탈당한 이 근육질의 인디언 같은 남자와 한 방에 갇혀 있는 것은 난처한 일이었다. 그들은 그가 얼마나 힘이 세고 무자비한지를 증명해주는 불쾌한 이야기들을 기억하고 있었다. 레튼이 그들이 방문 바깥의 안전한 세계로 빠져나갈 동안만 그를 막아준다면 아무 문제도 없을 것이었다. 게다가 데이라이트도 그 말에 따를 듯했다.

"그 말을 들으니 정말 기쁘군요." 그는 말했다. "나도 기차를 놓치고 싶지 않으니 말이오. 당신덜 모두 이 거래를 하는 동안 나한테 참 잘해주었소, 신사 양반들. 어떻게 감사를 표해야 할지 잘 모르니 그저 말로만 고맙다고 하겠소. 하지만 정말 너무 궁금한 게 있소. 정말 알고 싶소, 레튼 씨. 우리 이익금 중에서 당신 몫은 얼마요? 대충이라도?"

너대니얼 레튼이 두 동료에게 굳이 애원하는 눈길을 보내지 않아도 잠시 침묵이 흐르자 두 동료는 그의 심정을 알 수 있었다. 그 중 제일 엄격한 다우셋은 이 클론다이크 놈이 게임을 하고 있다는 것을 먼저 눈치 채기 시작했다. 하지만 다른 두 사람은 그가 아이처럼 아무것도 모르는 척 부드럽게 말하는 까닭을 알아채지 못했다.

"그건 무척, 음, 어렵소." 레온 구겐해머가 말문을 열었다. "아시다시피, 워드밸리는 너무 변동이 심했소. 음."

"그 추정치라는 게 미리 나올 수가 없소." 레튼이 덧붙였다.

"아주 대충 말이오, 대충." 데이라이트가 쾌활한 어조로 말했다. "어떻게 했든 백만 정도라면 괜찮소. 그걸 바탕으로 계산해보면 알게 되니까. 하지만 대충이라도 알고 싶어 참을 수가 없군. 어떻소?"

"왜 이런 동문서답을 계속하는 겁니까?" 다우셋은 무뚝뚝하고 냉정하게 말했다. "지금 당장 설명하겠소. 하니시 씨는 근거

없이 오해하고 있으니 이제 제대로 알려줘야겠소. 이 협정에서……."

하지만 데이라이트가 말을 가로막았다. 포커 게임을 그렇게 많이 한 그가 심리적 요인이란 것을 모를 리가 없었다. 그래서 그들을 비난하기 위해 일부러 딴소리를 했다.

"협정이라고 하니 네바다 주 리노에서 봤던 포커 게임이 생각나는군. 그건 당신들 같은 사람들이 공평한 게임이라고 부르는 것이 아니었소. 거기 앉아 있던 사람들 모두 뻥쟁이 도박꾼이었소. 하지만 풋내기들이었고 딴 데선 그저 애송이였지. 한 풋내기가 딜러 뒤에 서 있다가 딜러가 에이스 네 장을 가지는 걸 봤소. 그는 증말 깜짝 놀랐지. 그래서 테이블 건너 그 딜러와 마주 앉아 있는 도박사에게 슬그머니 다가갔소.

'이봐' 하고 그가 속삭였지. '딜러가 에이스 네 장을 가지는 걸 봤어.'

'그게 어쨌단 거요?' 라고 그 도박사가 말했지.

'난 그냥 자네가 알아야 할 거 같아서 말해주는 거야' 라고 그 풋내기가 말했지. '딜러가 에이스 네 장을 가지고 있는 걸 봤단 말이오.'

'보시오, 형씨,' 그 도박사가 말했지. '여기서 나가는 게 좋겠소. 게임이 뭔지 모르는 모양이군. 그건 그 사람 패요. 안 그렇소?'"

그들이 그 이야기에 마지못해 웃음을 지어 보였지만 데이라이트는 모른 척했다.

"그 이야기에는 뭔가 의미가 있는 것 같군요." 다우셋이 예리하게 말했다.

데이라이트는 아무것도 모른다는 듯 그를 바라보며 대답하지 않았다. 그는 너대니얼 레튼에게 명랑한 얼굴로 돌아섰다.

"말해보쇼. 우리 이익금의 근사치를 말해요. 아까도 말했지만 어떻게 했든 백만 정도면 문제 없소. 분명 엄청 큰 이익이 났을 테니."

이때까지 다우셋의 태도 때문에 긴장하고 있던 레튼이 즉시 단호하게 대답했다.

"오해하고 계신 것 같소, 하니시 씨. 당신과 나눌 이익은 없소. 그러니 제발 흥분하지 마시오. 나는 이 버튼을 누를 수밖에 없겠소……."

데이라이트는 전혀 흥분하지 않았지만 겉으로는 몹시 놀란 것처럼 보였다. 멍하게 조끼 주머니를 더듬어 성냥을 찾아 불을 켰는데 담배를 찾지 못했다. 세 사람은 고양이처럼 숨죽여 그를 바라보고 있었다. 그들은 일이 이렇게 된 이상 앞으로 난처한 일이 벌어질 것이라고 생각했다.

"미안하지만 다시 말해주겠소?" 데이라이트가 말했다. "잘못 들은 것 같으니 다시 말해주시오."

그는 너대니얼 레튼의 말에 귀를 기울였다.

"당신이 오해를 하고 있다고 말했소, 하니시 씨. 그게 다요. 당신은 주식 투기꾼이었는데 심하게 타격을 입었소. 하지만 워드밸리도, 나도, 그리고 내 동료들도 모두 당신에게 빚이 있다고 생각진 않소."

데이라이트는 테이블 위의 영수증과 수표책 더미를 가리켰다. "저게 1천 2만 7천 42달러 68센트의 현금을 뜻하는 거요. 더 뭐가 필요하오?"

레튼은 싱긋 웃으며 어깨를 으쓱했다.

데이라이트는 다우셋을 보며 중얼거렸다.

"내 이야기를 알아들은 줄 알았는데." 그는 불쾌하게 웃었다. "그건 당신들 사업이었으니 각자 공평하게 나누지. 음, 난 놀고 있는 게 아니오. 아까 말한 포커 게임의 도박사야. 그건 당신들 게임이었으니 아주 열심히 했겠지. 그리고 당신들은 나를 밀어냈지. 야바위꾼처럼 속살거린다고 말이지."

그는 테이블 위의 종이 더미를 멍하게 응시했다.

"그리고 저기 있는 건 백지장만큼의 가치도 없소. 기회가 있을 때 나눠 가지시든가. 아, 장난치자는 게 아니야. 느덜이 카드를 돌리고 나를 속였어. 남의 카드를 가로채는 건 사람도 아니지. 이제 패가 다 돌렸고 카드는 전부 테이블에 있으니 끝났지. 그런데 말이야, "

손을 가슴 안주머니에 재빨리 넣어 커다란 콜트 자동총을 꺼냈다.

"내 말대로 느덜은 카드를 다 돌렸어. 이제 내가 돌릴 차례야. 이제 에이스 네 장이 내 손에 들어올지 보자구."

"손 치워. 위선자!" 그가 다급하게 외쳤다. 너대니얼 레튼의 손이 책상 위의 버튼 위로 가다가 멎었다.

"의자를 바꿔." 데이라이트가 명령했다. "저 의자를 저쪽으로 가져가. 겁쟁이 스컹크 같은 놈, 뛰어! 아니면 네놈이 오줌을 싸게 만들어주겠어. 의자를 옆쪽으로 옮겨, 구겐해머. 그리고 느덜, 다우셋, 바로 거기 앉아. 좀 엉뚱한 것 같긴 하지만 여기 이 자동소총의 장점을 설명해주지. 이 총은 큰 사냥감을 위해 장전되어 있고 여덟 발 발사되지. 발사가 시작되면 아주 죽여주지.

서론이 끝났으니 이제 게임을 계속해야겠군. 기억해둬. 네놈들이 돌린 패에 대해선 아무 말 안 할 거야. 다들 열심히 했으니 그걸로 됐어. 하지만 이건 내가 돌린 패니 최선을 다하는 건 내 몫이지. 느덜, 나 잘 알지? 난 버닝 데이라이트야. 신도 악마도 죽음도 파멸도 두려워하지 않아. 그게 바로 에이스 네 장이야. 그걸로 느덜을 이길 거야. 저 산 해골을 봐. 레튼, 죽는 게 두려운가 보군. 무서워서 뼈가 덜걱거리는 소리가 다 들리네. 그리고 저 뚱뚱한 유대인 좀 봐. 이 조그만 무기 때문에 신이 두려워졌나 보군. 병든 감처럼 노랗게 질렸군. 다우셋, 냉정한 놈이군. 눈도 깜짝 안 하고 머리카락도 안 넘기는군. 계산을 잘 해서 그렇겠지. 내 게임에서 느덜, 죽이긴 아주 쉬워. 거기 앉아서 계산을 했으니 내가 증말 껍질을 벗겨버리리란 걸 알겠지. 잘 알겠지만 난 아무것도 안 무서워. 느덜이 돈을 다 계산해서 나누지 않으면 죽는 거야. 알지?"

"당신을 교수형시키고 말겠소." 다우셋이 맞받아쳤다.

"그런 제기랄 기회는 없을걸. 게임이 시작되면 제일 먼저 네놈을 쏘아 죽일거거든. 나야, 뭐, 목매달려도 상관없지만 네놈이 살아서 그걸 보지는 못할 거야. 네놈은 지금 여기서 죽고 난 법 덕분에 나중에 죽거든. 안 그래? 죽어서 니 시체에서 풀이 자랄 거야. 니놈은 내가 언제 목매달렸는지 절대 모르지. 하지만 난 증말 니놈이 먼저 죽는 걸 볼 테니 한참 아주 기쁠 거야."

데이라이트가 말을 멈추었다.

"우리를 죽이지 않을 거요, 그렇지 않소?" 레튼은 가느다랗고 괴상한 목소리로 물었다.

데이라이트가 고개를 저었다.

"죽이면 증말 너무 대가가 커. 느덜은 그럴 가치가 없어. 내 돈을 돌려받는 게 낫지. 게다가 영안실로 가기 전에 내 돈을 돌려줄 거잖아, 안 그런가?"

긴 침묵이 이어졌다.

"자, 이제 카드 다 돌렸어. 게임은 느덜 마음대로 해. 잘 생각해봐. 그동안 경고 한마디 하지. 만약 저 문이 열렸을 때 이상한 내색을 보이거나 하면 바로 그 자리에서 느덜을 쏠 거야. 시체로 실려나가지 않고 이 방을 빠져나가지는 못해."

그런 식으로 세 시간이나 흘렀다. 그렇게 오래 걸린 결정적인 이유는 커다란 자동총 때문이 아니라 데이라이트가 그것을 사용하지 않을 것이라는 확신 때문이었다. 세 사람뿐만 아니라 데이라이트 자신도 그렇게 확신했다. 자신의 돈을 받지 못하면 그들을 죽이기로 단단히 마음을 먹었다. 갑자기 지폐로 1천만 달러를 모으기가 쉽지 않아서 부아가 치밀게 오래 걸렸다. 호위슨 씨와 은행장이 수십 번 방에 불려왔다. 그럴 때 데이라이트는 아무렇지 않게 다리 위에 총을 올려 신문으로 덮고는 태연하게 갈색 종이 담배를 말아 피었다. 마침내 끝났다. 한 은행원이 자동차에서 트렁크를 날라오자 데이라이트가 마지막 지폐 다발을 넣고 그것을 잠갔다. 그런 뒤 문 앞에서 잠시 멈추어 마지막 말을 남겼다.

"느덜한테 말해둘 게 몇 가지 있어. 내가 이 문을 나가면 마음대로 움직일 테니 경고 몇 가지 해두지. 우선, 나를 체포하라고 신고하면 안 돼. 알았어? 이 돈은 내 거야. 느덜 걸 뺏은 게 아니라고. 만약 어떤 식으로 나를 등쳐먹었는지, 내가 어떻게 했는지 알려지면 느덜은 웃음거리가 되겠지. 아마 엄청 큰 비웃음거리가 될걸. 느덜은 그런 비웃음을 감당 못해. 또, 내 돈을 되찾은 건데 느덜이 다시 빼앗으려고 하면 죽여버리겠어. 증말 그렇게 할 거야. 느덜 같은 잔챙이들은 감히 버닝 데이라이트의 것을 빼앗을 수 없어. 너희 놈들은 이겨도 지는 거야. 그러면 이 동네에 줄초상이 나겠지.

내 눈을 봐. 그러면 내 말뜻을 잘 알거야. 탁자 위에 있는 수표책과 영수증은 다 가져. 잘 있어."

그가 나가고 문이 닫히자 너대니얼 레튼은 전화기로 튀어갔다. 다우셋이 말렸다.

"뭐하는 거요?" 다우셋이 말했다.

"경찰에 연락하려고. 순강도요. 참을 수가 없소, 참을 수가 없다고요."

다우셋은 으스스하게 미소를 지으면서 그 호리호리한 은행가를 의자에 앉혔다.

"얘기 좀 합시다." 그는 말했다. 레온 구겐해머가 걱정스러운 얼굴로 동조하고 있었다.

그 뒤로 아무 일도 일어나지 않았다. 그 일은 세 사람의 비밀로 남았다. 데이라이트도 발설하지 않았다. 그는 그날 오후 20세기 열차 특등실에서 뒤로 기대 앉아 신발을 벗고 의자에 발을 올려놓은 채 한참 동안 마음껏 킬킬거렸다. 그 일은 영원히 뉴욕에 알려지지 않았다. 아무도 설명하지 못했다. 뉴욕은 영원히 그 수수께끼를 풀지 못했다. 합리적으로 설명할 수도 없었다. 버닝 데이라이트는 당연히 파산했어야 했는데 한 푼도 손해를 입지 않은 채 거금을 들고 샌프란시스코에 다시 나타났다. 그가 손댄 사업의 규모를 보면 잘 알 수 있었다. 예를 들면 파나마 우편물 사업에서 시프틸리로부터 감독권을 뺏아 두 달 동안 엄청난 이익을 남기고 해리먼 사에 팔아넘겼다. 거기 들어간 순 현금의 양과 동원된 인원은 엄청났다.

5

샌프란시코로 돌아오자 곧 새로운 명성을 얻었다. 하지만 부러워할 만한 것은 아니었다. 사람들은 그를 무서워했다. 그는 싸움꾼, 마왕, 호랑이 같은 포악한 사람으로 알려졌다. 그의 솜씨는 멋지고 굉장했다. 아무도 어디서 어떻게 그가 강타를 날릴지 알 수 없었다. 예상을 벗어나는 일이 아주 많았다. 그는 뜻밖의 시점에서 갑자기 일을 뚝 그만두기도 했다. 험한 북극에서 온 지 얼마 안 돼서인지 판에 박히지 않은 사고 방식으로 아주 특별하고 신선한 책략과 전략을 짜냈다. 그리고 일단 유리해지면 가차 없이 밀어붙였다. 사람들은 그가 "아메리칸 인디언처럼 무자비하다"고 했는데 정말 그랬다.

반면 그는 '공정하다'고도 알려져 있었다. 그의 말은 계약만큼 믿을 만했다. 하지만 남의 말을 절대 믿지 않았다. 신사로서의 약속에 바탕을 둔 제안은 꺼렸다. 데이라이트와 거래하면서 신사로서 자신의 명예를 건 사람은 반드시 불쾌한 일을 겪었다. 데이라이트는 자신이 칼자루를 쥐지 않고는 약속을 안 했다. 상대는 그의 말대로 하거나 아니면 그만두어야 했다. 타협은 없었다.

　데이라이트의 게임에는 합법적인 투자란 것은 없었다. 그런 투자는 돈을 묶어두는 것이니 위험 요인이 적기는 했지만 그가 관심 있는 것은 도박이었다. 그의 방식대로 마구 몰아붙이려면 늘 돈이 준비되어 있어야 했다. 짧은 자투리 기간을 제외하고는 돈을 묶어두는 일이 없었다. 계속해서 돈을 굴렸고 여기저기 별안간 덮치는 사실상 재계의 해적이었다. 5퍼센트를 버는 안전한 투자는 매력이 없었다. 그는 몽땅 잃거나 50이나 1백 퍼센트를 따는 식의 과격하고 무자비한 접전에서 수백만 달러의 위험을 감수하는 것에서 참맛을 느꼈다. 그는 게임의 법칙에 따르고 있었지만 인정사정없었다. 사람이나 회사를 굴복시킬 때 그들이 아무리 우는 소리를 내도 개의치 않고 심하게 후벼 파냈다. 돈 문제에서 자비심에 호소하라는 말은 그에게 먹혀들지 않았다. 그는 회사에 얽매이지 않은 상태였고 사업상 친목 단체에 들지도 않았다. 어쩌다가 그런 관계에 얽히는 경우가 있었지만 순전히 편의상의 관계였고 그 사람들이 어느 순간 자신을 배신하거나 파멸시킬 것이라고 생각했다. 이렇게 생각하면서도 그 사람들을 믿었다. 하지만 그것은 그들이 자신을 믿는 동안만이었다. 그들은 배신할 수는 있었지만 그런 다음엔 데이라이트를 아주 조심해야 했다.

태평양연안의 사업가들과 재정가들은 절대 찰스 클린크너와 캘리포니아 앤드 앨터몬트 신탁회사의 교훈을 잊지 못한다. 클린크너는 사장이었다. 그는 데이라이트와 손을 잡고 함께 새너제이 교통회사를 공격했다. 강력한 수력발전회사가 그 회사를 원조하자 클린크너는 그 기회를 틈타 막상막하의 치열한 격전이 한창인 때 배신했다. 데이라이트는 그 일이 끝나기 전 3백만 달러를 잃었고 그 타격에서 회복되기도 전에 캘리포니아 앤드 앨터몬트 신탁회사가 가망 없이 파산했으며 찰스 클린크너는 독방에서 자살했다. 데이라이트는 새너제이 교통회사를 놓쳤을 뿐만 아니라 최일선의 전투에서 아주 심한 타격을 입었다. 재판권을 가진 사람들이 그가 타협하면 그 중 많은 돈을 되찾을 수 있다고 판정했다. 하지만 그는 일부러 새너제이 운송 및 수력발전과의 싸움을 포기한 뒤 외관상 패배한 것처럼 해서 나폴레옹처럼 갑작스럽게 클린크너를 공격했다. 클린크너는 이런 일을 전혀 예상하지 못했고 데이라이트는 그가 예상치 못할 것을 알고 있었다. 게다가 그는 캘리포니아 앤드 앨터몬트 신탁회사가 본래는 탄탄하지만 사장인 클린크너가 회삿돈으로 투기를 해서 위험한 상황에 놓였다는 것도 알고 있었다. 또 바로 그 투기 덕분에 몇 달 안 돼서 회사는 이전보다 더 건실하게 일어설 것이며 만약 공격을 해야 한다면 곧바로 해치워야 한다는 것도 잘 알고 있었다. "제가 번 것보다 훨씬 많았소." 자신의 큰 손실에 대해 이렇게 말했다고 한다. "그것은 미래에 대비한 큰 보험일 뿐입니다. 차후 나와 거래를 할 사람은 나를 배신하기 전에 여러 번 잘 생각해야 할 겁니다."

그가 잔인하다고 하는 이유는 함께 일하는 사람들을 경멸하기 때문이었다. 본성이 정직한 사람은 백에 한 명도 안 된다고 확신하고 있었다. 그리고 정직한 사람들이 부정직한 게임을 하면 틀림없이 손해를 보고 결국 파산할 것이라고 했다. 뉴욕에서의 경험으로 눈을 뜬 것이었다. 환상의 베일을 찢어버리고 사업이라는 게임을 적나라하게 보게 되었다. 산업과 사회에 대해 이렇게 이야기했다.

사회는 거대한 사기 게임이 조직화된 것이다. 수많은 무능한 사람들이 계속 태어나고 있다. 정신박약자 수용시설에 갇힐 만큼 약하지는 않지만 그렇다고 나무 패고 물 긷는 사람들만큼 강하지도 않은 남자와 여자들 말이다. 그리고 그 조직화된 사기 게임을 진심으로 숭배하고 경외하는 바보들이 있다. 다른 사람에게는 쉬운 게임이다. 그 게임을 제대로 알고 있는 사람들 말이다.

재화의 원천은 합법적인 일이다. 다시 말하면 감자 한 자루든, 그랜드피아노든, 7인승 자동차든 일을 해야만 생겨난다. 그런 사기 게임은 노동이 재화를 창조하고 난 뒤 그 재화가 분배되는 과정에서 발생한다. 노동으로 손이 굳은 아들들이 그랜드피아노를 치거나 자동차를 타는 것을 본 적이 없다. 수천 수만의 사람들이 어떻게 노동자와 노동자가 생산한 것 사이에 끼어들지 밤을 새며 생각했다. 이런 생각을 하는 사람이 바로 사업가들이었다. 그들은 노동자와 생산물 사이에 끼어들어 자신의 이익을 챙기게 된다. 그 이익의 크기는 형평성에 의해 정해지는 것이 아니라 그들의 힘과 비열함에 의해 정해지는 것이다. 가격은 늘 얼마든지 오를 수 있었다. 사업에선 모두가 이런 식이었다.

어느 날 그는 (여러 잔의 칵테일과 기름진 점심식사 덕분에) 거나해진 차에 엘리베이터보이인 존스와 이야기를 나누기 시작했다. 존스는 마르고 머리숱이 많은 청년으로 마치 일부러 승객들을 기분 나쁘게 하려고 작정한 것처럼 호전적이었다. 데이라이트가 그에게 관심을 가지게 된 것도 바로 그 때문이었는데 곧 존스의 문제가 무엇인지 알아챘다. 그는 그 나름의 급진적인 계급 분류에 의하면 무산계급이었는데 글을 쓰는 일을 하고 싶어했었다. 잡지로 돈벌이가 안 되자 먹고 살곳을 찾아 로스앤젤레스에서 160킬로미터 정도밖에 떨어져 있지 않은 페타차라는 작은 계곡으로 갔다. 이곳에서 낮 동안 열심히 일하고 밤에는 글을 쓰고 공부할 계획이었다. 하지만 철도회사는 모든 교통수단에 요금을 부과했다. 사막 계곡인 페타차에서 만들어지는 것은 딱 세 가지였다. 가축, 장작, 숯이었다. 화차 한 칸에 가축을 싣고 로스앤젤레스까지 가는 화물열차의 운임은 8달러였다. 존스의 설명에 의하면 가축은 다리가 있어서 화차 한 칸의 값과 동일한 비용으로 로스앤젤레스까지 몰아갈 수 있기 때문이었다. 하지만 장작은 다리가 없었고 철도회사는 화차 한 칸에 정확하게 24달러를 부과했다.

벌목꾼은 스물네 시간 내내 열심히 일해서 로스앤젤레스에서 장작의 판매가에서 운임을 제한 값인 1달러 60센트를 벌기 때문에 버는 돈이 너무 적었다. 존스는 장작을 숯으로 바꾸면 더 많이 벌 수 있겠다고 생각했다. 계산해보니 만족스러웠다. 하지만 철도회사도 계산을 하더니 숯을 실은 화차는 한 대당 42달러의 운임을 매겼다. 3개월 뒤 존스는 다시 자기 수입을 따져보았는데 여전히 하루에 1달러 60센트를 벌고 있었다.

"그래서 그만두었죠," 존스는 말을 맺었다. "하지만 1년 동안 뼈빠지게 일했으니 그 철도회사에 앙갚음을 해줬죠. 하던 일을 접고 여름에 시에라 산맥을 넘어 가서 철로 위의 눈사태 방지 설비에 성냥을 그어버렸죠. 그 설비의 화재는 겨우 3만 달러짜리였죠. 페타차에서 받았어야 할 금액에 딱 맞는 보복이었던 것 같아요."

"이봐, 그런 말을 누설하는 게 두렵지 않아?" 데이라이트는 심각하게 물었다.

"별로요," 존스는 말했다. "누가 증명하겠어요. 당신이 내가 그랬다는 말을 들었다고 할 수 있지만 나는 딱 잡아떼면 그만이죠. 그러니 배심원들이 그걸 증명하기는 힘들지요."

데이라이트는 사무실로 가서 잠시 생각했다. 생각은 이랬다. 요금이야 얼마든지 올릴 수 있다. 어디서든 그것이 게임의 규칙이었다. 그리고 그런 게임이 계속될 수 있는 것은 매순간 어리석은 사람들이 태어나기 때문이었다. 만약 존스 같은 사람이 매순간 태어난다면 게임은 그리 오래 지속되지 못할 것이다. 게임꾼들에게 다행스러운 일은 다른 노동자들이 모두 존스 같진 않다는 사실이었다.

하지만 게임에는 더 큰 다른 국면이 있었다. 소규모 사업가, 상점주인 같은 부류의 사람들도 노동자들의 생산물에서 이득을 취했다. 하지만 결국 그 소규모 사업가들을 통해 노동자들과 관계를 맺는 것은 대규모 사업가였다. 최종적으로 페타차 계곡의 존스 같은 사람들이 번 것은 겨우 노임이었다. 실상 그들은 대규모 사업가들에게 고용된 사람들이었다. 이렇게 더 높이 올라가면 더 큰 거물이 있었다. 그들은 수백 수천의 노동자와 생산물 사이에서 많은 돈을 벌어들이기 위해 거대하고 복잡한 장치를 이용했다. 이 사람들은 도박사라기보다는 강도에 가까웠다. 그리고 그들은 본질상 이런 직접적인 소득에 만족하지 않는 도박꾼이기 때문에 서로를 공격했다. 게임의 이런 국면을 대형금융거래라고 불렀다. 그들은 모두 주로 노동자들을 착취하지만 매 순간 이득을 더 늘리기 위해서 단체를 만들고 서로 약탈했다. 홀스워시가 5만 달러를 약탈해갔던 것과 다우셋, 레튼, 구겐해머가 1천만 달러를 빼앗아갔던 것이 바로 그런 것이다. 그리고 그가 파나마 우편회사를 공격한 것도 마찬가지였다. 어쨌든 그는 약탈자를 다시 약탈하는 것이 가난하고 멍청한 노동자를 약탈하는 것보다 더 정교한 게임이라고 생각했다.

이렇게 해서 철학에 문외한이었지만 데이라이트는 20세기 수퍼맨의 지위와 일을 이미 알게 되었다. 아주 드물고 신화적인 예를 제외하고는 사업과 재계의 수퍼맨들 사이에 노블레스 오블리주란 없다는 것을 알게 되었다. 한 영리한 여행가는 알타퍼시픽에서 저녁식사 후 이렇게 떠벌렸다. "도둑들 사이에는 도의가 있소. 바로 이것이 도둑들과 정직한 사람들이 다른 점이오." 그랬다. 제대로 맞혔다. 이 현대의 수퍼맨들은 아주 몰염치하고 야비한 도둑떼여서 자신들의 희생양에게 자신들은 절대 실천하지 않는 옳고 그름의 규범을 설파했다. 그들에게 약속이란 자신이 지킬 때만 유효한 것이었다. '도둑질 하지 마라'라는 계명은 정직한 노동자들에게만 적용되는 것이었다. 그들, 수퍼맨들은 그런 계명을 초월해 있었다. 그들은 분명히 도둑질을 했고 장물의 규모에 따라 동료들로부터 존경을 받았다.

더 많은 게임을 해볼수록 데이라이트는 상황을 더 분명하게 보게 되었다. 모든 도둑들이 서로를 약탈하려고 하지만 서로 유대관계가 잘 유지되었다. 그 유대가 사실상 사회의 정치적 조직을 좌우했다. 지역 경찰에서부터 상원의원까지. 자신들에게 약탈의 특권을 보장하는 법안을 통과시켰고 경찰, 보안관, 민병대와 정규군이 그 법을 집행하도록 했다. 아주 편리한 일이었다. 수퍼맨의 가장 큰 적은 동료 수퍼맨이었다. 거대다수의 아둔한 대중들은 중요하지 않았다. 그들은 너무 열등해서 말도 안 되는 궤변에도 속아 넘어갔다. 수퍼맨은 여러 무리를 조종하고 있다가 약탈이 너무 느리거나 단조로워지면 그 무리를 놓아주고 다른 무리를 약탈했다.

데이라이트는 철학적이지만 철학자가 아니었다. 책이라곤 읽어본 적도 없었다. 실제적이고 실용적인 인간이었고 책 읽을 생각은 해본 적도 없었다. 단순하게 살아왔고 인생을 이해하는 데 책은 필요없었다. 지금의 인생이 좀더 복잡해 보이지만 사실 마찬가지로 단순했다. 인생의 기만과 허구를 간파하고 나자 유콘 강에서와 마찬가지로 인생은 단순했다. 사람들이 원하는 것은 모두 똑같았다. 모두 열정과 욕구가 있었다. 재계는 규모가 큰 포커판이었다. 판돈이 있는 사람이라야 낄 수 있었다. 노동자들은 그 판돈을 모으려고 등골이 빠졌다. 그는 게임의 규칙이 변하지 않는다는 것을 알고 있었기 때문에 그 게임이 뛰어들었다. 도둑들이 인류의 모든 행위를 헛된 것으로 만들고 혼란에 빠뜨린다는 사실에 놀라지 않았다. 그것은 자연의 질서였다. 사실 인간의 노력이란 모두 헛수고였다. 그는 그 사실을 잘 알고 있었다. 동료가 스튜어트 강에서 굶어죽었다. 수많은 선배들이 보난자와 엘도라도에 못 갔지만 스웨덴인들과 신출내기들은 사슴 방목지에 가서 무턱대고 수백만 달러를 걸었다. 그것이 인생이었고 인생은 아무리 잘해봐야 야만 상태와 같았다. 문명사회에서 사람들이 서로 약탈하는 것은 그렇게 타고났기 때문이었다. 그들의 약탈은 고양이가 할퀴고 기근이 옥죄고 추위가 살을 에는 것과 똑같은 일이었다.

그렇게 해서 데이라이트는 성공한 자본가가 되었다. 하지만 노동자들을 기만하지는 않았다. 그럴 생각이 없었고 그런 일은 도박이 아니라고 생각했다. 노동자들은 너무 쉽고 아둔했다. 오히려 영국 농장에서 키운 살진 꿩을 잡는 것보다 더 쉬웠다. 그에게 게임이란 성공한 약탈자들을 덮쳐 전리품을 빼앗는 것이었다. 흥미롭고 자극적인 게임이었고 꽤 어려울 때도 있었다. 로빈 후드처럼 계속 부자들을 약탈했다. 그런 뒤 필요한 사람들에게 조금씩 나누어주었다. 하지만 그만의 자선 방식이 있었다. 대다수 사람들이 가난하다는 것은 중요하지 않았다. 그것은 영원한 질서의 일부일 뿐이었다. 그는 조직적인 자선과 자선 전문가들을 몹시 혐오했다. 그렇다고 그가 양심의 가책 때문에 자선을 했다는 뜻도 아니다. 그는 아무에게도 빚이 없었으니 갚을 것도 없었다. 그가 준 것은 자발적이고 대가를 바라지 않는 선물이었고 주변 사람들을 위한 것이었다. 일본 지진 기금을 내거나 뉴욕 시 공기 기금을 내본 적은 없었다. 대신 엘리베이터보이 존스에게 1년 동안 책을 쓸 수 있게 돈을 대주었다. 세인트프랜시스 호텔 웨이터의 아내가 결핵을 앓고 있다는 이야기를 듣고 그녀를 애리조나로 보냈으며 결국 가망이 없다는 진단을 받자 남편과 마지막 시간을 함께 보낼 수 있도록 해주었다. 또 서부 교도소에 수감 중인 한 죄수에게서 말총 굴레를 샀다. 그 죄수가 그 이야기를 퍼뜨려 나중에는 그 교도소의 죄수 절반이 데이라이트에게 팔려고 말총 굴레를 만든 것이 아닌가 의심이 들 정도였다. 그는 하나에 20에서 50달러씩을 주고 그 굴레들을 모두 샀다. 순말총으로 만들어진 예쁜 것들이라 침실벽을 온통 그것들로 장식했다.

무시무시한 유콘 생활에도 데이라이트는 냉혹해지지 않았었다. 사람을 냉혹하게 만드는 데에는 문명이 있어야 했다. 이제 가혹하고 야만적인 도시의 게임에서 그의 따뜻한 마음씨가 느릿느릿한 서부 억양처럼 아주 조금씩 빠져나가고 있었다. 말투는 과격해졌고 신랄하고 신경질적이 되었으며 정신도 그렇게 변했다. 일정이 바빠서 그냥 좀 착한 사람이 될 시간도 없었다. 변화는 얼굴에도 나타났다. 주름이 진해졌다. 입술 끝이 경쾌하게 올라가는 일이 줄어들면서 눈웃음도 줄었다. 검게 빛나는 인디언 같은 눈에는 잔인함과 냉혹한 지배력이 언뜻언뜻 비쳤다. 예전처럼 대단한 힘이 몸 전체에서 뿜어져 나오고 있었지만 이전과 달리 인간을 밟아 뭉개는 정복자의 힘이었다. 과거 자연과의 싸움은 인간을 향한 것이 아니었다. 하지만 지금은 오직 수컷 인간과 싸웠다. 험한 강과 길, 추위와의 싸움보다 동포들과의 첨예한 싸움으로 그는 훨씬 더 심하게 망가져버렸다.

그래도 아직 친절을 베풀 때가 있기는 했지만 어쩌다 한 번이거나 억지로 하는 것이었으며 대부분은 식전 칵테일 때문이었다. 북극 지방에 있을 때도 술을 많이 마셨지만 규칙적으로 마시지는 않았다. 하지만 이제 그는 규칙적이고 잘 자제하며 술을 마셨다. 일부러 그렇게 바꾼 것이 아니라 심신의 상태 때문이었다. 칵테일이 억압의 기능을 했다. 억눌러야 한다고 의식하고 있지는 않았지만 그가 하고 있는 모험적이고 대담한 일에서 오는 긴장감을 누르거나 막아야 했다. 그리고 오랜 경험을 통해 칵테일이 바로 그런 역할을 한다는 것을 알게 되었다. 칵테일은 벽이되어주었다. 아침과 업무 시간에는 마시지 않았지만 사무실을 나서는 순간 알코올의 힘을 빌어 억제의 벽을 세우기 시작했다. 그러면 곧 사무실의 일은 더 이상 존재하지도 않는 일처럼 완전히 차단되었다. 오후, 점심을 먹은 뒤 한두 시간 동안 일을 다시 존재하게 했다가 사무실을 나서면 다시 그 억제의 벽을 세웠다. 물론 예외도 있었다. 자제심이 강한 그는 사업상의 일로 경쟁상

대나 동료들을 만나 저녁식사나 회의를 할 일이 있을 때는 술을
마시지 않았다. 하지만 일이 마무리되는 순간 마티니, 그것도
입방아에 오르지 않도록 긴 잔에 더블 마티니를 계속 마셨다.

6

데이라이트의 인생에 디디 메이슨이 나타났다. 그는 그녀를 거의 의식하지 못했다. 사무실 비품, 속내를 터놓는 단 한 명의 비서 모리슨, 그 수퍼맨의 도박이 일어나는 곳에 있는 다른 것들처럼 그녀를 무감각하게 받아들였다. 그녀를 채용하고 몇 달이 지나서도 그녀의 눈동자 색이 뭐냐고 물으면 대답하지 못할 정도였다. 그녀가 반금발이어서 눈이 갈색일 거라는 생각이 무의식 속에 희미하게 자리 잡고 있었다. 마찬가지로 그녀가 마르지 않았다는 느낌이 있기는 했지만 그렇다고 뚱뚱한지 어떤지는 생각해본 적도 없었다. 그녀의 옷차림에 대해서는 전혀 몰랐다. 볼 줄 모르기도 했고 관심도 없었다. 그녀가 어떻게 옷을 입든 아무런 느낌도 없이 그냥 받아들였다. 그녀가 빠르고 정확한 속기사라고 생각하기는 했지만 그저 '메이슨 양'일 뿐이었다. 하지만 그런 인상도 아주 막연했다. 다른 속기사를 고용해본 적이 없었으니 속기사라고 하면 으레 빠르고 정확하다고 생각했기 때문이었다.

어느 날 아침 편지에 서명을 하다가 'I shall'로 시작하는 문장을 보게 되었다. 재빨리 편지를 훑어보며 비슷한 구문을 찾으려고 했지만 I will 구문만이 많이 눈에 들어왔다. I shall은 딱 하나여서 눈에 띄었다. 호출 벨을 두 번 누르자 잠시 뒤 디디 메이슨이 들어왔다.

"내가 이렇게 말했나요? 메이슨 양?" 편지를 내밀며 그 한심스러운 구절을 가리키며 물었다.

그녀의 얼굴에 곤혹감이 스쳤다. 책망을 당하는 듯 서 있었다.

"제 실수예요"라고 말하더니 재빨리 이렇게 덧붙였다. "죄송합니다. 하지만 아시다시피 틀린 게 아니에요."

"왜 그렇다는 거지요?" 데이라이트가 물었다. "틀린 것 같은데."

문 앞에 서 있던 그녀가 그 성가신 편지를 건네받았다. "제가 잘못 친 거지만 이게 맞아요."

"그렇게 되면 I will이 다 틀린 거잖아요." 그가 주장했다.

"예, 틀려요." 그녀는 도전적으로 대답했다. "나머지 것들을 다 고칠까요?"

"I shall be over to look that affair up on Monday." 데이라이트는 그 문장을 크게 읽었다. 엄숙하고 진지하게 자기 목소리를 주

의 깊게 들으면서 말이다. 그는 고개를 저었다. "맞는 거 같지 않아요, 메이슨 양. 틀려. 아무도 이렇게 안 쓰지. 사람들은 모두 I will이라고 말해. 배운 사람들 말이오. 안 그런가요?"

"예." 그녀는 인정하더니 고치려고 속기기계 앞으로 갔다.

그날 우연히 함께 점심을 하던 사람들 중에 젊은 영국 채광 기술자가 한 사람 있었다. 다른 때였더라면 그냥 지나쳤겠지만 속기사와의 논쟁 기억이 생생한 터여서 그 영국인이 I shall이라고 말하는 것이 귀에 쏙 들어왔다. 식사 도중 여러 번 그 구문을 듣자 데이라이트는 그것이 틀린 것이 아니라고 확신하게 되었다.

점심을 먹고 그는 매킨토시를 한쪽으로 불러세웠다. 매킨토시가 예전 풋볼을 했다는 말을 들어서 대학에 다녔을 거라고 생각하고 있었다.

"이봐, 버니." 데이라이트가 물었다. "어떤 게 맞나? I shall be over to look that affair up on Monday와 I will be over to look that affair up on Monday 중에 말이야."

그 전 풋볼 주장은 잠깐 열심히 생각했다. "그딴 걸 내가 어떻게 압니까!"라고 말했다. "내가 어떻게 말하죠?"

"음, 물론 I will이라고 하지."

"그러면 I shall이 맞는 겁니다. 난 문법에 약하거든요."

사무실로 돌아오는 길에 데이라이트는 서점에 들러서 문법책을 한 권 샀다. 그리고 꼬박 한 시간 동안 책상에 발을 얹고 열심히 읽었다.

"메이슨이 틀렸다면 내 성을 갈아야겠군." 마지막 페이지를 읽으며 큰 소리로 말했다. 처음으로 그 속기사가 특별하게 느껴졌다. 그때까지 그저 여자이자 사무실을 지키는 물건쯤으로 생각했다. 하지만 사업가와 대졸자보다 문법을 더 잘 알고 있는 그녀가 이제 한 사람의 인간으로 느껴졌다. 그녀가 그 편지의 I shall구문처럼 아주 두드러져 보이자 관심이 생겼다.

그는 그녀가 나가는 것을 유심히 지켜보았다. 처음으로 그녀의 몸매가 좋고 옷차림이 훌륭하다는 것을 알게 되었다. 여자들의 옷에 대해 전혀 모르는 그였으니 니트 블라우스와 잘 만들어진 정장은 자세히 보지 않았다. 전체적인 자태만 보았다. 괜찮아 보였다. 이 말은 무언가 이상하다거나 잘못된 것이 없다는 뜻이었다.

'날씬하고 아담한 미인이군.' 그녀가 사무실 바깥문을 닫고 나가자 이렇게 생각했다.

다음날 아침 그녀에게 글을 불러주다보니 그녀의 머리 모양이 마음에 들었다. 하지만 난생처음 느껴본 것이어서 왜 그렇게 느껴지는지 설명할 수는 없었다. 그저 좋아 보였다. 그녀와 유리창을 사이에 두고 앉아 있어서 그녀의 머리가 금발기가 있는 밝은 갈색인 것이 보였다. 희미한 햇빛이 안으로 비쳐들어 금발 머리를 살짝 비추자 아주 보기 좋았다. 전에 없던 일이라 이상했다.

편지의 중간 부분에서 그 전날 문제를 일으켰던 그 구문을 사용하게 되었다. 문법책과 씨름 했던 것을 기억하고 이렇게 불러주었다.

"I shall meet you halfway this proposition."

메이슨은 그를 흘긋 쳐다보았다. 순전히 자기도 모르게 쳐다본 것이었지만 사실 무척 놀란 것이었다. 그런 뒤 곧바로 눈길을 내리고 계속 문장을 불러주기를 기다렸다. 하지만 그는 그녀가 자신을 바라본 바로 그 순간 그녀의 눈동자가 회색인 것을 알아냈다. 나중에 알고 보니 회색눈에 금발인 사람들도 꽤 있었다. 하지만 이때는 놀랐다. 그녀가 갈색빛이 도는 금발에 갈색눈을 가졌다고만 생각해왔다는 사실을 문득 깨달았기 때문이었다.

"당신이 옳았소." 그는 인디언 같은 표정으로 어색하게 걸터앉아 부끄러운 듯 싱긋 웃으며 말했다.

다시 한 번 그녀가 그를 똑바로 쳐다보며 어색한 미소를 지었다. 그녀의 눈이 회색이라는 사실을 다시 확인했다.

"그런데 어쩐지 틀린 것 같애." 그가 투덜거리자 이번에는 그녀가 마음껏 웃었다.

"죄송해요." 그녀는 웃음 때문이었는지 재빨리 말하더니 이렇게 덧붙였다. "하지만 사장님, 너무 재미있으세요."

데이라이트는 약간 어색한 느낌이 들기 시작했다. 햇빛은 계속 그녀의 머리를 비추고 있었다.

"재미있으라고 한 소린 아닌데." 그가 말했다.

"그래서 재미있다는 거예요. 어쨌든 그 문장은 맞아요. 정확하게 문법에 맞아요."

"좋아요," 그는 한숨을 내쉬었다. "I shall meet you halfway this proposition, 다 썼어요?"

그리고 계속 편지를 불러주었다. 그는 그녀가 할 일이 없을 때 책과 잡지를 읽거나 여자용 수예품 같은 것을 만든다는 것을 알게 되었다.

어느 날 그녀의 책상 옆을 지나던 그는 키플링의 시집을 집어 들어 이리저리 살펴보았다. "책 읽는 걸 좋아하는군요, 메이슨 양." 그는 책을 내려놓으며 말했다.

"아, 예." 그녀가 대답했다. "아주 많이요."

어느 날은 웰스의 책 『변화의 바퀴(Wheels of Change)』가 놓여 있었다. "이건 무슨 책이오?" 데이라이트가 물었다.

"아, 그건 그냥 소설이에요. 사랑 이야기요." 말을 멈추었는데도 그가 계속 서 있자 그녀는 어쩔 수 없이 말을 이었다.

"그건 작은 런던 포목점의 조수 이야기예요. 그 사람이 자전거 여행을 떠났는데 거기서 자기보다 아주 신분이 높은 연하의 여자와 사랑에 빠지죠. 게다가 그 여자의 어머니는 유명 작가고요. 상황이 아주 복잡하고 슬프고 비극적이지요. 읽어보고 싶으세요?"

"그래서 그가 그녀를 얻었나요?" 데이라이트가 물었다.

"아뇨, 그게 중요한 사실이에요. 그러지 않았어요."

"그럼 그는 그녀를 얻지 못했는데 당신은 그것을 알아내려고 수백 페이지를 읽은 거군요." 데이라이트는 놀라며 중얼거렸다.

메이슨 양은 재미있으면서 약간 화가 났다.

"하지만 사장님은 늘 광업과 경제 뉴스를 읽으시잖아요." 그녀가 반박했다.

"하지만 난 거기서 뭔가를 분명히 얻어요. 그건 사업이니 다르죠. 거기서 돈을 얻어요. 당신은 책에서 뭘 얻소?"

"의견, 새로운 생각, 인생이요."

"현금으로 1센트의 가치도 없는 것들이군."

"하지만 인생은 현금보다 가치가 있어요." 그녀가 반박했다.

"아, 좋아요," 그는 남자다운 너그러움으로 여유롭게 말했다. "책 읽는 것 자체를 즐긴다는 말이군요. 그거 중요하죠. 취향이란 모두 다른 거잖소."

그가 더 높은 위치에 있었지만 그녀가 아는 것이 아주 많다는 생각이 들자 자신이 고급 문화를 처음 접한 야만인처럼 느껴졌다. 데이라이트에게 문화는 쓸모없는 것이었지만 어쩐지 문화라는 것에는 자신이 상상하는 것보다 더 많은 것이 있을지도 모른다는 느낌이 들자 약간 혼란스러웠다.

또 한 번 그녀의 책상 옆을 지나던 그는 자신이 아는 책을 한 권 보게 되었다. 그 책 표지에 자신이 실려 있었던 것이다. 클론다이크 특파원이 낸 책이어서 자신의 사진과 이야기가 거기 실려 있다는 것을 알고 있었다. 또 한 여성의 자살을 다룬 충격적인 내용도 알고 있었으며 '데이라이트가 너무했다'고 한 부분도 잘 알고 있었다.

그 뒤로 그는 그녀와 다시 책 이야기는 하지 않았다. 그녀가 그 책을 읽고 오해를 했을 것이라고 생각했고 그 내용이 자신에게 부당했기 때문에 더 괴로웠다. 다른 평판도 얼마든지 많은데 하필 여자를 죽게 한 사람이며 여자가 자길 사랑해서 자살했다는 꼬리표를 달게 되다니. 그는 자신이 너무 운이 나쁜 사람처럼 느껴졌고 왜 하필 수천 권의 책 중에서 그 책이 속기사의 손에 들어가게 됐는지 이해할 수 없었다. 이후 며칠 동안 메이슨 양과 마주 대하면 죄책감이 느껴져 불편했다. 그리고 그녀의 눈빛을 보니 마치 그가 어떤 사람인지 궁금해하는 듯했다.

그는 비서 모리슨을 슬쩍 떠보았다. 모리슨은 데이라이트가 그녀에 대해 아는 것이 거의 없다는 것을 모른 채 그녀의 성격에 대해 불평을 늘어놓은 적이 있었다.

"시스키유 카운티 출신입니다. 사무실 일은 아주 잘하지만 좀 자기한테만 몰두해 있는 편이에요. 다소 배타적이죠."

"왜 그렇게 생각하나?" 데이라이트가 물었다.

"글쎄요, 자신에 대해 생각을 너무 많이 해서 같이 일하는 사람들과 잘 어울리려고 하지 않아요. 예를 들면 여기 이 사무실 사람들 말이죠. 사람들과 전혀 관계를 맺으려고 하지 않아요. 제가 극장이나 폭포 같은 데 가자고 여러 번 이야기했지만 소용이 없었어요. 자기는 잠을 많이 자서 늦게까지 깨 있을 수 없고 버클리까지 걸어가야 한다고요. 버클리에 산다더군요."

이 대목에서 데이라이트는 만족스러웠다. 그녀는 보통사람보다 좀 더 나은 사람이 분명했다. 하지만 모리슨의 말을 더 듣고는 기분이 상했다.

"하지만 그게 다 거짓말이었어요. 그녀는 남자 대학생들과 함께 어울렸죠. 잠이 많아서 저와 극장에 못 간다고 했지만 그 대학생들과는 밤늦게까지 춤을 추었단 말이지요. 그녀가 춤추는 곳 같은 데 다닌다는 이야기를 들었는데 사실이 분명해요. 제 말은 속기사치고는 좀 세련되고 품위 있다는 얘기예요. 말도 타요. 언덕이란 언덕엔 모두 말을 타고 다닌다더군요. 언젠가 일요일에 제가 직접 봤어요. 아, 정말 잘 타더라고요. 어떻게 그렇게 잘 타는지 궁금했지요. 그리고 남동생이 아프다고 하더군요."

"가족들과 함께 사나?" 데이라이트가 물었다.

"아뇨. 같이 살 가족이 하나도 없대요. 듣기론 예전엔 꽤 잘 살았대요. 그랬겠죠. 안 그랬으면 남동생이 캘리포니아 대학에 못 갔겠죠. 아버지는 큰 소 방목장을 했는데 광산인가 뭔가에 뛰어들었다가 파산하고 죽었대요. 어머니는 더 일찍 죽었고요. 남동생은 돈을 많이 썼을 거예요. 한때 풋볼을 할 만큼 건장했고 사냥과 등산 같은 걸 잘 했대요. 말을 타다가 사고가 났는데 그때 류머티즘인가 뭔가에 걸렸대요. 한쪽 다리가 다른 쪽 다리보다 짧고 약해서 목발을 쓴대요. 그녀가 그 동생과 함께 선착장을 건너는 것을 본 적이 있어요. 오랫동안 치료를 받다가 지금은 프렌치 병원에 있다던걸요."

메이슨 양에 대해 이렇게 다른 사람을 통해 듣고 나자 데이라이트는 관심이 더 생겼다. 더 친해지고 싶었지만 잘 안 됐다. 점심을 같이 먹자고 할까 생각해보았지만 개척자로서의 기사도 정신 같은 것 때문에 그렇게 하지 못했다. 신중하고 부끄러운 짓을 하지 않는 사람이라면 자기 속기사와 점심을 같이 먹지 않을 것이라고 생각했다. 클럽에 떠도는 하찮은 이야기들을 들어보면 그런 일이 있기는 했다. 하지만 그런 남자들이 좋아 보이지 않았고 그 여자들이 안됐다고 생각했다. 왠지 모르지만 그냥 아는 사

람이나 처음 보는 사람이라면 몰라도 자신이 고용한 사람에게
그러면 안 될 것 같았다. 메이슨 양이 자기 직원이 아니었다면
당장에라도 점심을 함께 먹고 영화를 보러 갔을 것이다. 하지만
피고용자의 시간을 사서 일을 시키고 있는 구실로 그 나머지 시
간까지 이용하는 것은 고용인의 횡포라고 생각했다. 비겁한 일
이고 불공평했다. 피고용자가 생계를 위해 한 사람에게 의존하
고 있다는 사실을 이용해 먹는 행위였다. 피고용자는 고용인이
화를 낼까봐 두려워서 개인적으로 전혀 좋아하지 않으면서도 그
강요를 받아들일 수도 있었다.

특히 자신의 경우 그런 행동이 큰 비난을 살 것이라는 생각이
들었다. 그녀가 그 심사 고약한 클론다이크 특파원의 책을 읽었
을 테니 그녀가 그에 대해 많이 알고 있을 게 분명했고 그녀는
모리슨처럼 잘 생긴 신사와도 어울리지 않는 고상한 여자였다.
다른 이유가 없었더라도 데이라이트는 자신이 없었다. 보통 때
도 늘 여자를 두려워했으니 말이다. 그것도 평생 처음으로 여자
에 대해 어렴풋한 욕구나 갈망을 느꼈다고 해서 그 두려움이 쉽
게 사라질 리가 없었다. 앞치마 끈 유령이 아직도 그를 위협하고
있어서 디디 메이슨과 관계를 발전시켜서는 안 되는 이유만 더
많이 떠올랐다.

7

디디 메이슨과 친해질 기회가 생기지 않자 데이라이트의 관심은 차츰 줄어들었다. 아주 위험한 게임을 진행 중이었기 때문에 자연스럽게 그렇게 되었다. 그 게임이 규모가 아주 큰데다 깊이 몰두하고 있어서 그처럼 건장한 몸을 가진 사람조차 힘이 달렸다. 일에 너무 집중하다 보니 그 아리따운 속기사가 부지불식간에 서서히 의식에서 뒤로 밀려났다. 이렇게 해서 여자에 대해 처음으로 느낀 미약한 충동조차 사라져버렸다. 디디 메이슨이라는 아주 훌륭한 속기사를 데리고 있다는 만족감 이외에는 아무런 느낌이 없었다.

그녀와 가까워질 수 있을지도 모른다는 실낱같은 희망을 완전히 접었을 때 코스트와이즈 증기 선박회사, 하와이-니카라과—

태평양–멕시코 기선회사와 극적이고 강도 높은 싸움이 한창이었다. 그가 예상했던 것보다 훨씬 더 큰 동요를 일으켜놓아서 스스로도 그 싸움의 결과와 의외의 큰 이익에 몹시 놀랐다. 샌프란시스코의 모든 신문이 그를 주목했다. 한누 신분이 공공연히 그에게서 뇌물을 요구했지만 데이라이트는 그런 돈을 쓸 때가 아니라고 판단했다. 이때까지만 해도 언론은 그에게 놀라우리만치 관대하고 호의적이었는데 이제 적대적인 언론이 얼마나 사악하고 용의주도한지 잘 알게 되었다. 그의 인생사가 모두 악의적인 거짓말로 부활했다. 데이라이트는 자신에 대한 새로운 해석에 몹시 놀랐다. 알래스카 영웅이었던 그는 이제 알래스카의 불량배, 거짓말쟁이, 무법자, 천하의 '악당'이 되어 있었다. 여기서 그치지 않고 순전한 거짓말이 점점 더 많이 날조되었다. 그는 대응을 하지 않다가 기자 대여섯 명에게 심정을 토로하기에 이르렀다.

"최선을 다하시오. 당신들의 더러운 거짓 신문보다 버닝 데이라이트가 더 큰일을 했소. 나는 당신들을 비난하지 않소. 그러니까 그렇게 많이는 욕하지 않는다는 말이오. 당신들도 어쩔 수 없겠지. 살기 위해서 그러는 거니까. 세상에는 당신들과 비슷한 방식으로 먹고 사는 여자들이 엄청 많이 있소. 더 나은 일을 할 수 없어서 말이오. 누군가는 더러운 일을 해야 할 테니 당신들도 마찬가지지. 그 대가를 받게 될 거요. 앞으로 더 깨끗한 일로는 절대 못 벌어먹을 거요."

그 도시의 사회주의 언론은 환호를 올리며 엄청난 전단을 뿌려 샌프란시스코 전역에 이 말을 퍼뜨렸다. 저널리스트들은 아주 기민하게 자신들의 유일한 수단인 인쇄기의 잉크를 펑펑 쓰며 응수했다. 공격은 더 가혹해졌다. 더 심한 악의와 가차 없는 공격이 펼쳐졌다. 자살한 가엾은 여인은 무덤에서 끌려나와 데이라이트가 저지른 만행의 순교자이자 희생양으로 수많은 신문 위를 누비고 다녔다. 수치까지 들먹이며 그가 처음에 가난한 광부들에게서 광구터를 약탈하기 시작했고 오피르 거래에서 구겐해머와의 약속을 어기면서 그의 재산이 정점에 달했다고 했다. 그리고 그가 야만인의 문화와 풍습을 가진, 사회의 적이며 사업상 쓸모없는 문제를 일으키고 도시의 상업과 무역을 파괴시키는 무시무시한 무정부주의자라고 한 사설들도 있었다. 어떤 사설은 그 같은 사람들에게는 교수형의 교훈을 주어야 한다고 근엄하게 제안한 뒤 언젠가 그의 큰 차가 사고로 그와 함께 박살나버리면 좋겠다는 간곡한 기원으로 끝을 맺었다.

그는 큰 곰과 같아서 벌침 같은 건 두려워하지 않고 집요하게 앞발로 벌집을 공격했다. 이를 갈며 되받아쳤다. 두 증기선 회사에 대한 공격을 시작으로 도시, 주, 그리고 대륙 연안 전체와의 접전을 펼쳤다. 아주 잘된 일이었다. 그들이 싸움을 원했으니 원하는 대로 되었고 그것이 그가 바라던 바였다. 유콘에서보다 더 큰 도박을 하게 되었으니 클론다이크를 잘 떠났다는 생각이 들었다. 그는 젊은 아일랜드 변호사 래리 히건과 손을 잡았다. 히건은 그에게서 거액 연봉과 상당한 가외 수입을 받고 왔지만, 아직 유명하지 않았고 데이라이트에게 선택받기 전에는 특별히 능력을 인정받은 적이 없었다. 히건은 켈트 족의 상상력과 담력을 지녔는데 특히 상상력이 너무도 분방해서 데이라이트가 냉정한 판단력으로 자제시켜야 할 정도였다. 히건은 법에 대해 나폴레옹처럼 생각했고 균형 감각이 없었다. 바로 그 균형 부분을 데이라이트가 도와주었다. 혼자였다면 실패할 게 뻔했던 그 아일랜드인은 데이라이트가 끌어주자 부와 명성의 탄탄대로에 접어들고 있었다. 게다가 그의 인간관이나 공공심도 딱 나폴레옹 수준이었다.

이 히건이 현대의 정치, 노동조합, 경제법, 회사법의 복잡한 미로에서 데이라이트를 이끌어주었다. 풍부한 자료와 제언을 통해 데이라이트가 꿈에도 생각지 못한 20세기식 전투 가능성을 보여주었다. 데이라이트는 거절하고 수락하고 정교화하며 전투를 계획하고 수행해나갔다. 퓨젓 해협에서부터 파나마까지 태평양 연안, 그리고 샌프란시스코가 미친 듯 들끓었다는 소문이 들리자 그 큰 두 증기선 회사들의 승리가 확실해 보였다. 버닝 데이라이트가 서서히 무릎을 꿇고 있는 양상이었다. 바로 그때 그가 그 증기선 회사들과 샌프란시스코, 태평양 연안 전체를 쳤다.

처음엔 그렇게 세지 않았다. 샌프란시스코에서 독실한 기독교 단체의 집회가 개최되고 있을 때 페리 빌딩에서 수하물 일부의 운반을 맡고 있던 고속버스 운전기사 동맹 927이 소란을 일으키기 시작했다. 몇몇의 머리가 깨지고 수많은 사람들이 체포된 뒤에야 수하물 배달이 재개되었다. 아무도 이 작은 소란의 뒤에 히건이라는 영리한 아일랜드 인이 있고 그의 뒤에 버닝 데이라이트라는 클론다이크의 큰손이 있다는 것을 알지 못했다. 기껏해야 하찮은 사건에 불과했고 모두 그렇게 생각했다. 하지만 전미 트럭기사조합이 전미항만동맹을 등에 업자 전쟁이 시작되었다. 싸움은 점점 더 복잡해져갔다. 요리사와 웨이터들이 비조합원 트럭기사들과 그 고용주들을 위한 요리와 시중을 거부했다. 정육업자들은 부당한 식당에 공급될 고기를 잘라주려고 하지 않았다. 고용자 단체들이 연합하여 단결된 전선을 꾸렸고 그들에 대항하기 위해 샌프란시스코의 4만 노동자가 뭉쳤다. 식당 요리사와 유통 트럭기사들이 파업했고 우유 제조자, 우유 공급 운전자, 닭고기 유통업자가 뒤를 이었다. 건축기술자들이 명확하게 입장을 발표하자 샌프란시스코 전체가 혼란에 휩싸였다.

하지만 그때까지는 아직 샌프란시스코의 문제일 뿐이었다. 히건은 능란하게 음모를 꾸몄고 데이라이트는 계속 전투를 전개해나갔다. 태평양 연안 선원 연맹으로 알려진 강력한 투쟁 단체가 비조합원 항만 노동자나 화물 운반자의 작업을 거부했다. 그 연맹은 최후통첩을 한 뒤 파업을 시작했다. 이것이 바로 데이라이트가 내내 원하던 바였다. 들어오는 연안의 모든 선박에 그 연맹의 간부가 타고 선원들을 해안으로 내보냈다. 그리고 그 연맹의 뒤를 화부, 기관사, 선상 요리사와 웨이터들이 따랐다. 날이 갈수록 쉬고 있는 기선의 수가 늘어났다. 비조합원 선원들을 불러올 수도 없는 노릇이었다. 선원 연맹의 소속원들은 거친 바다에서 단련된 싸움꾼들이었으니 그들이 나선다는 것은 비조합원들의 피와 죽음을 의미했다. 이런 식의 파업이 태평양 연안 전체로 확

산되어 마침내 모든 항구는 휴업중인 배로 가득 찼고 해상 운송은 중단되었다. 이렇게 몇 날 몇 주를 끌며 파업이 이어졌다. 코스트와이즈 증기 선박회사, 하와이-니카라과-태평양-멕시코 기선회사가 완전히 발이 묶었다. 파업에 대처하는 데 임청난 비용이 들었지만 회사들은 전혀 수입이 없었고 나날이 상황은 악화되어 마침내 '어떤 대가를 치르더라도 타협을' 이라는 구호까지 나왔다. 그렇지만 타협은 이루어지지 않았다. 마침내 데이라이트가 손을 써서 이익금을 긁어모은 뒤에야 대륙의 상당 부분의 사업을 재개시켰다.

이후 몇 년이 지나 여러 노동계 지도자들이 직접 주택과 임대 아파트를 지었고 유럽에 다녀왔지만 다른 지도자들과 '다크호스' 들은 더 직접적으로 고위 정치가들과 시 정부와 시 재정의 실력자가 되었다. 사실 샌프란시스코의 이런 상황은 사람들이 상상할 수 있던 것보다 훨씬 더 많이 데이라이트의 광범위한 전투 덕분이었다. 그가 했던 일에 대해 사실상 소문과 억측에 불과한 사항들이 재빨리 퍼져나갔고 그 결과 그는 몹시 비난받는 증오의 대상이 되었다. 데이라이트도 증기선 회사에 대한 자신의 공격이 그렇게까지 커질지 상상도 못했었다.

하지만 그는 원하던 것을 얻었다. 흥미진진한 게임을 해서 이겼고 증기선 회사들을 쓰레기 속에 처박았고 법률적으로 완벽한 방법으로 무자비하게 주주들의 돈을 갈취했다. 그를 도왔던 사람들은 물론 그에게서 거금을 받았고 이후 부정 이득을 취할 수 있는 위치에 오르게 되었다. 흉악한 사람들과 손을 잡자 흉악한 일들이 많이 벌어졌다. 하지만 그는 전혀 가책을 느끼지 않았다. 예전에 들었던 한 늙은 목사의 말을 기억하고 있었다. 칼로 흥한 자 칼로 망한다. 그는 흉악한 일을 하며 기회를 얻었지만 그의 목은 아직 무사했다. 그러면 된 것이다. 그는 이겼다. 그것은 강자들의 도박과 전쟁이었다. 약자들은 끼어들지 못했다. 약자들은 항상 상처를 입었다. 그들이 계속해서 상처를 받는다는 것이 바로 그가 알고 있는 일천한 역사에서 얻은 결론이었다. 샌프란시스코는 전쟁을 원했고 그래서 그는 전쟁을 일으켰다. 그것은 게임이었다. 거물들도 모두 그와 똑같은 짓을 했지만 그들이 훨씬 나빴다.

"나에게 도덕심과 시민으로서의 의무에 대해 말하지 마시오." 그는 한 끈덕진 기자에게 말했다. "만약 내일 당신이 일을 그만두고 다른 신문사에서 일하게 된다면 당신은 명령받은 대로 쓸 거요. 그게 바로 당신들의 도덕심과 시민으로서의 의무요. 다른 신문사에 가면 도적 같은 철도회사를 옹호하는 기사를 쓰겠지. 도덕심과 시민으로서의 의무를 가지고 말이요. 당신 값어치는 주급 30달러지. 당신이 그 값에 팔리는 거요. 하지만 당신 신문은 그보다 약간 더 비싸게 팔려. 오늘 신문값을 내면 그 신문은 현재의 타락한 방침을 또 다른 타락한 방침으로 바꾸어놓을 거요. 하지만 그렇다고 절대 도덕심과 시민의 의무가 달라지는 건 아니야.

그리고 그게 다 매순간 약자들이 태어나고 있기 때문이오. 그대로 내버려두면 점점 더 그런 자들이 많아지지. 그런 자들이 상

225

처를 받았다고 불평하면 주주들과 대사업가들이 입을 틀어막지. 당신은 그들이 사람들을 못살게 굴고 착취할 때 나는 비명소리를 한 번도 들어본 적이 없을 거야. 이제 그들이 비명을 지를 차례요. 그뿐이야. 그 겁생이들 이야기나 해볼까! 바로 그 사람들이 굶고 있는 사람들에게서 빵부스러기를 빼앗고 시체에서 금니를 뽑았어. 그러다 어떤 빌어먹을 시체가 덤비면 죽어라 비명을 지르지. 그들도 다른 사람들처럼 약점이 있거든. 작든 크든 말이야. 제당업 트러스트를 봐. 뉴욕 시의 평범한 강도처럼 수백만의 땅을 훔쳐서 가짜 저울로 정부를 속였어. 도덕심! 공민으로서의 의무! 잊어버려, 그런 것들은."

8

데이라이트가 도시물이 들기는 했지만 더 나아진 것은 아니었다. 옷을 더 잘 입고 좀 더 훌륭한 예절을 익혔고 영어를 더 잘하게 된 것은 사실이었다. 도박사로서, 남을 짓밟는 사람으로서 놀랄 만큼 변했다. 수준 높은 생활에 익숙해져서 치열하고 복잡한 사내들의 싸움판에서 위트의 칼날을 날카롭게 갈았다. 하지만 무감각해졌다. 마음에서 우러나는 따뜻함을 잃어버렸다. 문명의 본질적인 품위 같은 것은 알지 못했다. 그런 것이 존재하는지조차 몰랐다. 그는 냉소적이고 가혹하고 잔인해졌다. 힘의 영향을 받자 다른 사람들처럼 변해버렸다. 착취자들을 의심하고 많은 어리석은 사람들을 경멸했고 믿는 것은 자기 자신뿐이었다. 그렇게 해서 과하게 자신만만하고, 타인에 대해서는 친절한 배려는커녕 단순한 존중조차 하지 않았고, 마침내 자기 자신이라는 신전에 대한 경배밖에는 아무것도 남지 않았다.

이제 신체적으로도 북극에서 온 강철 같은 근육의 소유자도 아니었다. 운동을 제대로 하지 않았고 적당량 이상 식사를 했고 술도 너무 많이 마셨다. 근육이 축 늘어져서 허리띠가 늘어간다고 재봉사가 주의를 줄 정도였다. 확실히 배가 나오고 있었다. 이렇게 몸이 약해진 것은 얼굴에도 드러났다. 여윈 인디언의 얼굴이 도시의 변화를 경험하고 있었다. 높은 광대뼈 아래 살짝 패어 있던 뺨이 이제 메워져 있었다. 눈 아래가 조금 튀어나오기 시작했다. 목둘레가 늘어나 이중턱의 주름이 진해졌다. 혹독한 고생과 노동에서 비롯된 금욕주의의 효과가 사라졌다. 몸은 비대해지고 무거워져서 삶의 오명을 그대로 드러냈고 자기방종, 무자비함, 잔인한 성격을 잘 드러내고 있었다.

심지어 인간적인 교제도 줄어들었다. 같이 일하는 사람들 거의 모두를 무시했고 그들과 공감하지 못했으며 사람들과 아주 동떨어져 혼자서 일을 하고 있어서 누굴 만나게 돼도 서로 공통점을 찾을 수가 없었다. 예를 들어 알타퍼시픽에서도 그랬다. 증기선 회사와의 싸움이 사실상 정점에 있고 그의 공격이 모든 대기업에 계산할 수 없을 만큼의 타격을 주고 있을 때 알타퍼시픽에서 멤버십 중단을 요구받았다. 그 자신도 그렇게 하려고 생각했었다. 그는 리버사이드 같은 클럽에 가입했다. 그 도시의 실력자들로 구성되고 그들에 의해 유지되는 클럽이었다. 그런 부류의 사람들이 더 좋았다. 그들은 단순하고 유치해서 허풍을 떨지 않았다. 진짜 해적들이었다. 얻을 것이 있는 게임에 솔직했고 겉으로는 거칠고 잔인했지만 적어도 그럴싸하게 말만 하거나 세련된 위선으로 위장하지는 않았다. 알타퍼시픽은 그의 탈퇴를 비밀에 부치겠다고 하고서는 언론에 은밀하게 흘렸다. 신문이 탈퇴를 이용해 먹었지만 데이라이트는 씩 웃고 조용히 자신의 길을 갔다. 하지만 몇몇 멤버의 이름을 기억해 나중에 재정적으로 괴롭히기는 했다.

언론의 연합 공격이 몇 달째 누그러들지 않자 데이라이트라는 인물은 갈기갈기 찢겼다. 범죄나 악으로 왜곡된 그의 인생 이야기에 사실이라곤 없었다. 공공연하게 사악한 괴물이 되어버리자 디디 메이슨과 친해지기를 바랐던 실낱같은 희망도 날아가 버렸다. 그녀가 자기 같은 남자를 좋게 볼 이유가 없다고 생각하고 월급을 75달러 올려준 뒤에 점차로 그녀를 잊어갔다. 월급 인상도 모리슨을 통해 그녀에게 알렸다. 나중에 그녀가 데이라이트에게 고맙다는 인사를 했고 그것으로 끝이었다.

어느 주말 도시와 도시가 돌아가는 방식에 진저리가 난 그는 우울하고 지쳐 즉흥적으로 충동에 따르기로 했다. 이 일이 나중에 그의 삶에서 아주 중요한 역할을 하게 된다. 시골 공기나 좀 쐬고 기분전환 삼아 도시를 벗어나고 싶어서였지만 홀스워시가 사기를 쳤던 벽돌공장을 봐야겠다는 구실을 만들어 글렌엘런에 가기로 했다.

그날 밤 작은 시골 호텔에서 묵은 뒤 일요일 아침 글렌엘런의 푸주한에게서 안장이 달린 말을 한 필 빌려 마을을 벗어났다. 벽돌공장은 가까운 소노마 지류 옆의 평원에 있었다. 왼쪽으로 800미터쯤 떨어진 곳에 수목이 우거진 언덕들을 훑어보다가 나무들 사이로 소노마 산의 완만한 경사면에서 가마들을 발견했다. 그 뒤쪽으로 솟아 있는 산도 수목이 울창했다. 언덕 위의 나무들이 그를 향해 손짓을 하는 듯했다.

그는 햇살이 가득한 건조한 초여름 공기에 취했다. 자기도 모르게 숨을 깊이 들이마셨다. 벽돌공장에는 마음이 끌리지 않았다. 사업이라면 아주 진저리가 나 있는데다 나무들이 유혹하고 있었다. 말을 타고 있던 그는 그 말이 꽤 훌륭하다는 생각이 들었다. 오리건 동부에서 지낸 어린 시절 타던 인디언 조랑말이 떠올랐다. 당시 말을 아주 잘 타는 소년이었다. 말이 재갈을 씹는 소리와 안장가죽의 삐걱거리는 소리가 기분 좋게 들렸다.

우선은 좀 놀다가 나중에 벽돌공장을 둘러보기로 하고 고원 위로 말을 타고 가면서 들판 건너편 언덕으로 가는 길이 있는지 살펴보았다. 처음 나온 시골길로 가지 않고 풀밭을 가로질러 천천히 달렸다. 마차가 다니는 길 양편으로 곡식들이 허리까지 자라 있어서 그 정겨운 냄새를 마음껏 들이켰다. 앞에서 종달새들이 날아오르는 것이 보이더니 이내 여기저기에서 아름다운 노랫소리가 들려왔다. 길 모양을 보니 지금은 가동되지 않는 벽돌공장의 운반로로 쓰인 것이 확실했다. 이것도 조사의 과정이라고 스스로를 달래며 점토 채취장으로 말을 몰았다. 중턱에 나 있는 커다란 자국이 그곳이었다. 하지만 오래 머무르지 않고 다시 왼쪽으로 방향을 돌려 그 길을 벗어났다. 농가가 눈에 띄지 않아서 번잡한 도시와 확실히 달라 보였기 때문에 마음이 푸근해졌다. 이제 넓은 숲으로 말을 달려 작은 꽃들이 점점이 피어 있는 늪지를 가로질러 샘에 다다랐다. 엎드려 맑은 물을 한껏 마신 뒤 둘러보니 그곳은 놀랄 만큼 아름다웠다. 대단한 것을 발견한 듯 느껴졌다. 전에는 그렇게 느껴본 적이 없었다는 것을 깨닫자 자신이 많은 것을 잊고 살아왔다는 생각이 들었다. 대형금융거래에 끼어들어 계속 그런 일만 하고 살 수는 없었다. 공기와 풍경과, 멀리서 들려오는 종달새 소리를 빨아들이자 밤새 도박 하다가 답답한 공기를 헤치고 아침의 상쾌함을 맛보는 것처럼 느껴졌다.

그 언덕 아래쪽에는 말뚝이 하나 굴러 떨어져 있었다. 40년은 족히 되어 보였다. 황금시대가 끝났을 때 여길 처음 차지했던 개척자들이 두고 간 것이었다. 이곳은 숲이 아주 울창했지만 작은 덤불은 드물고 나뭇가지들이 둥글게 푸른 하늘을 가리고 있어 말을 탄 채 그 아래로 갈 수 있었다. 그는 이제 3만 평방미터 넓이의 후미진 땅에 있었다. 떡갈나무와 맨자니터 나무와 마드로노 나무가 위풍당당한 삼나무 군락으로 바뀌고 있었다. 경사가 급한 언덕 기슭을 등지고 거대한 삼나무 군락으로 다가갔다. 나무들은 물이 콸콸 흘러나오는 작은 샘 근처에 모여 있는 것처럼 보였다.

말을 세웠다. 그 샘 옆의 야생 캘리포니아 백합을 보았기 때문이었다. 그 아름다운 꽃은 높은 나무들 가운데 자라고 있었다. 곧고 가늘게 뻗은 줄기는 길이가 적어도 2.5미터는 되어 보였고 줄기의 3분의 2 가량은 녹색이었으며 위쪽은 순백색의 창백한

종 모양 꽃이 아주 많이 피어 있었다. 아주 가볍고 연약한 꽃이 한 줄기에 수백 송이씩 우아한 자태로 피어 있었다. 그런 광경을 본 적이 없었다. 천천히 그 꽃을 꼼꼼하게 살펴보고 주위를 둘러보았다. 어쩐지 경외감을 자아내는 신성한 느낌이 들어 모자를 벗었다. 이곳은 달랐다. 업신여김도 사악함도 있을 자리가 없었다. 소중히 여길 깨끗하고 생생하고 아름다운 것들이었다. 마치 교회 같았다. 대기는 성스러운 침묵이었다. 이곳에서라면 사람들은 고귀한 것들을 생각할 것이다. 주변을 둘러보며 그 모든 것을 가슴으로 느꼈다. 형태가 있는 생각은 아니었다. 그저 느껴졌다.

그 샘 위쪽의 가파른 경사면에는 작은 공작고사리들이 자라고 있었고 더 위로 올라가면 더 큰 고비와 고사리가 있었다. 줄기가 이끼로 덮인 거대한 나무들이 여기저기에 쓰러져 있었다. 이것들은 땅에 묻혀 부식토로 변해가고 있었다. 그 뒤로 좀 한산한 터에 야생 포도와 인동덩굴이 늙은 옹이투성이 떡갈나무에 다채로운 녹색으로 매달려 있었다. 회색 더글라스 다람쥐 한 마리가 가지에 살금살금 기어올라 그를 바라보았다. 어디선가 딱따구리의 나무 쪼는 소리가 멀리서 들려왔다. 그 소리는 그곳의 고요함과 경외감을 깨뜨리지 않았다. 오히려 숲의 고요함과 조화를 이루며 고적감을 더해줄 뿐이었다. 샘이 보글보글 솟는 소리와 재빠른 회색나무다람쥐의 움직임은 그곳의 고요와 정적이 어느 정도인지 짐작케 했다.

"어디서든 수백만 킬로미터는 떨어진 곳 같군." 데이라이트는 혼자 중얼거렸다.

그는 솟아나는 샘 옆의 아름다운 백합을 다시 보았다.

말을 줄로 매두고 언덕 사이를 걸어서 돌아다녔다. 언덕 꼭대기에는 1백 년은 돼 보이는 전나무들이 왕관처럼 자라고 있었고 옆쪽은 떡갈나무와 마드로노 나무, 그 지방의 호랑가시나무가 옷처럼 덮여 있었다. 하지만 그 언덕들 사이로 구불구불 나 있는 작지만 깊은 협곡은 삼나무 사이에 있었다. 거기서 말이 지나갈 길을 찾지 못하자 백합이 있는 샘 옆으로 다시 돌아왔다. 말을 끌고 발부리가 걸려 비틀거리면서 가까스로 그 언덕 사면으로 올라갔다. 올라가는 길 내내 발 밑은 양치류가 깔려 있고 머리 위로 나뭇가지가 둥글게 구부러진 숲이 이어져 상쾌함과 향기로움이 슬며시 파고들었다.

산등성이에서 줄기가 벨벳처럼 부드러운 어린 마드로노 나무들이 놀랄 만큼 많이 자라고 있는 곳을 지나니 산허리가 나타났고 그 아래로 작은 계곡이 이어졌다. 그날 처음으로 햇빛이 눈부시게 빛나 잠시 걸음을 멈추고 쉬었다. 여기까지 오느라 숨을 헐떡거리고 있었다. 비탈을 오르는데 이렇게 숨이 가쁘고 쉽게 지친 것은 나이 탓이 아니었다. 작은 시내가 작은 풀밭을 가로질러 작은 계곡으로 흐르고 있었다. 풀밭은 무릎 높이까지 자란 풀들과 푸른색과 흰색이 섞인 네모필라로 뒤덮여 있었다. 산허리에는 나비나리와 야생 히아신스가 가득했다. 말과 함께 그곳을 지나 천천히 조심조심 내려갔다.

그 시내를 건넌 뒤 희미한 가축 발자국을 따라 낮은 바위투성이 언덕을 넘어 포도나무처럼 생긴 맨자니터 숲을 지나자 작은 계곡이 나왔다. 그 아래로 샘이 있었는데 이것은 풀밭 사이의 작은 시내로 흘러들고 있었다. 말이 내는 소리에 산토끼 한 마리가 덤불 속에서 튀어나와 시내를 건너 작은 떡갈나무들이 있는 반대편 산허리로 사라졌다. 데이라이트는 말을 탄 채 풀밭 어귀에서 토끼를 감탄스러운 듯 바라보았다. 그때 여러 갈래의 뿔 달린 수사슴이 나타나 깜짝 놀랐다. 사슴은 풀밭을 가로질러 말뚝을 넘어 날아오르는 것처럼 보이더니 정겨운 작은 관목 사이로 사라졌다.

한없이 기뻤다. 이런 행복을 느껴본 적이 없는 것 같았다. 오래전 나무를 다듬던 일이 떠올랐고 나무 이끼 위에 있는 것들도 흥미로웠다. 모든 것이 신기했다. 겨우살이 식물의 가지가 떡갈나무에 매달려 있었고 숲쥐의 보금자리도 있었고 작은 시내의 소용돌이 속에는 다닥냉이가 자라고 있었다. 나비들은 햇살과 그늘 사이를 날고 있었고 아름다운 푸른빛의 어치들은 작은 숲길을 휙 날아갔다. 굴뚝새처럼 생긴 작은 새들이 덤불 사이를 뛰어다니며 메추라기 꾀는 피리 소리를 내고 있었고 선홍빛 볏이 달린 딱따구리 한 마리가 나무쪼기를 멈추고 머리를 한쪽으로 비뚜름하게 쳐들고 그를 바라보고 있었다. 그 시내를 건너니 숲길이 나왔는데 그곳에는 생긴 지 한 세대는 된 것 같은 희미한 흔적이 나 있었다. 거기서부터는 떡갈나무가 없었다. 2미터쯤 되는 삼나무 꼭대기에 매의 둥지가 부서지는 햇살을 받고 있었다. 그때 반쯤 자란 메추라기 새끼 몇 마리에 말이 놀라 비틀거렸다. 그러자 그 어린 새들이 똑똑거리는 소리를 내며 도망쳤다. 멈춰서서 그 어린 것들이 '질겁하여' 사라지는 모습을 보고 있자니 어른 새의 걱정 어린 울음소리가 들렸다.

"멘로 파크에 있는 전원지나 방갈로보다 낫다." 그는 큰 소리로 말했다. "시골생활이 그리워지면 매번 이곳이 떠오르겠군."

오래된 숲길을 따라가니 개척지가 나왔는데 십수십 평방미터의 붉은 와인빛 대지에 포도나무가 자라고 있었다. 나무와 덤불이 무성한 가축길이 하나 있었다. 언덕을 내려와 남동쪽을 향했다. 이곳에서 숲이 우거진 커다란 협곡 너머로 소노마 계곡이 올려다 보이는 곳에 작은 농가가 보였다. 외양간과 헛간이 딸린 그 집은 산허리의 후미진 곳에 바짝 붙어 있어서 서쪽과 북쪽이 막혀 있었다. 산허리가 침식되어 작고 평평한 채소밭이 생긴 것이라고 생각했다. 토양은 비옥하고 검었는데 여러 개의 물꼭지에서 물이 콸콸 흐르고 있는 것을 보니 물이 풍부한 곳임이 분명했다.

벽돌공장은 아예 잊어버렸다. 집에는 아무도 없었지만 말에서 내려 채소밭을 돌아다니며 딸기와 완두콩을 따먹었다. 오래된 어도비 벽돌 외양간과 녹슨 쟁기와 써레를 살펴보기도 했다. 그다음 담배를 말아 피면서 병아리 몇 마리와 어미 닭들이 우스꽝스러운 짓을 하는 것을 구경했다. 발자국을 따라가니 큰 협곡 벽으로 이어지는 길이 나왔다. 그 길과 평행으로 땅 위에 수도관 대부분이 설치되어 있었다. 강 상류 바닥과 이어져 있는 것이 분명했다. 협곡 벽 높이는 약 1백 미터였고 만년 응달인 그 아래에서 사람 손에 닿지 않고 자란 나무들은 엄청나게 키가 컸

다. 눈대중으로 전나무는 직경이 2미터 정도 되고 삼나무들은
훨씬 더 큰 것 같았다. 길은 작은 댐으로 곧게 이어져 있었으며
그 댐에서 작은 관을 통해 채소밭에 물이 공급되고 있었다. 이
곳에서부터 시내 옆 오리나무와 월계수가 있어서 그는 자기 키
보다 더 큰 양치류 숲을 헤치며 걸었다. 사방에 부드러운 이끼
가 깔려 있었고 거기서 공작고사리와 골드백 양치류가 자라고
있었다.

댐을 빼면 그곳은 처녀지였다. 나무들은 도끼를 모르고 명대
로 살다가 겨울 바람을 받아 죽었다. 죽은 나무의 거대한 줄기는
이끼가 덮인 채 쓰러져 있다가 천천히 다시 흙으로 돌아갔다. 어
떤 나무들은 죽은 지 너무 오래 돼서 거의 다 사라지고 흙 위에
희미한 윤곽만 남아 있었다. 다리처럼 시내를 가로질러 쓰러져
있는 나무들도 있었다. 예닐곱 그루의 어린 나무가 거대한 나무
가 쓰러질 때 깔려 땅바닥을 기며 자라고 있었다. 그것들의 뿌리
는 시내에 닿아 있었고 가지는 숲을 뚫고 새어드는 햇살을 받으
려고 위로 뻗쳐 올라 있었다.

농가로 다시 돌아온 데이라이트는 말을 몰아 더 험한 협곡들
과 가파른 비탈 너머로 향했다. 소노마 산에 올라야 휴일 기분을
만끽할 수 있을 것 같았다. 정상에 오르는 데 세 시간이 걸렸다.
그는 지치고 땀에 절었고 옷은 찢어지고 얼굴과 손은 긁힌 모습
이었지만, 눈은 빛나고 얼굴에는 예사롭지 않은 흥분의 빛이 서
려 있었다. 학교를 빼먹고 놀러나온 아이처럼 은밀한 기쁨이 느
껴졌다. 샌프란시스코라는 큰 도박판이 아주 멀게 느껴졌다. 하

지만 은밀한 기쁨 이상의 것이 있었다. 마치 욕실 청소를 끝냈을 때의 느낌 같았다. 여기에는 도시 생활이라는 더러운 웅덩이를 채우고 있는 욕심, 비열함, 부도덕은 설 자리가 없었다. 그런 문제에 대해 생각하지 않으니 마음이 맑아지고 기분이 좋았다. 하지만 도시에서 썩은 몸과 머리에 스며들고 있는 자연의 강렬한 마력을 전혀 인식하지 못했기 때문에 누군가 기분이 어땠냐고 물으면 그저 즐거웠다고밖에 말할 수 없을 것 같았다. 복잡한 문명의 얄팍한 껍질을 쓰고 있었지만 과거 황무지에서 지독한 경험을 했던 그였기에 그 느낌은 더욱 강렬했다.

소노마 산 정상에는 집이 한 채도 없어서 푸르른 캘리포니아의 하늘 아래 그 혼자였다. 꼭대기의 남쪽 낭떠러지 앞에 말을 세웠다. 울창한 협곡들로 가로질러진 목초지가 발아래 남서쪽으로 굽이치며 경사를 이루어 페타루마 계곡 바닥까지 이어져 있었다. 계곡 바닥은 당구대처럼 평평해서 마분지로 만들어놓은 것처럼 보였고 땅들은 기하학적으로 균형 잡힌 모양이었다. 그곳에는 비옥한 자유 보유지가 경작되고 있었다. 그 서쪽 너머에는 산맥이 솟아 있었고 계곡은 자줏빛 안개를 껴안고 있었다. 마지막 산맥 너머로 태평양의 은빛 광채를 보았다. 말을 돌리니 서북쪽으로 산타로사에서 세인트헬레나까지 보였고 동쪽으로 소노마 건너편에 떡갈나무 덤불로 뒤덮인 산맥이 나파 계곡을 가로막고 있었다. 이곳은 글렌엘런의 작은 마을을 가로지르는 산줄기로, 소노마 계곡의 동쪽 비탈이었다. 산허리를 보니 패인 곳이 있었다. 처음에 광산 터널이라고 생각했지만 그곳이 금 매장 지역이 아니라는 사실이 떠오르자 곧 관심이 없어졌다. 이번에는 남동쪽을 둘러보니 산파블로 만 바다 건너편 멀리 디아블로 산의 쌍둥이 봉우리가 뾰족하게 솟아 있었다. 남쪽으로 태멀파이어스 산이 80킬로미터 정도 떨어진 곳에 있었다. 그곳은 골든게이트로 불어오는 태평양의 바람이 지나는 곳으로, 대도시 샌프란시스코가 하늘을 배경으로 낮은 안개를 만들어내고 있었다.

"이렇게 많은 곳을 한꺼번에 본 적은 없었어." 그는 생각했다.

떠나기가 싫어서 한 시간 정도 머물렀다가 작별을 고하고 산을 내려갔다. 재미 삼아 새로운 길을 찾으며 내려오다보니 늦은 오후가 되어서야 울창한 언덕에 도착했다. 이때 그의 예리한 눈에 그가 하루 종일 본 것과 달리 한 언덕 봉우리에 선명한 녹색 그늘이 들어왔다. 자세히 보니 그것은 사이프러스 나무 세 그루였다. 사람이 심지 않았다면 그곳에 그런 나무들이 있을 리가 없었다. 아이처럼 호기심이 발동해 살펴보기로 했다. 그 언덕은 나무가 너무 빽빽하고 가팔라 걸어서 오르내려야 했고 빽빽한 덤불 사이를 기어서 헤치고 가야 할 때도 있었다. 드디어 그 사이프러스 나무들이 눈앞에 보였다. 주위에 낡은 울타리가 있었다. 그 울타리들은 손으로 나무를 베어 모양을 다듬은 것이 분명했다. 가운데에 두 아이의 무덤이 있었다. 마찬가지로 손으로 만든 나무판자 두 개에 '리틀 데이비드 1855년에 태어나 1859년에 죽다', 그리고 '리틀 릴리 1853년에 태어나 1860년에 죽다'라고 씌어 있었다.

"가엾은 것들." 데이라이트는 중얼거렸다. 무덤은 최근에 손질한 흔적이 있었다. 앞에 시든 야생화 다발이 놓여 있었고 판자의 글씨도 새로 쓴 것이었다. 이것을 보고 데이라이트는 길이 있을 것이라는 생각으로 이리저리 둘러보았다. 마침내 올라온 쪽 반대편에서 내려가는 길을 찾았다. 그 언덕 기슭을 빙 돌아 말을 타고 농가로 향했다. 굴뚝에서 연기가 피어오르고 있었다. 곧 불안해 보이는 호리호리한 젊은이를 만나 이야기를 나누기 시작했다. 그는 그 농장의 소작인으로 혼자서 일하고 있었다. 농장의 크기가 얼마나 되는지 물었더니 7.2평방킬로미터라고 했지만 더 커 보였다. 모양이 고르지 않아서 그렇게 보이는 것이었다. 거기에는 점토 채취장과 작은 언덕들이 모두 포함된 것이었고 그 큰 협곡을 따라 나 있는 경계는 길이 1.5킬로미터가 넘었다.

"보시다시피," 그 젊은이가 말했다. "너무 황량하고 거칠어서 농부들이 여기서 농사를 짓기 시작했을 때 가장자리 좋은 땅부터 사들였죠. 그래서 경계선이 이렇게 들쭉날쭉하죠.

아, 맞다. 그와 아내는 중노동을 하지 않고도 그럭저럭 생계를 유지할 수 있었죠. 소작료를 많이 물 필요가 없었으니까요, 주인인 힐러드는 점토 채취장이 주수입원이거든요. 힐러드는 꽤 잘 살아서 계곡 아래쪽 평원에 큰 목장들과 포도밭이 있었어요. 벽돌공장에 1입방미터당 10센트씩에 흙을 팔았죠. 목장 중에 비옥한 곳은 채소밭이나 포도밭 같은 것으로 개간되었지요. 하지만 나머지 땅은 너무 기복이 심해요."

"당신은 농부가 아니군." 데이라이트가 말했다.

젊은이는 웃으면서 고개를 끄덕였다. "예, 아닙니다. 전보통신원입니다. 아내와 2년 동안 쉬기로 하고 여기 온 겁니다. 이제 거의 2년이 다 됐죠. 포도를 수확하고 나면 이번 가을에 다시 사무실로 돌아갈 겁니다."

그랬다. 적색 포도밭은 4만 5천 평방미터 정도 되었다. 시세는 대체로 좋았다. 그는 먹을 것을 거의 다 길렀다. 만약 그 땅의 주인이었다면 포도밭 위쪽 비탈의 좁은 땅을 개간하여 과수원을 꾸몄을 것이었다. 땅도 좋았다. 목장 도처에 풀밭이 많았고 삼림 개척지도 있었는데 전부 해서 6만 평방미터 정도 됐다. 그곳에서 건초를 많이 길렀다. 그것은 다른 계곡에서 거두어들인 건초보다 1톤당 3에서 5달러 더 비싸게 팔렸다.

그 이야기를 듣고 나니 데이라이트는 이곳에 살고 있는 그 젊은이가 갑자기 부러워졌다.

"도대체 왜 다시 전보통신원이 되려고 하는 거요?" 그가 물었다.

젊은이는 생각에 잠긴 듯 미소를 지었다. "왜냐하면 여기서는 성공할 수 없으니까요." (그는 잠시 머뭇거리더니) "거기서 수입이 좀 더 많아섭니다. 아무리 싸다고 해도 소작료도 무시할 수 없는 거고요. 게다가 전 농사일을 제대로 할 만큼 몸도 튼튼하지 않아요. 제가 땅주인이거나 당신처럼 아주 건장했다면 더 이상 바랄 게 없었을 겁니다. 제 아내도 마찬가지죠." 의미심장한 미소가 다시 그의 얼굴에 스쳤다. "아시다시피 우리 같은 시골 출신들은 도시에서 몇 년 고생하고 나면 시골이 제일이라는 생각을 하게 되지요. 하지만 출세할 계획을 세웠으니 나중에 언젠가 땅을 한 뙈기 사서 살 거예요."

아이들의 무덤은 어떻게 된 걸까? 그랬다. 그가 글씨를 손보고 잡초도 베어주었다. 일종의 관습이 된 일이었다. 그 목장에 사는 사람들은 모두 그렇게 했다. 예전에는 아이들의 부모가 매년 여름 무덤을 찾아왔었다. 하지만 부모들이 오지 않자 늙은 힐러드가 그 일을 시작했다. 그럼 계곡의 흔적은 무엇일까? 오래된 광산이었다. 수지가 맞지 않았다. 수년 동안 어쩌다 한 번씩 채광 작업이 있었다. 징조가 좋았기 때문이었다. 하지만 그것은 오래전의 일이었다. 훌륭한 시굴갱들이 보존되어 있었고 30년 전 약간의 붐이 일어난 적이 있었지만 그 계곡에서 수지가 맞는 광산이 개발된 적은 없었다.

허약해 보이는 젊은 여인이 문으로 다가와 식사를 하라고 했다. 도시 생활이 잘 맞지 않을 것 같은 인상이었다. 그리고 그녀의 얼굴에 살짝 그을린 건강한 홍조를 보니 시골생활이 더 나은 듯했다. 그는 저녁식사를 사양하고 안장에 느슨하게 무릎을 구부리고 앉아 흘러간 노래를 가만히 흥얼거리며 글렌엘런으로 말을 몰았다. 여기저기 맨자니터 덤불이 있고 빈터가 보이는 구불구불하고 거친 길을 따라 내려갔다. 메추라기 울음소리를 마음껏 들었다. 작은 줄다람쥐 한 마리가 찍찍거리며 푸석푸석한 모래톱으로 도망가다가 미끄러져 넘어졌다가 계속 찍찍거리며 말의 코앞을 잽싸게 지나가 보금자리가 있는 떡갈나무를 타고 올라갔다. 그는 그 모습을 보고 정말로 즐거워 웃음을 터뜨렸다.

데이라이트는 왕래가 많지 않은 지름길로 들판을 건너 글렌 엘런까지 가려고 했다. 하지만 협곡의 길이 너무 좁아서 편한 가축 이동로로 갔다. 가다보니 작은 나무 집이 보였다. 문과 창문이 모두 열려 있었고 고양이 한 마리가 문간에서 새끼들을 돌보고 있었다. 집에는 아무도 없는 것 같았다. 그는 협곡을 건너 나 있는 것 같은 길로 내려갔다. 조금 내려가다보니 황혼 속에서 한 노인이 올라오고 있었다. 손에는 거품이 인 우유 한 통이 들려 있었다. 모자를 쓰지 않아서 백발과 수염이 덥수룩한 얼굴은 불그스레하게 달아올라 있었고 만족감으로 가득 차 있었다. 데이라이트는 그렇게 만족스러운 얼굴을 본 적이 없었다.

"노인장, 연세가 어떻게 되시오?" 그가 물었다.

"여든넷이오." 그가 대답했다. "여든넷인데 아주 튼튼하지."

"몸을 아주 잘 돌보셨나보군요." 데이라이트가 말했다.

"그런 건 잘 모르오. 하지만 절대 빈둥대며 놀지 않아. 1851년에는 소떼를 몰고 건강한 인디언들과 함께 대초원을 걸어서 건넜어. 그땐 일곱 아이와 함께 살았지. 그때 지금 자네 나이보다 더 들었을걸."

"여기 사시는 게 외롭지 않으시오?"

그 노인은 우유통을 옮겨 들며 생각했다. "형편따라 다 다른 거지." 그는 엄숙하게 말했다. "늙은 아내가 죽었을 때 이외엔 외로웠던 적이 없어. 많은 사람들 속에 있어도 외롭다고 하잖소. 나도 그랬지. 외로운 때는 샌프란시스코에 갔을 때밖에 없었어. 하지만 다행히 죽을 때가 거의 다 됐으니 이젠 안 가. 그래서 참 좋아. 1854년부터 이 계곡, 바로 여기서 살았어. 스페인 놈들 말고는 첫번째로 정착했지."

데이라이트는 말을 몰기 시작하며 말했다.

"그럼, 안녕히 계시오, 노인장. 열심히 사시오. 어르신은 젊은 사람들처럼 혈색이 좋으시니 젊은이들보다 더 오래 사실 거 같소."

노인은 킬킬거리며 웃고 있었고 데이라이트는 계속 말을 몰았다. 그 자신도 온 세상도 모두 아주 평화로웠다. 유콘에서 알던 길과 캠프에서 느꼈던 만족감이 되살아 나는 듯했다. 황혼 속에서 길을 오르는 늙은 개척자의 모습에서 눈을 떼지 못했다. 그 노인은 앞으로 몇 년은 더 살 것 같았다. 그 노인처럼 살고 싶다는 생각이 들었지만 샌프란시스코의 큰 게임 생각이 가로막았다.

"그래, 어쨌든. 늙어서 게임을 그만두면 이런 곳에서 살고 싶어. 그땐 도시 따위는 지옥에나 가라지."

9

데이라이트는 월요일인데도 돌아가지 않고 푸주한의 집을 빌려
하루 더 묵으면서 계곡을 건너 동쪽 언덕까지 가서 광산을 살펴
보기로 했다. 전날 본 것보다 더 건조하고 바위가 많았고 오르막
은 키 작은 떡갈나무 덤불이 빽빽해서 말을 타고 갈 수 없었다.
하지만 협곡에는 물이 풍부해서 숲이 울창했다. 폐광이었지만
반시간 가량 이리저리 둘러보며 즐겁게 구경했다. 알래스카에
오기 전 석영광산에 있었던 터라 광산이 생각나서 좋았다. 여기
서 어떤 일이 있었을지 뻔했다. 시굴 성과가 좋아서 산허리에 구
멍을 뚫었다. 석 달 동안 작업하자 돈이 떨어졌다. 사람들은 떠
나 다른 일을 찾았다. 그 뒤 점점 줄어들지만 뿌리칠 수 없는
'돈' 때문에 산으로 돌아와 얼마간 일했다. 몇 년 희망을 품고

일하던 사람들은 마침내 포기하고 가버린 것이다. 데이라이트는 갱이었던 곳의 컴컴한 입구에서 말을 돌려 협곡을 건너다 보며 그들은 지금은 다 죽었을 것이라고 생각했다.

전날처럼 재미 삼아 가축 이동로를 따라 꼭대기 쪽으로 향했다. 오르막에서 화찻길을 발견해 한참을 따라갔더니 산으로 둘러싸인 작은 계곡이 나왔다. 그곳 비탈에는 초라한 일꾼 대여섯 명이 포도를 키우고 있었다. 그 너미의 길은 경사가 급했다. 비탈에는 떡갈나무 덤불이 빽빽하게 덮여 있었지만 협곡 골짜기에는 거대한 전나무, 야생 귀리와 꽃이 자라고 있었다.

반시간 뒤, 꼭대기 아래 숨어 있는 개간지를 발견했다. 토양이 좋은 경사지의 삐뚤삐뚤한 땅에서 포도가 자라고 있었다. 힘들게 일군 곳이 분명했지만 자연이 승리한 흔적이 역력했다. 떡갈나무 덤불이 침범해 들어왔고, 포도밭은 가지치기도 안 되어 있고, 풀이 무성하게 자라 있었다. 그리고 도처에 오래된 울타리들이 힘들게 버티고 있었다. 이곳에 커다란 딴채들로 둘러싸여 있는 작은 농가가 한 채 있었다. 길은 여기서 끝이었다. 뒤쪽의 떡갈나무 덤불에 길이 막힌 것이었다.

헛간 앞마당에서 늙은 여자 한 명이 퇴비를 뒤적이고 있는 것을 보고 울타리 옆에서 말을 세웠다.

"안녕하시오." 그는 인사를 했다. "주변에 일할 남자는 없는 모양입니다."

그녀는 건초용 갈퀴에 기대 서서 허리께에서 치마를 비틀어 잡고는 기분 좋게 그를 바라보았다. 그녀는 지저분한 옷에, 손은 고된 일로 거칠고 마디가 굵고 굳은살이 박혀 있어서 남자손 같았으며 맨발로 커다란 남자 신발을 신고 있었다.

"남자라곤 없지." 그녀는 대답했다. "그런데 자넨 어디서 오시는 건가, 이렇게 먼 곳까지? 잠깐 쉬면서 포도주라도 한 잔 할 텐가?"

그녀는 남자 인부들처럼 거칠고 빠른 걸음으로 가장 큰 건물로 안내했다. 그곳에는 수동압착기를 비롯해 포도주를 만드는 데 필요한 도구들이 다 있었다. 길이 너무 멀고 험해서 계곡에 있는 양조장까지 포도를 나를 수 없어서 자기들이 직접 포도주를 만들어 먹는다고 했다. '자기들'은 그녀와 그녀의 딸을 말하는 것이었고 딸은 마흔이 넘은 과부라고 했다. 손자가 미개인들과 싸우러 필리핀에 가기 전에는 일하기가 더 쉬웠다고 했다. 손자는 그곳에서 전사한 것이었다.

데이라이트는 질 좋은 백포도주를 큰 잔에 한 잔 가득 마시며 얼마 동안 이야기를 나눈 뒤 한 잔 더 받았다. 그랬다. 그들은 굶어죽지만 않을 정도로 살아가고 있었다. 그녀는 남편과 함께 1857년 이 국유지에 정착해 땅을 일구어 농사를 지었다. 남편이 죽은 뒤로는 그녀가 꾸려가고 있었다. 일은 힘들고 대가는 적었지만 달리 할 수 있는 일이 없었다. 와인 트러스트가 생기자 와인은 불경기였다. 그 백포도주? 갤런(약 40리터)당 22센트에 기차를 타고 계곡까지 배달했다. 왕복 하루가 걸리는 먼 길이었다. 딸은 짐을 실으러 나가고 없었다.

데이라이트는 호텔에서 맛이 별로인 백포도주를 1쿼트(1/4갤런)에 1달러 50센트에서 2달러까지 받는다는 것을 알고 있었다. 하지만 그녀의 포도주는 1갤런에 22센트였다. 그것은 게임이었다. 그녀도 그녀의 조상들도 비천한 약자였다. 대초원으로 황소를 몰고 처녀지를 일구고 하루 종일 힘들게 일하고 세금을 내고 포도주를 22센트에 팔게 해주는 국가를 위해 아들들과 손자들을 전쟁터에 보내 죽게 했다. 데이라이트는 세인트프랜시스 호텔에서 똑같은 와인을 1/4갤런에 2달러, 즉 1갤런에 8달러에 사 마셨다. 그랬다.

산악 개척지에 있는 그녀의 수동 압착기와 호텔에서 그가 시킨 포도주 사이에는 7달러 78센트의 차액이 있었다. 그와 그녀 사이에 있는 말쑥한 도시 사람들이 그 돈을 가져갔다. 그리고 그들 외에도 몫을 챙겨간 패거리들이 있었다. 그 패거리들이 철도사업, 대형금융거래, 은행업, 도매업, 부동산업 같은 이름으로 불렸지만 중요한 것은 그것이 아니라 그녀가 그들이 가져가고 남은 22센트를 번다는 사실이었다. 세상에, 이런 약자들이 매순간 태어나고 있었다. 한숨이 나왔다. 누구 탓도 아니었다. 전부 게임이니 극소수만 이기는 것은 당연했다. 하지만 약자들에게는 너무 가혹한 일이었다.

"연세가 어떻게 되시오?" 그가 물었다.

"내년 1월이면 일흔아홉이 되지."

"일하시기 힘들어 보이는데요."

"일곱 살 때부터 어른이 될 때까지 미시간 주에서 살았다오. 그다음에 결혼을 했고. 일이 점점 힘겨워지기는 해."

"언제 그만두실 겁니까?"

그녀는 별 우스운 질문을 다 받아본다는 듯 그를 쳐다보더니 대답을 하지 않았다.

"신을 믿으시오?"

그녀는 고개를 끄덕였다.

"그러면 다 돌려받으실 겁니다." 그녀를 안심시켜주고 싶었다. 하지만 마음 깊은 곳에서는 신을 의심하고 있었다. 약자들을 그렇게 많이 태어나게 하고 그들이 요람에서 무덤까지 착취당하게 하는 도박 게임을 그대로 내버려 두는 신 말이다.

"저런 백포도주를 얼마나 가지고 계시오?"

그녀는 포도주 통들을 재빨리 훑어보며 계산했다. "800갤런이 좀 안 되는군."

그는 저것들로 무엇을 할지 누구에게 주어야 할지 생각해보았다.

"갤런당 1달러를 받으면 어떠시겠소?" 그가 물었다.

"놀래서 죽지."

"아뇨. 진지하게 말이죠."

"의치를 좀 하고 지붕에 널을 이고 새 수레를 사지. 수렛길이 너무 험하거든."

"그다음엔요?"

"내 관을 사야지."

"그럼, 이제 그것들 모두 다 사신 겁니다, 관이랑 모두요."

그녀는 믿지 않는 것 같았다.

"정말입니다. 여기 계약금 50입니다. 영수증은 필요 없어요. 부자들만 조심하시면 돼요. 그런 사람들은 기억력이 아주 나쁘니까요. 안 그렇소? 여기 제 주소가 있소이다. 철도로 배달해주시오. 그럼 이제 나가는 길을 알려주시오. 꼭대기에 올라가보고 싶소."

그는 떡갈나무 수풀을 지나 희미한 가축 발자국을 따라갔다. 천천히 길을 가니 갈림길이 나왔다. 아래로 나파 계곡을 내려다보고 되돌아 나와 소노마 산으로 갔다. "멋진 곳이야." 그는 중얼거렸다. "대단히 멋진 곳이야."

오른쪽으로 빙 돌아 가축들이 다니는 길을 따라 내려와서 소노마 계곡으로 돌아가는 다른 길을 찾아보았다. 하지만 가축의 흔적을 찾을 수 없었고 떡갈나무들만 엄청나게 빽빽해지고 있었다. 거기를 다 지나갔는데 협곡과 길의 경사가 너무 급해 말이 못 가자 다시 돌아나왔다. 하지만 전혀 화가 나지 않았다. 이 모든 일이 즐겁기만 했다. 어려움을 뚫고 나아가는 예전의 게임을 다시 하는 듯했기 때문이다. 오후 늦게 마른 협곡으로 내려가는 길을 찾았다. 바로 직전 사냥개 짖는 소리가 들렸고 커다란 수사슴이 헐벗은 위쪽 언덕을 가로질러 펄쩍 뛰어올랐다. 얼마 뒤 커다란 사슴사냥개가 뒤따르는 것이 보였다. 희열이 느껴졌다. 데이라이트는 안장에 바싹 붙어 앉아 그것들이 사라질 때까지 지켜보았다. 마치 자신이 그것들을 추격하고 있는 듯 숨이 살짝 가빠오고 콧구멍이 벌름거렸다. 도시로 오기 전 사냥을 했던 기억과 그리움이 뼛속 깊이 느껴졌다.

마른 협곡 옆에는 물이 가늘게 흐르고 있었다. 길은 숲길로 이어졌고 그 숲길은 작은 평지를 지나 약간 단단한 시골길과 만났다. 이 부근에는 농장도 농가도 없었다. 흙은 메말라 있었고 기반암이 드러나 있기도 했다. 하지만 길 양편은 맨자니터 나무와 작은 떡갈나무들이 잘 자라서 빽빽하게 벽을 이루고 있었다. 그런데 이 벽을 뚫고 한 남자가 토끼처럼 허둥지둥 달려오는 것이 보였다.

체구가 작은 그 남자는 누더기로 기운 작업복을 입고 있었다. 모자를 쓰지 않고 면 셔츠를 가슴까지 열어젖히고 있었다. 얼굴은 햇빛에 그을려 적갈색이었고 모래빛깔 머리카락은 끝이 바래 있었다. 그는 데이라이트에게 멈추라는 듯 편지 한 통을 치켜들었다.

"마을로 내려가시는 거면 이 편지 좀 부쳐주시면 고맙겠소."

"그럽시다." 데이라이트가 편지를 코트 주머니에 넣었다.

"이 근처에 사시오?"

하지만 그 작은 남자는 대답하지 않은 채 놀란 눈으로 계속 데이라이트를 바라보고 있었다.

"댁이 누군지 압니다." 그 작은 남자가 소리쳤다. "일럼 하니시, 신문에선 데이라이트라고 불렀죠. 맞죠?"

데이라이트가 고개를 끄덕였다.

"그런데 대체 이 떡갈나무 숲에서 무엇을 하고 계신 거요?"

데이라이트는 싱긋 웃으며 대답했다. "공짜 편지 배달 사업을 하는 중이오."

"그 편지를 오늘 오후에 다 써서 다행이군요." 그 작은 사람이 말을 이었다. "안 그랬으면 당신을 못 볼 뻔했어요. 신문에서 댁의 얼굴을 아주 많이 봤소. 얼굴을 잘 기억하는 편이기도 하고. 단번에 알아봤소. 난 퍼거슨이오."

"이 근처에 사시오?" 데이라이트는 다시 물었다.

"아. 예, 그래요. 여기서 90여 미터쯤 떨어진 관목 숲에 작은 오두막집이 있소. 작은 샘과 과일나무와 다른 나무들도 좀 있소. 보여드리리다. 샘이 아주 멋지다오. 그렇게 맛있는 물은 못 먹어봤을 거요. 어서 갑시다."

그 발 빠른 남자를 따라 말을 끌고 초록색 터널을 걸어서 지나니 갑자기 개간지, 그곳을 개간지라고 부를 수 있을지 모르겠지만, 여하튼 개간지 같은 땅이 나타났다. 그곳에는 자연과 인간의 흔적이 뒤섞여 있었다. 언덕 사이의 후미진 곳이었다. 협곡어귀 가파른 절벽으로 둘러싸여 있었다. 낡고 색이 칠해지지 않은 오두막 한 채가 떡갈나무 아래 거의 파묻혀 있었다. 널찍한 베란다에는 의자와 해먹이 놓여 있었다. 야외 침대인 모양이었다. 데이라이트는 샅샅이 살펴보았다. 개간지는 비옥한 땅 몇 뙈기를 끼고 있었고 과일나무와 채소에 물이 대어져 있었다. 밭마다 작은 수로가 있었는데 물이 흐르고 있는 것도 있었다.

퍼거슨은 손님이 마음에 들어하는지 궁금해서 표정을 살폈다. "어떻소?"

"모두 손수 기르고 다듬었군요. 운 좋은 나무들이네." 데이라이트는 웃었다. 그의 눈에 기쁨과 만족감이 내비치자 작은 남자는 흡족해했다.

"내 자식들처럼 이 나무들을 잘 알지요. 내가 심고 보살피고 물 주고 키웠소. 이쪽으로 와서 샘을 보시오."

"증말 대단하군요." 데이라이트는 샘을 살펴보고 물맛을 본 뒤 오두막으로 돌아오며 말했다.

오두막 내부는 놀라웠다. 기우뚱한 작은 주방에는 요리가 되고 있었고 오두막 전체가 커다란 거실처럼 꾸며져 있었다. 가운데 놓인 커다란 탁자 위에는 책과 잡지들이 많이 널려 있었다. 사방 벽이 바닥에서 천장까지 거의 전부 책꽂이였다. 한꺼번에 이렇게 많은 책이 꽂혀 있는 것은 처음 보는 것 같았다. 소나무 바닥에는 들고양이, 너구리, 사슴 가죽이 깔려 있었다.

"직접 잡아서 말렸지요." 퍼거슨은 자랑스럽게 말했다.

그 방 최고의 물건은 거친 돌과 표석들로 만든 거대한 난로였다.

"내가 만들었소." 퍼거슨은 말했다. "연기가 잘 빠져요. 관에 연기 한 줄기도 안 남죠. 대단한 남동풍이 불 때도 말이오."

데이라이트는 어쩐지 그 작은 남자에게 끌려 궁금증이 일었다. 왜 이 떡갈나무 숲에 숨어 살까? 책은 왜 이렇게 많지? 아무리 봐도 똑똑한 사람 같은데 도대체 왜 이렇게 사는 것일까? 탐험이라도 하듯 궁금해져 저녁식사를 함께 하기로 했다. 저녁은 생과일과 열매 같은 것으로, 건강에 좋은 음식을 먹는 그 집 주인에겐 늘 준비된 것들이었다. 밥과 (퍼거슨이 잡은) 산토끼 커리를 먹으면서 이야기를 나누다보니 작은 남자는 음식에는 전혀 욕심이 없는 것 같았다. 데이라이트는 좋아하는 것을 다 먹었다. 비위가 상했던 경험이 있는 것만 빼고 전부 먹었다.

그런 뒤 데이라이트는 그 지역을 보고 느낀 점을 간단히 말했다. 별 이야기를 다 했지만 궁금했던 것은 전혀 알아낼 수가 없었다. 그래서 설거지를 하고 상을 치운 뒤 편하게 담배를 피우게 되자 질문을 시작했다.

"이보시오, 퍼거슨. 같이 있는 내내 당신에게 무슨 일이 있었는지 무슨 문제가 있는지 이리저리 궁리했지만 전혀 모르겠소. 도대체 여기서 뭐하고 있는 거요? 왜 이곳에 왔소? 여기 오기 전엔 무슨 일을 했소? 얘기 좀 해보시오."

그 질문에 퍼거슨은 대놓고 기쁜 기색을 보였다.

"우선," 그가 말을 시작했다. "의사들이 가망이 없다고 나를 포기했었소. 잘해야 몇 달이 남았댔소. 요양소에서 지내고 유럽에 갔다가 하와이에 갔다 온 뒤였지. 전기치료를 시도했고 식이요법과 단식을 하라더군요."

"나는 배울 만큼 배운 사람이오. 몸이 점점 나빠져 치료비 때문에 점점 가난해졌소. 문제는 두 가지였소. 태어날 때부터 약골인데다 몸에 무리가 가게 살았소. 일을 너무 많이 했고 긴장감과 책임감에 짓눌렸소. 《타임트리뷴》의 편집자였다오."

데이라이트는 속으로 몹시 놀랐다. 《타임트리뷴》이라면 예나 지금이나 샌프란시스코에서 가장 크고 영향력 있는 신문이었다.

"나는 그런 과로를 견딜 만큼 강하지 않았소. 몸이 나한테 앙갚음을 한 거지. 정신도 마찬가지고. 몸이 위스키를 견뎌내야 했는데 그러질 못했지. 클럽과 호텔을 전전하는 것도 위장과 몸에 나쁘고 위스키도 그렇지요. 그래서 병이 들었소. 아주 나쁘게 살았지요."

그는 어깨를 으쓱하더니 파이프를 피웠다.

"의사들은 나를 포기했고 나는 내 일을 포기하고 의사들에게 기대를 하지 않았소. 그게 15년 전이오. 대학시절 방학 때 여기서 사냥을 하곤 했는데 몸이 아주 엉망으로 망가지자 시골로 돌아가고 싶은 갈망이 생겨났소. 그래서 일을 전부 접고 이 달의 계곡에서 살게 됐소. 아, 달의 계곡이란 소노마 계곡의 인디언식 이름이오. 첫해에는 쓰러져가는 집에서 살았고 그다음에 오두막을 짓고 책을 사들였지. 예전엔 행복이 뭔지, 건강한 게 어떤 건지 전혀 몰랐소. 지금의 나를 보시오. 내가 마흔일곱이라면 믿겠소?"

"잘 해야 마흔쯤 돼 보이는군요." 데이라이트가 대답했다.

"하지만 여기 처음 왔을 땐 거의 예순 살 같았소. 그게 15년 전 얘기요."

이야기를 듣고 나니 세상이 달리 보였다. 여기 있는 이 사내는 냉소적이지도 적의에 차 있지도 않았고 오히려 도시에 사는 사람들을 비웃으며 미쳤다고 했다. 돈에 연연하지도 않고 권력에 대한 욕망은 사라진 지 오래였다. 도시 사람들과의 우정에 대해서는 딱 잘라 이렇게 말했다.

"그자들이 어떻게 했겠소? 내가 알던 놈들 말이오. 클럽에서 나랑 찰싹 붙어서 얼마나 오래 같이 지냈는지 아시오? 하지만 난 그들에게 아무것도 아니었소. 내가 거기서 나왔을 때 아무도 '어떻게 지내시오? 뭐 해드릴 일이 없소?' 라고 편지 한 줄, 말 한마디 하는 놈이 없었소. 몇 주가 지나니 '퍼거슨은 어떻게 된 거야?' 라고 했답디다. 그런 뒤에 나란 사람은 옛일이고 기억 속의 사람이 되어버렸지. 모두 내가 가진 거라곤 월급밖에 없고 그걸로 겨우 한 달을 산다는 것을 알고 있었는데도 말이오."

"그런데 지금은 어떻게 사시오?" 데이라이트가 물었다. "옷과 잡지를 사려면 돈이 들 거 아닙니까?"

"일주일이나 한 달씩 어쩌다 일이 생기지요. 겨울에는 밭을 갈고 가을에는 포도를 따고 여름에는 농삿일이 많소. 돈이 많이 필요 없으니 일을 많이 할 필요도 없다오. 거의 하루 종일 어슬렁거리며 지낸다오. 잡지와 신문에 잡문을 쓰기도 하지. 하지만 밭 갈고 포도 따는 게 더 좋소. 날 보면 그 이유를 알 거야. 몸이 바위처럼 단단하잖소. 일하는 게 즐거워. 누구든 이 일에 익숙해질 수 있소. 하루 종일 포도를 따고 망가진 몸이 아니라 행복한 피로감을 안고 집에 돌아오는 느낌을 알게 되면 말이오. 저 화로, 좀 전에 말한 큰 돌 화로 말이오. 나는 나약하고, 용기라곤 토끼만큼도 없고 체력은 토끼의 1퍼센트밖에 없는, 빈혈증 걸린 왜소한 알코올 중독자였소. 그러니 저 큰 돌들 때문에 등이 거의 끊어지고 심장이 터질 뻔했지. 하지만 이겨냈소. 자연의 섭리대로 몸을 썼지. 책상에 엎어져 있거나 위스키를 벌컥벌컥 마시는 것 말고 말이오. 그래서 지금 여기 건강한 나, 저기는 아주 멋지고 훌륭한 화로가 있게 됐소."

"자, 그럼 이제 클론다이크 애길 해주시게. 당신이 어떻게 최후의 일격을 날려 샌프란시스코를 뒤집어놓았는지도. 당신은 뛰어난 싸움꾼이오. 난 감동받았지요. 하지만 내 냉정한 이성은 당신도 다른 사람들처럼 제정신이 아니라는군. 권력에의 갈망! 엄청난 고통의 원인이지. 클론다이크에 있지 그랬소? 아니면 빈털터리로 자연 그대로의 삶을 살든지. 예를 들면 나처럼 말이지. 나도 물어봐도 되지? 이제 이야기 좀 해보시게."

열 시가 되어서야 데이라이트는 일어섰다. 별빛을 받으며 말을 몰면서 그 계곡 반대편의 목장을 사야겠다고 생각했다. 그곳에 계속 살고 싶은 생각은 없었다. 게임은 샌프란시스코에 있었으니까. 하지만 그 목장이 마음에 들었다. 사무실에 돌아가자마자 힐러드와 흥정을 할 작정이었다. 게다가 그 목장에 점토 채취장도 포함되어 있으니 홀스워시가 앞으로 장난질을 하면 그가 칼자루를 쥘 수 있을 것이었다.

10

시간이 흘렀지만 데이라이트는 계속 게임을 하고 있었다. 하지만 게임은 새로운 국면에 접어들어 있었다. 단순한 도박과 승리에 대한 욕구가 복수를 위한 힘에 대한 욕구로 변하고 있었다. 샌프란시스코에는 그가 혼내주고 싶은 사람들이 많아서 때로는 쉽게 실천에 옮길 수가 있었다. 그는 자비를 구하지도 않았고 자비를 베풀지도 않았다. 사람들은 그를 두려워하고 증오했으니 그를 좋아하는 사람은 아무도 없었다. 하지만 단 한 사람, 그의 변호사 래리 히건은 그를 위해 목숨까지 바칠 수 있었다. 데이라이트가 그와 정말로 가깝기는 했지만 가장 친한 것은 리버사이드 클럽을 쥐락펴락하는 거물들의 거칠고 파렴치한 추종자들이었다.

한편 데이라이트에 대한 샌프란시스코의 태도도 변했다. 대체로 인정받고 있는 재계의 도박사들에게 그는 인정사정 없이 해적질을 하는 위험한 인물이었다. 하지만 너무 위험해서 오히려 그를 막을 수 없었다. 잠자는 사자는 건드리지 않는 것이 상책임을 잘 알고 있었다. 많은 사람들이 데이라이트라는 곰이 커다란 발을 꿀통으로 뻗치면 자신들이 위험해진다는 것을 잘 알고 있었기에 오히려 그를 달래거나 비위를 맞추려고 했다. 알타 퍼시픽이 복권(復權)을 제안하며 은밀하게 접근했지만 그는 그 자리에서 거절했다. 그는 그 클럽 사람들을 많이 찾아두었다가 기회가 될 때마다 접근해서 그들을 짓밟아주었다. 신문들조차 한두 개 신문이 협박을 했던 것을 제외하면 이제 그를 매도하지 않았고 정중한 태도를 보였다. 간단히 말해 사람들은 그를 북극 황무지에서 온 뻔뻔한 회색곰이라고 생각했다. 그런 곰에게는 길을 비켜주는 것이 상책이었다. 증기선 회사들을 공격할 당시 사람들은 그를 걱정했지만 그는 잘 해냈고 그 회사들은 샌프란시스코 사상 가장 치열한 접전지에서 호되게 당했다. 태평양 연안 선원연맹 파업과 시 정부가 노동계 거물과 부정이득 취득자들에게 넘어갔던 기억은 오래 남았다. 찰스 클린크너와 캘리포니아 앤드 앨터몬트 신탁회사의 몰락은 하나의 경고였다. 하지만 그것은 개별적인 사안이었다. 그래서 그들은 자신들의 힘과 수의 우세를 확신했었다. 제대로 상황을 파악하기 전까지는 말이다.

데이라이트는 아직도 대담하게 투기하고 있었다. 예를 들면

러일전쟁이 터지기 직전 선박 도박사들의 경험과 힘에 맞서 싸우다가 사실상 용선 사업을 독점하게 되었다. 7대양(남북 태평양, 남북 대서양, 인도양, 남북 빙양을 일컬음—옮긴이)에 그와 정기 용선 계약을 맺지 않은 선박은 한 척도 없었다. 그의 태도는 대체로 이랬다. '날 찾아올 수밖에 없을걸.' 그래서 그들이 오면 그들은 혜택을 받기 위해 기꺼이 '바가지를 써야 했다.' 그의 모험적 사업과 싸움에는 이제 단 하나의 동기밖에 없었다. 히건에게 말했듯이 언젠가 충분한 자금이 모이면 뉴욕으로 돌아가 다우셋, 레튼, 구겐해머의 코를 납작하게 해주는 것이었다. 자신이 얼마나 다방면에 걸쳐 능력이 있는 사람인지, 그리고 그런 자신을 무시한 것이 얼마나 큰 실수인지 그들에게 똑똑히 보여줄 것이었다. 하지만 결코 판단력을 잃지는 않았기에 아직 그 세 명과 목숨 걸고 싸울 만큼 강하지 않다는 것을 잘 알고 있었다. 그래서 그들에 대한 징벌은 훗날 적당한 때를 위해 미루어두었다.

디디 메이슨은 아직 그의 사무실에 있었다. 이제 그녀에게 말을 걸거나 책이나 문법 이야기도 나누지 않았다. 그녀에게 적극적인 관심을 보이지 않았다. 그녀는 즐거운 추억이 되었다. 그의 천성이 막는 바람에 경험도 못 하고 생기지도 않은 즐거운 추억 말이다. 하지만 관심이 줄어든 뒤 계속 싸움에 몰두하면서도 빛을 받은 그녀의 머리색이 어떻게 변하는지, 어떨 때 어떤 버릇이 나오는지, 정장을 할 때 몸매가 어떻게 보이는지 모두 알고 있었다. 예닐곱 달 간격으로 수차례 월급을 올려주어서 그녀는 이제 90달러를 받고 있었다. 그 이상은 차마 올려줄 수가 없어서 대신 더 편하게 일할 수 있게 해주는 쪽을 택했다. 그녀가 휴가에서 돌아올 때를 맞추어 일을 도울 조수를 채용한 것이다. 또 사무실을 개편하여 그 두 여직원에게 따로 방을 주었다.

그의 눈은 디디 메이슨과 관련된 모든 일에 아주 예민해져 있었다. 오래전부터 그녀의 몸가짐이 다소 거만하다는 것을 알고 있었다. 그렇다고 주제 넘을 정도는 아니었다. 그녀는 스스로 자부심을 가질 만하고 아름답고 품위 있는 존재로 대접받을 만하다고 여기고 있는 듯했다. 그녀의 옷차림과 몸가짐을 조수나 다른 속기사들, 거리의 다른 여자들과 비교해보았다. "증말 잘 입어." 그는 혼자 중얼거렸다. "그리고 너무 꽉 끼거나 살찐 부분이 두드러지지 않게 입는 법을 알아."

그녀에 대해 더 많이 알게 될수록, 더 많이 안다는 생각이 들수록 그녀가 점점 더 가까이하기 힘든 사람처럼 느껴졌다. 하지만 접근하려고 하지 않았기에 불만도 없었다. 그녀가 사무실에 있는 것이 좋았고 떠나지 않기만 바랐다. 그뿐이었다.

데이라이트는 지난 몇 년 동안 나아진 것이 없었다. 생활 방식이 영 보탬이 되지 않았다. 뚱뚱하고 나약해져서 예전과 달리 근육이 축 처져버렸다. 원하는 효과를 얻으려면 칵테일을 점점 더 많이 마셔야 했다. 일에서 오는 긴장감을 덜어주는 억제의 효과 말이다. 그리고 식사 때는 와인을, 저녁식사 후에는 탄산수에 스카치 탄 것을, 리버사이드에서는 소다수를 마셨다. 게다가 운동 부족이었다. 제대로 된 인간관계를 맺지 않아서 도덕성이 흔들리고 있었다. 아무도 그의 방패막이가 돼주지 않았다. 그의 과속과 같은 탈선행위와 그가 빨간색 대형차를 타고 누가 봐도 망나니 같은 친구들과 함께 새녀제이까지 폭주를 했다는 것은 세상이 다 알고 있었다. 특히 폭주 사건은 신문에서 웃음거리로 보도되기도 했다.

아무것도 그를 구원하지 못했다. 종교는 이미 그를 스쳐지나 가버렸다. '결국 죽을 자.' 당시 그의 생각을 정리하면 그랬다. 인간애에는 관심이 없었다. 그의 얼렁뚱땅 사회학에 따르면 모든 것이 도박이었다. 신은 변덕스럽고 추상적이며, 운이라고도 불리는 미친 것이었다. 약자든 약탈자든, 인간은 태어날 때부터 도박이 시작된다. 운이 카드를 나누어 주고 아기 때 이미 자신에게 주어진 패를 집어들었다. 항의해도 소용없었다. 그들의 카드 였으니 그것으로 게임을 해야 했다. 좋건 싫건, 곱사등이건 아니건, 절름발이건 아니건 돌대가리건 아니건. 그 게임에 공정함이라곤 없었다. 대부분의 카드는 사람들을 약자 계급에 처박았다. 소수의 카드만이 약탈자로 만들어주었다. 인생은 그 카드로 하는 게임이었고 사회란 그 게임꾼들이 모인 것이었다. 세상이 도박판이고 세상 모든 것, 빵덩어리에서 빨간색 대형차까지 모두 상금이었다. 운이 좋든 나쁘든 모두 결국 죽을 자였다.

비천하고 아둔한 사람들에게 인생은 힘겨웠다. 애초에 지는 쪽에 돈을 걸었기 때문이었다. 하지만 승자처럼 보이는 사람들도 보면 볼수록 내세울 것이 별로 없다는 생각이 들었다. 그들도 결국 죽을 자일 뿐이었으니 그 인생도 그렇게 중요하지 않았다. 그것은 야생동물의 싸움이었다. 강자가 약자를 짓밟지만 강자가 반드시 최고는 아니었다. 다우셋, 레튼, 구겐해머 같은 강자들도 그랬다. 북극에서 함께 일했던 광부들을 기억하고 있었다. 그들은 비천하고 아둔했고, 열심히 일했고 소노마 언덕에서 와인을 만드는 노파처럼 고생한 대가를 약탈당했다. 그들은 자신들을 약탈한 사람들보다 더 진실하고 성실하고 공정했다. 승자들은 부정직하고 믿을 수 없고 사악한 사람처럼 보였다. 그들조차 이 문제에는 끼어들 권리가 없었다. 주어진 카드로 게임을 할 뿐이었다. 운이라는 흉악한 미친 신, 만물의 소유자는 구경하며 씩 웃기만 한다. 만물의 카드를 미리 맞추어 놓은 것이 바로 이 신이었다.

그 게임에 정의란 없었다. 아무도 그 게임을 할지 안 할지 선택할 수 없었다. 어쩔 수 없었다. 운이 그들을 내던졌다. 삶에, 싸움판에 던져놓고 나서 이렇게 말했다. "자, 이제 게임을 해, 제기랄, 게임을 해!" 그러면 그들은 최선을 다했다. 불쌍한 놈들. 그 게임으로 어떤 사람은 증기 요트와 저택으로 갔고 어떤 사람들은 보호시설이나 극빈자 수용소로 갔다. 어떤 사람은 같은 카드로 계속 게임을 하게 돼서 평생 떡갈나무 숲에서 와인을 만들었다. 의치나 관 같은 것을 살 수 있게 되기를 바라면서. 어떤 이는 자발적인 죽음을 선언하며 카드를 접거나 황야에서 굶어죽거나 끔찍한 불치병에 걸려서 카드를 일찍 끝냈다. 어떤 패는 왕권, 무책임하고 계산된 권력이었다. 어떤 패는 야망, 어떤 패는 막대한 부, 어떤 패는 치욕과 수치, 어떤 패는 여자와 술이었다.

그에 대해서 말하자면 좋은 패를 받긴 했다. 하지만 카드를 다 보지 못했다. 아직 더 받아야 했다. 미친 신, 운이 끝까지 그를 속일지도 모르는 일이었다. 불리한 상황이 닥쳐 약탈자들이 그의 시체를 에워싸고 만세를 부르게 될 지도 몰랐다. 오늘 당장 자동차에 깔리거나 건물에서 간판이 떨어져 머리가 으깨질지도 몰랐다. 아니면 병도 있었다. 운이 부리는 가장 무시무시한 변덕인 병. 누가 알겠는가? 내일, 아니면 다른 언젠가 프토마인 균, 아니면 다른 수천 가지의 균이 달려들어 그를 쓰러뜨릴 수도 있었다. 배스컴 박사, 리 배스컴이라는 사람이 있었다. 일주일 전에 바로 곁에서 이야기를 나누었다. 아주 동안에 튼튼하고 건강했다. 사흘 뒤 그가 죽었다. 폐렴, 심장 류머티즘, 그리고 신이나 아는 무슨 병에 걸려 옆집까지 들리도록 고통스럽게 비명을 지르며 죽었다. 끔찍한 일이었다. 그 일은 데이라이트의 뇌리에 생생하게 남았다. 언제 자신의 차례가 올까? 아무도 몰랐다. 그동안 할 일은 손에 쥔 패를 보며 게임을 하는 것밖에 없었다. 그 패는 싸움, 복수, 술이었다. 운은 모두를 짓밟고 이를 드러내고 웃었다.

11

어느 일요일 늦은 오후 데이라이트는 오클랜드 피드몬트 고원 뒤에 있는 만을 건너고 있었다. 평소처럼 큰 차였지만 그날은 스위프트워터 빌의 차였다. 이 사람은 얼어붙은 북극 사력층에서 캐낸 일곱 번째 일확천금을 탕진해버린, 운이 사랑해 마지않는 자였다. 헤프기로 악명 높은 그는 최근에 벌어들인 재산을 이전 여섯 번과 똑같은 길에 올려놓고 있었다. 도슨에 있던 첫해에 한 병에 50달러짜리 샴페인 바다에서 헤맨 것이 바로 그였다. 이미 바닥이 보이는 금자루를 들고 시장에 가서 1더즌에 24달러짜리 달걀을 110더즌이나 사들인 사람도 그였다. 자기를 차버린 애인을 약올리려고 말이다. 또 속도에 미쳐 특별 열차를 전세 내어 샌프란시스코-뉴욕 간 주행 기록을 깬 사람도 그였다. 데이라이트가 "지독하게 운 좋은 새끼"라고 부르는 그가 이제 또 한 번 능력을 발휘해 최근에 벌어들인 일확천금을 날리려고 하고 있었다.

흥겨운 파티여서 하루를 즐겁게 보냈다. 샌프란시스코에서 새너제이와 오클랜드 북쪽을 돌아 그 만을 일주하고 과속으로 세 번 걸렸다. 세 번째는 헤이워즈에서였는데 경찰을 따돌리고 도망쳤다. 체포하겠다는 전화가 계속 걸려오자 두려워서 언덕을 건너는 시골길로 빠졌다. 이제 그 길로 오클랜드로 내달리면서 그 경찰관을 어떻게 해야 할지 떠들썩하게 논의 중이었다.

"10분 뒤면 블레어 파크야." 누가 말했다. "여길 봐, 스위프트워터. 바로 앞에 교차로가 하나 있어. 게이트가 많긴 하지만 블레어 파크 쪽으로 가면 시골이고 바로 버클리로 갈 수 있어. 그런 다음 반대편으로 오클랜드에 돌아가서 몰래 나룻배를 타는 거야. 차는 오늘밤에 기사편에 돌려보내면 돼."

하지만 스위프트워터 빌은 왜 블레어 파크를 거쳐서 오클랜드로 가야 하는지 이해하지 못했다.

다음 순간 굽이진 길에서 빠르게 달리다 보니 지나치려고 했던 시골길 하나가 보였다. 게이트 안에 한 젊은 여자가 밤색 구렁말을 탄 채 몸을 숙여 게이트를 닫고 있었다. 데이라이트는 첫눈에 이상하게도 아는 여자 같은 느낌이 들었다. 다음 순간 안장에서 몸을 일으키는 동작을 보고 누구인지 바로 알아보았다. 그녀는 말에 속도를 붙여 그들에게 등을 보이며 달렸다. 디디 메이슨이었다. 모리슨에게서 그녀가 말을 탄다는 이야기를 들은 것이 떠올랐고 자신이 이 방종한 무리와 어울리고 있는 모습을 그녀에게 보이지 않은 것이 다행이라는 생각이 들었다. 스위프트워터 빌은 일어서서 앞좌석 등받이를 잡은 채 그녀의 주의를 끌기 위해 한 손을 흔들었다. 빌은 휘파람을 잘 부는 것으로 유명했고 데이라이트도 그 사실을 잘 알고 있었다. 그는 막 휘파람을 불려고 하고 있었다. 데이라이트는 그의 다리를 걸고 어깨를 잡아 당겨 빌을 자리에 쿵 앉혔다.

"자네 저 여자를 아, 아, 아나 보지." 스위프트워터 빌이 흥분하여 지껄였다.

"응, 알아." 데이라이트가 대답했다. "그러니 입 닥쳐."

"음, 자네 눈이 높군. 저 여자 죽이는군. 말도 잘 타고."

그 순간 나무 때문에 그녀가 보이지 않게 되자 스위프트워터 빌은 뒤로 기대어 눈을 감고 경찰관 처리 문제에 골몰하기 시작했다. 데이라이트는 디디 메이슨이 시골길로 질주하는 것을 계속 보고 있었다. 스위프트워터 빌 말이 맞았다. 그녀는 분명히 말을 잘 탔다. 그리고 다리를 벌리고 앉아서 타는 자세도 완벽했다. 잘한다, 디디! 이제 한 가지를 더 알았다. 그녀는 용감하게도 가장 자연스럽고 적절한 방식으로 말을 탄다. 그녀는 머리가 좋았다. 확실했다.

월요일 아침 문서 작성 때문에 그녀를 불렀을 때 그녀가 달리 보였지만 내색은 하지 않았다. 그리고 뻔한 일들을 뻔한 방식으로 다 처리했다. 하지만 다음 일요일 그는 혼자 말을 타고 그 만을 건너 피드몬트 고원으로 건너갔다. 오래 달렸지만 디디 메이슨을 보지 못했다. 하지만 계속 달려 게이트가 많이 있는 시골길을 통해 버클리까지 갔다. 이곳에서 수많은 말들이 줄을 지어 길을 올라 다른 길로 내려가는 것을 보고 그녀가 거기 끼어 있지 않을까 생각했다. 오래전에 모리슨이 그녀가 버클리에 산다고 했으니 그녀는 지난 일요일 오후 저 길로 갔었던 게 분명했다. 집으로 돌아가는 길이었던 것이다.

그녀 문제로 치면 보람 없는 날이었다. 하지만 아주 보람이 없지는 않았다. 그도 그의 말도 맑은 공기를 맘껏 쐬었다. 월요일 말 판매상에게 제일 좋은 밤색 구렁말을 찾아보라고 지시했다. 며칠 동안 수도 없이 많은 밤색 구렁말을 보고 몇 마리는 타 보았지만 만족스럽지 않았다. 토요일이 되어서야 밥을 만났다. 데이라이트는 밥과 눈이 마주치는 순간 자신이 원했던 말임을 알아챘다. 밥은 커다란 말이었지만 데이라이트 같은 거구에게는 전혀 크지 않았다. 당당한 체구에 햇빛을 받자 털은 불이 붙은 듯했고 아치형의 목은 보석을 박은 듯했다.

"증말 이놈이야." 데이라이트는 말했다. 하지만 업자는 그다지 반기지 않았다. 그는 위탁을 받아 판매를 하고 있었는데 밥의 주인이 밥의 성격을 곧이곧대로 다 알려야 한다고 했던 것이다. 판매상은 그렇게 했다.

"선생께서는 정말 굉장한 말을 고르셨지만 위험한 놈입니다. 힘이 넘치고 고집이 세지만 나쁜 놈은 아닙니다. 선생을 죽일 수도 있습니다. 농담이니 곧이곧대로 듣지 마십시오. 개인적으로 저라면 저 말을 안 탈 겁니다. 하지만 끈기 있는 말입니다. 폐낭을 보면 알지요. 다리를 보십시오. 상처 하나 없습니다. 다친 적이 없거나 일한 적이 없는 거지요. 저놈은 절대 지치지 않습니다. 산에 사는 말, 험한 지방에서 자란 개척자 말이지요. 염소처럼 발이 단단해서 넘어지지도 않습니다. 장난치려고 일부러 그러는 경우가 아니라면요. 망설이지 마십시오. 망설이지 마시고 믿으세요. 길들여보세요. 가슴걸이를 채우고 타세요. 이유 없이 빙글빙글 도는 나쁜 버릇이 있지만 그건 장난치는 겁니다. 저놈의 기분에 따라 어떤 날은 30여 킬로미터를 얌전하고 기분 좋게 달립니다. 다음날은 거의 움직이려고 안 할 겁니다. 자동차도 그렇지 않습니까? 그러니 앉혀서 재우거나 건초를 먹이세요. 한숨도 안 자고 19일을 버틸 수 있습니다. 어쩌면 20일까지도요. 기분이 좋아서 그런 겁니다. 그럴 때는 인디언 조랑말처럼 까불어댑니다. 대체로 말해서 신사에겐 너무 힘이 넘치고 종잡을 수 없는 놈이지요. 지금 주인이 가롯 유다라는 이름을 붙여두었어요. 이 말에 대한 것을 다 알려주고 팔라고 하더군요. 이제 제가 아는 건 다 말했습니다. 갈기와 꼬리만 보시면 됩니다. 이런 걸 본 적이 있으십니까? 아기 머리카락처럼 털이 곱습니다."

판매상의 말이 맞았다. 데이라이트가 갈기를 살펴보니 여태껏 본 것 중 가장 부드러웠다. 또 색깔도 거의 적갈색으로 특이했다. 털을 매만지고 있을 때 밥은 머리를 돌려 장난치듯이 데이라이트의 어깨에 코를 문질렀다.

"안장을 얹어요. 타보겠소." 그가 판매상에게 말했다. "박차를 썼던 적이 있소? 영국식 안장은 싫소. 좋은 멕시코 안장과 재갈을 주시오. 너무 센 거 말고 뒷다리로 세우기 좋은 정도만."

데이라이트는 준비 과정을 보며 재갈끈과 등자끈 길이를 조절하고 안장띠를 죄었다. 가슴걸이는 안 채우고 싶었지만 판매상의 충고에 따르기로 했다. 밥은 쉴 새 없이 움직이고 몇 번 장난을 치려고 했지만 문제를 일으키지는 않았다. 몇 번의 등약과 뒷다리로 선 것 외에는 한 시간 정도 타는 동안 못된 짓을 하지 않았다. 데이라이트는 기뻤다. 구매는 바로 성사되었다. 밥은 승마도구와 개인용 장비를 싣고 오클랜드 승마학교의 마구간에 머물 자리를 잡기 위해 곧바로 만을 넘어 보내졌다.

일요일인 다음날 데이라이트는 일찍 나섰다. 나룻배를 탔고 알래스카에서 데리고 온, 우두머리 썰매개 울프를 데리고 갔다. 피드몬트 고원을 지나 버클리로 향하는 게이트 많은 시골길로 가는 동안 계속 두리번거렸지만 디디 메이슨과 그 밤색 구렁말은 보이지 않았다. 하지만 실망할 시간이 없었다. 자신의 밤색 구렁말 때문에 바빴기 때문이다. 밥은 장난기와 반항심이 있어서 그가 밥을 시험해보는 만큼 그를 시험했다. 데이라이트는 말에 대해 알고 있던 것을 죄다 써먹었고 밥은 알고 있는 장난이란 장난은 죄다 쳤다. 밥은 가슴걸이가 보통 정도보다 더 느슨한 것을 알고 뒷다리로 서고 걷기 시작했다. 10분 정도 그렇게 했지만 데이라이트가 가슴걸이를 풀었다가 다시 조이자 천사처럼 착해졌다. 데이라이트는 깜빡 속았다. 30분 정도 고분고분한 것을 보고는 마음을 놓았다. 슬슬 몰면서 무릎에 힘을 빼고 편안한 자세로 앉아 담배를 말며 고삐를 말의 목에 올려놓았다. 갑자기 밥이 빙글빙글 돌았다. 번개처럼 빠른 속도로 뒷다리로 맴을 돌며 앞다리를 땅에서 번쩍 들어올렸다. 데이라이트는 오른발을 등자에서 떼고 팔로 말의 목을 끌어안고 있었다. 밥은 내달릴 기회를 엿보고 있었다. 그는 그 순간 디디 메이슨을 만나지 않기를 바라며 앉음새를 고치고 말을 확인했다.

밥은 다시 맴을 돌았다. 이번에 데이라이트는 자리를 잘 지켰지만 고삐를 당기는 것 외에는 아무것도 하지 못했다. 밥이 오른쪽으로 돈다는 것을 알아채고 왼쪽의 박차로 밥을 똑바로 세우기로 했다. 하지만 그렇게 하려는 찰나 갑작스럽게 빠른 속도로 또 빙글빙글 돌았다.

"밥," 그는 말을 부르면서 눈가에서 땀을 훔쳤다. "넌 내가 본 동물 중에서 빌어먹게 가장 빠른 놈이 확실해. 계속 박차를 가하는 수밖에 없어. 이 나쁜 놈아!"

박차를 가하는 순간 밥은 뒷다리를 앞쪽으로 뻗어 등자를 재빠르게 찼다. 데이라이트는 어쩌나 보려고 여러 차례 박차를 가했고 그때마다 밥의 발굽이 등자에 닿았다. 그런 뒤 보통 이상한 짓을 하는 말을 다루는 방법대로 갑자기 박차를 가하면서 채찍을 내리쳤다.

"넌 한 번도 진짜 매질을 당해본 적이 없을 거다." 그가 중얼거리자 밥은 갑자기 장난꾸러기 기질이 발동하여 앞으로 내달렸다.

대여섯 번 박차와 채찍을 가한 뒤 데이라이트는 안정을 되찾고 그 미친 듯한 질주를 즐겼다. 1킬로미터쯤 달리고 나자 벌을 주지 않아도 적당히 빠른 속도로 달리게 되었다. 뒤에서 힘겹게 달려오던 울프도 속도를 따라잡고 나니 모든 일이 순조로웠다.

"맴돌기 게임에서 몇 가지 충고를 해두지." 데이라이트가 말하고 있을 때 밥이 맴을 돌았다.

질주하면서 맴을 돌다가 앞다리에 힘을 주며 땅을 디디고 딱 멈추었다. 데이라이트는 팔로 말의 목을 안아 돌려놓으려고 했는데 그 순간 밥이 앞발을 땅에서 떼고 다시 맴을 돌기 시작했다. 아주 말을 잘 타는 사람이 아니면 말에서 떨어질 순간이었다. 데이라이트도 그럴 뻔했다. 그가 다시 자리를 잡자 밥이 전속력으로 왔던 길을 돌아 달려서 울프는 덤불 속으로 도망가야 했다.

"알았어, 제기랄!" 데이라이트가 툴툴거리며 박차와 채찍을 몇 번이고 가했다. "가고 싶으면 되돌아가. 질릴 때까지 해봐."

잠시 뒤 밥이 그 미친 듯한 속도를 줄이려고 할 때 데이라이트가 다시 박차와 채찍을 가했고 밥은 속도를 냈다. 마침내 할 만큼 했다는 생각이 들자 말의 방향을 홱 돌려 적당한 속도로 앞으로 가게 했다. 그는 말이 숨 쉬는 것이 힘든지 보려고 고삐를 당겨 세웠다.

잠시 서서 밥은 머리를 돌리고 등자에 장난치듯 다급하게 코를 비비며 계속 달리겠다고 하는 듯했다.

"그래, 내가 아주 천벌을 받을 놈이다!" 데이라이트가 말했다. "그렇게 때린 데 나쁜 의도도 원한도 아무것도 없어. 넌 증말 멋진 놈이야, 밥."

다시 한 번 얼러서 안심시켰다. 한 시간 동안 밥은 힘이 넘치는 말의 전형을 보여주었다. 그런 뒤 또 아주 갑작스럽게 빙빙 돌고 달리기 시작했다. 데이라이트는 박차와 채찍으로 멈추게 한 뒤 계속해서 달리게 했다. 박차와 채찍은 멈추지 않았다. 하지만 방향을 돌려 앞으로 가게 하려고 하자 밥은 나무, 소, 덤불, 울프, 자기 그림자, 그러니까 생각할 수 있는 모든 것을 보고 기겁을 하는 척했다. 울프는 그늘에 누워서 보고 있었고 데이라이트는 계속 땀을 뻘뻘 흘렸다.

그렇게 하루가 가고 있었다. 무엇보다 밥은 빙빙 돌 것처럼 하다가 돌지 않는 속임수를 새로 개발했다. 정말로 빙빙 도는 것만큼 분통터지는 일이었다. 데이라이트는 그럴 때마다 속아서 다리 끝을 조이고 온몸에 힘을 꽉 주었다. 밥은 이런 장난을 몇 번 치고 나서 데이라이트가 방심하고 있을 때 정말로 빙빙 돌았다. 데이라이트는 목을 껴안고 매달렸다.

그리고 끝까지 밥은 장난을 몇 번 더 쳤다. 오클랜드로 가는 길에 자동차 몇 대를 본 뒤 갑자기 평범하고 작은 마차를 보고도 무서워 날뛰기 시작했다. 마구간에 도착하기 직전에 또다시 빙빙 돌며 몸을 일으키는 바람에 가슴걸이가 끊어져 뒷다리로 버티며 수직으로 섰다. 이때 썩은 등자 가죽끈이 끊어져서 데이라이트가 말에서 떨어질 뻔했다.

하지만 그는 말이 마음에 들었기 때문에 산 것을 후회하지 않았다. 밥이 고약하거나 성질이 나쁜 것이 아니라 혈기가 터질 듯 왕성하고 보통 말보다 지능이 높아서 문제를 일으킨다는 것을

알게 되었다. 무절제한 장난기에 혈기와 지능이 더해져 그런 것
이었다. 밥을 다스리는 데 필요한 것은 적당한 엄격함과 지배력
을 느끼게 해줄 힘센 손이었다.

"밥, 네가 이기나 내가 이기나 보자." 데이라이트는 또 밥에
게 이야기를 했다.

그리고 그날 밤 마구간지기에게 이렇게 말했다.

"하지만 잘생긴 놈이야. 저런 놈을 본 적 있나? 내가 타본 말
중 최고야. 비슷한 놈은 몇 번 본 적 있지."

그런 뒤 머리를 돌리고 장난스럽게 코를 비비려고 하는 밥에
게 이렇게 말했다.

"잘 있어라. 몸은 괜찮지? 다음 일요일 오전에 또 보자. 할
수 있는 장난 다 쳐봐, 욘석아."

12

일주일 내내 데이라이트는 거의 디디만큼 밥에게 관심을 쏟고 있었다. 큰 거래가 한창일 때가 아니었다면 일보다 그들 둘에게 더 신경을 썼을 것이었다. 빙글빙글 도는 밥의 장난질이 특히 중요했다. 어떻게 그 짓을 멈추게 할지 그게 문제였다. 고원에서 디디를 만났다고 하자. 운이 좋아서 디디와 함께 말을 타게 됐을 때 밥이 맴을 돈다면 너무 당황스럽고 난처할 것이다. 자신이 밥의 목에 매달린 것을 디디가 보게 될까봐 제일 걱정이었다. 마찬가지로 그녀를 두고 갑자기 거꾸로 달리고 채찍과 박차를 마구 가하는 것도 그랬다.

필요한 것은 그 번개 같은 맴돌기를 막을 방법이었다. 돌기 전에 멈추게 해야 했다. 고삐로는 부족했다. 박차도 마찬가지였다. 채찍이 남았다. 하지만 어떻게? 사무실 의자에 앉아 그 멋진 밤색 구렁말에 앉아 있다고 상상하며 그 장난질을 막을 궁리에 빠져 있는 때가 많았다. 주말이 가까워졌을 때 히건과 회의 도중에도 그렇게 넋을 놓았다. 히건은 눈부신 법률적 상상력을 발휘해 새로운 계획을 말하고 있었는데 데이라이트는 듣고 있지 않았다. 흐리멍텅한 눈으로 생각에 푹 빠져 있었다.

"알았다." 그가 소리를 꽥 질렀다. "히선, 축하해줘. 통나무 굴리는 것만큼 단순한 일이었어. 코를 때리는 거야, 아주 세게."

그런 뒤 어안이 벙벙해 있는 히건에게 상황을 설명한 뒤 그의 계획을 계속 들어주었다. 하지만 너무 만족스럽고 기뻐서 중간중간 혼자서 킬킬거렸다. 계획은 이랬다. 밥은 항상 오른쪽으로 돈다. 좋아, 채찍을 반으로 접어서 손에 들고 맴을 돌려는 순간 그 채찍으로 밥의 코를 내리치는 거다. 말이 그 채찍의 뜻을 알게 되면 두 겹의 채찍을 맞으면서 계속 맴을 돌지는 않을 것이다.

그 일주일 동안 사무실에 있으면서 데이라이트가 똑똑히 알게 된 사실은 그동안 자신이 디디와 공적이든 사적이든 접촉이 전혀 없었다는 것이다. 상황이 이러니 다음 일요일에 말을 타러 갈 거냐는 단순한 질문도 할 수가 없었다. 아름다운 여자의 고용주인 것이 새로운 고민거리로 떠올랐다. 그는 평범한 일과 중에는 그녀를 자주 볼 수 있었다. 그럴 때마다 다음 주에 말 타러 갈 거요? 라는 말이 입을 간질간질댔지만 물어볼 수가 없었다. 그리고 그녀가 몇 살인지, 사랑은 해봤는지 궁금해졌다. 사랑은 해봤을 것이다. 모리슨의 말대로라면 애송이 대학생들이랑 몰려다니며 춤을 추었다니까. 일요일 이후부터 머릿속은 그녀 생각으로 가득 찼다. 그는 분명히 그녀를 원하고 있었다. 그리고 그 욕망은 앞치마 끈에 대한 오래된 두려움을 완전히 녹여버릴 만큼 간절했다. 사는 내내 여자를 피해다녔던 그가 이제 쫓아다닐 만큼 대담해진 것이다. 조만간 어느 일요일 사무실 밖, 고원 어딘가에서 그녀를 만날 것이다. 그리고 그녀가 싫다고만 하지 않으면 그녀와 사귈 것이다.

이렇게 해서 그는 미치광이 신이 준 패의 카드 한 장을 더 뒤집어보게 됐다. 그 카드가 얼마나 중요한지는 몰랐지만 꽤 좋은 카드라고는 생각했다. 의심도 들었다. 운명이 장난질을 쳐 재앙과 실패를 가져다줄지도 모르는 일이다. 디디가 그를 좋아하지 않는다면? 그런데도 점점 더 그녀를 사랑하게 되어 더 힘들어지면 어떻게 할까? 오랫동안 품어왔던 사랑의 공포가 되살아났다. 과거에 알던 불행한 남녀의 사랑 이야기가 떠올랐다. 두리틀의 딸, 버사 두리틀. 그녀는 보난자에 땅을 가지고 있는 부자 다트워시에 미쳐 있었다. 그런데 다트워시는 버사를 전혀 사랑하지 않고 윌스스톤 대령의 아내에게 빠져 유콘 강 하류로 그녀와 도망쳤다. 윌스스톤 대령은 아내를 너무도 사랑했기에 그들을 쫓아갔다. 그다음에 무슨 일이 있었던가? 버사의 사랑은 불행이며 비극이었고 나머지 세 사람도 마찬가지였다. 미눅 남쪽에서 윌스스톤 대령과 다트워시는 싸움을 벌였다. 다트워시가 죽었다. 총알 한 발이 대령의 폐를 관통했지만 너무 약했던지 그가 죽은 것은 이듬해 봄, 폐렴 때문이었다. 그 뒤 대령의 아내는 아무도 사랑할 수 없었다.

그리고 프레다가 있었다. 딴 세상에 속한 남자 때문에 얼음물 속에 뛰어들었고 자신을 얼음물에서 구해 다시 살려놓았다는 이유로 데이라이트를 증오했다. 버진도 있었다. 기억을 떠올리자 두려워졌다. 사랑이라는 균에 심하게 감염된다면, 디디가 그를 좋아하지 않는다면, 다우셋, 레튼, 구겐해머에게서 당했던 것만큼 고약한 일이 될 것이다. 디디에 대해 일고 있는 욕망이 줄어들지 않는다면 그녀를 깡그리 잊어야 할지도 몰랐다. 그런데 이루어진 사랑도 있다는 생각이 들자 좀 위안이 되었다. 그리고 운이 그가 이기도록 이미 카드를 조작해놓았을지도 몰랐다. 좋은 운을 타고나 평생 운 좋게 살고 죽을 때도 운이 좋은 사람들이 있었다. 그도 그런 사람일지 몰랐다. 절대 잃지 않는 운 좋은 놈.

일요일이 되어 피드몬트 고원으로 나온 밥은 천사처럼 굴었다. 가끔 뒷다리로 맹렬하게 뛰는 것이 녀석의 진수인데 그렇지 않으니 새끼양이었다. 데이라이트는 오른손에 채찍을 접어 쥔 채 말이 빙빙 돌기만을 기다리고 있었다. 하지만 밥은 감질나게 착하게 굴면서 빙빙 돌지는 않았다. 디디도 만나지 못했다. 공연히 언덕길 주변을 한 바퀴 돌고 오후에는 두 번째 산맥의 분수령을 넘어 가파른 비탈길로 갔다가 마라가 계곡으로 빠졌다. 내리막길을 막 다 내려왔을 때 말발굽 소리가 들렸다. 그 소리는 앞쪽에서 그가 있는 쪽으로 다가오고 있었다. 디디면 어떻게 하지? 밥을 돌려 되돌아가기 시작했다. 만약 디디라면 아주 운이 좋은 것이다. 이보다 더 좋은 기회는 없으니까. 여기 그들이 있

다. 둘 다 같은 방향으로 가고 있고 그녀와 만나게 되는 곳부터
는 비탈이 가팔라 달릴 수 없으니 걸어가야 한다. 그렇게 되면
그녀는 분수령 꼭대기까지 그와 함께 갈 수밖에 없다. 그리고 그
곳에서 내리막 길도 같이 가야 한다.

발굽 소리가 더 가까워졌지만 그녀의 말이 바로 뒤에 올 때까
지 고개를 돌리지 않고 앞만 바라보고 갔다. 그런 다음 어깨 너
머로 돌아보았다. 디디였다. 그녀는 금방 그를 알아보고 놀랐
다. 반쯤 말을 돌려 그녀가 다가오기를 기다린 뒤 나란히 비탈길
을 오르면 얼마나 자연스러운 만남인가. 그는 안도의 한숨을 내
쉬었다. 일은 계획대로 순조롭게 진행되었다. 인사를 나누었다.
이제 나란히 서서 오랫동안 같은 방향으로 말을 몰 것이었다.

그녀는 밥을 먼저 보고 그다음에 그를 보았다.

"어머, 예뻐라." 그녀는 밥을 보고 소리쳤다. 반짝거리는 눈
과 기쁨이 가득한 그 얼굴을 보니 그는 저 젊은 여자가 자기 사
무실에 있던 그 여자라는 사실을 믿을 수가 없었다. 사무실에 있
던 통제된 차분한 얼굴의 여자 말이다.

"말을 타시는 줄 몰랐어요." 그녀의 첫 마디였다. "빠른 차에
집착하실 거라고 생각했거든요."

"최근에 타기 시작했소." 그가 대답했다. "살이 찌기 시작해
서 어떻게든 좀 빼야겠더라고."

그녀는 재빨리 곁눈질로 머리부터 발끝까지 그를 훑어보고
앉음새와 안장도 살펴보더니 말했다.

"하지만 타본 적이 있으신 것 같네요."

그는 그녀가 보는 눈이 제법 있다고 생각하고 대답했다.

"그리 오래 타진 않았소. 하지만 어려서 말썽꾸러기일 때 오리건 동부에 살았는데 그때 말을 타고 캠프에서 빠져나가기도 하고 인디언 조랑말을 길들이기도 했지요."

이렇게 해서 공통의 관심사로 대화를 시작했다. 물론 그는 무척 기뻤다. 그는 밥의 속임수와 빙빙 돌기 장난, 그것을 없앨 자신의 계획에 대해 이야기했다. 그녀도 말을 아무리 사랑하더라도 분별 있게 엄하게 다루어야 한다는 같은 생각이었다. 자기 암말 맵을 8년 동안 탔는데 마구간을 걷어차는 습관이 있어 길들였다고 했다. 고치는 과정은 맵에게는 힘들었지만 결국 고쳐졌다는 것이다.

"많이 탔군요." 데이라이트가 말했다.

"처음 말을 탄 게 기억이 안 나요." 그녀가 말했다. "전 목장에서 태어났는데 말한테서 떨어지려고 하질 않았대요. 태어날 때부터 말을 좋아했던 거죠. 처음 제 조랑말을 가지게 된 게 여섯 살 때였어요. 여덟 살 때는 아빠와 함께 하루 종일 안장에 앉아 있는 게 어떤 건지 알게 됐죠. 열한 살이 되자 아빠가 절 처음 무스 사냥에 데려가셨어요. 말이 없었으면 길을 잃을 뻔했어요. 전 집안에 있는 걸 싫어해요. 맵이 없었다면 병에 걸려서 오래전에 죽었을 거예요."

"시골을 좋아하나요?" 그가 물었다. 그때 그녀의 바로 그 회색 눈이 빛나는 것을 보았다.

"도시를 싫어하는 만큼만요." 그녀가 대답했다. "하지만 여자들은 시골에서 먹고살 수가 없어요. 그래서 전 최상의 방법을 택했죠. 맵과 함께요."

그리고 그녀가 아버지가 죽기 전까지 목장에서 지냈던 이야기를 좀 더 해주었다. 데이라이트는 너무도 기뻤다. 서로 친해지고 있었다. 함께 있는 꼬박 반시간 동안 끊임없이 이야기를 나누었다.

"우린 아주 가까이 살았었군." 그가 말했다. "내가 오리건 동부에 살았으니 거기서 시스키유는 별로 멀지 않잖소."

다음 순간 그는 그 말을 한 것을 후회했다. 그녀가 곧바로 이렇게 물었기 때문이었다.

"제 고향이 시스키유란 건 어떻게 아셨죠? 말한 적이 없는데요."

"나도 모르겠군." 그는 잠시 허둥댔다. "어디선가 당신이 그 근방 출신이란 걸 들었거든."

그 순간 울프가 발소리도 내지 않고 그림자처럼 슬그머니 일어서서 그녀의 말이 뒷걸음질을 치자 알래스카 개 이야기가 나와 어색함이 사라졌다. 그런 뒤 다시 말 이야기를 했다. 그러는 동안 말들은 비탈을 다 올라갔다가 아래로 내려왔다.

그는 그녀의 이야기에 귀를 기울이면서도 속으로 생각하고 느끼고 있었다. 그녀처럼 다리를 벌리고 앉아서 말을 타는 것은 용기가 필요한 일이었다. 하지만 그는 그런 행동에 대해 이전에는 생각해본 적이 없었다. 여자에 대한 그의 생각은 시대에 뒤떨어지는 경향이 있었다. 어린 시절 초기 개척시대에 본 여자들로

인해 품게 된 생각이었는데 그때는 여자들이 곁안장에 타고 있는 것밖에 본 적이 없었다. 여자들이 말에 탈 때는 다리를 모으고 앉는 것이 당연하다고 생각하며 자랐다. 이렇게 여자가 남자처럼 안장에 앉아 있는 광경은 충격이었다. 하지만 보기 좋았다.

또 두 가지 점에서 그녀에게 놀랐다. 우선 그녀의 눈에 황금색 점들이 있었다. 여태껏 그 점들을 보지 못한 것이 이상했다. 사무실 조명이 좋지 않아서 그 점들이 보였다 안 보였다 하는 것일 수도 있었다. 아니 그 점들은 빛이 나고 있었다. 황금빛이 뿜어져나왔다. 하지만 그것은 아주 금빛도 아니고 그가 알고 있던 어떤 색과도 달랐다. 노란색은 아니었다. 사랑에 빠진 사람 눈에는 콩깍지가 씌기 마련이니 세상 어디에 디디의 눈빛을 금빛이라고 부를 다른 사람이 있었을까. 하지만 데이라이트의 기분은 녹아내리기 직전이었으니 그렇게 생각하고 싶었을 것이다. 그러니 그것들은 금빛이었다.

그리고 그녀는 너무 꾸밈이 없었다. 그는 그녀가 친해지기 아주 힘든 여자라고 생각하고 각오를 단단히 했었다. 하지만 너무 쉬웠다. 그녀의 말투에는 전혀 내숭 같은 것이 없었다. 사무실의 디디와 말에 탄 디디가 달라 보이는 것이 바로 이 편안한 말투 때문이었다. 어쨌든 상황이 잘 돌아가고 이야기를 꽤 많이 나누어서 기뻤지만 좀 지겨워졌다. 무엇보다 이런 대화는 공허하고 가치가 없었다. 그는 행동하는 남성이었다. 그는 디디 메이슨을 여자로서 원했다. 그녀가 자신을 사랑하기를 바랐고 그녀를 사랑해주고 싶었다. 그리고 당장 그 모든 일이 멋지게 이루어지기를 바랐다. 남자들과 일을 손아귀에 쥐고 자기 뜻대로 주무르고 끝장을 보는 데 익숙해진 그로서는 이번에도 지배하고 싶은 충동이 강박적으로 느껴졌다. 그녀를 사랑하고 있으니 결혼하자고 말하고 싶었다. 하지만 이번에는 그 충동에 따르지 않았다. 여자들은 불안정한 존재라서 바로 지배하려들면 일을 그르칠 수 있었다. 그는 사냥하는 방법을 잘 알고 있었다. 맞히느냐 놓치느냐에 생사가 달린 굶주림 속에서 오랫동안 끈기 있게 기다렸다가 총을 쏘았던 그였다. 이 여자가 사냥감과 똑같다는 뜻은 아니었다. 하지만 그만큼 중요한 존재인 것은 사실이었다. 함께 말을 달리며 그녀를 흘끔흘끔 보고 있는 지금 어느 때보다 훨씬 더 그녀가 중요했다. 남자처럼 아주 대담하게 코듀로이 승마복을 입고 있지만 본질적으로 여자라는 것은 숨겨지지 않았다. 아주 여성스럽게 미소를 짓고 이야기를 했고 눈은 반짝거렸고, 뺨에는 태양과 뜨거운 여름 바람 때문에 홍조가 어려 있는 여자였다.

13

또 다른 일요일, 한 남자와 말과 개 한 마리가 피드몬트 고원을 헤매고 다녔다. 그리고 다시 한 번 데이라이트는 디디와 함께 말을 달렸다. 하지만 이번에 그녀는 그를 만나게 된 데에 놀라더니 의심하는 듯했다. 아니 놀람보다 의심이 먼저였다. 지난 일요일에는 순전히 우연이었지만 자기가 좋아하는 곳에 그가 또 나타나자 단순한 우연은 아니라는 생각이 들었다. 데이라이트는 그녀가 의심하는 것을 눈치채고 블레어 파크 근처에서 봤던 큰 채석장을 떠올리고 자신이 그것을 살 생각이라고 되는 대로 대답해버렸다. 지난번 벽돌공장 조사 덕분에 채석장 생각이 난 것이었다. 결과적으로 잘된 것이었다. 그 채석장을 함께 둘러보러 가자고 했기 때문이었다.

몇 시간 동안 그녀와 함께 있었다. 그동안 그녀는 전과 다름
없이 꾸밈 없고 자연스럽고 쾌활했다. 미소를 짓고, 소리 내어
웃었고, 지칠 줄 모르고 말 이야기를 나누었고, 성질 까다로운
울프와 친해졌고, 밥이 이전보다 더 사랑스럽다고 하면서 한번
타보고 싶다는 뜻을 내비쳤다. 이 마지막 말에서 데이라이트는
난색을 표했다. 밥은 위험한 악동이어서 아주 미운 사람이 아니
면 아무도 태우고 싶지 않았다.

"제가 여자라서 말에 대해서 아무것도 모를 거라고 생각하시
는군요." 그녀가 노려보았다. "하지만 말에서 떨어져본 경험도
많아요. 자만하는 게 아니라고요. 바보도 아니고요. 저는 사람
을 떨어뜨리는 말에는 타지 않아요. 이미 많이 배웠어요. 어떤
종류의 말이든 두렵지 않아요. 그리고 밥이 사람을 떨어뜨리지
않는다고 직접 말씀하셨잖아요."

"하지만 당신은 밥이 장난질하는 걸 직접 본 적이 없잖소."
데이라이트가 말했다.

"전 다른 사람의 말들을 많이 봐왔어요. 직접 타본 말도 꽤
돼요. 맵을 이곳에 데려올 때 전차, 기관차, 자동차 대신이었어
요. 맵은 처음 왔을 땐 길들지 않은 야생 망아지였어요. 안장에
만 겨우 길이 들어 있었죠. 게다가 전 당신의 말을 다치게 하지
않아요."

데이라이트는 자기 판단이 더 낫다고 생각했지만 그녀의 말
에 따랐다. 인적이 드문 길에서 안장과 굴레를 바꾸었다.

"밥이 매우 빠르다는 사실을 잊으면 안 돼요." 경고하면서 그

녀가 말에 오르는 것을 도왔다.

그녀는 고개를 끄덕였고 밥은 낯선 사람이 등에 올라탄 것을 알고 귀를 세웠다. 순식간에 소동이 일어났다. 디디도 예상치 못하고 있다가 밥이 빙빙 돌고 다른 길로 내달리자 밥의 목에 매달렸다. 데이라이트는 맵을 타고 따라가면서 지켜보았다. 그녀는 재빨리 말을 세운 뒤 목의 고삐를 다부지게 쥐고 왼쪽 박차를 가해 금세 왔던 길로 돌려놓았다.

"코를 채찍으로 칠 준비를 해요." 데이라이트가 외쳤다.

그런데 그녀가 준비하기도 전에 밥이 다시 맴을 돌았다. 하지만 이번에는 악착같이 버텨서 말의 목에 볼썽사납게 매달리지 않아도 됐다. 밥은 더 고집스럽게 질주했다. 하지만 그녀는 말을 잡아당겨 뒷다리로 서게 한 뒤 뒤꿈치의 박차로 거칠게 말을 되돌려놓았다. 말을 다루는 방법은 전혀 여성스럽지 않았다. 위엄 있고 용맹스러웠다. 그는 그녀가 두 손을 들 줄 알았다. 하지만 이 정도 맛보기만 봐도 디디의 솜씨는 대단했다. 상당히 엄한 회색눈과 굳게 다문 입술만 봐도 모를 리 없었다. 데이라이트는 아무 말도 꺼내지 않고 골칫덩이 밥이 어떤 짓을 할지 예상하면서 그녀의 행동을 아주 재미있게 지켜보았다. 밥이 다시 돌기 시작했다. 아니 돌려고 했다는 편이 옳다. 채 반바퀴도 돌지 못하고 보드라운 코에 채찍을 맞았다. 그 순간 밥은 막 치켜들려던 앞발을 내려놓았다.

"잘했소." 데이라이트가 박수를 쳤다. "몇 번 더하면 고쳐지겠어요. 영리해서 어떻게 해야 안 맞는지 아는군."

다시 밥이 시도했다. 하지만 이번에 밥은 거의 반의반 바퀴도 돌지 못하고 코에 두 겹의 채찍을 맞고 앞발을 내려놓았다. 그런 뒤 그녀는 고삐도 박차도 아닌 채찍만으로 말을 바로 세웠다.

디디는 의기양양하게 데이라이트를 보며 물었다.

"달리게 해볼까요?"

데이라이트가 고개를 끄덕이자 그녀는 달렸다. 그는 그녀가 굽이길에서 보이지 않게 되었다가 다시 돌아오는 것을 계속 지켜보았다. 그녀는 제대로 말을 탔다. 너무 멋진 여자라고 생각했다. 세상에, 최상의 아내감이야! 이제 다른 여자들은 후보가 될 가능성이 희박해졌다. 일주일 내내 타자기를 두드리는 그녀를 생각해보았다. 그곳은 그녀의 자리가 아니었다. 실크와 새틴과 다이아몬드(개척자의 사고방식으로 사랑받는 아내에게 적당하다고 여겨지는 것들)로 치장하고 개와 말 같은 것들을 거느린 아내가 되어야 했다. "버닝 데이라이트! 이제 내가 무엇을 할지 잘 봐!" 그는 혼자 중얼거렸다. 그리고 소리쳤다.

"잘했소. 메이슨 양, 잘했어요. 당신만큼 말을 잘 몰 수는 없을 거요. 그렇게 말을 탈 수 있는 여자 말이오. 그냥 타고 있어요. 채석장까지 같이 갑시다." 그가 싱글싱글 웃었다. "당신이 마지막으로 갈겼을 때 밥이 아주 작은 신음소리를 내던데 혹시 들었소? 발을 내려놓는 거 봤어요? 마치 돌벽에 부딪힌 것처럼 말이오. 이제 그 돌벽이 늘 자기를 때릴 준비를 하고 있다는 걸 충분히 알았을 거요."

그날 오후 버클리로 가는 길의 게이트에서 그녀와 헤어진 뒤 그는 길 가장자리로 물러나 숲 속에 숨어 그녀가 사라질 때까지 지켜보았다. 그런 뒤 오클랜드로 말을 돌리자 이런 생각이 들어 후회하는 듯 쓸쓸하게 웃었다. "이제 약속대로 저 빌어먹을 채석장을 사는 일만 남았군. 적어도 이 고원 주변을 어정거릴 핑계는 될 거야."

하지만 그 채석장은 한동안은 그의 계획에서 사라질 운명이었다. 다음 일요일 혼자 말을 탔기 때문이었다. 그날은 디디가 밤색 구렁말을 타고 버클리에서 시골길을 건너오지 않았고 그다음 주도 그랬다. 데이라이트는 조바심과 걱정으로 제정신이 아니었다. 하지만 사무실에서는 자제했다. 그녀가 전혀 달라 보이지 않아서 내색을 하지 않으려고 애썼다. 늘 똑같은, 오래된 지루한 일상이 계속되었다. 하지만 이제 그 일상에 짜증이 나고 미칠 것 같았다. 데이라이트의 패에 어떤 세계와의 큰 싸움이 있었다. 한 남자가 그녀의 속기사에게 모든 남자와 여자들의 방식대로 행동하게 내버려두지 않으려는 세계였다. 도대체 수백만 달러를 가져서 좋은 게 뭐람. 어느 날 그녀가 그의 말을 다 받아쓴 후 나갈 때 책상용 달력을 보았다.

셋째 주가 끝나가고 있었고 또 한 번의 외로운 일요일이 닥쳐오고 있었다. 사무실이건 말건 이야기하기로 결심했다. 타고난 성격대로 단순하고 직접적으로 달려들었다. 그녀는 일을 끝낸 뒤 공책과 연필을 챙겨 나갈 준비를 하고 있었다. 그가 말했다.

"아, 하나 더, 메이슨 양. 내가 솔직하고 직설적이더라도 개의치 말길 바랄게요. 나는 줄곧 당신이 똑똑한 여자라고 생각해왔으니 내 말에 화를 내지는 않을 거요. 당신은 이 사무실에서 오래 일했으니, 꽤 됐지? 7, 8년인가? 어쨌든 간에. 내가 늘 당신에게 솔직하고 공정했다는 것을 알고 있을 거요. 한 번도 소위 말해 우쭐댄 적이 없소. 당신이 내 사무실에 있기 때문에 더 조심하려고 애썼지. 내가 못난 사람이라는 뜻은 아니오. 말하자면 외로운 사람이지. 그래서 잘 대해달라는 뜻은 아니고. 내 말은 두 번 말을 같이 탄 게 얼마나 큰 의미가 있는지 말해주겠소? 그리고 지난 두 번의 일요일 왜 말타러 안 왔는지 물어도 되겠소?"

말을 멈추고 기다리는 동안 아주 힘들고 어색해서 이마에서 구슬땀이 솟아나기 시작했다. 그녀가 바로 대답을 하지 않자 그는 방을 서성거리다가 창문을 열었다.

"말, 탔어요." 그녀가 대답했다. "다른 쪽에서요."

"도대체 왜?" 그가 제대로 말을 맺지도 못한 채 물었다. "어서 말해봐요, 솔직하게." 그가 다그쳤다. "나처럼 솔직하게 말해봐요. 왜 피드몬트 고원에서 말을 타지 않았지? 내가 사방으로 당신을 찾으러 다녔단 말이오."

"바로 그게 이유예요." 그녀가 웃으며 잠시 그를 똑바로 쳐다보더니 눈길을 떨어뜨렸다. "이제 잘 아시겠죠, 하니시 씨."

그는 시무룩한 표정으로 고개를 저었다.

"알아, 아니, 이해 못 해. 나는 도시적 방식에 별로 익숙하지 못해요. 사람들이 하지 말아야 할 일이 있지요. 내가 하고 싶지 않은 한 난 그런 일은 안 해."

"하지만 하고 싶을 때는요?" 그녀가 재빨리 물었다.

"그럴 땐 하지." 단호하게 입술을 다물었다가 다시 말을 시작했다. "다시 말하면 대체로 그렇소. 하지만 잘못된 일도 아니고 누군가에게 해가 되지도 않을 일인데 하지 말아야 하는 일일 경우에 말이오. 예를 들면 이번 말타기 같은."

그녀는 초초한 듯 잠시 연필을 만지작거리며 할 말을 궁리하는 듯했다. 그는 참을성 있게 기다렸다.

"말타기는," 그녀가 말을 시작했다. "그건 말하자면 옳은 일이 아니에요. 당신도 아시잖아요. 당신은 세상을 알아요. 천하의 백만장자 하니시 씨잖아요."

"도박꾼이지." 그가 거칠게 끼어들었다.

그녀는 그의 말을 수긍하는 뜻으로 고개를 끄덕이고 계속했다.

"그리고 저는 당신 사무실의 속기사고요."

"당신이 나보다 천 배는 나아." 그가 계속 말하려고 끼어들었지만 그러지 못했다.

"그런 건 중요하지 않아요. 단순하고 아주 상식적으로 생각해야 해요. 저는 당신을 위해 일해요. 당신이나 저에게는 중요하지 않을 수도 있지만 다른 사람들에게는 중요한 일일 거예요. 그 얘기는 더 이상 안 드려도 될 거 같아요. 잘 아시잖아요."

냉정하고 사무적인 말투가 부드러운 그녀의 몸매, 굴곡이 심한 가슴, 홍분된 얼굴빛과 어울리지 않았다. 아니, 데이라이트가 생각하기에 그랬다.

"내가 당신을 제일 좋아하던 곳에서 쫓아낸 셈이군. 미안하오." 그가 좀 막연하게 말했다.

"쫓아내신 건 아니에요." 그녀가 화가 난 듯 쏘아붙였다. "저는 철부지 여학생이 아니에요. 오래전부터 제 일은 제가 알아서 잘 처리해왔어요. 쫓겨나서 거기 가지 않은 게 아니에요. 우린 이미 일요일에 두 번 만났으니 제가 밥이나 당신에게서 쫓겨나지 않은 건 확실하죠. 제가 제 일을 알아서 하는 데는 아무 문제가 없지만 세상 사람들은 남도 생각해야 한다고 해요. 그게 문제예요. 정기적으로 만나 일요일마다 고원에서 말을 타는 저와 제 상사가 문제라고 할 거예요. 우습지만 그래요. 직원 중 누군가와는 말을 탈 수 있지만 당신과는 안 돼요."

"하지만 세상 사람들은 모르잖소. 알 필요도 없고." 그가 소리쳤다.

"어쩌면 죄책감을 전혀 느끼지 않는 것보다 무언가 잘못하고 있다는 느낌으로 가득 차 시골길을 어정거리는 것이 더 나쁠지도 몰라요. 전 오히려 더 용감하고 나은 것은 공개적으로……."

"평일에 한 번씩 나와 점심을 같이 먹는 것." 그가 그녀가 마치지 못한 말을 알아채고 말했다.

그녀가 고개를 끄덕였다.

"그렇게 말할 생각은 없었지만 괜찮네요. 몰래 했다가 발각되는 것보다는 뻔뻔스럽게 모두가 다 알게 하는 편이 나아요. 그렇다고 점심에 초대해달라는 뜻은 아니에요." 그녀가 미소를 지으며 이렇게 덧붙였다. "하지만 제 입장을 이해하신다고 믿어요."

"그러면 공개적이고 떳떳하게 언덕에서 함께 말을 타는 건 어떻소?" 그가 이렇게 권했다.

그녀가 아주 조금 안타까운 듯 고개를 젓자 그녀에 대한 갈망이 별안간 거의 미칠듯 일었다.

"이것 봐요, 메이슨 양, 당신은 사무실에서 이렇게 이야기하는 것을 좋아하지 않소. 나도 그렇소. 사내라면 자기 속기사와 일 얘기 말고는 해선 안돼. 다음 일요일에 나와 말 타러 가겠어요? 그럼 그때 전부 이야기하고 결론을 낼 수 있을 거요. 고원이라면 일 말고 다른 이야기를 해도 괜찮은 곳이오. 내가 아주 정직하다는 것은 충분히 봐서 알 거라고 생각하는데. 나, 나는 당신을 존중하오, 그러니…… 부디, 그러니까 나는," 허둥대기 시작하자 책상 압지 위에 올려놓고 있던 손이 눈에 띄게 부들부들 떨렸다. 마음을 가라앉히려고 애썼다. "이전의 어떤 일보다 더 열심히 하고 싶어요. 잘, 잘, 잘 설명할 수가 없지만 해보는 거요. 그뿐이오. 어떻소? 다음 일요일? 내일?"

그는 그녀의 대답을 받아내느라 이마에서 땀이 솟고 손이 떨리고 곤란할 때 나타나는 증상이 이렇게 확실하게 전부 나타날 줄은 꿈에도 생각 못 했다.

14

"사람들이 하는 말과 진심을 어떻게 구별하겠소." 데이라이트는 밥의 뻣뻣한 귀를 채찍으로 문지르며 좀 전에 내뱉은 말을 불만스럽게 곰곰 생각해보았다. 사람들은 진심 그대로 말하지 않았다. "당신이 나를 다시 안 만나겠다고 단호하게 말하고 이유를 댔지만, 그 이유가 진짜 이유인지 아닌지 도대체 내가 어떻게 알겠냐 말이오? 나와 사귀고 싶지 않을 뿐인데 내가 상처받을까봐 그렇게 말한 것일 수도 있잖아요. 내 말뜻 알겠소? 난 나를 원하지 않는 곳에는 절대 안 가는 사람이오. 당신이 나를 안 보고 싶어한다면 나는 눈 깜짝할 사이에 사라져버릴 거요."

디디는 그 말에 아무 말도 하지 않고 미소만 띤 채 말에 올랐다. 데이라이트에게 그 미소는 지금껏 본 것 중 가장 사랑스럽고 아름다운 것이었다. 그 전의 미소와는 분명히 달랐다. 자신을 좀 아는 사람, 좀 가까운 사이일 때 보여주는 미소였다. 물론 곧 그 미소가 자신도 모르게 나온 것이겠지만 그것은 두 사람의 교감이 있어야 나오는 것이었다. 낯선 사람이든, 사업가든, 회사원이든, 평범한 몇 번의 만남 뒤에 보이는 친밀감의 신호는 비슷했다. 그런 신호는 반드시 나타나는 법이었다. 하지만 그녀의 신호였기에 그는 더 깊은 인상을 받았다. 게다가 그 신호는 너무도 사랑스럽고 아름다운 미소였다. 그가 알던 다른 여자들은 그런 미소를 짓지 못했다. 그는 분명히 그렇다고 생각했다.

행복한 하루였다. 데이라이트는 버클리 시골길에서 그녀를 만났고 둘이 몇 시간 동안 함께 있었다. 해가 지려고 하고 버클리로 가는 길의 게이트에 도착했을 때가 돼서야 그가 중요한 문제를 꺼냈다.

그녀는 그가 마지막에 했던 주장에 대해 반론을 펴기 시작했다. 그는 기꺼운 마음으로 귀를 기울였다.

"하지만 생각해보세요. 제가 댄 이유가 다라면 어찌시겠어요? 그것 때문에 제가 당신과 사귀고 싶어하지 않는다면 어찌시겠어요?"

"그러면 계속 미친 듯이 서둘러야겠지." 그가 급히 말했다. "왜냐하면, 알다시피, 사람은 일단 마음이 기울어지면 받아들이기 훨씬 더 쉬운 법이니까. 하지만 만약 다른 이유가 있다면, 만약 나와 사귀고 싶지 않다면, 만약, 만약, 음, 만약 나와 업무상 잘 지냈다는 이유만으로 내 감정을 상하게 해서는 안 된다고 생각했다면," 그는 이렇게 여러 가지 가능성을 냉정하게 생각하다가 혹시 그 가능성이 사실이면 어쩌나 두려워 머릿속이 엉켜버렸다. "어쨌든, 당신은 바라는 것을 이야기하면 되오. 그러면 나는 정리하겠소. 나로선 아주 불행한 일이겠지만 언짢게 생각하지 않을 거요. 그러니 솔직하게 말해주시오. 메이슨 양, 내 말대로 이유가 그런 것인지 말해봐요. 내 육감으론 거의 그런 것 같은데."

그녀는 그를 잠깐 바라보았다. 그때 별안간 그녀의 눈에 힘들고 화가 난듯 눈물이 고였다.

"아, 하지만 그건 공평하지 않아요." 그녀가 소리쳤다. "제게 선택하라고 하시는 거잖아요. 나 자신을 지키려고 거짓말을 해서 당신에게 상처를 주거나 진실을 말해서, 그렇게 되면 좀 전에 말씀하셨듯이 당신이 미친 듯 서두르실 테니, 저 자신을 지키는 것을 포기하라고 하시는 거지요."

그녀의 뺨은 달아올라 있었고 입술은 떨렸지만 그를 똑바로 쳐다보고 있었다.

데이라이트는 뿌듯해하며 미소를 지었다.

"정말 기쁘오, 메이슨 양, 그 말을 들으니 정말 기뻐요."

"하지만 당신에게 이로운 말은 아니에요." 그녀가 황급히 말을 이었다. "그럴 수 없어요. 제가 그렇게 안 되게 할 거예요. 이걸로 함께 말을 타는 것은 끝이에요……. 게이트는 이쪽이에요."

그녀는 자신의 말을 옆쪽으로 대더니 몸을 숙여 손잡이를 밀어 게이트를 열고 나갔다.

"안 돼요. 제발, 안 돼요." 데이라이트가 따라 나오려고 하자 그녀가 말했다.

그가 초라하게 입을 다물고 발을 뒤로 물러나게 하자 게이트가 흔들거리다가 닫혀 그들을 갈라놓았다. 하지만 말이 더 이어지자 그녀는 떠나지 않았다.

"들어봐요, 메이슨 양." 그가 솔직하고 떨리는 낮은 목소리로 말했다. "확실히 해둘 게 있소. 나는 당신을 한번 데리고 놀자는 게 아니오. 당신을 좋아하고 원하고 있소. 이전에는 한 번도 열렬한 적이 없었소. 전혀 나쁜 의도는 없어요. 난 고결한 의사로⋯⋯."

하지만 그녀의 표정을 보고 곧 입을 닫았다. 그녀가 화를 내면서 웃고 있었다.

"당신 말은," 그녀가 소리쳤다. "혼인 신고하는 것 같군요. 고결한 의사라니. 이의 없습니까? 혼인성사, 뭐 그런 것 같군요. 하지만 그런 말씀을 하신 건 제 탓이지요. 미칠 듯이 서두르는 게 바로 이런 건가 보죠."

데이라이트가 도시 하늘 아래 살게 되면서부터 피부의 그을린 흔적이 옅어졌다. 그래서 얼굴이 확 달아오르면 붉은 기운이 먼저 목을 타고 올라와 얼굴로 번지는 것이 확연히 보였다. 이 엄청나게 난처한 상황에서 그녀가 다른 때보다 더 친절한 눈길로 자신을 바라보고 있을 줄은 꿈에도 몰랐다. 그녀는 소년처럼 얼굴이 달아오른 거구의 성인 남자를 본 적이 없었으니 벌써 자신이 심하게 대한 걸 후회하고 있었다.

"자, 들어봐요, 메이슨 양," 처음에는 천천히 주저하며 말을 시작했지만 속도가 점점 빨라져서 나중에는 거의 횡설수설했다. "나는 거친 사람이오. 나도 그걸 알고 있소. 그리고 내가 아는 게 별로 없다는 것도 알아요. 구애를 해본 적도 없고 사랑에 빠져본 적도 없소. 바보 같지만 사랑을 어떻게 시작해야 하는지도 몰라요. 당신은 내 바보 같은 말과 감정의 진의를 캐내려고 했어요. 그래, 그게 바로 나요. 괜찮아요. 난 어떻게 사랑을 시작하는지 몰라도 괜찮소."

디디 메이슨의 마음은 여기저기 날아다니는 새처럼 오락가락했다. 그 순간은 후회뿐이었다.

"웃어서 죄송해요." 문 건너편에서 그녀가 말했다. "진짜 우스워서 웃은 것은 아니었어요. 전 놀라서 그리고 마음이 아파서 당황스러워요. 아시겠지만 하니시 씨, 저는 그⋯⋯."

그녀는 오락가락하는 상태에서 경솔하게 자신의 생각을 단정 지어버릴까 두려워 갑자기 말을 멈추었다.

"당신이 그런 식의 제안에 익숙하지 않다는 말을 하려는 거군." 데이라이트가 말했다. "'안녕하쇼, 알게 돼서 기뻐, 내 여자가 되지 않겠소.' 같은 수작 말이오."

그녀가 고개를 끄덕이며 웃음을 터뜨리자 그도 웃었다. 그러자 어색함이 사라졌다. 그는 용기를 내서 더 침착하게 생각하며 자신만만하게 말을 이었다.

"내 말이 맞다는 거군. 당신은 이런 일에 경험이 있어. 이런 제안을 많이 받아봤어. 난 그런 경험이 없었으니 물 밖에 나온 물고기 같은 처지라오. 하지만 이건 청혼이 아니오. 단지 좀 특수한 상황인데 오해가 생긴 거요. 남자가 어떤 여자와 사귀고 싶다고 해서 무턱대고 청혼을 하지는 않는다는 것쯤은 나도 잘 알고 있소. 그러니 오해라는 거요. 첫째, 나는 사무실에서 당신과 친해질 수 없소. 둘째, 당신은 나를 사무실 밖에서 만나 나한테 기회를 주고 싶지 않다고 했소. 셋째, 당신이 말한 이유는 내가 당신 상사라는 이유로 사람들이 쑥덕거릴 거라는 거요. 넷째, 난 이제 막 당신과 친해지기 시작했으니 당신은 이제 내가 공정하고 정당하다는 것을 알게 되었을 거요. 다섯째, 당신은 거기 문 뒤에서 가려고 하고 나는 여기 반대편에서 아주 필사적으로 당신이 다시 생각해보게 하고 무슨 말이든 하려고 애쓰는 중이오. 여섯째, 앞서 말한 거요. 마지막으로, 당신이 다시 생각해주기만 바라오."

그녀는 듣고 있었다. 진지하고 불안해 보이는 그의 얼굴도 보았다. 그의 말투는 단순하고 소박해서 오히려 더 진지하게 들렸고 자신이 여태껏 보아왔던 보통 남자들과 확실히 다른 것 같아 기뻤다. 그러다 자신의 생각에 빠져들어 그의 말을 듣는 것도 잊었다. 강한 남자의 사랑은 평범한 여자에게 늘 유혹인 법이다. 디디에게는 지금, 닫힌 문 너머로 데이라이트를 보고 있는 이 순간의 유혹이 가장 컸다. 그와의 결혼을 생각해보지 않은 것은 아니었다. 하지만 그렇게 하지 말아야 할 이유가 수십 가지는 더 됐다. 하지만 그냥 그를 더 알아보기만 해도 안 되는 걸까? 분명 그가 싫지 않았다. 아니, 좋았다. 처음 만나 인디언처럼 마른 얼굴과 번뜩이는 눈을 보았을 때부터 그를 좋아했다. 근육질의 멋진 몸이 아니라도 눈에 띄는 남자였다. 게다가 북쪽에서 온 용감하고 거친 모험가, 이루어 놓은 일이 많은 백만장자, 남쪽 사람들과 대적하려고 아주 당당하게 북극에서 온 남자라는 환상까지 더해져 있었다.

아메리칸 인디언처럼 잔인한 도박사이자 방탕하고 도덕관념이 없고 복수심에 넘쳐 자신을 방해하는 사람은 모두 짓밟는 사람이라고 했다. 그랬다. 그에 관한 나쁜 소문을 모조리 다 알고 있었다. 하지만 두려워하지 않았다. 그런 평판이 전부가 아니었다. 버닝 데이라이트라고 하면 다른 일들도 떠올랐다. 신문, 잡지, 클론다이크에 관한 책들에 나온 내용들이었다. 다 합쳐보면 버닝 데이라이트라는 이름에는 많은 것이 함축되어 있었다. 여자들의 상상력을 자극하기에 충분했다. 그녀에게도 마찬가지였다. 문을 사이에 두고 자신을 갈망하고 있는 단순하면서 감동적인 그의 말을 들었을 때 말이다. 디디도 어쨌든 여자였다. 허영심이 있는 여자. 그런 남자가 자신을 원하고 있으니 그 허영심이 채워졌다.

그리고 피로감과 외로움도 스치고 지나갔다. 그것은 꽉 억눌려 있는 어렴풋한 감정과 더 어렴풋이 느껴지는 부추김, 더 깊은 곳의 희미한 속삭임과 메아리, 항상 새롭게 생겨나지만 구체화되지 못한 미묘하고도 강력한, 불안정한 뜻밖의 감정, 수천 가지 기만과 가면 아래 영원히 계속 솟아나는 삶의 본질과 정수였다.

언덕에서 이 남자와 함께 말을 타는 것만도 강렬한 유혹이었다. 자신이 그처럼 살 수 없을 것이라는 게 너무도 확실했기에 더할 수 없이 끌렸다. 하지만 그녀는 평범한 여자들처럼 걱정하고 수줍어하지 않았다. 어떤 상황에서도 자기 일을 잘 알아서 처리할 수 있었다. 그러니 안 될 이유가 무엇인가? 그저 사소한 일일 뿐인데.

그녀는 기껏해야 평범하고 단조롭게 살았다. 먹고 자고 일하고 대충 그랬다. 은둔자 같은 자신의 생활이 사열을 하듯 눈앞에 스쳐지나갔다. 일주일에 엿새를 사무실에 나갔고 나룻배를 타고 출퇴근했다. 자기 전 혼자 있는 시간에는 피아노 앞에서 노래를 한바탕 부르고, 세탁을 하고, 바느질을 하고, 수선하고, 얼마 안 되는 수입을 계산했다. 일주일에 이틀, 저녁 사교 생활을 할 수 있었다. 다른 시간과 토요일 오후는 병원에서 남동생과 함께 있었다. 그리고 일요일이 그녀에게 위안의 날이었다. 맵을 타고 행복한 고원으로 나갔다. 하지만 혼자서 외롭게 말을 탔다. 아는 사람 중 말을 타는 사람이 아무도 없었다. 여러 명의 대학친구들에게 함께 타자고 권했지만 한두 번 타고 나면 말을 빌려 타는 일에 흥미를 잃었다. 매들린이 있긴 했다. 말을 사고 몇 달 동안 열심히 탔지만 결혼을 하자 캘리포니아 남부로 가버렸다. 이렇게 몇 년을 살면 누구라도 늘 혼자 말을 타는 일에 질릴 법했다.

그는 대단한 남자였다. 백만장자로 샌프란시스코의 부자 절반이 그를 두려워했다. 대단한 사람! 그녀는 그의 본성에 이런 면이 있으리라곤 생각해본 적이 없었다.

"사람들은 어떻게 결혼하는 거요?" 그가 말했다. "첫째, 만난다. 둘째, 서로의 외모를 좋아한다. 셋째, 친해진다. 넷째, 친해진 후에 서로를 얼마나 좋아하는가에 따라 결혼하거나 하지 않는다. 하지만 도대체 우리가 어떻게 서로를 좋아하는지 알 수 있겠소? 직접 그럴 기회를 만들어야 해요. 내가 당신에게 찾아가고 전화를 할 수 있을 거요. 하지만 당신이 하숙 같은 것을 하고 있다는 것밖에 모르니 그럴 수가 없지."

갑자기 분위기가 바뀌자 디디는 상황이 너무 우스웠다. 웃고 싶었다. 화가 나거나 흥분해서가 아니라 그저 재미있어서 웃고 싶었다. 아주 재미있었다. 속기사인 자신과 악명 높은 백만장자 도박사인 그가 문을 사이에 두고 있었다. 그는 사람들이 친해지고 결혼하게 되는 이야기를 쏟아내고 있었다. 그것은 일어날 법하지 않은 상황이었다. 거기서 그녀는 계속 그런 상태로 있을 수가 없었다. 더 이상 고원에서의 은밀한 만남이 계속 되어서는 안 되었다. 다시 만나는 일을 없을 것이다. 그가 받아들이지 않고 사무실에서 계속 구애를 해온다면 그녀로서는 가장 좋은 일자리를 내놓고 이 일을 마무리할 수밖에 없을 것이다. 그녀로서는 좋은 일이 아니었다. 하지만 남자들의 세상, 특히 도시에서 특별히 좋은 일이 있었던 적이 없었다. 오랫동안 먹고살기 위해 일하면서 이미 수많은 환상이 깨져버렸다.

"몰래 만나거나 숨기지 맙시다." 데이라이트가 설명했다. "원한다면 뻔뻔스럽게 말을 타면 되고 누군가 우리를 본다고 해도 보라고 하지 뭐. 그들이 입방아를 찧는다고 해도 우리 양심에 거리낄 것이 없다면 걱정할 필요가 없는 거요. 결정을 해요. 그러면 밥은 세상에서 가장 행복한 사람을 태운 말이 될 거요."

그녀는 고개를 가로저은 뒤 집으로 가고 싶어 안달이 나 있는 말을 붙들고 길어진 그림자를 의미심장하게 바라보았다.

"어쨌든 오늘은 늦었소." 데이라이트가 서둘렀다. "그런데 아직 결론이 안 났어요. 일요일에 한 번 더 만나서 이야기해야겠소. 무리한 부탁은 아닐 거요."

"오늘도 하루 종일 있었잖아요." 그녀가 말했다.

"하지만 너무 늦게 이야기를 시작했잖소. 다음번에는 더 일찍 이야기를 시작합시다. 아주 진지하게 말하는 거요. 다음 일요일 어떻소?"

"남자들이 일찍이 믿을 만한 적이 있던가요?" 그녀가 물었다. "당신은 '다음 일요일'이라고 말하지만 그것이 많은 일요일을 뜻한다는 것을 잘 알고 있잖아요."

"그럼 많은 일요일로 하지." 그는 개의치 않고 소리쳤고 그녀는 그가 지금보다 더 잘생겨 보인 적이 없다고 생각했다. "원하는 걸 이야기해요. 말만 해요. 다음 일요일 채석장에서……."

그녀는 출발 준비로 채찍을 모아 쥐었다.

"잘 가요." 그녀가 말했다. "그리고……."

"다음에 만나요." 그가 아주 희미하게 감정을 드러내며 속삭였다.

"그래요." 그녀가 말했다. 낮은 목소리였지만 선명했다.

그 순간 그녀는 자신의 감정을 곰곰이 씹으며 뒤를 돌아보지 않고 말을 몰았다. 마지막 순간까지 싫다고 말하리라 결심하고 있었다. 그런데 입이 좋다고 말해버렸다. 어쩌면 입은 그러려고 했는지도 모른다. 왜 그랬을까? 전혀 예상치 못한 자신의 행동을 생각해보자 우선 놀랍고 당황스러웠지만 그 결과로 일어날 일을 생각해보자 끔찍했다. 버닝 데이라이트가 쉽게 볼 사람이 아니라는 것을 잘 알고 있었고 그는 단순함과 순진함 이면에 남성적 면모가 강한 사람이었으니 이제 강압과 한바탕 소동을 피할 수 없으리란 것이 뻔했다. 다시 한 번 자신이 왜 그 순간 자신의 속마음과는 딴판으로 대답을 했는지 자문해보았다.

15

사무실에서는 이전과 똑같았다. 말이나 시선이 예전과 전혀 다르지 않았다. 일요일마다 다음 일요일에 다시 만날 약속을 잡았다. 이 일도 사무실에서는 이야기한 적이 없었다. 데이라이트가 세심하게 배려한 것이었다. 사무실에서 그녀가 사라지는 것이 싫었다. 일하고 있는 그녀의 모습을 보는 것은 변함없는 즐거움이었다. 그녀를 더 오래 보려고 받아쓸 것을 불러주며 꾸물거리거나 다른 일을 더 시키거나 하면서도 도를 넘진 않았다. 하지만 이런 이기적인 행동의 이면에는 공정한 게임으로서의 사랑이 있었다. 그는 상황을 이용해 부수적으로 이득을 보고 싶지 않았다. 단순한 소유를 넘어선 더 차원 높은 사랑을 충족시키고자 하는 마음이 어딘가에 있었다. 두 사람 모두에게 공정한 상태에서 사랑을 얻고 싶었다.

한편 치밀한 책략가인 그의 계획은 더할 수 없이 치밀했다. 하지만 그녀는 사랑의 감정이 종잡을 수 없이 자유롭고, 위협을 당한다고 달라질 사람이 결코 아니었기에 그의 치밀함을 예리하게 간파했다. 그녀는 머리로는 그런 그를 잘 알고 있었지만 그에게서 거미줄처럼 미세하게 의식의 아주 깊은 곳까지 영향을 받고 있었다. 데이라이트라는 존재의 거미줄이 슬며시 뻗쳐 휘감고 있었지만 아주 극단적으로 두드러지는 경우를 제외하고는 전혀 의식할 수 없었다. 한올 한올, 이 비밀스럽고 도저히 감지할 수 없는 거미줄이 뻗쳐들었다. 그는 이 거미줄을 통해 그녀가 좋다고 대답하면서도 속으로는 싫다는 생각을 하고 있는 것도 알아챌 수 있었다. 그녀는 다급한 상황에서 냉정한 판단력을 잃고 속마음과 달리 긍정의 대답을 할 수도 있었다.

디디와 친해지게 되면서 데이라이트에게 이로운 게 많았지만 무엇보다 이전만큼 술을 많이 마시고 싶지 않은 것이 가장 좋았다. 술을 마시고 싶은 생각이 차츰 줄어 마침내 스스로 의식할 정도가 되었다. 그녀라는 존재 자체가 억제의 역할을 했다. 그녀는 칵테일 같았다. 아니라도 어쨌든 칵테일을 대신할 수는 있었다. 그는 각박한 도시 생활과 도박에서 오는 긴장감 때문에 칵테일에 빠져 지냈다. 긴장감을 덜기 위해 술로 벽을 세웠었는데 이제 디디가 그 벽이 되었다. 칵테일과 스카치소다 대신 그녀의 성격, 웃음, 억양, 눈 속의 믿을 수 없는 황금빛 광채, 머리카락의 윤기, 자세, 옷, 말을 탈 때의 동작, 단순한 버릇, 이 모든 것이 자꾸 머릿속을 맴돌았다.

그러지 않기로 굳게 결심은 했지만 그들은 여전히 은밀하게 만났다. 본질적으로 은밀한 만남이었다. 세상에 드러나게 말을 타지 않았다. 그러기는커녕 그녀가 버클리에서 시골길로 오는 중간에서 사람들의 눈을 피해 몰래 만났다. 인적이 드문 길에서만 함께 말을 탔고 언덕의 뒷길을 애용했고 신문에서 봤더라도 그를 알아보지 못할 시골 사람들이 다니는 길로만 다녔다.

디디는 말을 잘 탔다. 잘 탈 뿐만 아니라 오래 탈 수 있었다. 100, 110, 심지어 130킬로미터까지 타는 날도 있었다. 하지만 디디는 너무 오래 탄다고 투덜거리지도 않았다. 또 하나 데이라이트가 좋아했던 점은 가장 오래 탄 날에도 그 밤색 구렁말의 등에 작은 상처 하나 나지 않았다. "아주 멋진 여자야." 진부하지만 그가 할 수 있는 가장 열렬한 찬사였다.

이렇게 오랫동안 방해받지 않고 함께 말을 타면서 서로에 대해 많이 알게 되었다. 각자 자기 이야기만 한 것은 아니었다. 그녀는 북극 여행과 금광에 대해 많은 것을 알게 되었고 그는 그녀에 대해 더 잘 알게 되었다. 그녀는 어릴 때 목장에서 살았던 일을 자세하게 말하며 말과 개와 사람들, 사물들에 대해 수다를 떨었다. 그는 마치 직접 그녀의 성장 과정 전체를 지켜본 것 같았다. 이렇게 해서 그녀의 아버지가 실패한 뒤 죽고 그녀가 대학을 중퇴하고 일하러 나갈 수밖에 없었던 사연까지 모두 들었다. 오랫동안 남동생의 치료에 애쓴 이야기며 이제는 사라지고 있는 치료의 희망에 대한 이야기도 들었다. 데이라이트는 예상보다 쉽게 그녀를 알아가고 있다고 느꼈다. 하지만 그녀에 대해 알고 있는 모든 것 이면에 신비롭고 당혹스러운 여자라는 존재와 성(性)이 있다는 것을 알고 있었다. 그는 자신이 전혀 알지 못하지만 어떻게든 건너야 하는 미지의 끝없는 바다가 있다는 사실을 겸허하게 인정할 수밖에 없었다.

여자에 대한 오랜 두려움은 몰이해에서 나온 것이었으며 여자란 아무래도 이해할 수 없을 것이라고 생각하고 있었다. 말을 탄 디디, 여름 언덕 중턱에서 양귀비꽃을 꺾는 디디, 재빠르게 속기로 말을 받아쓰고 있는 디디, 이 모든 그녀를 이해할 수 있었다. 하지만 기분이 갑자기 바뀌는 디디, 함께 말타기를 고집스럽게 거부하다가 갑자기 승낙하는 디디, 차고 기울면서 암시를 속삭이는 듯하고 이해하지 못할 말을 전하는 듯한 눈 속의 금빛 광채는 알 수가 없었다. 이 모든 것에서 성이라는 심연이 어렴풋이 보였고 그 유혹을 알아챘지만 이해할 수 없는 것으로 치부해버렸다.

또 일부러 모른 척했던 그녀의 다른 면이 있었다. 그녀는 책을 좋아했고 '문화'라고 부를 만한 신비롭고 경외로운 것이 있었다. 하지만 줄곧 그가 놀라워했던 것은 이 문화라는 것이 그들의 교제에 아무 방해도 되지 않는다는 사실이었다. 그녀는 책 이야기는 하지 않았다. 예술이나 그와 비슷한 하찮은 것들에 대해서도 마찬가지였다. 그와 다름없이 그녀도 소박했다. 그녀는 단순한 것과 바깥에 나가는 것을 좋아했고 말과 고원들, 햇빛과 꽃들을 좋아했다. 그녀를 따라 새로운 식물지에 가게 되면 그녀는 그곳에서 다양한 떡갈나무들을 보여주고 마드로노 나무와 맨자니터 나무에 대해, 또 그것들의 이름과 습성을 가르쳐주었다. 수많은 야생화, 관목, 양치류의 서식지에 대해서도 알려주었다. 수목에 대한 그녀의 예민한 눈은 그에게 또 하나의 기쁨이었다. 그녀는 그것들을 자연에서 배웠고 모르는 것이 거의 없었다. 어느 날 새 둥지 많이 찾기 시합을 했다. 노련하고 예민한 관찰력에는 자신이 있던 그였지만 이기기 힘들었다. 저녁까지 겨우 세 개를 찾았다. 게다가 그 중 하나는 그녀가 강력하게 아니라고 하자 사실 그 자신도 자신이 없다고 털어놓을 수밖에 없었다. 그는 그녀를 칭찬한 뒤 그녀가 새 같기 때문에 이길 수 있었던 거라고 했다. 새들은 시력이 좋고 순식간에 날아가버린다고 말이다.

그녀에 대해 많이 알면 알수록 그녀가 새 같다는 생각이 더 강해졌다. 그녀가 말을 타기 좋아하기 때문에 그런 것이라고 생각했다. 말을 타는 것은 하늘을 나는 일에 가장 가까웠다. 그는 양귀비 들판, 양치류 골짜기, 시골 길에 늘어선 포플러 나무, 황갈색 언덕 중턱, 먼 봉우리에 비치는 한 줄기 햇살, 이 모든 것에서 새의 지저귐처럼 생생한 기쁨을 느꼈다. 그녀는 작은 것들에서 기쁨을 느꼈고 늘 지저귀고 있는 것 같았다. 힘들어할 때도 마찬가지였다. 그 골칫거리 밥을 길들이느라 애쓰고 있을 때 그녀는 독수리 같았다.

이렇게 그녀가 작은 일에서 생생한 기쁨을 느끼면 그도 기뻤다. 그는 그녀가 기뻐할 때 똑같이 기뻐했고 그녀가 집중하는 대상에 자신의 눈을 정확하게 맞추었다. 또 그녀를 통해 자연을 더 세밀하게 관찰하고 더 예리하게 인식하게 되었다. 그녀는 풍경 속에서 꿈에도 생각지 못할 만큼 다채로운 색깔을 찾아냈다. 그가 아는 것은 기본 색깔뿐이었다. 빨강색은 모두 빨강일 뿐이었다. 검정은 검정이었고 노란색보다 진하면 다 갈색이었다. 하지만 이제 그렇지 않았다. 자주색은 늘 붉거나 핏빛 같다고만 생각했지만 이제 달랐다. 높은 고원 꼭대기까지 말을 달린 적이 있었다. 말의 무릎까지 자란 양귀비가 바람에 흔들리자 타오르는 듯 보였다. 그녀는 아주 먼 곳의 능선을 보고 황홀해했다. 일곱이라고 그녀가 능선의 수를 세었을 때 평생 풍경을 보며 살았던 그였지만 처음으로 '멀리 있는 것'이 어떤 것인지 알게 되었다. 그런 뒤로 그는 늘 자연을 더 잘 살펴보게 되었고 솟아 있는 산들의 능선이 빽빽하게 늘어서 있는 것을 보면서, 그리고 먼 고원의 비탈을 떠나지 않는 자줏빛 여름 안개를 오래 바라보면서 기쁨을 느꼈다.

하지만 그러는 내내 사랑이라는 황금빛 실이 계속 풀렸다. 처음에는 디디와 말을 타고 그저 함께 있는 것에 만족했다. 하지만 욕망이 커지고 원하는 것이 많아졌다. 그녀를 더 많이 알수록 그녀가 더 훌륭해 보였다. 그녀가 수줍어하고 도도하게 굴었거나 다른 여자들처럼 그저 깔깔거리고 억지웃음을 지었더라면 달랐을 것이다. 오히려 그녀는 단순하고 건전했고 친구 같아서 놀라웠다. 친구 같은 느낌은 예상 밖의 것이었다. 그는 여자에 대해 그렇게 느꼈던 적이 없었다. 여자란 놀잇감, 잔소리꾼, 아내이며 어머니로 자손 번창을 위해 꼭 필요한 존재였다. 그게 전부였다. 하지만 친구로서 함께 즐거워하고 기뻐하는 여자, 그는 디디의 이런 점이 놀라웠다. 그리고 그녀가 멋있게 보일수록 그의 사랑은 점점 더 열렬하게 타올라 은연중에 그의 목소리에 묻어 나왔고 눈 속에서 불꽃으로 타올랐다. 그녀도 그것을 모르지 않았다. 그녀의 수많은 여자 선조들과 마찬가지로 그 아름다운 불꽃을 즐기되 그 결과로 생길 큰 화재는 피해야 한다고 생각했다.

"겨울이 곧 올 거예요." 어느 날 그녀가 서운한 듯하면서도 떠보듯이 말했다. "그러면 말을 탈 수가 없을 거예요."

"하지만 난 겨울에도 당신을 봐야 하오." 그가 다급히 소리쳤다.

그녀는 고개를 저었다.

"아주 행복했으니 그걸로 됐어요." 그녀가 침착하고 진지하게 그를 바라보며 말했다. "사귀는 일에 대한 당신의 바보 같은 주장을 기억하고 있어요. 하지만 그렇게 말한다고 해도 아무것도 안 될 거예요. 될 수가 없어요. 전 제 자신을 너무 잘 알아요."

그녀의 얼굴은 아주 진지했고 상처를 주지 않으려고 조심하는 듯했다. 눈동자는 흔들리지 않았지만 그 안에는 금빛 광채가 있었다. 그는 이제 그 성의 심연이 두렵지 않았다.

"난 꽤 잘해왔소." 그가 단언했다. "당신이 안 그렇다고 하면 안 그런 거겠지만. 정말이지 아주 어렵기도 했소. 곰곰이 생각해봐요. 단 한 번도 당신을 사랑한다고 말한 적이 없지만 계속 당신을 사랑하고 있었소. 제 마음대로만 하던 사람에게는 아주 힘든 일이오. 난 탐험을 할 때면 막 달려드는 편이오. 눈 위에서 시합이 벌어지면 신에게라도 안 가리고 달려들 거요. 하지만 당신에겐 그러지 않았소. 그게 내가 당신을 얼마나 사랑하는지 보여주는 거요. 물론 당신과 결혼하고 싶소. 하지만 그런 말 안 했잖소. 입도 뻥긋 안 하고 착하게 굴었소. 그래서 어떤 때는 입이 근질거려서 힘들었지요. 난 당신에게 청혼한 적이 없어요. 지금도 청혼을 하려는 건 아니오. 아, 당신이 마음에 들지 않는다는 말은 아니오. 당신이 좋은 아내감인 것은 분명하지요. 그런데 난 어떻소? 당신은 결단을 내릴 만큼 나를 잘 알고 있소?" 그는 어깨를 으쓱했다. "난 모르겠지만 이제 그저 운에 맡기지만은 않을 거요. 당신은 나와 잘 지낼 수 있는지 없는지 확실히 알아야 해요. 이건 느리고 신중한 게임이오. 난 패를 잘 읽고 있으니 지지 않을 거요."

디디는 이런 구애는 처음이었다. 이런 식의 구애가 있다는 말도 들어본 적이 없었다. 게다가 그가 열렬해 보이지 않아서 놀랐다. 예전에 떨리던 그의 손과 매일매일 열망이 가득했던 그의 눈과 목소리를 떠올리고서야 조금 위안이 되었다. 또 몇 주 전 그가 했던 말이 생각났다. "당신은 인내심이 어떤 건지 모를 거요." 그러면서 그는 일라이저 데이비스와 함께 스튜어트 강에서 굶고 있을 때 큰 총으로 다람쥐를 잡던 이야기를 해주었다.

"그러니," 그가 서둘렀다. "공정한 게임을 하려면 이번 겨울에도 더 만나야 하오. 당신이 아직 마음을 못 정했을 테니."

"아뇨. 했어요." 그녀가 말을 막았다. "저는 제가 당신을 좋아하게 내버려두지 않을 거예요. 그렇게 해서 전 행복할 수 없을 거예요. 당신을 좋아해요, 하니시 씨, 그뿐이에요. 절대 그 이상이 될 수 없어요."

"그건 당신이 내가 사는 방식을 좋아하지 않기 때문일 게요." 머릿속에 세상을 떠들썩하게 했던 폭주와 난봉을 떠올리며 말했다. 신문들이 평가했던 그. 그 일을 떠올리며 그녀가 적당히 그런 일을 모른다고 해주지는 않을까 기대했다.

놀랍게도 그녀는 쌀쌀맞고 단호하게 대답했다.

"예, 좋아하지 않아요."

"신문에 나게 된 몇 번의 폭주는 경솔한 일이라는 걸 잘 알고 있소." 그가 변명했다. "그리고 떠들썩한 패거리들과 어울렸던 것도."

"제 말은 그런 뜻이 아니에요." 그녀가 말했다. "저도 그 일에 대해서 알고 있고 그런 일이 좋다고 할 수는 없어요. 하지만 그건 대체로 당신의 인생, 당신의 일이죠. 세상에는 당신 같은 남자와 결혼해서 행복해할 여자들이 있겠지만 저는 아니에요. 제가 그런 남자를 좋아하면 할수록 저는 점점 불행해질 거예요. 아시다시피 제가 불행하면 그 남자도 불행해지겠지요. 제가 잘못된다면 그도 똑같이 잘못되겠죠. 하긴 그 사람에겐 자기 사업이 그대로 있으니 그렇게 가혹한 건 아니겠지만요."

"사업!" 데이라이트는 숨이 턱 막혔다. "내 사업이 뭐가 문제요? 나는 공정하고 정직하게 일하오. 숨길 게 없소. 대부분의 사업에서는 그렇지 않소. 큰 기업이든 사기 치고 거짓말하는 작은 구멍가게든. 나는 정당한 규칙에 따르고 거짓말하거나 사기를 치거나 약속을 어기는 일은 없소."

디디는 잠시 뜸을 들인 후 화제를 바꾸어 자기 생각을 말했다.

"고대 그리스에서," 그녀가 배운 티를 내기 시작했다. "좋은 시민이란 집을 짓고 나무를 심은 사람이라고 해요." 하지만 미처 다 인용하지 못하고 급히 결론을 맺었다. "당신은 집을 몇 채나 지었죠? 나무는 몇 그루나 심었어요?"

그는 애매하게 고개를 저었다. 그 물음의 속뜻을 잘 몰랐기 때문이었다.

"두 해 전에 당신은 석탄을 사재기했어요."

"일부 지역에서만 그랬지." 그가 회상하는 듯 쓴웃음을 지었다. "일부 지역에서만. 그리고 화차 부족과 브리티시 콜럼비아 파업으로 이익을 봤소."

"하지만 당신은 그 석탄을 직접 캐내지 않았어요. 1톤에 4달러씩이나 올려 많은 돈을 벌었죠. 그게 당신 사업이었어요. 가난한 사람들이 석탄 값을 더 내게 만들었어요. 공정하게 했다고 말했지만 그 사람들의 주머니에 손을 댔고 돈을 가져갔어요. 전 알아요. 버클리 집 거실에서 벽난로를 때요. 록웰스에서는 1톤에 11달러였지만 그해 겨울엔 15달러였어요. 당신은 제게서 4달러를 약탈해갔어요. 저는 괜찮았어요. 하지만 아주 가난한 수천 명의 사람들은 견딜 수 없었겠죠. 그것이 합법적인 도박이라지만 제가 보기엔 순전히 약탈이에요."

데이라이트는 당황하지 않았다. 처음 듣는 이야기가 아니었다. 소노마 고원에서 와인을 만들던 노파를 기억하고 있었고 수백만 명이 그녀처럼 약탈당하고 있다는 것을 알고 있었다.

"그런데 말이죠, 메이슨 양. 그 점에선 나도 약간 인정해요. 하지만 당신은 오랫동안 일로 나를 보아왔으니 내가 늘 가난한 사람들을 약탈하지는 않는다는 것을 알 거요. 내 목표는 거물들이오. 그들이 내 먹이요. 그들은 가난한 사람들에게서 빼앗고 나는 그들 것을 빼앗아요. 그 석탄 건은 부수적인 일이었소. 나는 그런 식으로 가난한 사람들을 목표로 삼지 않고 거물들을 약탈해요. 어쩌다 보니 가난한 사람들이 상처를 입게 된 것뿐이오."

"게임이란 전부 도박이란 걸 모를 거요." 데이라이트가 계속했다. "모두가 이렇게 저렇게 도박을 해요. 농부들은 날씨와 곡물 시장을 대상으로 도박을 하지요. 미국 철강회사도 마찬가지요. 수많은 사업이 가난한 사람들에 대한 순전한 약탈이오. 하지만 난 그렇게 하지 않았소. 당신도 그건 알 거요. 내 목표는 늘 그 약탈자들이었소."

"제가 하려던 이야기는 그게 아니었어요." 그녀가 말했다. "잠깐만요."

잠깐 동안 그들은 말 없이 말을 탔다.

"말로 정확하게 설명은 잘 못 하겠지만 이런 거요. 합법적인 일이 있지만 그것은 그렇게, 그러니까 합법적으로 운영되지 않아요. 농부들은 땅을 이용해서 곡물을 생산하지요. 농부는 인간에게 이로운 것을 만들어내고 있는 거요. 어떤 의미에선 중요한 것을 창조하고 있는 거요. 배고픈 자들의 배를 채워줄 곡물 말이오."

"그러면 철도회사나 시장에서 농간을 부리는 사람들과 나머지 사람들이 바로 그 곡물을 빼앗지." 디디가 미소를 짓고 손을 들자 말을 멈추었다.

"잠깐만요. 제가 말하려는 게 뭔지 안 들어보실 거예요? 그 사람들이 그 농부가 가진 것을 모두 빼앗아가서 그 농부가 굶게 된다고 해도 그건 문제가 아니에요. 문제는 그가 생산한 밀이 아직 세상에 있다는 거죠. 그건 존재해요. 모르시겠어요? 그 농부는 무엇인가를 만들어냈죠. 예를 들면 밀 10톤이라고 하죠. 그러면 그 10톤의 밀이 있어요. 철도회사가 그 밀을 시장과 그걸 먹을 사람들에게 운반하죠. 역시 합법적이에요. 당신에게 물을 가져다주는 사람이나 당신 눈앞에서 재를 치워주는 사람처럼 말이에요. 무언가 일어난 거예요. 그 밀처럼 어떤 의미에서는 만들어진 것이에요."

"하지만 철도회사는 엄청나게 약탈해." 데이라이트가 이의를 제기했다.

"그렇다면 그들이 하는 일은 합법적인 부분도 있고 그렇지 않은 부분도 있는 거죠. 이제 당신 경우를 보죠. 당신은 아무것도 만들어내지 않아요. 당신 사업에서는 아무 것도 새로운 것이 생겨나지 않아요. 당신의 석탄 사업처럼 말이에요. 당신은 그것을 캐내지 않았어요. 그것을 시장에 내놓지도 않았고 배달하지도 않았어요. 모르시겠어요? 나무를 심고 집을 짓는다는 말이 무엇인지? 당신은 나무 한 그루, 집 한 채 짓지 않았어요."

"세상에 사업에 대해 당신처럼 말하는 여자가 있을 거라곤 상상도 못 해봤소." 그가 감탄하여 중얼거렸다. "그 점에선 당신 말이 맞아요. 하지만 내 편에서도 할 말이 많소. 들어봐요. 세 가지 점에서 이야기를 할 거요. 첫째, 인생은 짧으니 아무리 잘나도 우리는 결국 죽어요. 인생은 큰 도박이오. 어떤 사람은 행운을 타고나고 어떤 사람은 불운을 타고나지요. 모두가 도박판에 앉아서 남의 것을 빼앗으려고 해요. 대부분의 사람들이 빼앗기지요. 그들은 그렇게 되도록 태어난 거요. 나 같은 사람이 나타나 상황을 파악해요. 나는 두 가지 중에서 고를 수 있소. 약자가 되거나 약탈자가 될 수 있소. 약자가 되면 아무것도 못 가져. 약탈자들이 내 입에서 빵부스러기까지 다 빼앗아가겠지. 평생 열심히 일만 하다가 죽는 거야. 그리고 절대 세상에 이름도 못 남겨요. 계속 일만 해요. 사람들은 노동의 존엄성에 대해 이야기하지. 내 말은 그런 노동에는 존엄성이란 없단 거요. 나는 약탈자가 되기로 선택할 수가 있소. 그래서 약탈자가 되면 정신을 바짝 차리고 이기려고 하오. 자동차를 여러 대 사고 커다랗고 맛있는 스테이크를 먹고 푹신한 침대들을 사는 거요.

둘째, 그 농부의 밀을 시장에 운반하는 철도회사처럼 어중간한 약탈을 하는 것과 나처럼 약탈자들을 약탈하는 완벽한 약탈을 하는 것에 그리 큰 차이가 없소. 게다가 어중간한 약탈은 너무 느린 게임이라 나는 끼지 않을 거요. 난 아주 급해요."

"하지만 무엇 때문에 이기려고 하는 거죠?" 디디가 물었다.

"이미 수백 수천만 달러를 가지고 있잖아요. 한 번에 차 한 대만 탈 수 있고 한 번에 한 침대에서만 잘 수 있어요."

"셋째가 그 대답이오." 그가 말했다. "인간과 생물은 각자 좋아하는 게 다르도록 만들어져 있소. 토끼는 채소를 좋아하지요. 스라소니는 고기를 좋아하고. 오리는 헤엄치는 것을 좋아하고 닭들은 물을 싫어하오. 어떤 사람은 우표를 모으고 어떤 사람은 나비를 모아요. 어떤 사람은 그림 그리기를 좋아하고 어떤 사람은 요트를 좋아하고 또 어떤 사람은 큰 게임을 좋아해요. 어떤 사람은 경마가 최고라고 생각하고 어떤 사람은 여배우가 최고라고 생각하지요. 그 사람들이 그것들을 좋아하는 건 어쩔 수 없는 일이오. 좋아하는 것이 있으면 다들 어떻게 하겠소? 그런데 나는 도박을 좋아하오. 게임하는 것이 좋아요. 큰 게임을 빨리 해치우고 싶소. 그렇게 타고났소. 그러니 나는 게임을 하는 거요."

"하지만 당신의 많은 돈으로 좋은 일을 할 수는 없나요?"

데이라이트가 웃었다.

"많은 돈으로 좋은 일을 하라고! 그건 난데없이 신의 얼굴을 갈기는 것과 같소. 신이 세상을 잘 운영할 줄 모른다고 하면서 당신이 대신하면 정말 잘하겠다고 하면서. 신이 나에게 밤새 도박을 못 하게 해서 다른 길을 찾은 거라고 생각하면 돼요. 손가락에 쇳조각을 끼우고 큰 몽둥이를 들고 다니며 사람들 머리를 부수고 돈을 빼앗아서 부자가 됐는데 나중에 후회하며 다른 약탈자들이 부숴놓은 머리에 붕대를 감아주고 돌아다닌다면 웃기지 않겠소? 생각은 당신에게 맡기겠소. 그게 돈으로 좋은 일을 하는 거요. 종종 어떤 약탈자는 인정이 많아져서 구급차 운전을 하기도 하지. 카네기가 한 게 바로 그거요. 그는 홈스테드의 피 터지는 격전에서 사람들의 머리를 으깼소. 늘 그렇게 하는 사람이었소. 약자들을 약탈해서 수백만 달러를 벌어놓고 이제 와서 그들에게 찔끔찔끔 돈을 나눠주며 돌아다녀요. 웃기지 않소? 생각해봐요."

그는 담배를 말며 궁금하기도 하고 재미있기도 해서 그녀를 바라보았다. 그녀는 그의 대답과 속단에 당황스러워하며 좀 전에 하려던 말을 다시 끄집어냈다.

"당신하곤 말싸움은 안 돼요. 아실 거예요. 여자가 아무리 옳은 말을 해도 남자에겐 늘 여자를 이길 방법이 있죠. 남자들이 하는 말은 아주 설득력 있는 것같이 들리죠. 아무리 그래도 여자는 남자들이 틀렸다는 걸 잘 알고 있어요. 하지만 한 가지, 창조의 즐거움이란 거 말이에요. 당신은 도박이 그런 거라고 하겠지만 저는 무언가를 창조하고 만드는 것이 하루 종일 주사위를 굴리는 것보다 더 만족이 크다고 생각해요. 예를 들어 언젠가, 아니, 석탄 값으로 15달러를 내야 했던 시절 저는 꼬박 30분 동안 맵을 빗질해주곤 했어요. 맵의 털이 깨끗하고 부드러워지고 광택이 나는 것을 보면 뿌듯했어요. 그러니까 그건 남자가 집을 짓거나 나무를 심는 것과 같은 거예요. 그 남자는 집과 나무를 볼수 있어요. 그걸 만들었죠. 직접 말이에요. 당신 같은 사람이 와서 나무를 빼앗아 간다고 해도 그 나무는 거기 있고 여전히 그사람이 이룬 성과예요. 당신은 그걸 빼앗을 수 없어요, 하니시 씨. 당신이 가진 돈을 전부 낸다고 해도 말이지요. 직접 무언가 만들어본 적이 있어요? 유콘에 있는 통나무집, 아니면 카누, 뗏목, 아니면 다른 무언가? 그것들을 만드는 동안 그리고 다 만들고 나서 얼마나 뿌듯했는지, 얼마나 기분 좋았는지 기억 안 나세요?"

그는 그녀가 말한 것들을 떠올리느라 바쁘게 머리를 돌렸다. 클론다이크 강둑의 인적 없는 평원이 보였다. 통나무집들과 창고가 지어지는 것이 보였고 자신이 통나무로 지은 것들이 모두 보였고 제재소가 밤낮없이 삼교대로 가동되는 것이 보였다.

"빌어먹을! 메이슨 양, 당신이 옳소. 어떤 면에서는 말이오. 난 거기 집을 수백 채 지었소. 그걸 보고 자랑스러워하고 기뻤던 기억도 있소. 지금도 흡족하게 여기고 있어요. 그리고 오피르도 있었소. 거긴 흔히 볼 수 있는 평범한 지류에 있는 아주 황량한 사슴 방목장이오. 내가 그곳을 대단한 오피르로 만들었소. 130킬로미터나 떨어진 링커빌리 강에서 물을 끌어왔지. 사람들은 모두 안 될 거라고 했지만 난 해냈소. 혼자서 말이오. 그 댐과 용수로에 4백만 달러가 들었소. 당신이 그 오피르를 봤어야 했는데. 발전시설, 전기, 명부에 올라 있는 수백 명의 노동자, 밤낮없이 돌아가고 있는 그 시설들. 당신이 말하는 무언가를 만든다는 것이 어떤 건지 어렴풋이 알겠소. 내가 오피르를 만들었소. 진짜 멋졌지. 지금도 그곳이 자랑스럽소. 내가 마지막으로 그곳을 봤던 그 순간처럼 지금도 그곳이 정말 자랑스럽소."

"그러면 단순한 돈 이상의 무엇인가를 얻은 거예요." 디디가 부추겼다. "이제 제가 돈이 아주 많은데 사업을 계속 해야 한다면 무엇을 할지 아시겠어요? 이 헐벗은 고원의 남쪽과 서쪽 사면을 모두 사요. 그것들을 사들여 유칼리 나무를 심겠어요. 어쨌든 즐겁게 일을 하겠죠. 그런데 당신이 말하는 도박이란 것에 제가 얽힌다고 생각해보죠. 저는 그 나무로 돈을 벌겠죠. 그게 제가 말하려는 거예요. 시장에 석탄 1온스도 보태지 않으면서 석탄값만 올리는 게 아니라 장작 더미로 엄청난 돈을 벌겠어요. 아무것도 없던 곳에 무엇인가를 만들어서 말이에요. 그래서 나룻배를 타고 강을 건너는 사람들이 모두 이 울창한 고원을 보고 즐기게 하겠어요. 당신이 록웰스에서 1톤에 4달러를 올려서 누가 기뻐했나요?"

이번에는 데이라이트가 침묵할 차례였다. 그녀는 대답을 기다렸다.

"당신은 내가 그렇게 했어야 한다는 거요?" 데이라이트가 마침내 물었다.

"세상을 위해서도 당신을 위해서도." 그녀가 애매하게 대답했다.

16

일주일 내내 사무실 사람들은 데이라이트의 심경에 무언가 큰 변화가 있었던 것이 분명하다고 생각했다. 지난 몇 달 동안 데이라이트는 소소한 몇 건의 거래 말고 다른 일에는 전혀 관심이 없는 것처럼 보였었다. 하지만 이제 거의 계속 골똘히 생각에 잠겨 있거나 별안간 오클랜드로 가서 오래 머물기도 했고 몇 시간이고 꼼짝 않고 말없이 책상 앞에 앉아 있기도 했다. 그는 생각에 몰두하며 행복한 것처럼 보였다. 사람들이 찾아와 그와 의논을 할 때도 있었다. 그런데 모두 처음 보는 사람들이었고 평소 만나던 사람들과는 다른 부류 같았다.

일요일 디디에게 다 털어놓았다. "우리가 했던 이야기를 깊이 생각해봤소." 그가 말문을 열었다. "거기 투자를 해야겠다는 생각이 들었소. 머리카락이 바짝 설 만한 제안이 있소. 당신이 합법적이라고 부르는 것인 동시에 도박 역사상 가장 위험한 것이 될 거요. 작은 것들을 대대적으로 심어서 하나가 자란 곳에 두 개가 자라게 만드는 거요. 아, 그래, 나무도 좀 심을 거요. 그러니까 수백만 그루. 내가 조사하고 있다던 채석장 기억나죠? 그걸 살 거요. 이 고원도 사서 여기서부터 버클리 근방까지 그리고 저쪽 샌린드로까지 개간할 거요. 이미 그곳 땅을 많이 가지고 있소. 하지만 비밀이오. 앞으로 거기서 무언가 대단한 일이 벌어질 거라고 사람들이 짐작하게 될 때까지 계속 사들일 거요. 엄청나게 값을 올릴 시장은 필요 없소. 저 너머 고원을 알잖소. 그 사면이 피드몬트를 통해 중간에서 완만한 언덕을 따라 오클랜드까지 이어져 있잖소. 거기가 내 땅이오. 하지만 내가 사들일 땅들에 비하면 아무것도 아니오."

그는 우쭐대며 말을 멈추었다.

"하나가 자란 곳에 두 개가 자라게 만드는 것에 비하면 말이지요?" 디디는 그가 일부러 수수께끼처럼 말하는 것을 듣고 크게 웃으며 물었다.

그는 매혹적인 그녀를 뚫어지게 바라보았다. 그녀는 아주 솔직해서 웃을 때 남자처럼 고개를 뒤로 젖혔다. 그녀의 치아를 보면 기분이 아주 좋았다. 작지는 않지만 고르고 빈틈도 흠도 없었다. 여태껏 본 것 중 제일 건강하고 희고 예쁜 치아 같았다. 몇 달 동안 그는 만나는 모든 여자들의 치아와 비교해보고 있었다.

그는 그녀의 웃음이 멈추고 나서야 말을 이었다.

"오클랜드와 샌프란시스코 사이의 도선 시스템은 미국에서 가장 열악해요. 당신이 일주일에 엿새를 매일 그걸 타잖소. 그러니까 한 달에 25일을 타는 거고 1년에는 3백 일을 타는 거지. 편도에 시간이 얼마나 걸려요? 운 좋으면 40분? 이제 20분만 타게 해주겠소. 만약 하나가 자란 곳에 두 개가 자라게 만들지 못하면 내 장을 지지지. 편도에 20분을 약속하겠소. 그러니 하루에 40분, 3백을 곱하면 1년에 1만 2천 분이오. 당신만을 위해서, 당신 한 사람만을 위해서요. 들어봐요. 그건 무려 2백 시간이오. 수천 명의 사람들이 1년에 2백 시간을 절약할 수 있게 한다고 생각해봐요. 그건 뭔가 만들어내는 것이오, 그렇지 않소?"

디디는 숨이 가빠 고개만 끄덕였다. 그의 흥분이 그녀에게까지 전염된 것이다. 하지만 그녀는 어떻게 그렇게 엄청난 시간을 절약할 수 있을지는 전혀 알 수가 없었다.

"이봐요," 그가 말했다. "저 고원 꼭대기에 올라갑시다. 거기 가면 뭔가 보일 테니 내가 그때 설명해주겠소."

협곡의 마른 바닥으로 이어져 있는 작은 오솔길을 건너야 고원으로 올라갈 수 있었다. 비탈은 가팔랐고 텁수룩한 덤불과 관목으로 뒤덮여 있었다. 그곳에서 말들은 미끄러지고 발길질을 해댔다. 밥은 점점 더 싫어하더니 갑자기 뒤로 돌아서 맵을 밀치고 지나가려고 했다. 맵은 옆쪽 더 빽빽한 관목 속으로 밀려나 거의 넘어질 뻔했다. 맵이 밥에게 몸을 던졌다. 그러자 데이라이트와 디디의 다리가 서로 끼이게 되었고 밥이 언덕 쪽으로 돌진하자 디디는 밀려서 거의 떨어질 지경이었다. 데이라이트는 밥을 뒤로 밀면서 디디를 잡아당겨 안장으로 끌어당겼다. 작은 나뭇가지들과 나뭇잎들이 비처럼 쏟아져 내렸다. 난처한 일이 꼬리를 물고 이어졌다. 고원 꼭대기에 이르렀을 때는 지쳤지만 행복하고 흥분되었다. 이곳에서는 나무가 시야를 가리지 않았다. 그들이 있는 고원은 산의 능선에서 불룩 튀어나온 곳이라 세 방향의 시야가 모두 열렸다. 아래로 만과 이어져 있는 평평한 땅, 오클랜드가 있고 만을 건너면 샌프란시스코였다. 그 두 도시 사이에 흰색 나룻배들이 물 위에 떠 있었다. 오른쪽이 버클리였고 왼쪽에는 오클랜드와 샌린드로 사이에 드문드문 마을이 있었다. 바로 전경이 피드몬트였는데 거주지와 농가들이 여기저기 흩어져 있었다. 피드몬트에서부터 오클랜드까지는 완만한 비탈이었다.

"저길 봐요." 데이라이트가 팔을 벌려 쓸어 모으듯 하면서 말했다. "저기 10만 명의 사람이 있으니 50만은 안 되란 법이 있겠소? 한 사람이 살고 있는 곳에 다섯 명을 살게 할 수 있소. 아주 간단히 말하면 그게 내 계획이오. 오클랜드에는 왜 더 많은 사람이 살지 않을까? 샌프란시스코에 좋은 시설이 없기 때문이기도 하고 오클랜드는 거의 자고 있으니까 그런 거요. 내가 오클랜드, 버클리, 앨러미다, 샌린드로와 나머지의 전차노선을 다 산다고 생각해봐요. 그것들을 유능한 회사 하나로 묶어서 말이오. 저쪽 편 거의 고트 섬까지에 큰 부두를 만들고 최신식 도선 시스템을 갖추어 샌프란시스코까지 가는 시간을 절반으로 줄이는 거요. 사람들이 이 너머에 살고 싶어할 거요. 좋아요. 사람들은 건물을 지을 땅이 필요하겠지요. 그러니 처음 내가 땅을 사들이는 거요. 하지만 땅은 지금도 값이 싸요. 왜냐고? 시골이고 전철도 없고 빠른 운송 수단도 없으니 아무도 전철이 들어오리란 걸 예상하지 못하고 있어서요. 내가 전철을 만들 거요. 그러면 땅값이 급등할 거요. 그런 뒤 사람들이 개선된 도선 시스템과 운송 수단 때문에 그 땅을 사고 싶어하게 되면 난 바로 그 땅을 팔 거요.

사실, 그땅 값은 내가 전철을 부설해서 올라간 거요. 그러니 나는 땅을 팔고 그 값을 돌려 받는 거고 그다음엔 전철이 있으니 사람들을 여기저기로 데려다주어 큰 돈을 버는 거요. 놓칠 수 없는 기회요. 거기 돈이 엄청 많이 있소. 해안지역과 갯벌도 일부 손에 넣을 거요. 부두를 지을 곳과 지금 부두가 있는 곳을 봐요. 물이 얕아요. 바닥을 돋우고 훑고 해서 독을 만들 거요. 수백 척의 배를 감당할 독. 샌프란시스코 해안은 이미 꽉 찼소. 배가 더 들어올 공간이 없지. 이쪽에서 수백 척의 배가 세 개의 큰 철로 위의 화차들에 짐을 싣고 내리면 샌프란시스코로 건너가지 않고 여기 건너편에서 공장이 가동될 거요. 공장터를 말하는 거요. 누군가 이 일을 눈치채거나 하물며 대충 어디쯤인지 알아채기 전에 그 공장터를 내가 사들여야 한다는 말이지. 공장들이 있다는 건 수만 명의 노동자와 그들의 가족이 있다는 걸 의미하오. 그 사람들이 있다는 건 더 많은 집과 더 많은 땅이 필요하다는 걸 뜻하고. 나한텐 중요한 문제요. 내가 그들에게 땅을 팔 거거든. 그리고 수만 명의 가족이 있다는 건 내 전철에 매일 수천 달러가 들어온다는 뜻이지. 인구가 증가한다는 것은 상점이 더 필요하고 은행이 더 많이 필요하고 모든 것이 더 많이 필요하다는 뜻이오. 그것들도 중요하지. 내가 바로 저기서 집을 짓고 사업을 할 테니까 말이오. 어떻소?"

마침내 그녀가 대답할 차례였지만 그가 말을 막아버렸다. 그의 눈에는 동양으로 가는 관문 옆 앨러미다 고원에 서게 될 꿈의 신도시밖에 보이지 않았다.

"모든 강철선박이 만들어지는 클라이드 강이라고 들어봤소? 거긴 고물 배들이 있는 저 오클랜드 강의 절반도 안 되는 곳이오. 저 강이 클라이드 강처럼 되지 말란 법이 어디 있겠소. 오클랜드 시의회는 자두와 건포도에 대해서도 진지하게 논의하오. 필요한 건 일을 이해할 사람이고 그다음엔 조직이오. 그건 바로 내가 만들지. 오피르가 거저 만들어진 게 아니었소. 일단 일이 잘 되어가기 시작하면 외부의 자본이 밀려들 거요. 내가 할 일은 그 일을 시작되게 하는 거요. 난 이렇게 말할 거요. '여러분, 이곳은 위대한 대도시의 자연적 조건을 모두 갖춘 곳이오. 전능하신 신께서 그 조건들을 내려주셨고 나에게 그것들을 보여주라고 하셨소. 차와 비단을 아시아에서 실어오고 바로 부로 실어보내고 싶으십니까? 여기 여러분의 증기선을 위한 독이 있고 이쪽은 철도입니다. 육로나 해로로 바로 연결된 공장이 필요하십니까? 여기 그 공장터가 있습니다. 이곳은 최신식 도시입니다. 이곳에 살게 될 여러분과 여러분의 노동자들을 위해 최신식 시설이 갖추어져 있습니다.'

그리고 물이 있소. 조만간 분수계를 살 거요. 급수시설이라고 안 될 게 뭐겠소. 오클랜드에는 현재 두 개의 급수회사가 있는데 앙숙처럼 서로 싸우고 있고 둘 다 거의 도산 직전이지. 대도시에는 훌륭한 급수 시스템이 필요한데 그 회사들은 그걸 제공할 수가 없소. 아주 시대에 뒤떨어진 회사들이거든. 내가 그 회사들을 잡아챌 거고 그 도시에 제대로 물을 공급해줄 거요. 거기 돈이 있소. 사방에 돈이지. 모든 일이 맞물려 잘 돌아갈 거요. 한 곳이 좋아지면 다른 모든 것의 값이 함께 올라가는 법이오. 그 값을 올리는 건 사람들이지. 사람들이 모이면 부동산 값은 더 오르는 법이오. 여기가 바로 사람들이 모여들 곳이오. 봐요, 여기보다 더 대도시에 어울리는 곳은 없을 거요. 필요한 건 사람인데 내가 2년 안에 수십만 명을 몰려들게 할 거요. 게다가 이건 무허가 토지 붐이 아니오. 합법적인 것이지. 20년 정도 지나면 만 이쪽 편에 백만 명이 살게 될 거요. 또 남은 건 호텔이오. 지금은 그 도시에 어울리는 것이 없어. 내가 최신식 호텔을 몇 개 지으면 사람들이 주목하겠지. 몇 년 동안 수지가 안 맞아도 괜찮아. 나중에는 다른 것들보다 더 많은 돈이 벌릴 거요. 아, 그리고, 이 고원에 유칼리 나무를 수백만 그루 심을 거요."

"하지만 어떻게 그 일을 다 하실 건가요?" 디디가 물었다. "계획대로 다 할 만큼 돈이 없잖아요."

"지금 3천만 달러가 있고 더 필요하면 땅과 다른 재산들을 담보로 빌릴 수 있소. 저당권에 대한 이자는 절대 땅값 상승을 앞지르지 못할 거요. 계속 땅을 팔 거요."

이후 몇 주 동안 데이라이트는 바빴다. 대부분 시간을 오클랜드에서 보냈고 사무실에는 거의 오지 않았다. 사무실을 오클랜드로 옮길 계획이었지만 디디에게 말했듯이 은밀한 예비 조치가 먼저였다. 매주 일요일 그들은 어떤 때는 이 언덕 꼭대기에서, 어떤 때는 저 언덕 꼭대기에서 그 도시와 교외 농지를 내려다보았고 그는 새로 산 땅의 위치를 디디에게 알려주었다. 처음에 그의 소유분은 여기저기 드문드문 있는 땅뙈기에 지나지 않았다. 하지만 몇 주가 지나자 그들 소유가 아닌 땅이 드문드문 했다. 마침내 데이라이트의 땅으로 둘러싸인 섬 같은 땅만 남았다.

엄청나게 일을 빨리 진행시켜야 했다. 오클랜드와 인접 지역들이 꽤 빨리 그 엄청난 구매를 감지할 것이기 때문이었다. 하지만 데이라이트에게는 현금이 있었다. 그는 신속하게 행동하기 위해 늘 그 방침에 따르고 있었으니까. 다른 사람들이 그 붐의 징조를 눈치채기 전에 그는 은밀하게 많은 일들을 해놓았다. 대리인이 모퉁이 땅과 사업 지구의 심장부 전체를 사들이고 공장터로 쓸 불모지를 사들이는 동안 데이라이트는 도시 의회에 달려가 허가권을 따내어 지칠 대로 지친 두 급수 회사와 여덟아홉 개의 독립 시내 전차회사를 점령하고 오클랜드 만과 독을 부설할 갯벌에 손을 뻗쳤다. 갯벌들은 몇 년 전부터 소송중이었지만 용감하게 뛰어들었다. 개별 소유자에게서 사들이는 동시에 시의 유력인물들로부터 임차했다.

다방면에서 일어난 이 전례 없는 일들로 오클랜드는 떠들썩해졌고 여기저기서 의심이 생겨났다. 그때 데이라이트는 비밀리에 유력한 공화당 신문과 자유당 기관지를 사들인 뒤 대담하게 새 사무실로 옮겨갔다. 사무실은 컸고 그 도시 유일의 현대식 건물 네 개 층을 차지했다. 그 건물은 데이라이트가 말했듯이 이후에도 절대 헐리지 않을 것이었다. 부서가 수십 개에 사원과 속기사가 수백 명이었다.

디디에게 말했듯 "난 당신이 아는 것보다 회사가 많소. 앨러미다 앤드 콘트라 코스타 토지기업조합, 연합 시내 전차회사, 예르바 부에나 도선회사, 유나이티드 수도회사, 피드몬트 부동산 회사, 페어뷰 앤드 포톨라 호텔. 그리고 안 잊어버리려고 써놓은 게 여섯 개 더 있소. 피드몬트 론더리 농장과 레드우드 연합 채석장도 있소. 우리 채석장에서 시작해 계속 사들여서 그렇게 된 거요. 그리고 이름을 아직 안 지은 조선사도 있소. 도선을 소유해야 하니 직접 만들기로 한 거요. 부두가 완성되기 전에 다 만들어질 거요. 휴! 이게 증말 포커보다 더 낫군. 약탈자 갱단의 돈을 착취하는 재미도 봤소. 수도회사 패거리들은 아직 반항하고 있지만 아주 확실하게 눌러놨소. 내가 그 일을 해치우고 나니 그들은 거의 무일푼이었소."

"하지만 왜 그들을 그렇게 미워하시는 거죠?" 디디가 물었다.

"그들이 비겁한 스컹크기 때문이오."

"하지만 당신도 그들과 똑같은 게임을 하고 있잖아요."

"그래요. 하지만 방법이 달라." 데이라이트는 그녀가 사려 깊다고 생각했다. "비겁한 스컹크라는 건 말 그대로요. 도박사인 척하지만 제대로 도박사가 될 용기가 있는 사람은 그들 천 명 중

한 명도 안 될 거요. 당신은 못 알아들을지 모르겠지만 그들은 포플러시인 척하는 자들이오. 난폭하고 큰 늑대인 척하지만 사실은 작은 솜꼬리토끼에 불과해. 끊임없이 뭔가 먹을 것을 찾아다니지만 문제가 하나만 생겨도 겁을 집어먹고 덤불 속에 숨어. 어떻게 돌아가는지 들어봐요. 거물들이 리틀코퍼를 팔아치우려고 잭키 팰로를 뉴욕 증권거래소에 보냈소. 나는 리틀코퍼가 54달러일 때 55달러에 그 전부나 일부를 살 거요. 그러면 30분 후에 금융업자라고 불리기도 하는 그 솜꼬리토끼들이 리틀코퍼를 60달러까지 올려놓겠지. 한 시간 뒤면 그들은 리틀코퍼를 45달러, 심지어 40달러에 내던지고 덤불 속으로 앞다투어 몰려갈 거요.

그들은 거물들의 앞잡이라오. 그들이 약자들을 약탈하고 나면 바로 거물들이 그들을 털지. 안 그럴 땐 거물들은 서로를 약탈하기 위해 그들을 이용하기도 한다오. 차타누가 석탄철회사가 마지막 공황에서 트러스트에 먹힌 것도 그런 식이었소. 트러스트가 그 공황을 만들었거든요. 그 공황으로 대은행 몇 개가 도산하고 여러 개의 거물들이 압박을 받았소. 솜꼬리토끼들을 이용해서 그런 거였소. 그 솜꼬리토끼들이 남은 일들을 하고 난 뒤 트러스트가 차타누가 석탄철회사를 거둬갔소. 배짱만 있으면 그 솜꼬리토끼들을 덤불로 쫓아버리는 건 누구나 할 수 있소. 난 그들을 그렇게 미워한다고 할 수는 없지만 그 새가슴의 허풍쟁이들한테 좋은 감정도 없소."

17

몇 달 동안 데이라이트는 일에 파묻혀 지냈다. 지출은 엄청났지만 들어오는 돈은 없었다. 오클랜드는 땅값이 전반적으로 상승한 것을 제외하고는 데이라이트가 뛰어들었다는 것을 감지하지 못했다. 이제 하고자 했던 일을 보여주는 것만 남았으니 그는 시간을 끌지 않았다. 부수적인 일처리를 위해 최고의 솜씨를 갖추었다는 시장 전문가를 불러들였다. 처음부터 일이 잘못되는 것을 용납할 수 없어서 먼저 윌킨슨을 고용했다. 시내 노선 조직을 맡기려고 두 배의 거액 월급을 주고 캘리포니아에서 데려온 사람이었다. 밤낮 없이 도로보수반이 거리에서 땀을 흘렸다. 밤낮 없이 항타기가 샌프란시스코 만 진흙 속에 기둥을 박았다. 5킬로미터 떨어진 곳에 부두를 건설할 것이어서 버클리 고원의 무성한 유칼리 숲 전체를 들어내고 기둥을 박았다.

고원 전역에 전차로를 건설하고 목초장을 도시구역으로 만들었다. 최신 공법으로 여기저기 구불구불한 가로수 길과 공원을 만들었다. 경사가 완만하고 넓은 길을 만들었고 하수구와 배수관을 놓았으며 자신의 채석장에서 캐온 자갈을 깔았다. 시멘트로 인도도 깔아놓았다. 구매자들은 자기 땅과 건축가를 골라 건물만 지으면 되었다. 데이라이트의 새로운 전차로 덕분에 오클랜드에 쉽게 갈 수 있게 되자 새 도선 시스템이 채 가동되기도 전에 거주자가 수백 명에 이르렀다. 이곳에서 이익이 크게 났다. 그가 돈을 쏟아붓자 황량한 농지가 하루아침에 그 도시 최고의 거주구역이 되었으니까.

하지만 그는 들어온 돈을 즉시 다른 곳에 쏟아부었다. 전차가 절실해지자 직접 전차 제작공장을 설립했다. 그리고 오름세였지만 부동산 시장에서도 엄선한 공장터와 건물 소유권을 계속 사들였다. 윌킨슨의 충고에 따라 이미 가동중에 있던 전차로를 사실상 전부 개조했다. 가볍고 오래된 철로를 뜯어내고 가장 무거운 철로를 깔았다. 좁은 도로 급커브의 모퉁이 땅을 사들여 바로 시에 넘겼다. 선로와 차량의 속도를 올리려면 넓은 커브길로 만들어야 했기 때문이었다. 그리고 도선 시스템에 도움이 되도록 지선로도 놓았다. 그 도로는 오클랜드, 앨러미다, 버클리의 전역을 지나 부두 끝까지 가는 급행 차량이 달릴 길이었다. 그의 대규모 토지 투자가 성공하려면 최상의 서비스가 꼭 필요했다. 오클랜드는 훌륭한 도시가 되어야 했다. 그것이 바로 그의 계획이었다. 큰 호텔과 함께 일반인들을 위한 놀이 공원들을 건설했고 좀 더 까다로운 계층을 위해 미술관, 클럽 하우스와 지역 숙박시설을 만들었다. 인구가 증가하기도 전에 시내 전차 노선에서 눈에 띄게 이익이 늘었다. 그의 계획에는 비현실적인 부분은 하나도 없었다. 안전한 투자였다.

"오클랜드에는 최고급 극장이 필요해." 그가 말했다. 지역 자본을 끌어들이려다가 실패하자 직접 극장을 짓기 시작했다. 그 도시에 오게 될 20만 명의 사람들에게 필요한 것이 무엇인지 아는 사람이 데이라이트밖에 없었던 것이다.

그럼에도 어떤 일이 있어도 일요일은 고원에서 말을 타기로 되어 있었다. 하지만 디디와의 말타기가 중단된 것은 겨울 날씨 탓이 아니었다. 어느 토요일 오후 사무실에서 그녀가 다음날 만날 수 없다고 말했다. 그가 이유를 다그치자 이렇게 말했다.

"맵을 팔았어요."

데이라이트는 잠깐 동안 말이 없었다. 그녀의 태도를 보니 아주 심각한 일이 있었음을 짐작했지만 무슨 일인지는 알 수 없었다. 자기를 배신하는 것일 수도 있었다. 경제적 문제가 생겼을지도 모르는 일이었다. 그에게 싫증났다는 것을 그렇게 알리고 있는 건지도 모르는 일이었다. 아니면…….

"무슨 일이오?" 그가 간신히 물었다.

"1톤에 45달러짜리 건초를 먹이며 말을 키울 수가 없어요."

"그게 전부요?" 그가 그녀에게서 눈을 떼지 않고 물었다. 건초값이 60달러까지 올랐던 5년 전 겨울 그녀가 어떻게 맵을 키웠는지 말해준 것이 떠올랐기 때문이었다.

"아뇨, 남동생에게 돈이 더 많이 들어가게 되어서기도 해요. 둘 다 보살필 수는 없으니 동생을 택하는 것이 낫다고 생각해요."

데이라이트는 크나큰 슬픔이 느껴졌다. 큰 상실감이란 게 어떤 것인지 그 순간 알게 되었다. 디디가 없는 일요일이 무엇이란 말인가? 그녀 없이 계속될 일요일을 어쩐다는 말인가? 그는 어쩔 줄 몰라 손가락으로 책상만 두드렸다.

"맵을 누가 사갔소?" 그가 물었다. 디디의 눈에서 예전에 화가 났을 때처럼 광채가 났다.

"맵을 사서 제게 돌려주시는 건 당치 않아요!" 그녀가 소리쳤다. "그럴 생각이 아니라고 거짓말할 생각은 마세요."

"부인하지 않겠소. 그럴 생각이었소. 하지만 당신한테 먼저 물어보려고 했소. 그런데 안 물어봐도 당신 생각을 알겠군. 하지만 당신이 맵을 아주 아꼈으니 맵을 잃으면 몹시 힘들 거요. 내일 같이 말을 못 탄다니 난 증말 안타깝소. 난 완전히 미아 신세요. 혼자 뭘 해야 할지 모르겠소."

"저도 마찬가지예요." 디디가 슬픈 듯 말했다. "바느질이나 하는 수밖에요."

"난 바느질을 해본 적도 없는걸."

데이라이트의 어조는 슬펐지만 어딘지 좀 묘했다. 그녀도 외롭다는 말을 들으니 내심 기뻤던 것이다. 어쨌든 그는 그녀에게 의미 있는 존재였다. 아주 싫어하는 것은 아니었다.

"다시 생각해봐요, 메이슨 양." 그가 부드럽게 말했다. "맵을 위해서만이 아니라 나를 위해서도 말이오. 이 경우에 돈은 문제가 아니오. 내가 맵을 사는 건 많은 남자들이 젊은 여성에게 꽃다발을 보내고 사탕을 보내는 것과 같아요. 그런데 나는 당신에게 꽃이나 사탕을 사준 적이 없잖소." 그녀의 눈에 경계심이 보이자 그는 거절당할까봐 급히 말을 이었다. "우리가 할 일에 대해 이야기하는 거요. 내가 그 말을 사서 가지고 있다가 당신이 타고 싶을 때 빌려주는 것은 어떻소? 아무 문제가 없지 않소? 누구든 말을 빌려줄 수 있는 거니까."

이번에도 거절할 듯하자 다시 말을 막았다.

"많은 남자들이 여자들을 마차에 태우잖아. 그건 전혀 잘못된 게 아니오. 그리고 남자들은 늘 말과 마차를 준비해둔다오. 그럼 내가 당신을 마차에 태우려고 말과 마차를 준비하는 것과 당신을 말에 태우려고 그 말을 준비하는 게 뭐가 달라요?"

그녀는 고개를 가로저으며 대답을 하지 않고 일과 관련이 없는 이런 대화를 끝내야겠다는 듯 문 쪽을 바라보았다. 그가 다시 설득했다.

"내게 당신 말고 친구가 없다는 것을 아시오, 메이슨 양? 내 말은 남녀를 떠나서 진짜 친구, 당신과 나처럼 친한 사이 말이오. 난 당신과 함께 있는 게 좋고 떨어져 있으면 서운하오. 히건과 아주 가깝게 지내지만 그 사람은 수백 킬로미터 떨어져 살아. 게다가 일 외에는 만나지도 않아. 그는 큰 서재를 가지고 있고 좀 이상한 문화 같은 데 빠져서 쉬는 시간에는 프랑스어나 독일어나 알아들을 수 없는 외국어로 된 책을 읽어요. 아니면 희곡이나 시를 쓰는 데 빠져 있소. 당신 말고는 친하다고 느끼는 사람이 없어요. 그런데 우리는 아주 조금밖에 사귀지 않았잖소. 일주일에 딱 한 번, 일요일. 그것도 비가 안 오면. 난 당신한테 점점 더 의존 비슷한 걸 하게 됐소. 당신은 그, 말하자면, 일종의……."

"일종의 습관이요." 그녀가 미소를 띠며 말했다.

"비슷해. 그리고 맵, 당신이 나무 아래나 햇살 속에서 타던 그 말, 당신과 맵을 함께 잃으면 일주일 내내 기다릴 가치가 있는 일이 아무것도 없어져요. 내가 그 말을 사서 당신한테 돌려줄 수……."

"싫어요, 싫어. 정말 싫어요." 디디가 참지 못하고 격해졌지만 맵에 대한 기억으로 눈가가 젖어 있었다. "제발 제 앞에서 맵 이야기 다시 꺼내지 마세요. 제가 맵과 쉽게 헤어졌다고 생각하신다면 오산이에요. 하지만 맵을 보냈으니 이제 잊고 싶어요."

데이라이트는 대답을 하지 못했고 그녀가 나가고 문이 닫혔다.

반시간 뒤 그는 존스와 이야기를 하고 있었다. 예전의 그 엘리베이터보이, 데이라이트가 오래전에 1년 동안 글을 쓰도록 돈을 대주었던 그 과격한 프롤레타리아. 그 1년의 결과로 나온 소설은 실패였다. 편집자들과 출판업자들은 그 소설을 거들떠보지도 않았다. 이제 데이라이트는 혼자 해야 했던 은밀한 일에 그 투덜이 작가를 끌어들이려고 하고 있었다. 존스는 장작과 숯의 철도 운임률 때문에 충격을 받은 이후 어떤 일에도 놀라지 않는 척해왔기에 이번 일에도 담담한 척했다. 그 일은 어떤 구렁말을 사간 사람을 알아내는 것이었다.

"그 말을 얼마에 살까요?" 그가 물었다.

"얼마든. 그 말을 꼭 사야 해. 그게 요점이야. 의심을 사지 않게 재빨리 흥정을 해. 꼭 그 말이어야 해. 그런 다음 소노마에 있는 그 주소로 데리고 가. 거기 가면 내 목장 관리인이 있어. 그 말을 아주 세심하게 돌보라고 전해. 그런 다음 모든 일을 잊어버려. 나한테 그 말을 샀던 사람이 누구였는지 말하지 마. 자네가 그 말을 사서 데려다 주었다는 것 말고는 나한테 아무 말도 말게. 알겠나?"

하지만 그 주가 가기도 전에 디디의 눈에서 문제의 조짐을 알리는 광채를 보았다.

"뭐가 잘못됐소? 왜 그래요?" 그가 시치미를 떼고 물었다.

"맵을," 그녀가 말했다. "샀던 사람이 벌써 다시 팔았대요. 당신이 그 일에 관여하신 것이……."

"난 누가 맵을 샀었는지 몰라요." 데이라이트가 대답했다. "그리고 난 그 말에 대해 신경도 안 쓰고 있소. 당신 말이니 당신이 그 말과 어떻게 되든 내가 상관할 바가 아니오. 그 말을 잃었다면 분명 운이 나쁜 게지. 이제껏 예민한 문제가 많았지만 오늘 또 한 가지 이야기할 게 있소. 그리고 과민할 필요가 없소. 당신과 전혀 상관이 없는 일이니까 말이오."

말이 끊어진 동안 그녀는 의심에 찬 눈초리로 그를 바라보고 있었다.

"당신 동생 일이오. 동생에게 필요한 것을 당신이 다 해줄 수가 없소. 그 암말을 판다고 동생을 독일에 보낼 수 있는 것은 아니잖소. 의사들이 동생에게 필요하다고 한 것, 사람의 뼈와 근육을 분리해 다시 붙여준다는 독일의 그 일류 의사 말이오. 저어, 내가 동생을 독일에 보내고 그 일류 의사에게 돈을 주고 싶소."

"만약 그것이 가능하다고 해도," 그녀가 전혀 화난 기색 없이 반쯤 숨을 헐떡이며 말했다. "결국 그건 안 돼요. 안 되는 거 아시잖아요. 당신에게 돈을 받을 수 없어요."

"잠깐만," 그가 끼어들었다. "당신은 목말라 죽을 지경일 때도 12사도에게서 물 한 잔 받아 마시지 않을 거요? 아니면 나쁜 의도가 있을까 두려운 거요?" 그녀가 아니라는 몸짓을 했다. "아니면 사람들이 수군거릴까 두려운 거요?"

"하지만 그건 달라요." 그녀가 말문을 열었다.

"들어봐요, 메이슨 양. 당신 생각은 어리석은 거요. 이 돈이라는 개념은 내가 아는 것 중 제일 묘한 거요. 당신이 절벽에서 떨어지려고 한다고 생각해봐요. 내가 손을 뻗어서 팔을 잡아주는 게 정상 아니겠소? 증말 그렇지. 하지만 당신이 다른 도움이 필요했다면 어쩌겠소? 팔 힘 말고 내 돈 말이오. 돈이면 다 돼요. 모두들 그렇다고 해. 하지만 왜 사람들이 그렇게 생각하겠소? 약탈자들이 모든 약자들이 정직하고 돈을 중시하기를 바라기 때문이오. 만약 약자들이 정직하지 않고 돈을 중시하지 않는다면 약탈자들은 어떻게 되겠소? 모르겠소? 약탈자들은 팔을 잡아주는 걸 거래하지 않소. 돈을 거래하지. 그러니 팔을 잡는 것은 그저 평범하고 흔한 일이지만 돈은 성스럽소. 당신이 내가 조금도 빌려주지 못하게 할 만큼 성스럽지."

"아니면 다른 방법도 있소." 그녀의 무언의 거절에 그는 더 서둘렀다. "당신이 절벽에서 떨어지고 있을 때 내 팔을 빌려주는 것은 괜찮소. 하지만 내가 그 팔로 삽과 곡괭이를 들고 하루 동안 일해서 2달러를 번다면 당신은 그 2달러는 전혀 신경 쓰지 않을 거요. 하지만 그건 똑같은 팔의 힘이오. 종류만 다르지. 그뿐이오. 게다가 이번 일에서 그건 당신 것이 아니오. 당신한테 빌려주는 것도 아니고. 당신 동생한테 내미는 팔이오. 그가 절벽에서 떨어지려 하고 있을 때 내민 팔과 똑같은 팔이오. 원하면 뛰어와서 '그만'이라고 소리쳐요. 그럼, 당신 동생을 계속 절벽에서 떨어지게 내버려둘게요. 동생의 다리 치료에 필요한 건 독일에 있는 그 일류 의사요. 그게 바로 내가 내미는 팔이오."

"내 방을 보았더라면 좋을 텐데. 벽이 온통 말총 굴레로 장식되어 있소. 수백 개나 되지. 나한테 쓸모가 없고 아주 싼 거요. 하지만 수많은 죄수들이 그걸 만드는 한 난 계속 그걸 살 거요. 에, 내가 하룻밤에 위스키 값으로 날린 돈이 당신 동생 같은 환자 수십 명의 치료비로 최고의 의사에게 줄 돈보다 많았소. 잘 기억해요. 이 일에 신경 쓰지 마시오. 당신 동생이 빌리는 거로 하고 싶다면 그렇게 할 거요. 그건 당신 동생이 결정할 문제니 당신은 내가 그를 절벽에서 끌어올리는 동안 방해가 안 되게 비켜주기만 하면 돼요."

그래도 디디가 거절하자 데이라이트는 아주 힘들어졌다.

"당신은 지금 내가 당신에게 구애하려고 한다고 오해해서 동생에게 방해가 되고 있소. 하지만 이건 구애가 아니오. 이런 게 구애라면 차라리 내가 말굴레를 파는 죄수들에게 구애를 하고 있다고 해요. 결혼해달라고 한 적이 없고 구애를 한다고 해도 난 승낙을 받으려고 무언가를 사주지는 않을 거요. 그리고 내가 청혼을 할 때는 대놓고 말할 거요."

디디의 얼굴이 달아올랐고 분노가 가득했다. "당신 자신이 얼마나 우스꽝스러운지 아신다면 벌써 그만두셨을 거예요." 그녀가 불쑥 말했다. "당신 때문에 저는 어떤 남자에게보다 더 기분이 상했어요. 자꾸 저한테 청혼한 적이 없다는 걸 이해하라고 하시는데요. 저는 청혼을 기다린 적이 없어요. 처음부터 가능성이 없다고 말씀드렸잖아요. 하지만 당신은 언젠가 청혼을 할 거라고 계속 위협하고 있어요. 지금 청혼하세요. 해치워버려요. 대답을 듣고 끝내세요."

그는 순전히 감탄의 눈으로 그녀를 바라보았다.

"내가, 메이슨 양, 당신을 너무도 원하기 때문에 지금 감히 청혼할 수가 없구려." 그녀가 소년처럼 거리낌없이 고개를 뒤로 젖히고 웃게 하려고 일부러 진지하고 이상하게 말했다. "게다가 전에도 말했듯 난 그런 일에 서툴러요. 지금껏 구애를 해본 적도 없고 실수를 하고 싶지 않소."

"하지만 계속 실수하고 계세요." 그녀가 격하게 소리쳤다. "아무도 여자에게 몽둥이 같은 위협적인 제안으로 겁주면서 구애하진 않아요."

"이제 그러지 않겠소." 기가 죽은 듯 그가 말했다. "어쨌든 이 걸로 싸움은 그만 합시다. 좀 전에 내가 솔직하게 했던 말이 진심이오. 당신은 동생을 방해하고 있소. 당신이 어떤 생각을 하고 있는지는 몰라도 방해하지 말고 동생에게 기회를 줘야 해요. 내가 동생에게 가서 이야기해도 되겠소? 철저하게 일로만 처리하겠소. 내가 동생의 건강에 투자하고 이자를 받으면 되는 거 아니겠소."

그녀가 눈에 띄게 머뭇거렸다.

"한 가지만 기억해요, 메이슨 양. 그건 동생의 다리예요, 당신의 다리가 아니라."

그녀가 여전히 대답을 하지 않자 데이라이트는 다시 한 번 다졌다.

"잊지 말아요, 혼자 동생을 만나러 가겠소. 여자가 없는 자리에서 남자 대 남자로 이야기하는 편이 더 나을 거요. 내일 오후에 가겠소."

18

그가 진정한 친구가 없다고 디디에게 했던 말은 전적으로 사실이었다. 수천 명에게 말을 걸고 수백 명과 같이 술을 마시고 친하게 지내지만 그는 외로운 사람이었다. 진짜 마음을 나눌 수 있는 사람이나 모임을 찾지 못했다. 도시라는 곳은 알래스카와 달리 동료애를 드러내기에 적합한 공간이 아니었다. 게다가 사람들의 유형도 달랐다. 한편에 경멸적이고 오만한 사업가들이, 다른 한편에 다른 무엇보다 더 편의에 따른 협조 관계였던 샌프란시스코 거물들이 있었다. 그 거물들의 노골적인 잔인성이 더 친숙하게 느껴졌지만 그들은 진심으로 존경할 만한 사람들이 아니었다. 정직하지 못한 경향도 있었다. 현대 사회에서는 개인의 약속보다 계약이 더 나았다. 그러니 계약에 세심하게 신경을 써야 했다. 유콘에서의 지난날은 달랐다. 계약은 인정되지 않았다. 누군가 자신이 너무 많이 가졌다고 양보하면 심지어 포커판에서도 그 말을 받아들였다.

래리 히건은 데이라이트의 사업에서 가장 중요한 일을 유능하게 해냈고 적게 속이고 덜 위선적인 사람이어서 변덕만 심하지 않았다면 친구가 될 만했다. 그는 괴팍스러운 천재, 법조계의 나폴레옹으로 통찰력에서 데이라이트를 훨씬 능가할 정도였지만 사무실 밖에서는 데이라이트와 함께 할 일이 없었다. 그는 책 읽는 데 몰두했다. 데이라이트가 감당할 수 없는 물건 말이다. 또 결코 원고 상태를 벗어난 적이 없는 희곡을 끊임없이 쓰기도 했다. 게다가 데이라이트가 은밀히 낌새만 채고 있긴 했지만 그는 상습적이기는 해도 절제력이 있는 해시시 복용자였다. 히건은 흔들리는 세상 속에서 책에 둘러싸여 평생을 살았다. 바깥 세상에 대해서는 이해하지 못했고 용인하지도 못했다. 수도승처럼 음식과 술을 절제했고 운동을 혐오했다.

데이라이트는 술을 마시고 야단법석을 피우며 사람들을 사귀었다. 일요일 디디와 만나지 않게 되자 기분전환을 위해 그런 것에 더 많이 의존했다. 칵테일이라는 억제의 벽을 이전보다 더 열심히 쌓았다. 이제 빨간 대형차도 더 자주 꺼내 탔고 밥에게는 마구간지기를 고용해 운동을 시키도록 했다. 샌프란시스코에서 살기 시작한 초창기에는 일 사이사이 쉴 시간이 있었지만 큰 사업만 하는 지금은 긴장을 풀 겨를이 없었다. 한 달, 아니 두세 달 동안 큰 부동산 투자에서 성공을 거두지 못했다. 그리고 그 사업이 광범위한 것이어서 복잡한 분규와 미해결된 상황들이 끊임없이 발생했다. 매일 문제가 터졌다. 능란하게 문제를 해결하고 나서는 마티니 더블을 마실 수 있다는 안도감으로 한숨을 내쉬며 사무실을 나와 차로 갔다. 취해서 비틀거리는 일은 거의 없었다. 그러기엔 너무 강한 체질이었다. 모든 술에 강했고 침착하고 자제하며 끊임없이 마셔서 평균량을 따지면 심한 주당보다 훨씬 더 많이 마셨다.

6주 동안 힘들게 일하면서 사무실에서밖에 디디를 보지 못했고 굳게 결심한 듯 그녀를 멀리했다. 하지만 일곱 번째 일요일 그녀에 대한 갈망에 압도당하고 말았다. 폭풍우가 치는 날이었다. 남동풍이 강했고 비와 돌풍이 도시를 휩쓸고 있었다. 그는 그녀 생각을 떨쳐버릴 수가 없었다. 창가에 앉아 여자들의 치장에 쓰는 옷가지를 꿰매고 있는 그녀의 모습이 계속 머리에 떠올랐다. 방에서 점심 식전 칵테일을 마실 시간이었지만 마시지 않았다. 마음을 아주 굳게 먹고 공책을 뒤져 디디의 전화번호를 찾았다.

처음에 전화를 받은 사람은 하숙집 주인의 딸이었지만 곧 갈망하던 바로 그 목소리가 들려왔다.

"당신을 만나러 갈 거라고 미리 알려주고 싶었소," 그가 말했다. "말도 없이 불쑥 찾아가고 싶지 않아서."

"무슨 일이 있나요?" 그녀의 목소리가 들려왔다.

"가서 말하겠소." 그가 대답을 피했다.

그는 빨간 차를 두 블록 떨어진 곳에 두고 널로 지붕을 인 3층짜리 버클리식 주택 앞까지 걸어갔다. 잠깐 망설이다가 벨을 눌렀다. 그는 자신이 지금 그녀의 바람과 정반대로 하고 있다는 것을 알고 있었다. 또한 신문에서 악명을 높인 백만장자이자 일요일에 전화를 건 남자를 맞아야 하는 성가신 일을 시키고 있다는 것도 알고 있었다. 하지만 자신이 이제 곧 '주책 없는 여자 희롱꾼'이 될 것은 전혀 예상치 못했다.

하지만 그렇다고 그만두지 않았다.

그녀가 직접 문 앞에 나와 악수로 그를 맞았다. 그는 방수외투와 모자를 쾌적하고 정돈된 복도 옷걸이에 걸고 그녀 쪽으로 몸을 돌려 안내를 기다렸다.

"저쪽은 복잡해요." 그녀가 응접실을 가리키며 말했다. 그곳에서 떠들썩한 젊은이들의 목소리가 들려왔고 문틈으로 몇몇 대학생이 보였다. "그러니 제 방으로 가셔야겠어요."

그녀는 복도 오른쪽의 열린 문으로 안내했다. 방에 들어선 그는 얼어붙은 듯 어색하게 서서 그녀와 주변을 유심히 바라보면서도 그렇게 바라보지 않으려고 애쓰고 있었다. 너무 당황한 나머지 자리에 앉으라고 그녀가 권하는 말도 듣지 못했다. 이곳이 그녀가 사는 곳이었다. 그곳이 친근하게 느껴져서, 그리고 그녀가 전혀 수선을 떨지 않아서 놀랐지만 그녀라면 그럴 수 있다고 생각했다. 방이 두 개 있었는데 지금 그가 있는 방은 거실인 듯했고 다른 하나는 침실이었는데 안이 들여다보였다. 오크로 만든 화장대에 빗과 솔, 자질구레한 여성용 장신구가 정리되어 있었다. 하지만 그 외에는 침실로 사용된 흔적이 없었다. 넓은 소파가 하나 있기는 했다. 그것은 장미무늬의 낡은 덮개가 씌워져 있고 쿠션이 겹겹이 쌓여 있었다. 그것이 침대로 쓰이고 있는 게 분명했다. 그의 좋은 침대들과는 천지 차이였다.

그렇다고 그 어색하게 서 있으면서 아주 상세하게 다 살펴본 것은 아니었다. 전체적인 인상은 따뜻하고 쾌적하고 아름다웠나. 난난한 나무 바닥에는 카펫 내신 늑대와 코요네 가죽 몇 장이 깔려 있었다. 잠시 동안 확실히 시선을 끈 것은 '웅크리고 앉은 비너스'였다. 사자 가죽이 걸린 벽 앞의 스타인웨이 직립형 피아노 위에 놓여 있었다.

하지만 가장 뚜렷하게 느껴지고 인식되는 것은 바로 디디였다. 그는 늘 그녀가 상당히 여자답다고 생각하고 있었다. 얼굴 윤곽, 머리카락, 눈, 목소리, 새처럼 웃는 모습. 하지만 방에서 약간 늘어뜨린 옷에, 몸의 윤곽이 드러나는 실내복을 입은 그녀는 놀랄 만큼 한층 여성스러웠다. 단정한 정장과 블라우스나 벨벳 코듀로이 승마복을 입은 모습에만 익숙해 있어서 이런 모습은 상상해본 적이 없었다. 아주 여성스럽고 훨씬 더 유순하고 연약하고 나긋나긋해 보였다. 평온하고 아름다운 이 분위기와 잘 어울렸다. 엄숙한 사무실 분위기에 어울렸던 것과 마찬가지로 말이다.

"안 앉으실 거예요?" 그녀가 다시 권했다.

그는 자신이 굶주린 짐승이라도 된 것처럼 느껴졌다. 그녀에 대한 열정이 속에서 넘쳐 나와 앞에 놓인 맛있는 음식을 먹어치

우기 시작했다. 참을성도 외교술도 없었다. 가장 솔직하고 직접적인 방법도 느리게 느껴졌다. 이때는 몰랐지만 그것은 최악의 방법이었다.

"있잖소." 열정으로 떨리는 목소리로 말했다. "사무실에서는 절대 청혼하고 싶지 않았소. 그래서 이렇게 온 거요. 디디 메이슨, 당신을 원해. 정말 당신을 원하오."

말을 하면서 그녀에게 다가갔다. 검은 눈은 활활 타오르고 피가 끓어오르는 듯 뺨이 거무스름했다.

그가 너무 서둘러서 그녀는 소리를 지르고 뒤로 물러날 틈도 없었다. 그때 막 그가 그녀를 안으려고 했고 그녀는 한 손을 잡아 그를 막았다.

그와는 반대로 그녀의 뺨에서는 갑자기 핏기가 사라졌다. 그를 잡은 그녀의 손이 떨리고 있었다. 그녀가 손가락에 힘을 빼자 그의 팔이 옆으로 툭 떨어졌다. 그녀는 무슨 말을 하든가 해서 어색한 상황을 넘기고 싶었지만 무엇을 해야 할지 아무 생각도 나지 않았다. 웃고 싶기만 했다. 반쯤 정신이 나간 상태이기도 했고 상황이 웃기기도 했다. 점점 더 웃고 싶어졌다. 아주 놀라기는 했지만 상황이 우스꽝스러웠다. 흉악한 노상강도가 습격하는 줄 알고 공포에 떨었는데 선량한 시민이 몇 시냐고 물어보려 했다는 것을 알게 된 상황 같았다.

데이라이트가 선수를 쳤다.

"아, 너무 어리석은 짓을 했소." 그가 말했다. "앉, 앉을 테니 겁먹지 마시오. 메이슨 양, 난 위험한 사람이 아니오."

"겁내지 않아요." 그녀가 웃으면서 대답하고 스르르 의자에 앉았다. 옆에는 바느질 바구니가 있었다. 희고 보풀보풀한 레이스와 모슬린이 삐져나와 있었다. 그녀가 다시 미소를 지었다. "잠깐 동안이지만 정말 놀라긴 했어요."

"웃기는 일이오." 데이라이트는 후회의 한숨을 쉬었다. "난, 당신을 굴복시켜 곤경에 빠뜨릴 만큼 힘이 세요. 야수처럼 내 마음대로 하는 데 익숙한 사람이지. 그런데 지금 이 의자에 새끼양처럼 나약하고 무력하게 앉아 있어. 당신이 증말 내 힘을 다 빼놓았소."

디디는 대답할 말을 찾아 곰곰이 생각했지만 허사였다. 그가 격렬한 청혼을 하다가 갑자기 물러나서 엉뚱한 말을 하는 이유가 무엇일까 하는 생각뿐이었다. 그의 확신 때문이라는 생각이 들었다. 그는 그녀를 자신의 것으로 만들 것을 확신하고 있었으니 천천히 사랑과 사랑의 결과에 대해 생각해볼 여유가 있다고 생각했던 것이다.

그녀는 그의 손이 무심결에 코트 옆 주머니로 미끄러져 들어가는 것을 보았다. 거기 담배와 갈색종이가 들어 있다는 것을 알고 있었다.

"담배 피우고 싶으시면 피워도 돼요." 그녀가 말했다. 그는 주머니 속에서 뭔가에 찔리기라도 한 듯 갑자기 손을 뺐다.

"아니, 담배 생각하고 있던 게 아니오. 당신 생각을 하고 있었소. 남자가 어떤 여자를 원할 때 청혼하는 것 말고 무엇을 해야 하오? 내가 아는 건 그게 전부요. 청혼을 잘 할 수가 없소. 난 그래요. 하지만 말은 제대로 할 수 있으니 그나마 다행이지. 아주 간절하게 당신을 원하오. 당신은 '거의 항상' 내 마음속에 있소. 내가 알고 싶은 것은, 저, 당신도 나를 원하오? 그것뿐이오."

"저, 저는 청혼받지 않았으면 했어요." 그녀가 부드럽게 말했다.

"대답하기 전에 말해둘 게 있소." 그녀가 이미 대답을 했다는 사실을 모른 채 그가 말을 이었다. "내 평생 여자를 쫓아다닌 적이 없소. 신문에 난 것과 아주 다르지. 책과 신문에 나온 나에 대한 것, 여자를 죽게 한 놈이라는 이야기는 전부 거짓이오. 진실이라곤 손톱만큼도 없소. 카드 게임도 많이 하고 술도 꽤 마셨지만 여자에겐 손대지 않았소. 자살한 여자가 한 명 있긴 했소. 하지만 날 그렇게 좋아하는지 몰랐소. 알았더라면 그 여자와 결혼했을 거요. 사랑해서가 아니라 자살을 막기 위해서 말이오. 그 여자가 아주 매력적이었지만 난 한 번도 그녀에게 지분거렸던 적이 없었소. 당신이 그 기사들을 이미 읽었을 것이기에 이렇게 말하는 거요. 나한테서 직접 듣는 것이 좋을 것 같아서 말이오."

"여자를 죽게 한 놈이라니!" 그가 코웃음을 쳤다. "메이슨 양, 정말 난 평생 여자를 두려워했었소. 당신이 내가 안 두려워하게 된 첫번째 여자요. 이상하죠? 당신을 흠모하고 있는 것은 아주 확실하지만 두렵지는 않소. 당신이 내가 아는 여자들과 다르기 때문일 거요. 당신은 날 쫓아다니며 귀찮게 하지 않았소. 여자를 죽게 한 놈이라니! 기억하는 한 줄곧 난 여자들을 피해 도망다녔소. 난 바람 속에서 잘 버텼고 넘어지거나 다리 같은 게

부러진 적이 없었기에 이제껏 무사할 수 있었소.

당신을 만날 때까지는 결혼하고 싶다는 생각을 해본 적이 없고 그런 생각을 한 것도 당신을 만나고 한참 뒤였소. 처음부터 호감이 있었지만 그 호감이 결혼처럼 지독한 것이 되리라곤 생각도 못했소. 에, 당신 생각하느라 밤에 잠도 자지 못하오."

그는 말을 멈추고 기다렸다. 그녀는 마음을 가라앉히려고 그러는지 바구니에서 레이스와 모슬린을 꺼내 바느질을 시작했다. 그녀가 자신을 바라보고 있지 않을 때 그는 마음껏 그녀를 보았다. 야무지고 재바른 손이었다. 밥과 같은 말을 다룰 수 있는 손, 말하는 속도만큼 빠르게 타자를 칠 수 있는 손, 고운 옷을 꿰맬 수 있는 손, 그리고 저기 구석에 있는 피아노도 연주할 수 있을 손. 또 하나 아주 여성스러운 부분은 슬리퍼였다. 작은 청동색 슬리퍼. 발이 그렇게 작은지 상상도 못 했었다. 외출용 신발과 승마용 부츠를 신었을 때는 발이 보이지 않아서 전혀 몰랐다. 그 청동색 슬리퍼에 반해 자꾸 눈길이 갔다.

문을 두드리는 소리가 들리자 그녀가 나갔다. 말소리가 들려왔다. 전화가 온 것이었다.

"그에게 10분 뒤에 다시 전화하겠다고 전하세요." 남성형 대명사를 듣자 순간 고통스러운 질투심이 일었다. 그 사람이 누구든 힘껏 싸우리라 결심했다. 디디 같은 여자가 그렇게 오랫동안 결혼하지 않았다는 사실이 새삼 놀라웠다.

돌아온 그녀는 살짝 웃어 보이고는 다시 바느질을 했다. 그의 눈길은 그녀의 재바른 손과 청동색 슬리퍼 사이를 오갔고 그녀

같은 속기사는 세상에 없을 것이란 확신이 들었다. 제법 좋은 가문 출신에 꽤 훌륭한 교육을 받았을 것이 분명했다. 그렇지 않다면 이 방과 그녀의 옷차림새를 설명할 수 없었다.

"10분은 아주 짧은 시간이오." 그가 넌지시 말했다.

"당신과 결혼할 수 없어요." 그녀가 말했다.

"날 사랑하지 않소?"

그녀가 고개를 저었다.

"나를 좋아해요? 아주 조금이라도?"

이번엔 그녀가 고개를 끄덕였고 재미있다는 듯 배시시 웃었다. 비웃음이 아니라 재미있어서 웃는 것이었다. 그녀는 거의 모든 상황에서 늘 재미를 찾아냈다.

"에, 그게 시작이오." 그가 말했다. "시작해야 시작되는 거요. 처음에 그냥 당신을 좋아했는데 지금 내가 어떻게 됐는지 보시오. 내가 사는 방식이 싫다고 했던 걸 기억하지요? 그래서 많이 고쳤소. 예전처럼 도박을 하지 않아요. 당신이 합법적인 일이라고 부르는 일을 하지요. 그래서 하나가 자란 곳에서 두 개가 자라게 만들어서 10만 명이 살던 곳에 30만 명이 살게 했소. 그리고 내년이면 그 고원에 유칼리 나무 2백만 그루가 자라게 될 거요. 그러니 아주 조금이라도 나를 더 좋아하오?"

그녀는 바느질감에서 눈을 들어 그를 바라보며 대답했다.

"많이 좋아해요, 하지만……."

기다렸지만 그녀가 말을 끝맺지 않자 그가 계속했다.

"난 나 자신에 대해 과장되게 평가하는 사람이 아니오. 그러니 내가 아주 좋은 남편이 될 거라고 말하는 것은 허풍이 아니오. 난 들볶고 결점을 들추는 일을 잘 못 하는 사람이오. 그 점이 당신처럼 독립적인 여자에게 잘 맞을 거라고 생각해요. 에, 당신은 내 아내로서 독립적일 거요. 다른 조건은 없소. 당신 뜻대로 다 하시오. 최고로 대해주겠어요. 원하는 모든 것을 다 주겠어요."

"당신 자신만 빼고요." 그녀가 불쑥 끼어들었다.

데이라이트는 순간순간 놀랐다.

"난 그런 건 모르오. 난 솔직하고 정직한 사람이오. 그래서 진실하게 살아왔어. 바람피우고 싶은 생각은 전혀 없소."

"그런 뜻이 아니라," 그녀가 말했다. "아내에게 몰두하지 않고 오클랜드의 30만 명과 시내 전차노선과 도선 항로, 2백만 그루의 나무와 사업에 몰두할 거란 말이에요. 또 거기서 생겨나는 모든 일에 말이에요."

"안 그래," 그가 완강하게 소리쳤다. "당신 말에 다 따를 거요."

"생각은 그러시겠죠. 하지만 달라질 거예요." 그녀가 갑자기 신경질적이 됐다. "이 이야기 그만해요. 흥정이나 마찬가지예요. 이렇게 말이에요. '얼마 주겠소?' '아주 많이 주겠소.' '더 받아야겠소.' 당신을 좋아하지만 결혼할 정도는 아니에요. 그리고 절대 결혼할 정도로 많이 좋아하지 않을 거예요."

"어떻게 그걸 알지?" 그가 물었다.

"당신이 점점 덜 좋아지고 있거든요."

데이라이트는 할 말을 잃은 채 앉아 있었다. 충격이 얼굴에 적나라하게 드러났다.

"아, 이해를 못 하는군요." 그녀가 자제심을 잃고 거칠게 소리쳤다. "그런 뜻이 아니에요. 정말로 당신을 좋아해요. 당신을 알아갈수록 점점 더 좋아하게 됐어요. 그러면서 당신을 알아갈수록 점점 결혼이 더 하기 싫어져요."

수수께끼 같은 말에 데이라이트는 완전히 혼란에 빠졌다.

"모르시겠어요?" 그녀가 계속 허둥댔다. "지금 제 앞에 앉아 있는 당신보다 오래전에 클론다이크에서 막 도착한 일럼 하니시, 제가 처음 보았던 당신과 결혼하는 것이 훨씬 더 쉬웠을 거예요."

그가 천천히 머리를 흔들었다. "난 못 알아듣겠어. 한 남자를 더 알고 더 좋아할수록 결혼은 더 하기 싫어진다. 너무 잘해주면 무시당한다는 말인가? 그런 뜻인 것 같군."

"아뇨, 아니에요." 그녀가 소리쳤다. 하지만 말을 더 잇기 전에 문 두드리는 소리가 들렸다.

"그 10분이 다 됐군." 데이라이트가 말했다.

그는 그녀가 없는 동안 인디언처럼 재빠른 눈으로 방을 둘러보았다. 따스하고 쾌적하고 아름다웠다. 왜 그런 느낌이 드는지는 알 수 없었다. 마음에 든 것은 간소함이었다. 하지만 고급스러운 간소함이었다. 그녀의 아버지가 파산하고 죽으면서 그렇게 된 것이라고 생각했다. 늑대 가죽이 몇 개 깔린 평범한 경목재 바닥이 좋다고 생각해본 적이 없었다. 하지만 그건 어떤 카펫보다 훨씬 나았다. 수백 권의 책이 꽂힌 책꽂이를 진지하게 둘러보았다. 궁금했다. 도대체 사람들이 무엇에 대해 그렇게 많이 쓰는지 이해할 수가 없었다. 쓰거나 읽는 일은 행동하는 일과 달랐고 그는 대체로 행동하는 인간에 속했으니 행동하는 것만 이해할 수 있었다.

시선이 '웅크리고 앉은 비너스'에서부터 깨지기 쉽고 정교한 장신구들로 가득한 작은 차탁자로 옮겨갔다가 반짝이는 구리 주전자와 이동식 조리 냄비들로 옮겨갔다. 그 식탁용 냄비들이 어디에 쓰이는지 알고 있었기에 좀 전 그 떠들썩한 대학생들에게 그것으로 음식을 만들어주는 것이 아닐까 하는 생각이 들었다. 벽에 걸린 수채화 한두 점을 보니 그녀가 직접 그림을 그리는 것이 아닐까 하는 생각도 들었다. 말들과 예전 말주인들 사진과 '그리스도의 매장'의 질질 끌리는 자주색 옷에 잠시 눈길을 주었다. 하지만 피아노 위의 그 '웅크리고 앉은 비너스'로 시선이 다시 돌아갔다. 개척지에만 익숙한 세련되지 못한 그에게 교양 있는 젊은 여자가 그런 물건을, 물론 벌 받을 정도는 아니지만 그렇게 노골적인 물건을 자기 방에 가져다 놓은 것은 기이해 보였다. 하지만 그는 그녀가 나름대로 생각이 있어서 한 일일 것이라고 생각했다. 디디가 한 일이니 괜찮은 일이어야 했다. 그런 물건들에는 문화란 것이 따라붙게 마련이었다. 책이 널브러진 래리 히건의 방에도 비슷한 조형물과 사진들이 있었다. 하지만 래리 히건은 달랐다. 그는 늘 건전하지 않은 분위기를 풍겼다. 하지만 디디는 너무 건전해 보였고 늘 태양과 바람과 길의 흙 같은 분위기였다. 그러니 그녀와 같이 순수하고 건전한 여자가 피아노 위에 여자의 나체상을 두기로 했다면 그건 괜찮은 일이어야만 했다. 디디니까 괜찮았다. 그녀라면 거의 모든 일이 괜찮았다. 게다가 어차피 그는 문화라는 것을 이해하지 못했다.

그녀가 돌아와 방을 가로질러 의자로 갔다. 그는 그녀의 걸음걸이에 감탄했지만 역시 그 청동색 슬리퍼 때문에 미칠 지경이었다.

"몇 가지 물어보고 싶소." 곧바로 그가 말을 시작했다. "결혼은 할 생각이오?"

그녀가 쾌활하게 웃으며 고개를 저었다.

"나보다 더 좋은 사람이 있소? '10분만 있다가 전화' 할 그 남자?"

"없어요. 결혼할 만큼 좋아하는 사람은 없어요. 전 결혼하고 싶지 않나 봐요. 사무실 일이 여자들의 결혼에 방해가 되는 것 같아요."

데이라이트가 얼굴부터 청동색 슬리퍼 끝까지 훑어보자 그녀의 뺨이 붉어졌다. 그는 믿을 수 없다는 듯 머리를 저었다.

"당신이 늘 남자를 긴장시키고 신경을 쓰게 만드는, 결혼하기에 가장 적당한 여자라고 생각하오. 이제 다른 질문. 알다시피 난 결론을 내려야 해요. 나만큼 당신을 좋아하는 사람이 있소?"

하지만 디디는 흔들리지 않았다.

"그건 공정하지 않아요." 그녀가 말했다. "잠깐만 생각해보세요. 지금 당신은 스스로 안 한다고 했던 일을 하고 있어요. 들볶는 것 말이에요. 이제 대답 안 할래요. 다른 이야기해요. 밥은 어떻게 지내요?"

반시간 뒤 데이라이트는 텔레그래프 가에서 오클랜드를 향해 빗속을 질주하고 있었다. 갈색종이 담배를 피우며 좀전의 일에 대해 생각해보았다. 정리해보니 아주 나쁘지는 않았지만 이해할 수 없는 일이 많아서 당황스러웠다. 알면 알수록 좋아지지만 결혼은 점점 더 하기 싫어지는 남자라니. 어려운 문제였다.

하지만 자신을 거부했다는 사실 때문에 오히려 기분이 좀 좋았다. 그를 거부하는 것은 3천만 달러를 거부한 것이었다. 그 거부는 더 유리한 게 어떤 건지 판단할 수 있는 월급 90달러를 받는 속기사로서는 대단한 것이다. 그녀는 돈을 좇지 않았다. 확실했다. 그가 만났던 여자들은 모두 돈 때문에 그를 꿀꺽 삼키려는 것 같았다. 그녀가 사무실에 출근한 뒤 그는 1천 5백만 달러를 벌어서 재산을 두 배로 불렸지만 그녀가 가지고 있었을 결혼 생각은 그의 돈이 늘어감에 따라 줄어들었다.

"이런!" 그가 중얼거렸다. "이번 토지 사업에서 1억 달러를 벌면 나와 아예 말도 안 하겠군."

하지만 웃으면서 떨쳐버릴 수 있는 일이 아니었다. 지금의 일럼 하니시보다 클론다이크에서 온 지 얼마 안 되는 일럼 하니시라는 사람과 더 쉽게 결혼할 수 있었을 거라는 수수께끼 같은 말 때문에 계속 어리둥절했다. 큰 판에서 운을 시험해보려고 북쪽에서 내려왔던 예전의 데이라이트에 더 가까워지는 수밖에 없었다. 하지만 불가능했다. 시간을 거슬러 올라갈 수 없으니까. 원한다고 되는 일이 아니었지만 달리 방법이 없었다. 차라리 다시 아이가 되기를 바라는 편이 나을 것 같았다.

그날 다행인 일이 하나 있었다. 그는 다른 속기사들에 대한 이야기를 들은 적이 있었다. 그들은 사장에게 퇴짜를 놓고 나면 곧바로 일을 그만둔다고 했다. 하지만 디디는 전혀 그럴 기미조차 없었다. 이해할 수 없게 굴기는 했지만 터무니없이 어리석지는 않았다. 그녀는 분별력이 있었다. 하지만 그도 그랬다. 그래서 더 문제였다. 사무실에서는 구애를 한 적이 없었다. 사실 도를 지나친 적이 두 번 있기는 했지만 계속 밀어붙이지 않았고 항상 그런 것도 아니었다. 그녀는 그를 믿을 수 있는 사람이라고 생각하고 있었다. 하지만 그는 아직도 젊은 여자 대부분이 자신들이 퇴짜놓은 남자 때문에 일을 포기할 만큼 어리석다고 확신하고 있었다. 게다가 동생을 독일에 보내는 일에 대해서 진심을 보여주자 그녀는 어리석게 굴지 않았다.

"이런!" 차가 호텔 앞에 도착했을 때 이런 생각이 들었다. "지금 알고 있는 걸 이전에 알았더라면 그녀가 처음 출근한 날 청혼을 했을 텐데. 그녀의 말대로라면 그때가 제일 적당한 순간이었잖아. 점점 더 좋아하게 되었고 더 좋아할수록 덜 결혼하고 싶어진다니! 도대체 무슨 소리야? 증말 날 놀리는 거군."

19

몇 주가 흐른 뒤 또다시 비오는 일요일, 데이라이트는 디디에게 청혼했다. 지난 번처럼 처음엔 잘 참다가 그녀에 대한 갈망에 압도당해 빨간 차를 몰고 버클리로 달려갔다. 차를 몇 블록 떨어진 곳에 두고 걸어서 그 집으로 갔다. 하지만 디디는 없었다. 집주인 딸은 잠깐 생각하더니 디디가 언덕에 산책하러 갔다고 했다. 게다가 디디가 갔을 방향까지 일러주었다.

그녀가 가르쳐준 길로 가다보니 막다른 곳에 마지막 집이 있고 거기서부터는 언덕으로 이어지는 가파른 비탈길이 펼쳐져 있었다. 비가 오려고 대기가 축축했다. 아직 폭풍이 몰아치지 않았지만 바람이 이는 것을 보니 곧 올 것이 분명했다. 잔잔한 초록 언덕에는 디디의 흔적이 없었다. 오른쪽으로 거대하고 무성한

유칼리 나무 숲이 움푹한 굴곡을 따라 펼쳐져 있었다. 이곳에서
는 모든 것이 소리를 내고 움직였다. 키가 크고 줄기가 가냘픈
나무들은 바람을 받아 앞뒤로 흔들리고 있었고 가지들이 서로
부딪히고 있었다. 돌풍 속에서 거대한 하프 소리 같은 장중한 가
락이 온통 삐걱이고 윙윙거리는 주위의 소리보다 더 높게 들렸
다. 디디를 잘 알고 있었기에 폭풍이 몰아칠 것이 확실한 이 언
덕 어딘가에 있을 것이라고 굳게 믿었다. 정말로 있었다. 우묵한
땅을 건너 맞은편 비탈, 돌풍이 맹렬하게 몰아치는 곳이었다.

데이라이트의 청혼은 지루한 정도는 아니었지만 좀 단조로웠
다. 기만적 술책 따위는 없었다. 그저 돌풍처럼 노골적이고 갑
작스러웠다. 인사나 양해를 구할 시간도 없었다.

"지난번과 똑같아요," 그는 말했다. "보고 싶어 왔어요. 나를
잡아야 해요, 디디. 생각할수록 당신이 속으로 나를 좋아하고
있고 그것도 평범한 호감 이상이라는 게 더 확실해져요. 그렇지
않다고 말할 수 없잖소? 그렇지?"

말을 꺼내면서 악수를 했는데 그는 아직 손을 놓지 않았다.
그녀는 대답하지 않았다. 그때 그가 자신을 잡아끌고 있는 것이
약하지만 똑똑하게 느껴졌다. 자기도 모르게 그에게 반쯤 기울
어졌다. 그 순간은 욕망이 의지보다 더 강했다. 그러다 갑자기
몸을 바로 세웠다. 하지만 손은 빼지 않았다.

"나를 두려워하는 건 증말 아니죠?" 그는 순간 망설이며 물
었다.

"아니에요." 그녀는 슬프게 웃음을 띠었다. "당신이 아니라

나 자신이 두려워요."

"내 용기를 받아주지 않는군요." 그는 그 말에 용기를 얻어 서둘렀다.

"제발," 그녀가 부탁했다. "우린 절대 결혼할 수 없어요. 그러니 다시는 그 이야기 하지 마세요."

"그러면 난 당신과 반대에 걸지." 이제 그는 뻔뻔스럽다고 할 정도였다. 성공이 자신이 최상이라고 생각했던 상태보다 더 가까이 있었기 때문이었다. 그녀는 그를 좋아했다. 확실했다. 또 손을 잡도록 내버려둘 만큼, 접근을 뿌리치지 않을 만큼 많이 좋아하는 게 확실했다.

그녀는 고개를 저었다. "아니에요, 불가능해요. 당신은 분명히 져요."

처음으로 언짢은 의심이 스쳤다. 그 의심이 모든 것을 설명해 줄 실마리였다.

"저어, 이미 누군가와 비밀리에 결혼한 건 아니지?"

그의 목소리와 얼굴의 놀란 기색에 그녀는 당황하여 웃음을 터뜨렸다. 그 웃음은 기뻐 지저귀는 새소리처럼 흥겹고 자연스러웠다.

데이라이트는 어떻게 해야 할지 잘 알았다. 안달이 나서 말보다 행동이 낫겠다고 생각했다. 그래서 그녀에게 다가가 바람을 막아줄 수 있을 만큼 가까이 그녀를 끌어당겼다. 아주 거센 돌풍이 덮쳐왔고 머리 위의 나무꼭대기에서 뚝뚝거리는 소리가 들렸다. 그들은 가만히 그 소리를 들었다. 나뭇잎들이 소나기처럼 머리 위로 떨어졌고 빗방울이 세차게 퍼부었다. 그는 그녀를 내려다보았다. 머리카락이 바람에 날리고 있었다. 그는 그녀와 가까이에 있게 되고 자신에게 그녀가 어떤 사람인지 한 번 더 사무치게 깨닫게 되자 몸이 떨렸다. 손을 잡고 있어서 그녀도 그 떨림을 느꼈다.

그녀가 갑자기 그의 가슴에 머리를 살짝 기댔다. 돌풍이 한 번 더 몰려와 나뭇잎들이 떨어지고 빗방울이 흩뿌리고 나서 우르르 거리며 지나갈 때까지 그대로 서 있었다. 그녀가 갑자기 고개를 들어 그를 쳐다보았다.

"모르죠?" 그녀가 말했다. "어젯밤에 당신을 위해 기도했어요. 당신이 실패하라고, 당신이 모조리 다 잃으라고 기도했어요."

데이라이트는 이 수수께끼 같은 말에 몹시 놀랐다. "도저히 모르겠소. 난 여자들이 나한테서 벗어나 정신을 차리게 하려고 했다고 말하곤 했는데 이젠 당신이 내 정신을 못 차리게 하고 있군요. 나를 좋아한다면서 왜 내가 모든 걸 잃기를 바라는 거요?"

"그런 말 한 적 없어요."

"어떻게 그런 말을 한 적이 없다고 할 수 있소? 좋소. 그럼, 이렇게 말하지. 내 생각에 당신은 나를 좋아하는 것 같은데 왜 내가 망하기를 바라는 거요? 내 단순한 머리로는 알 수가 없소. 당신이 냈던 그 수수께끼, 더 좋아할수록 더 결혼하고 싶지 않아진다는 것과 비슷하군. 설명 좀 해봐요."

그녀를 꽉 껴안았다. 이번에는 밀어내지 않았다. 그녀가 고개를 숙이고 있어서 얼굴을 볼 수 없었지만 그녀가 울고 있다는 것을 느낄 수 있었다. 말을 하지 않는 것을 보니 그랬다. 이제 그녀의 결정을 기다렸다. 그녀가 무엇인가를 말해야 할 상황이었다. 그는 그렇다고 믿고 있었다.

"전 로맨틱한 사람이 아니에요." 그가 말을 하고 있을 때처럼 그를 올려다보며 그녀가 말했다. "그랬다면 더 나았을 텐데 말이에요. 그랬으면 전 웃음거리가 되고 남은 일생 동안 불행해져도 괜찮았을 거예요. 하지만 저의 지긋지긋한 상식이 그렇게 못하게 해요. 더 행복해지지도 못하게 하고요."

"난 아직 무슨 말인지 모르겠소. 아주 헤매고 있어." 데이라이트는 그녀의 말을 기다렸지만 허사였다. "설명해봐요. 설명 안 했잖소. 당신의 상식이란 것과 내가 완전히 망했으면 한다는 그 기도가 무슨 뜻인지. 이봐요. 당신을 너무도 사랑하오. 그래서 결혼하고 싶어요. 단순하고 솔직한 거요. 주저하지 말아요. 나와 결혼하겠소?"

그녀가 천천히 고개를 가로저었다. 그런 뒤 점점 화를 내더니 마침내 몹시 화가 난 것 같았다. 데이라이트는 그녀가 자기한테 화를 내고 있다는 것을 알고 있었다.

"그럼 설명할게요. 당신 말대로 단순하고 솔직하게요." 그녀는 어떻게 말을 시작할지 궁리하는 듯 잠시 머뭇거렸다. "당신은 솔직하고 직설적이에요. 여자들은 그렇지 못하다고 생각해서 제게 솔직하고 직설적이 되라고 하시는 건가요? 당신이 상처받을 말을 하라고요? 제가 부끄러워할 고백을 하라고요? 많은 남자들이 여자답지 못하다고 생각하는 행동을 하라고요?"

그녀의 어깨를 감싸고 있던 팔이 재촉하라고 부추겼지만 그는 그러지 않았다.

"진심으로 당신과 결혼하고 싶지만 두려워요. 당신 같은 사람이 저를 좋아한다는 사실이 자랑스럽기도 하지만 동시에 제가 초라하게 느껴져요. 당신은 너무 돈이 많아요. 저의 지긋지긋한 상식이 끼어드는 게 바로 그것 때문이에요. 설사 우리가 결혼했다고 해도 당신은 제 남자가 될 수 없어요. 제 사랑이자 제 남편 말이에요. 당신은 당신 돈의 것이에요. 어리석다는 걸 잘 알지만 전 제 남자가 저를 위해주기를 바랄 거예요. 당신은 자유로워질 수가 없어요. 돈이 당신을 사로잡고, 시간을 빼앗고, 생각과 에너지와 당신의 모든 것을 빼앗아 이리저리 움직이게 하고, 이렇게저렇게 하라고 할 거예요. 모르시겠어요? 전 많이 사랑하고 많이 줄 수 있어요. 아주 바보 같아 보이겠지만 전 모든 것을 주고 그 보답으로 전부는 아니라도 많은 것을 받고 싶어요. 당신이 돈으로 제게 해줄 수 있는 것보다 더 많은 것을요.

돈은 당신을 망쳐놓고 있어요. 점점 더 나빠지게 만들죠. 사랑한다고 말하는 게 부끄럽지 않아요. 왜냐하면 당신과 결혼하지 않을 거니까요. 당신에 대해 전혀 몰랐을 때, 알래스카에서 처음 와서 제가 그 사무실에 처음 갔을 때 당신을 많이 사랑했어요. 당신은 제 영웅이었어요. 금광의 버닝 데이라이트, 용감한 탐험가이자 광부였죠. 그렇게 보였어요. 그땐 모든 여자가 당신을 사랑했을 거라고 생각해요. 하지만 당신은 이제 그렇게 안 보여요.

　제발, 상처가 되더라도 용서하세요. 솔직하게 말하라고 했고 전 그렇게 하고 있어요. 지난 몇 년 동안 당신은 부자연스럽게 살아왔어요. 자연을 좋아하는 사람이지만 이제 도시와 도시에서 벌어지는 모든 일에 갇혀 살아요. 예전과 전혀 다른 사람이에요. 돈이 당신을 망치고 있어요. 다른 사람이 되어버렸다고요. 건강하지도 순수하지도 착하지도 않은 사람이 됐어요. 돈과 삶의 방식이 그렇게 만들고 있어요. 당신도 그걸 알아요. 몸이 예전과 다르지요. 살이 쪘고 그건 건강한 게 아니에요. 당신은 제게 친절하고 다정해요. 알아요. 하지만 지난날처럼 온 세상에 친절하고 다정하지는 않죠. 잔인하고 무자비해졌어요. 전 알아요. 일주일에 엿새 동안, 그렇게 몇 달 몇 년 당신과 일해왔어요. 당신의 가장 사소한 부분까지 다 알아요. 당신이 저에 대해 알고 있는 것 전부보다 더 많이요. 잔인함이 머릿속과 마음에만 있는 게 아니에요. 얼굴에도 있어요. 얼굴에 주름을 만들었지요. 저는 그 주름들이 생겨나고 늘어가는 것을 지켜보았어요. 당신 돈과 돈이 시키는 방식대로 산 삶이 그렇게 만들었어요. 잔인해지고 타락해가고 있어요. 그리고 아주 가망 없이 망가질 때까지 계속 그럴 거예요."

　그가 끼어들려고 했지만 그녀가 가로막았다. 그녀는 숨가빠했고 목소리는 떨렸다.

　"안 돼요, 안 돼. 끝까지 말을 다하게 두세요. 저는 생각밖에 안 했어요. 당신과 같이 말을 탄 몇 달 동안 생각만 했어요. 이

왕 시작했으니 다 말해버리겠어요. 사랑해요. 하지만 결혼할 수도 없고 사랑을 망칠 수도 없어요. 당신은 제가 끝내 경멸하게 될 사람으로 변하고 있어요. 당신은 그걸 막을 수 없어요. 저보다 이 게임을 더 사랑하시죠. 당신한테 전혀 쓸모없을 이 일에 당신의 모든 것이 필요해요. 당신을 다른 여자와 공평하게 나누는 게 사업과 당신을 나누는 것보다 더 쉬울 거라는 생각까지 들어요. 그럼 어쩌면 당신의 절반을 가질 수 있을지도 모르잖아요. 하지만 이 게임엔 절반이 필요하지 않아요. 90퍼센트, 아니 99퍼센트가 필요해요.

잘 들어요. 제게 결혼이란 남자에게 돈을 쓰게 하는 게 아니에요. 사람을 원해요. '저'를 원한다고 하셨죠? 그럼 제가 결혼한 뒤 당신에게 제 1퍼센트만 주었다고 생각해보세요. 제 삶에 99퍼센트의 다른 것이 있다고 말이에요. 게다가 그것이 제 얼굴을 망치고 눈 아래를 불룩하게 만들고 눈꼬리에 주름이 생기게 하고 저를 아름답지 않게 만들고 정신을 흉측하게 만든다고 생각해보세요. 그 1퍼센트에 만족하시겠어요? 하지만 당신은 제게 그렇게 하실 거예요. 제가 당신과 결혼을 할지 안 할지가 궁금하신가요? 못 하는지가 궁금하신가요?"

데이라이트가 말이 끝났는지 어떤지 몰라 잠시 기다리자 그녀는 다시 말을 이었다.

"제가 이기적이어서 그런 게 아니에요. 어쨌든 사랑은 주는 거지 받는 게 아니니까요. 하지만 제 전부를 준다고 해도 당신에게 전혀 효과가 없을 걸 잘 알아요. 당신은 환자예요. 남들처럼 사업을 하지 않아요. 온 마음과 자신을 다 바치죠. 어떻게 믿고 있든 어떤 생각을 가지고 있든 당신에게 아내는 그저 잠깐의 오락거리일 거예요. 그 훌륭한 밥이 마구간에서 그저 먹기만 하고 아무것도 안 하고 있잖아요. 저에게 아름다운 저택을 사주고는 거기 내버려두면 저는 하품만 하고 있겠죠. 아니면 당신을 구할 수 없는 무능함에 엉엉 울기나 하겠죠. 사업이라는 병은 항상 당신을 좀먹고 망쳐놓을 거예요. 사업도 여태껏 해온 다른 일들처럼 하죠. 알래스카에서 목숨을 걸었던 것처럼요. 아무도 당신처럼 빨리, 그리고 멀리 갈 수 없었고 그렇게 열심히 할 수 없었어요. 아무것도 망설이지 않잖아요. 무엇을 하든 가진 것을 다 쏟아부어버리죠."

"한도가 없지." 그가 인정하듯 냉정하게 투덜거렸다.

"하지만 당신이 사랑하는 남편 역할을 그런 식으로 한다면……."

그녀의 목소리가 꺾이더니 이내 말을 멈추었고 젖은 뺨을 붉히며 눈을 떨구었다.

"이제 더 말하지 않을 거예요," 그녀가 덧붙였다. "할 말 다 했어요."

이제 그녀가 노골적이고 확실하게 그의 팔에 기댔다. 두 사람은 더 강하고 빠른 돌풍이 자신들을 치고 지나는 것을 알지 못했다. 호우가 쏟아지지는 않았지만 가랑비와 함께 돌풍이 더 자주 불었다. 데이라이트는 아주 당황한 상태로 말을 시작했다.

"아주 당황스럽소. 어쩔 줄을 모르겠어. 너무 놀랐소. 메이슨 양, 아니, 디디. 난 이렇게 부르는 게 더 좋아. 솔직하게 말하면 당신이 말을 너무 많이 했어. 내가 이해한 대로라면 당신 말은 내가 빈털터리고 뚱뚱해지지 않았다면 나와 결혼했을 거란 소리군. 아니, 아니. 난 진지해요. 이상하게 들리겠지만 내 방식대로 정리하는 것이니 용서하시오. 만약 내가 빈털터리라면, 늘 건강한 삶을 살고 있고 사업과 다른 모든 일에 몰두하지 않고 당신을 사랑한다면, 음, 나와 결혼했겠군.

그건 아주 확실하군. 당신이 전보다 더 분명하게 표현했으니까. 이제 내 눈이 좀 뜨이는 것 같소. 하지만 어떻게 해야 할지 모르겠소. 어떻게 해야 하지? 사업은 정말 나를 얽어매고 조종하고 낙인을 찍었어요. 손발이 묶여 있으니 일어날 수도 푸른 들판을 거닐 수도 없어요. 곰 꼬리를 잡고 있는 것처럼 난처해요. 놓을 수가 없소. 그런데 당신을 원하고 당신에게 가기 위해선 그걸 놓아야 해.

뭘 해야 할지 모르겠지만 뭔가 해야 해. 당신을 놓칠 수 없어. 못 해. 그렇게 하지 않을 거요. 지금 이 순간 당신이 제일 급박한 사업이오. 난 밤까지 일을 끌고 가는 사람이 아니오.

당신 말이 다 맞아. 난 알래스카에서 온 그 사람이 아니야. 그때처럼 개들을 몰고 달릴 수 없소. 근육이 물러지고 마음은 잔인해졌소. 사람들을 아꼈었는데 이제 경멸해. 평생 자연에서 살았고 난 그걸 좋아하오. 글렌엘런에 당신이 여태껏 보지 못했을 아주 아름다운 작은 목장이 있소. 거기 있는 벽돌공장 때문에 곤경에 처했던 적도 있었는데 당신 때문에 다시 살펴보게 됐소. 딱

한 번 보고 그곳이 좋아졌고 당장 그곳을 샀소. 말을 타고 그 고원을 어슬렁거리면서 소풍 나온 아이처럼 행복했어요. 시골에 사는 게 더 좋소. 도시는 나에겐 맞지 않아. 당신 말대로. 하지만 당신 기도대로 돼서 내가 완전히 망해서 매일매일 먹고 살려고 일해야 한다고 합시다."

그녀는 대답이 없었지만 그녀의 몸 전체가 괜찮다고 말하는 것 같았다.

"그 작은 목장밖에 남은 것이 없어서 닭이나 몇 마리 키워서 겨우 먹고 산다고 생각해보시오. 그땐 나랑 결혼하겠소, 디디?"

"항상 같이 있을 수 있잖아요!" 그녀가 소리쳤다.

"하지만 쟁기질 하러 나가거나 식료품을 사러 마을에 나가야 할 때도 있을 거요." 그가 일깨웠다.

"하지만 거긴 어쨌든 사무실이 없잖아요. 만날 사람도 없죠. 끊임없이 만나야 할 사람 말이에요. 하지만 아주 어리석고 불가능한 일이에요. 그리고 비를 피하려면 지금 돌아가야 해요."

언덕을 내려가기 시작했을 때 나무 사이에서 데이라이트가 그녀를 끌어당겨 키스할 수도 있었다. 하지만 그는 그녀가 불러 일으켜 놓은 생각 때문에 너무 당황해서 그런 기회를 이용하지 못했다. 그냥 그녀의 팔을 잡고 걷기 힘들 때 도와주었다.

"거기 글렌엘런은 정말 아름다운 곳이오," 그가 생각에 잠겨 말했다. "당신이 보면 좋겠는데."

숲의 끝에서 그는 그만 헤어지는 게 좋겠다고 했다.

"이웃 사람들이 쑤군거릴 거요."

하지만 그녀는 집까지 같이 가자고 우겼다.

"들어오시라고 할 수는 없어요." 그녀가 계단 아래에서 손을 벌리며 말했다.

자꾸 돌풍이 일어나 맹렬하게 웅웅거렸지만 비는 내리지 않았다.

"알아요?" 그가 말했다. "대체로 보자면 오늘이 내 생애에서 가장 행복한 날이었소." 진지하게 말하며 모자를 벗자 그의 검은 머리카락이 바람에 헝클어졌다. "그리고 신께 감사하오. 신이 아니라면 당신을 이 세상에 있게 한 누구에게든, 어떤 존재에게든. 당신이 나를 정말로 많이 좋아해주기 때문이오. 오늘 그 말을 들어서 정말 기뻤소. 그건," 그가 잠시 생각에 잠기자 예의 그 묘한 표정이 드러났다. 그가 낮은 목소리로 말했다. "디디, 디디, 우리는 결혼해야 하오. 그게 유일한 방법이오. 그러니 잘될 거라고 생각하고 있으시오."

하지만 그녀의 눈에서 또 눈물이 나오려 하고 있었다. 그녀는 고개를 젓고 돌아서서 계단을 올랐다.

20

도선 시스템이 가동되어 오클랜드와 샌프란시스코 간 운행 소요 시간이 정말로 절반으로 단축되자 데이라이트가 쏟아부었던 엄청난 돈이 돌아오기 시작했다. 하지만 사실은 돌아온 게 아니었다. 그가 곧바로 그 이상을 투자했기 때문이다. 주택단지 수천 지구가 팔렸고 주택 수천 개가 건축 중이었다. 공장터와 오클랜드의 심장부에 있는 사업터도 팔리고 있었다. 이 모든 것들로 데이라이트의 거대한 토지는 점점 더 가치가 높아졌다. 하지만 예전처럼 감이 들었고 거기에 따랐다. 이미 은행에서 대출을 받은 것이 있었다. 땅을 팔아 얻은 엄청난 이익이 더 많은 땅과 더 많은 개발에 들어갔다. 대출금을 갚지 않고 더 빌렸다. 도슨에서처럼 오클랜드에서도 계속 거래를 확대했다. 하지만 이번에는 위험한 사광 채취붐보다 더 안정적인 사업이라는 것을 알고 있었다.

사람들이 그를 따라 소규모로 땅을 매매하고 그의 개간사업을 이용해 돈을 벌었다. 하지만 이미 예상하고 있던 일이었고 자신을 이용해 그들이 푼돈을 번다고 해도 전혀 개의치 않았다. 하지만 예외가 있었다. 사이먼 돌리버라는 사람이었다. 그는 잔꾀와 배짱으로 데이라이트를 이용해서 백만장자가 될 가능성이 있었다. 돌리버도 재빠르고 정확하게 거래를 확대하며 돈을 계속 굴렸다. 데이라이트는 구겐해머 가 사람들이 오피르 지류에 처음 눈독을 들였을 때 자신이 그들을 방해했던 것처럼 돌리버가 하고 있다는 것을 알고 있었다.

데이라이트의 독 시스템 작업은 신속하게 진행되었지만 엄청나게 큰돈이 드는 일이어서 도선 시스템처럼 빨리 완성되지 않았다. 토목공사가 아주 까다로웠고 준설과 매립은 엄청난 일이었다. 말뚝 같은 단순한 자재도 싸지 않았다. 괜찮은 말뚝은 금화 20달러에 하적되었는데 이런 말뚝이 수도 없이 많이 필요했다. 무성한 유칼리 나무 숲은 거의 다 써버렸고 커다란 소나무들을 퓨젓 해협에서부터 끌어왔다.

데이라이트는 구식 발전소로 철로에 전기를 공급하는 것이 마음에 안 들어서 직접 시에라 앤드 살바도르 전력회사를 설립했다. 이 회사는 곧 큰 일감을 맡았다. 산맥에서 샌와킨 계곡을 가로지르고 콘트라코스타 고원을 통과하면 많은 마을들과 멋진 도시가 하나 있는데 바로 이곳에 전력을 공급하는 일이었다. 거리 및 주택 전등 밝히기 운동이 추진되기도 했다. 시에라 사가 발전소터 구매를 서두르자 외부 조사가 개시되고 건물공사가 시작되었다.

그런 식으로 계속되었다. 그는 수천 개의 구덩이에 끊임없이 돈을 쏟아부었다. 하지만 모두 안전하고 합법적인 것이었는데 타고난 도박사이자 명확하고 넓은 시야를 가진 데이라이트가 편하고 안전한 일만 하고 있을 리가 없었다. 큰 기회였고 길은 하나였고 그것도 아주 대단한 길이었다. 그의 유일한 심복 래리 히건은 그에게 신중하라고 조언하지 않았다. 오히려 데이라이트 쪽에서 그 유능한 하시시 중독자의 상상력에 제동을 걸어야 했다. 데이라이트는 은행과 신탁회사에서 많은 돈을 빌렸을 뿐만 아니라 자신의 여러 회사에서 무리하게 주식을 발행했다. 하지만 어쩔 수 없이 한 일이었고 큰 회사의 지분은 자신이 보유하고 있었다. 마지못해 일반투자자의 유입을 허락한 회사는 골든게이트 독 회사, 리크리에이션 파크스 회사, 유나이티드 워터 사, 엔시날 조선사, 시에라 앤드 살바도르 전력회사였다. 그러면서도 히건과 합세하여 이 사업체의 지배권을 모두 장악하고 있었다.

디디 메이슨과의 일은 겉으로만 시들해진 것처럼 보였다. 그녀가 낸 난문제를 미뤄놓고 있었지만 그녀에 대한 갈망은 점점 강해져갔다. 도박에 비유하면 운이 가장 중요한 카드를 한 장 쥐어줬는데 오랫동안 그것을 몰랐던 것이다. 그 카드는 사랑이었고 다른 모든 것을 이기는 패였다. 사랑은 으뜸패의 킹, 다섯 번째 에이스, 초짜들의 포커 게임이라면 조커였다. 최고의 카드였으니 기회가 오면 최대한 이용해야 했다. 아직 게임이 본 궤도에 오르니 않았다. 막판을 향해 가고 있는 셈이었다.

하지만 디디의 청동색 슬리퍼와, 달라붙는 실내복, 버클리의 예쁜 방에서 본 여성스러운 모습, 나긋나긋하고 유순한 느낌이 머릿속에서 떠나지 않고 눈앞에서 아른아른거렸다. 또 어느 비 오는 일요일 그녀에게 전화를 걸어서 가겠다고 했다. 그리고 처음 여자를 좋아하게 될 때 으레 그렇듯이 그도 여자의 내밀한 유약함에 남성의 맹목적인 충동을 굽히기로 했다. 그렇다고 비굴하게 구걸하거나 빌었다는 말은 아니다. 그는 오히려 매사에 권위적인 편이었다. 하지만 디디가 간절한 청을 거절하기 힘들도록 교묘한 술책을 썼다. 그 결과 디디 편에서는 만족할만한 상황이 아니었다. 욕망으로 고통스러웠고 나약해서 포기해버리려고 하면서도 이성이 그 나약함을 증오하고 있었기 때문이었다.

"기회를 시험해보라, 잘 될 테니 지금 당신과 결혼하고 운을 믿으라고요? 삶은 도박이라고요? 좋아요. 도박을 해보죠. 동전을 던져요. 앞면이 나오면 결혼할게요. 뒷면이 나오면 나를 영영 이대로 내버려두고 결혼 이야기는 다시 꺼내지 마세요."

사랑과 도박에 대한 열정이 뒤섞이자 데이라이트의 눈에서 불꽃이 튀었다. 자기도 모르게 주머니에서 동전을 찾고 있었다. 그러다 멈추자 곧 불꽃이 사그라졌다.

"어서 하세요." 그녀가 다그쳤다. "시간 끌지 마세요. 그러면 제 마음이 바뀔 거예요. 그러면 이제 기회가 없어요."

"이보시오," 우스꽝스러운 비유를 들었지만 웃기려는 것은 아니었다. 목소리만큼 생각도 진지했다. "난 천지창조 때부터 심판의 날까지 계속 도박을 할 수 있소. 다른 사람의 후광을 빼앗으려 황금 하프라도 걸 거요. 새 예루살렘 입구에서 잔돈푼을 벌려고 동전 던지기를 하거나 천국의 문 바로 바깥에 페어로 카드판을 차릴 수도 있소. 하지만 사랑을 놓고 도박을 하는 것은 영원히 저주받을 일이오. 사랑은 너무 중요해서 운에 맡길 수 없소. 사랑은 확실한 일이어야 하고 당신과 나 사이에서도 마찬가지요. 동전 던지기에서 십중팔구 내가 이길 거라고 해도 마찬가지요. 안 하겠소."

그해 봄 대공황이 닥쳤다. 은행들이 대출 상환을 요구하기 시작했을 때가 첫 경고였다. 데이라이트는 처음에 자신에게 돌아온 개인 어음 몇 개를 즉시 결제했다. 그는 그 어음들이 그 폭풍이 몰려올 전조이며 엄청난 폭풍이 곧 미국 전역을 휩쓸 것을 예상했다. 하지만 그 폭풍이 얼마나 끔찍한 것인지는 몰랐다. 하지만 가능한 한 모든 예비조치를 취했으니 그것을 뚫고 나가는 데는 걱정이 없었다.

돈이 점점 더 말라갔다. 동부 최대의 은행 몇 개가 도산하면서 시작된 자금압박으로 이제 국내 모든 은행이 대출금 상환을 요구하고 있었다. 데이라이트도 빠져나가지 못했다. 처음으로 그가 합법적인 사업을 하고 있었기 때문이었다. 예전처럼 했다면 극단적인 통화 수축을 수반하는 이런 공황은 오히려 황금 수확기였을 것이다. 실제로 호황 때 이미 불황을 대비해둔 도박사들이 이때 궁지에 몰리지 않고 서둘러 안전하게 피하거나 두 배의 수확을 거둬들이려고 남아 있었다. 그로서는 꿋꿋하게 견디는 수밖에 없었다.

그는 상황을 제대로 파악하고 있었다. 은행들이 대출금 상환을 요구한다는 것은 그들이 몹시 쪼들리고 있다는 뜻이었다. 하지만 그는 더 쪼들렸다. 그리고 은행들은 그가 내놓은 담보를 원하지 않았다. 그들에게 담보는 소용이 없었다. 이렇게 교환가치가 마구 굴러떨어지고 있는 상황에서는 담보물을 팔 시간조차 없었다. 그의 담보는 믿을 만했다. 아주 견실하고 가치도 높았다. 하지만 이런 순간에는 가치가 없었다. 단 하나 필요한 것은 현금이었다. 그가 완고하게 나오자 은행들은 더 많은 담보를 요구했고 자금 위기가 절박해지자 처음의 두 배, 심지어 세 배까지 요구했다. 데이라이트는 이 요구를 수용할 때도 있었다. 하지만 그렇지 않을 때가 더 많아서 늘 치열하게 싸워야 했다.

그는 무너져 내리려는 벽 뒤에 진흙을 들고 서 있는 것 같았다. 벽 전체가 위험했다. 그는 진흙을 들고 계속 돌아다니며 제일 약한 부분을 메웠다. 현금이 진흙덩이였다. 여기 한 덩이 저기 한 덩이 최대한 빠르게 발랐다. 하지만 최고로 급한 순간에만 통했다. 그에게는 예르바 부에나 도선회사, 연합 시내 전차회사와 유나이티드 수도회사가 있어서 유리했다. 사람들은 이제 주택 용지와 공장과 사업 용지를 사지 않았다. 하지만 전차와 도선을 타야 했고 물은 쓸 수밖에 없었다. 사방에서 현금 때문에 아우성이 터져나오고 자금 부족으로 회사들이 무너질 때 그의 금고에는 매달 첫날 수천 달러의 수도요금이 들어왔고 매일 시내 전차와 도선에서 1만 달러가 동전으로 쏟아져 들어왔다.

현금만 있으면 됐다. 그러니 그는 자신에게 들어오는 현금을 이용한다면 걱정없었다. 그래서 그는 현금 때문에 계속 분투해야 했다. 개간작업을 중지하고 꼭 필요한 보수작업만 했다. 가장 힘든 것은 가동 비용이어서 끊임없이 싸워야 했다. 늘어난 대출금과 재정 상태를 계속 조율해야 해서 싸움을 멈출 수가 없었다. 대규모 도매상들에서부터 직원들 봉급과 사무실의 비품, 우표에 이르기까지 그는 계속 쥐어짰다. 회사의 사장들과 부서장들은 비용 삭감이란 재주를 부리고 있었고 그는 그들의 등을 두드리고 더 다그쳤다. 그들이 포기해서 손을 들면 그가 직접 나서서 어떻게 해야 하는지 보여주었다.

"당신은 1년에 8천 달러를 받고 있소." 그가 매튜슨에게 말했다. "여태껏 받은 것 중 최고액수지. 당신 재산은 내 재산과 한 자루에 들어 있소. 그러니 부담과 위험을 견뎌야 해. 이 도시에서 신용이 있지 않소. 그걸 이용하시오. 정육점과 빵집, 그리고 나머지 사람들 모두에게 돈을 쓰지 마시오. 알겠소? 당신은 한 달에 660달러 넘게 받고 있는데 난 그 돈이 필요해요. 지금부터 사람들에게 돈을 쓰지 말고 1백 달러만 받으시오. 이 폭풍이 지나가면 그 나머지에 대해 이자를 쳐서 돌려주겠소."

2주 후, 그들 앞에 직원명부가 놓여 있었다.

"매튜슨, 회계담당자가 누구지? 로저스? 당신 조카? 그런 것 같군. 한 달에 85달러를 받는군. 이제부터 35달러를 주시오.

40달러는 이자를 붙여 내가 나중에 주겠소."

"안 됩니다." 매튜슨이 소리쳤다. "로저스는 지금도 그 월급으로 빠듯합니다. 게다가 아내와 아이 둘이 있습니다."

데이라이트는 심한 말로 그를 다그쳤다.

"할 수 없어! 안 돼! 도대체 당신은 내가 무엇을 경영하고 있다고 생각하오? 의지박약자들을 위한 집? 자기 앞가림도 못하는 수많은 바보들을 먹이고 입히고 코를 닦아주는 것? 어림도 없소. 난 열심히 일을 하고 있소. 그러니 날 위해 일하는 사람들도 열심히 해야 하오. 어려울 때 도와주지 않는 사람들을 내 사무실에 그대로 앉혀두지 않겠소. 지금은 아주 나쁜 상황이오, 제기랄. 다들 나처럼 견뎌야 해. 지금 오클랜드에는 실업자가 1만 명이야. 샌프란시스코에는 6만이 넘어요. 당신 조카와 직원들 모두 내 말대로 하거나 아니면 해고야. 알겠소? 직원 중 누가 살기 힘들다면 당신이 직접 돌아다니며 정육점과 식료품 가게에 가서 그들의 신용을 보증해주시오. 저 직원명부를 거기에 따라 다시 정리하시오. 여태 내가 수천 명을 감당해왔으니 이젠 스스로 알아서 하라고 해. 이만 끝이오."

"이 필터를 교체해야 된단 말이군요." 그가 급수소장에게 말했다. "생각해보자구요. 오클랜드 사람들에게 기분전환 삼아 진 흙물을 마시게 하자구. 그럼 깨끗한 물이 얼마나 고마운지 알게 되겠지. 즉시 일을 중단해요. 저 사람들은 해고야. 자재 주문을 전부 취소해요. 업자들이 소송하겠지? 소송하라고 해. 판결이 나기 전에 우리가 완전히 파산하거나 사정이 나아질 거요."

그리고 윌킨슨에게 이렇게 말했다.

"저 야간 도선을 없애시오. 사람들이 불평하게 돼요. 빨리 집에 가서 마누라나 보게. 그리고 트웬티세컨드와 헤이스팅스 발열두 시 사십오 분 배와 연결된 저 마지막 차, 없애버려요. 두세 사람을 위해 저걸 돌릴 순 없소. 더 느린 배를 타고 집에 가거나 걸어가라고 해야지. 남들 생각할 때가 아니오. 러시아워에 차 몇 대를 더 없애요. 입석도 돈을 받아. 파산하지 않으려면 그 돈이 필요해."

그리고 삭감의 과도한 압박으로 주저앉아버렸다는 다른 부서장에게는 이렇게 말했다.

"당신은 내가 저걸 못 하고 이걸 못 할 거라고 했소. 이제 어떤 걸 못 하고 어떤 걸 할 수 있는지 똑똑히 보여주겠소. 그만두겠다고? 좋소. 그러고 싶으면 그러시오. 없으면 안 될 사람은 없소. 자기 없이 안 될 거라는 사람이 있으면 내가 정말 필요한 사람이 어떤 사람인지 보여주지. 그리고 그자는 해고요."

그는 그렇게 싸우고 몰아치고 위협하고 구슬리기도 했다. 아침부터 밤까지 싸움의 연속이었다. 끊임없었다. 매일 그의 사무실로 사람들이 몰려들었다. 그를 찾아왔거나 그가 부른 사람들이었다. 공황에 대한 낙관적 견해, 잡담, 진지한 사업 이야기가 오고갔다. 그들은 양자택일의 위협을 당하기도 했다. 아무도 그를 구해주지 못했다. 질주, 혼자서 계속 질주했다. 매일같이 질주가 계속되었다. 온 업계가 휘청거리고 사방에서 회사들이 줄줄이 무너져 내려앉았다.

"괜찮아, 친구." 그는 매일 아침 히건에게 이렇게 말했다. 그리고 하루 종일 이렇게 격려의 말을 하고 다녔다. 자기 뜻대로 사람들을 꺾어놓으려고 싸우고 있을 때를 빼고.

매일 아침 여덟 시면 책상 앞에 앉았다. 열 시가 되면 차를 타고 은행을 돌아보러 나갔다. 그의 자동차에는 대개 전날 도선과 시내 전차에서 들어온 돈이 1만 달러 넘게 실려 있었다. 무너지고 있는 벽의 제일 약한 부분에 쓸 돈이었다. 은행장들과 만나 연출하는 상황은 매번 비슷비슷했다. 그들은 두려워 얼어붙었고 그는 늘 크고 힘센 낙관론자의 역할을 맡았다. 시간이 약이었다. 물론 그랬다. 신호가 오고 있었다. 할 일은 좀 더 오래 침착하게 버티기만 하면 됐다. 이미 동부에서는 돈이 더 활발하게 돌고 있었다. 최근 스물네 시간 동안 월스트리트의 매매 상황을 보면 알 수 있었다. 풀을 보면 바람이 보인다고 했다. 라이언이 이렇게 저렇게 말하지 않았던가? 모건이 이렇게 저렇게 준비하고 있다고 보도되지 않았던가?

그는 어떤가 하면 시내 전차 수입이 점차 증가하고 있었다. 공황에도 불구하고 점점 더 많은 사람들이 계속 오클랜드로 들어오고 있었다. 부동산에서 이미 움직임이 시작되고 있었다. 그 상황에서도 그는 40평방킬로미터가 넘는 시골 땅을 팔려고 흥정 중이었다. 물론 그 땅을 거저 바치는 셈이었지만 그 일은 다른 일에서 오는 긴장을 덜어주고 소심해진 마음에 용기를 불어넣어 주었다. 소심하지 않다면 공포도 없을 것이다. 동부 기업조합이 그에게서 시에라 앤드 살바도르 전력회사의 주식 대부분을 빼앗으려고 그와 협상 중이었다. 그것으로 그는 곧 상황이 더 나아질 것이라고 확신하게 되었다.

그리고 그것이 기분 좋은 대담이 아니라 간청과 애원이나 강둑에서의 결판이고 싸움이었다면 데이라이트는 맞섰을 것이다. 그들이 위협하면 그도 위협할 수 있었다. 자신의 부탁이 거절당하면 다그치면 됐다. 감정과 환상을 철저하게 배제한 노골적인 싸움이었다면 그들을 숨이 멎을 만큼 겁줄 수 있었다.

하지만 그는 양보하는 법과 그래야 할 때를 알고 있었다. 그 벽에서 회복될 수 없이 흔들리고 내려앉는 부분이 있으면 현금을 벌어들이는 세 회사에서 가져온 현금으로 부분부분 메웠다. 은행들이 망하면 그도 망할 것이었다. 그때는 버텨야 하는 상황이었다. 만약 은행이 도산해서 보유하고 있던 그의 담보 전부를 엉망진창인 시장에 내던져버리면 그것으로 끝이었다. 그래서 얼마 뒤 그는 빨간 자동차를 자주 꺼냈다. 매일의 수입과 가장 우량한 담보물, 도선회사, 유나이티드 수도회사, 연합시내 전차 회사를 들고 말이다. 망설여졌지만 조금씩 싸워나갔다.

그는 샌안토니오 상사 사장이 다른 사람들을 구해달라고 간청하자 이렇게 말했다.

"그들은 잔챙이요. 망하게 돼요. 여기선 내가 헤드핀이야. 당신은 잔챙이에게서보다 내게서 돈을 더 많이 벌어갔소. 물론 당신이 거느리고 있는 게 많으니 선택해야겠지만. 일하든가 굶어 죽든가요. 난 강해요. 망하지 않아. 당신이 나를 힘들게 하면 당신도 말려들 거요. 빠져나가는 길은 그 잔챙이들이 망하게 내버려 두는 거요. 내가 도와주겠소."

그리고 무정부 경제상황이라는 적기에 사이먼 돌리버가 일의 규모를 키우게 한 뒤 그를 철저한 실패로 몰아넣었다. 돌리버의 힘은 골든게이트 내셔널에서 나오는 것이었다. 데이라이트가 그 회사의 사장을 만났다.

"내가 도와줬는데 당신은 이제 마지막 궁지에 몰렸소. 돌리버는 늘 당신과 나를 이용해왔지. 그는 안 돼. 내 말을 들어요. 그는 안 돼요. 돌리버는 당신을 구하기 위해 11달러도 안 내놓을 거요. 그를 떼버리면 이렇게 해주겠소. 나흘 뒤 시내 전차 운임을 주겠소. 현금 4만 달러요. 이달 6일 수도회사에서 2만 달러를 받아주겠소." 그는 어깨를 으쓱하며 말했다. "양자택일이오. 그게 내 조건이오."

"먹느냐 먹히느냐야. 떠돌아다니는 고기는 한 마리도 안 놓쳐." 그날 오후 히건에게 말했다. 그리고 사이먼 돌리버는 대공황의 비참한 나락으로 떨어졌다. 수많은 어음에 싸여 무일푼으로.

데이라이트의 술책은 놀라웠다. 크든 작든 아무것도 그의 날카로운 시야를 빠져나가지 못했다. 끔찍한 긴장감이 그를 짓눌렀다. 이제 점심을 먹지 않았다. 낮이 너무 짧았고 점심시간에도 사무실은 늘 붐볐다. 하루가 끝나면 아주 지쳤고 술에서 위안을 구했다. 호텔로 직행해서 방으로 올라가서 더블 마티니를 시켰다. 저녁 때가 되면 머리는 흐리멍텅해졌고 고통은 잊혀졌다. 잘 시간이 되면 스카치위스키의 도움을 받았다. 심하게 마시지 않고 기분 좋을 만큼 마시고 나면 순한 마취제를 맞은 듯했다.

다음날 아침 눈을 뜨면 입이 타는 듯했지만 머리의 묵직한 느낌은 곧 사라졌다. 여덟 시면 책상에 있었고 온 힘을 다해 싸웠다. 열 시에 은행을 돌았다. 그 뒤 1분도 쉬지 않고 밤까지 사업, 경제, 그에게 몰려온 사람들의 복잡한 문제를 해결했다. 밤이 되면 호텔과 마티니 더블과 스카치로 돌아갔다. 주말이 될 때까지 계속 그렇게 살았다.

21

사람들 속에 있을 때 데이라이트는 에너지와 활력이 넘쳐나 지칠 줄 모르고 늘 핏대를 세우는 사람 같았지만 속으로는 아주 지쳐 있었다. 맨정신일 때보다 술에 취해 있을 때 좋은 생각이 훨씬 더 또렷하게 떠올랐다. 예를 들면 어느 날 밤 그는 손에 신발 한 짝을 들고 침대 가장자리에 앉아 있었다. 한 번에 한 침대에서밖에 잘 수 없다는 디디의 말을 생각하고 있었다. 신발을 든 채 벽에 걸린 말총 굴레를 쳐다보았다. 그러다 그대로 신발을 들고 일어나 진지하게 그것들을 세어보았다. 옆방에 가서 나머지 것들도 다 세어 더했다. 그런 뒤 침대로 돌아와 신발에게 진지하게 말을 걸기 시작했다.

"그 여자가 옳았어. 한 번에 침대 하나. 140개의 굴레가 있지만 한 번에 하나씩만 쓸 수 있어. 한 번에 굴레 하나! 한 번에 말 한 마리밖에 탈 수 없어. 불쌍한 밥, 목장으로 보내는 게 낫겠어. 3천만 달러든 1백만 달러든 무일푼이든 거기서 대체 내가 뭘 얻은 거지? 돈으로 살 수 없는 일이 많아. 그 여자를 살 수 없어. 능력을 살 수 없어. 하루에 칵테일 한 병 마실 여유밖에 없는데 3천만 달러가 무슨 소용이지? 그렇다고 하루에 100병을 마시는 것도 아니잖아. 겨우 한 병이야! 난 백만장자 서른 명이 가질 돈이 있고 매일매일 내 직원 수십 명보다 더 열심히 노예처럼 일하는데, 얻는 건 맛없는 식사 두 끼, 침대 하나, 마티니 한 병, 벽에 걸린 말굴레 140개뿐이잖아." 서글프게 말굴레를 둘러보았다. "신발 씨, 난 취했어. 잘 자."

자제를 잘 하면서 정기적으로 술을 마시는 것보다 훨씬 더 나쁜 것이 외롭게 혼자 마시는 것이다. 데이라이트가 그랬다. 사람들과는 거의 술을 마시지 않았지만 방에서 혼자 마셨다. 다음 날 아침 깨어나면 타는 듯한 갈증이 찾아올 것과 계속 그런 일들이 반복될 것을 알고 있으면서도 매일매일 끊이지 않는 일에 지쳐 돌아오면 잠을 자기 위해 술을 마셨다.

나라의 상황은 예전처럼 쉽게 회복되지 않았다. 자금난은 나아지지 않았다. 하지만 다른 신문들뿐만 아니라 데이라이트 자신의 신문들조차 자금압박이 해결되었고 공황도 역사 속에 묻혀버렸다고 보도했다. 여론은 모두 낙관적이고 좋았지만 많은 개개인은 절망에 빠져 있었다. 데이라이트의 사무실과 이사회 회의에서 연출된 상황들은 그 신문 사설들이 거짓임을 보여주었

다. 예를 들면 그는 시에라 앤드 살바도르 전력회사, 유나이티
드 수도회사, 다른 여러 개의 주식회사에서 대주주들에게 이런
연설을 했다.

"계속 투자해야 합니다. 여러분은 운이 좋은 사람들이지만
그걸 지키려면 제물을 바쳐야 합니다. 불경기라고 아무리 떠들
어봐야 소용없습니다. 제가 불경기가 끝나지 않았다는 걸 모르
겠습니까? 여러분들이 왜 여기 왔는지 모르겠습니까? 좀 전에
말했듯이, 계속 투자해야 합니다. 제가 상당수의 주식을 가지고
있는데 이제 나눠야 합니다. 안 그러면 파산입니다. 제가 일단
일을 벌이면 당신들에게 어떤 충격이 닥칠지 모릅니다. 엄청 세
게 벌일 거니까요. 잔챙이들은 떠나도 괜찮지만 여러분 같은 거
물들은 안 됩니다. 이 배는 여러분들이 떠나지 않는 한 가라앉지
않습니다. 하지만 여러분들이 떠나기 시작하면 여러분들이 채
해안에 닿기도 전에 가라앉을 게 분명합니다. 이번엔 할당되어
야 합니다."

끊임없이 월급지급을 요구하는 큰 도매공급회사, 호텔의 요
리제공자 같은 많은 사람들이 흥분한 채 30분씩 그와 이야기를
나누었다. 그는 그들을 사무실로 불러 할 수 있다와 없다, 한다
안 한다의 새 기준을 보여주었다.

"맹세코, 당신들은 나를 도와야 해요." 그가 말했다. "이게
응접실에서 하는 재미난 게임쯤 돼서 언제든 그만두고 집에 갈
수 있다고 생각하고 있다면 큰 오산이오. 이봐요. 왓킨스, 당신
은 5분 전에 못 견디겠다고 말했지? 내 몇 가지만 이야기하지.

당신은 견딜 것이고 계속 견뎌낼 거요. 이 위기가 지나갈 때까지 나한테 계속 물건을 대고 내 어음을 받아갈 거요. 어떻게 그렇게 할 수 있는가는 당신 문제지 내 문제가 아니오. 내가 클린크너와 앨터몬트 신탁회사에 어떻게 했는지 잊었소? 당신 업계 사정이라면 내가 더 잘 아니까 나를 버리고 가려고 하면 당신을 망하게 해주지. 설령 내가 도산한다고 해도 같이 망하게 할 거요. 빠져 죽거나 헤엄쳐 살아나거나요. 이 웅덩이에서 나를 구해주는 것이 당신에게 이롭다는 걸 잘 알 거요."

가장 지독한 전투 대상은 유나이티드 수도회사의 주주들이었을 것이다. 그에게 도움이 되었고 다방면의 전선을 뒷받침해주었던 것이 사실상 이 회사의 총수입이었기 때문이다. 하지만 그는 독단적인 규칙을 너무 심하게 밀어붙이지는 않는다. 운을 그에게 맡기고 있는 사람들에게 희생을 강요하긴 했지만 그 사람들이 벽에 내몰려 긴박한 상황이 되면 그들을 도와 돌아오게 했다. 강한 사람만이 이렇게 힘든 시기, 이렇게 어려운 상황을 해결할 수 있었다. 데이라이트가 바로 그런 사람이었다. 그는 어떻게든 헤쳐나갔고, 계획을 세우고 고심했고, 더 약한 사람들을 으르고 들볶고 소심한 자들이 계속 남아 싸우게 격려했지만 도망자들에게는 인정사정 없었다.

결국 초여름이 되자 모든 일이 호전되기 시작했다. 데이라이트가 예상하지 못했던 어느 날이었다. 보통 때보다 한 시간 먼저 사무실을 나섰다. 공황 이후 처음으로 처리할 일이 없었던 것이다. 히건의 사무실에 들러 잡담이나 좀 하고 가려고 했는데 마침 그가 나가려고 일어서 있었다.

"허건, 우린 최고야. 재계의 전당포에서 아주 잘 빠져나왔고 단 한 건의 미상환 담보도 남지 않았잖아. 최악의 순간은 지났어. 이제 끝이 보여. 몇 주 더 고삐를 죌 거고 사소한 문제들이 좀 있겠지. 이제 벗어났으니 손 털면 돼."

그날만은 늘 하던 대로 하지 않았다. 호텔로 직행하지 않고 술집과 카페에 들러 여기서 한 잔 저기서 한 잔 걸친 후 아는 사람을 만나 두세 잔 더 마셨다. 한 시간 정도 지나 저녁식사 전 마지막으로 한 잔 더 하려고 술집 파르테논에 들렀다. 이때 그는 적당히 취했고 기분도 최고였다. 바 구석에서 젊은이 몇몇이 팔꿈치를 대고 상대의 손목을 넘어뜨리는 예전의 그 팔씨름을 하고 있었다. 덩치 좋은 한 젊은이가 자기 팔꿈치는 꿈쩍도 않고 모두의 손목을 넘겼다. 데이라이트는 구미가 당겼다.

"슬로슨이죠." 그의 물음에 바텐더가 말해주었다. "올해 캘리포니아 대학 해머 던지기에서 기록을 갱신했고 세계적으로도 아주 알아준대요."

데이라이트는 고개를 끄덕이며 그에게 다가가 맞은편에 팔을 올려놓았다.

"자네와 한판 하고 싶은데." 그가 말했다.

그 젊은이는 웃으며 손을 쥐었다. 그런 뒤 바 아래로 꺾인 것은 놀랍게도 데이라이트의 손이었다.

"잠깐," 그가 중얼거렸다. "한 판만 더 하지. 준비가 덜 됐던 것 같아."

다시 손을 쥐었다. 눈 깜짝할 사이였다. 데이라이트가 힘을 주어 밀어붙였지만 간단히 밀렸고 버텼지만 소용없었다. 데이라이트의 팔목이 넘어갔다. 멍했다. 속임수는 없었다. 기술은 동등했거나, 오히려 데이라이트가 더 나았다. 힘, 순전히 힘에 당했다. 그는 술을 더 시키고 멍한 채로 생각에 잠겨 팔을 쳐들고 낯선 물건인 양 바라보았다. 이 팔이 누구 거지? 오랫동안 달고 다녔던 예전의 그 팔은 분명 아니었다. 예전의 팔이라면? 저 젊은 놈을 꺾을 수 있었다. 하지만 지금 이 팔은? 그가 못 믿겠다는 듯한 눈빛으로 팔을 쳐다보고 있을 때 그 젊은이들이 폭소를 터뜨렸다.

웃음소리를 듣고 그가 일어났다. 처음에는 같이 웃었지만 얼굴이 점점 굳어졌다. 그 해머 던지기 선수 쪽으로 몸을 기울였다.

"이봐," 그가 말했다. "조용히 말하는데, 그만 마시고 여기서 나가."

그 청년은 화가 나서 얼굴이 붉어졌다. 하지만 데이라이트는 아랑곳하지 않았다.

"이 형님 말을 들어봐. 난 아직 젊어. 조금 나이가 들긴 했지만. 잘 들어. 몇 년 전이었다면 자네 팔을 꺾는 일 따위는 유치원 습격이나 마찬가지였어."

슬로슨은 믿지 않는 기색이었고 다른 청년들은 씩 웃으며 데이라이트 주변에 모여들어 그를 부추겼다.

"이봐, 잔소리가 아니야. 난 난생처음 회개 같은 걸 하고 있는 거야. 자네 덕분에 말이야. 난 아는 게 별로 없지만 괴팍한 사람은 아니야. 그래 보이지? 솔직하게 말하자면 내가 가진 게 몇백만 달런지는 악마만 알아. 그렇다고 빈털터리란 소린 아니고. 난 자네 손을 꺾을 수 있다면 그걸 전부 걸 수 있어. 바로 여기 이 술집에서 말이야. 그 말은 내가 별 보면서 잠을 자는 걸 그만두고 닭장 같은 도시에 와서 칵테일을 마시고 살짝 발을 들고 차를 타기 전 그때로 돌아갈 수 있다면 전부 걸 거란 거야. 그게 중요한 거야. 내가 그렇게 느낀다는 말이지. 게임은 아무것도 아니야. 촛불보다 하찮은 거야. 몸조심하고 내 충고를 잠깐만 생각해봐. 잘 가게."

그는 몸을 돌려 비틀거리며 나왔다. 그가 너무 취해서 말을 했기 때문에 그 말은 그들에게 먹혀들지 않았을 것 같았다.

멍한 채 호텔로 돌아와 저녁을 먹고 잠잘 준비를 했다.

"제기랄 젊은 애송이놈!" 그가 중얼거렸다. "그렇게 쉽게 내 손을 꺾다니. 내 손을!"

그 불쾌한 물건을 붙들고 이상하다는 듯 멍하게 바라보았다. 진 적이 없는 손! 서클시티 거구들을 질겁하게 만들었던 손을 대학생 애송이가 실실 웃으면서 꺾어놓다니! 그것도 두 번씩이나! 디디 말이 맞았다. 예전의 그가 아니었다. 전에 없이 그 일을 더 심각하게 받아들였다. 하지만 그럴 때가 아니었다. 잘 자고 일어나 아침에 다시 생각해보기로 했다.

22

잠에서 깨자 입술과 입, 목에 예의 그 타는 듯한 갈증이 느껴져 침대 옆의 주전자에서 물을 잔뜩 따라 마신 뒤 전날 밤 놓친 생각의 흐름을 다시 그러모았다. 재정적 압박이 언제 풀릴지 다시 생각해보았다. 상황은 마침내 좋아지고 있었다. 아직 어렵기는 했지만 제일 큰 고비는 이미 넘겼다. 히건에게 말했듯 지금은 고삐를 단단히 쥐고 조심하기만 하면 됐다. 위험과 혼란은 오게 될 것이지만 이미 견딘 것만큼 심각하진 않을 것이었다. 심하게 맞았지만 뼈 하나 안 부러졌고 사이먼 돌리버 같은 많은 사람들보다 훨씬 더 멀쩡했다. 사업상 동지들은 아무도 파산하지 않았다. 자신이 살려고 그들에게 떠나지 말라고 했지만 결국 그들도 살려준 셈이었다.

생각이 파르테논 술집 구석으로 옮겨갔다. 젊은 운동선수가 자기 팔을 꺾어놓은 순간으로. 이제는 놀라 어쩔 줄 몰라하는 상태는 아니었지만 자신이 힘을 잃었다는 사실에 충격을 받았고 안타까웠다. 강했던 사람만이 느낄 수 있는 감정이었다. 그리고 문제가 너무 분명해서 피할 수가 없었다. 왜 자신의 손목이 넘어갔는지 알고 있었다. 나이 탓이 아니었다. 아직 팔팔한 나이였으니 당연히 그 해머 던지기 선수의 손이 넘어갔어야 했다. 자신이 몸을 너무 함부로 썼다는 것을 알고 있었다. 자기 힘이 영원할 것이라고 생각했지만 도시에서 사는 몇 년 동안 그 힘은 스르르 빠져나가 버렸다. 그의 말대로 그는 별빛 아래에서 도시의 닭장으로 왔다. 거의 걷는 법을 잊어버렸을 정도였다. 발만 살짝 들면 자동차, 택시, 마차, 전차를 탈 수 있었다. 운동을 하지 않았고 근육은 술에 절어 말라비틀어졌다.

그럴 가치가 있었을까? 도대체 돈이 뭐가 그리 중요해? 디디가 옳았다. 아무리 돈이 많아도 한 번에 침대 하나밖에 쓸 수가 없는데도 그는 가장 비굴한 돈의 노예가 되어버렸다. 단단히 돈에 매여 있었다. 지금 이 순간도 돈에 매여 있었다. 침대에 누워 있고 싶은 생각이 간절했지만 그럴 수가 없었다. 돈이 부르고 있었다. 사무실에서 곧 연락이 올 테고 달려가야 했다. 이른 아침 햇살이 창으로 비쳐들고 있었다. 밤에 올라타 옆에 디디를 맵에 태운 채 고원에서 말타기 좋은 날씨였다. 하지만 그의 돈이 그에게 단 하루도 허락하지 않았다. 문제가 생길지도 몰랐으니 사무실에 붙어 있어야 했다. 3천만 달러! 그 돈은 디디에게 맵을 타도록 설득하지 못했다. 사두었지만 타지 않아서 목장에서 살만 찌고 있는 맵. 사랑하는 여자와 말도 탈 수 있게 못 해주는 돈이 무슨 소용이란 말인가. 3천만 달러! 그를 이리 와라 저리 가라 맘대로 부리고 엄청난 무게로 그를 짓누르는 돈. 그 돈이 점점 불어나면서 그를 파괴했고 월급 90달러를 받는 여자 하나 이기지 못하게 했다.

어떤 것이 더 나은가? 스스로에게 물었다. 그가 파산하게 해달라고 기도할 때 디디도 한 생각이 바로 이것이었다. 자신의 불쾌한 오른팔을 잡았다. 이전의 팔이 아니었다. 물론 그녀는 몇 년 전의 강하고 날씬한 팔과 몸을 사랑했으니 지금 이 팔과 몸은 사랑할 수 없었다. 그도 팔과 몸이 마음에 들지 않았다. 젊은 애송이였을 때 몸을 함부로 굴렸다. 몸이 그를 저버렸다. 벌떡 일어나 앉았다. 아니다! 그가 몸을 저버렸다. 자신을 저버렸다. 그가 디디를 저버렸다. 그녀 말이 맞았다. 백번 옳았다. 그녀는 위스키에 찌든 돈의 노예와 결혼하지 않을 만큼 똑똑했다.

침대에서 나와 옷장 문에 달린 긴 거울을 보았다. 그는 멋지지 않았다. 예전의 마른 뺨은 사라지고 없었다. 이제 뺨은 무게를 못 이긴 듯 늘어져 있었다. 디디가 말했던 잔인한 주름을 찾아보았다. 눈동자 속의 잔인함도 찾았다. 눈은 전날 밤, 몇 달 몇 년 전 마신 술로 흐리멍텅했다. 눈 밑이 두드러지게 불룩 솟아 있는 것을 보고 깜짝 놀랐다. 잠옷 소매를 걷어올렸다. 해머던지기 선수한테 진 것이 당연했다. 근육은 없었다. 살에 묻혀 보이지도 않았다. 윗도리를 벗었다. 이번에는 몸통에 찐 살을

보고 충격을 받았다. 몸도 멋지지 않았다. 날씬했던 배가 이제
는 불룩했다. 가슴, 어깨, 배에 솟아 있던 근육은 살덩어리로 변
해 있었다.

침대에 걸터앉으니 머릿속에 젊은 시절의 멋진 몸과 다른 사
람들보다 잘 해냈던 온갖 힘든 일, 알래스카에서 밤낮없이 몰아
대서 지쳐버린 인디언들과 개, 힘자랑 내기에서 험한 개척자들
의 왕이 되었던 모습이 떠올랐다.

그다음엔 노인이 떠올랐다. 글렌엘런에서 만난 노인이 이글
거리는 햇빛을 받으면서 언덕을 오르는 모습이 눈앞에 선했다.
머리와 수염이 하얀 여든네 살 노인의 손에는 거품이 인 우유통
이 들려 있었고 얼굴에는 여름 기운이 온통 붉게 서려 있었다.
정말 노인이었다. "여든넷인데 아주 튼튼하지." 그 노인의 말이
들려왔다. "난 절대 빈둥대며 놀지 않아. 1851년에 소떼를 몰고
건강한 인디언들과 함께 대초원을 걸어서 건넜어. 그땐 일곱 아
이와 함께였지."

다음은 떡갈나무 숲 속의 노파가 떠올랐다. 산 속 개간지에서
포도를 짜던 그 노파. 그리고 토끼처럼 재빨리 달려오던 작은 남
자가 떠올랐다. 한때 저명한 신문의 편집장이었지만 이제는 산
속의 샘과 직접 기르고 다듬은 과일나무에 만족하며 떡갈나무
숲에 사는 퍼거슨. 퍼거슨은 자신의 문제를 해결했다. 병자에
알코올 중독이었던 그는 의사들과 도시의 닭장에서 빠져나오자
마른 스펀지처럼 건강을 쏙쏙 빨아들였다. 데이라이트는 곰곰
이 생각했다. 의사가 포기한 환자가 건강한 농부가 될 수 있다면

그저 살만 좀 찐 남자라면 어떻게 될 수 있을까? 젊었을 때처럼 멋진 몸이 떠올랐다. 디디 생각도 났다. 갑자기 멋진 생각이 떠올라 깜짝 놀랐다.

오래 앉아 있지 않았다. 머리는 예의 그 신속함으로 단단한 덫처럼 치밀하게 그 생각을 검토했다. 중요한 일이었다. 이전의 어떤 것보다 중요했다. 그 생각을 정면으로 마주보며 직접 이리저리 살펴보았다. 그 생각이 단순해서 기뻤다. 만족스러워 킬킬거리며 웃었다. 결정을 내리고 옷을 입기 시작했다. 그러다 전화를 걸었다.

첫 통화는 디디였다.

"오늘 출근하지 말아요," 그가 말했다. "좀 있다가 내가 그쪽으로 가겠소." 다른 사람들에게도 전화를 걸었다. 차를 대기시켰다. 존스에게 밥과 울프를 글렌엘런으로 보내라고 지시했다. 히건에게는 글렌엘런 목장 문서를 찾아 디디 메이슨의 이름으로 바꾸어놓으라고 했다. 그는 깜짝 놀랐다. "누구라고요?" 히건이 물었다. "디디 메이슨," 데이라이트가 태연하게 대답했다. "오늘 아침에 전화가 잘 안 들리는 모양이지? 디-디- 메-이-슨. 알겠어?"

30분 뒤 버클리로 날아갔다. 처음으로 빨간 차를 집 문 앞에 댔다. 디디가 응접실로 안내했지만 그는 고개를 젓고 그녀의 방을 가리켰다.

"저기," 그가 말했다. "다른 곳은 안 어울려."

문이 닫히자 그녀에게 팔을 둘렀다. 그런 뒤 그녀의 어깨에 손을 얹고 서서 그녀의 얼굴을 내려다보았다.

"디디, 단도직입적으로 말해 난 글렌엘런의 목장에 살러 갈 거요. 한 푼도 안 가지고. 매일매일 먹을 음식을 벌기 위해 일하겠소. 사업장에 도박하러 나가지는 않을 거요. 같이 가겠소?"

그녀가 기쁜 듯 작게 탄성을 올리자 그가 그녀를 꽉 끌어안았다. 하지만 곧 그녀가 그를 밀어냈다.

"난, 난 이해할 수가 없네요." 그녀가 숨가쁘게 말했다.

"당신이 내 청혼에 답을 안 했지만 그럴 필요도 없을 것 같군. 바로 결혼하고 떠납시다. 밥과 울프를 보내라고 했어요. 언제 준비가 되겠소?"

디디는 웃음을 참을 수가 없었다. "이런, 허리케인 같은 남자군요. 제가 졌어요. 하지만 한 마디 설명도 안 해줄 거예요?"

데이라이트는 미소를 보였다.

"봐요, 디디, 이건 카드판의 말로 패를 다 깐다고 하는 거요. 당신과 나 사이엔 이제 장난 같은 연애질도, 튕기기도, 긴 말다툼도 없소. 만나서 솔직하게 이야기할 거요. 진실, 완전한 진실, 진실만 말해요. 몇 가지만 묻겠소. 그다음에 당신이 물으시오." 그는 잠시 머뭇거렸다 "에에, 한 가지밖에 없군요. 나와 결혼할 만큼 나를 사랑하시오?"

"하지만," 디디가 뭐라고 말을 하려고 했다.

"하지만은 없어요." 그가 바로 끊었다. "이건 패를 다 까는 거라니까. 결혼한다는 건 아까 말했던 거, 같이 목장에 가는 걸 말하는 거요. 그럴 만큼 날 사랑해요?"

그녀는 그를 쳐다보더니 곧 시선을 아래로 돌렸다. 하지만 그녀의 몸 전체가 그렇다고 대답하는 것 같았다.

"자, 어서, 그럼 출발합시다." 그녀를 문 쪽으로 데려가려고 다리에 힘을 주었다. "내 차가 밖에 있소. 모자 쓰는 시간은 기다려주겠소."

그가 그녀에게 몸을 구부렸다. "해도 될 거라고 생각해." 그렇게 말하고 그녀에게 키스했다.

긴 포옹이 이어졌다. 먼저 말문을 연 것은 그녀였다.

"내 질문에 답 안 했어요. 어떻게 이런 일이 있을 수 있죠? 어떻게 사업을 그만둔단 말이에요? 무슨 일이 있는 건가요?"

"아니, 아무 일도 없어요. 하지만 곧 일어날 거야. 당신이 했던 말을 마음에 새기고 있었는데 이제 깨닫게 됐어. 당신이 내 주인이오. 당신을 섬기겠소. 나머지는 벼락이나 맞으라지, 뭐. 당신 말이 옳았어. 나는 돈의 노예였소. 두 주인을 섬길 순 없으니 돈을 버리기로 했지. 세상의 돈을 전부 가지는 것보다 당신을 얻는 게 더 좋아. 그뿐이오." 다시 그녀를 끌어안았다. "난 당신 증말 얻을 거야, 디디, 증말 당신을 얻어야 해."

"말해줄 게 몇 가지 더 있어요. 어젯밤 마신 술이 마지막이야. 결혼할 땐 아직 술에 절어 있지만 당신 남편은 그렇지 않을 거요. 못 알아볼 만큼 빨리 다른 사람이 될 거요. 몇 달 뒤 어느 날 아침 글렌엘런에서 눈을 뜨면 전혀 모르는 사람이 같이 있을 거요. 자기 소개부터 해야 할 거야. 당신은 이렇게 말하겠지. '전 하니시 부인인데. 댁은 누구세요?' 그럼 난 이렇게 말할 거요.

'일럼 하니시의 동생이오. 장례식에 참석하려고 방금 알래스카에서 왔습니다.' '무슨 장례식요?' 당신이 말할 거요. 그럼 난 이렇게 말하지. '도박하고 위스키나 마시던 쓸모없는 인간 버닝 데이라이트의 장례식이오. 밤낮으로 게임에 몰두하다가 심장병으로 죽었지요.' 난 이렇게 말할 거요. '예, 부인. 형은 아주 찼습니다. 하지만 제가 대신 왔으니 이제 당신을 행복하게 해드리지요. 자, 부인, 저를 받아주신다면 아침 준비하시는 동안 제가 목장에 달려가서 우유를 가져오겠습니다.'"

다시 그녀의 손을 잡아 문 쪽으로 이끌었다. 그녀가 버티자 그는 그녀에게 키스를 퍼부었다.

"당신을 갈망하고 있소." 그가 중얼거렸다. "당신 때문에 3천만 달러가 30센트로 보여."

"앉아서 정신을 좀 차려보세요." 그녀가 뺨을 붉힌 채 말했다. 눈에서는 이전 어느 때보다 짙은 황금빛 광채가 뿜어나왔다.

하지만 데이라이트는 고집을 피우기로 했다. 그래서 시키는 대로 앉기는 했지만 그녀의 옆에 팔을 두르고 앉았다.

"'예, 부인.' 나는 말하겠지. '버닝 데이라이트는 아주 좋은 놈이었지만 죽는 게 더 나아요. 토끼털을 두르고 눈 속에 자는 일을 그만두고 닭장에 와서 살았죠. 다리를 움직여 걷지도, 일하지도 않았고, 마티니 칵테일과 스카치위스키로 살았죠. 당신을 사랑한다고 했지만 전부를 주지 않았어요. 칵테일을, 돈을, 자기 자신을, 그리고 다른 것들 모두를 더 사랑했어요.' 그런 뒤 난 이렇게 말할 거요. '부인, 저를 훑어보셨으니 다르다는 걸 아실 거요. 난 칵테일쟁이가 아니고 가진 돈은 1달러 40센트가 전부요. 이 돈으로 소를 한 마리 살 거요. 힘이 넘치는 놈으로요. 당신 전남편보다 열한 배 더 당신을 사랑하겠소. 부인, 그놈은 완전히 지방덩어리였잖소. 난 지방이 한 주먹도 없소.' 그리고 소매를 걷어붙여 보여주고 말할 거요. '하니시 부인, 설마 그 늙고 뚱뚱한 돈자루와 결혼한 적이 있어서 나 같은 날씬한 젊은이와 결혼을 못 하는 건 아니죠?' 그러면 당신은 불쌍한 데이라이트를 위해 흘리던 눈물을 훔치고 승낙의 눈빛으로 나에게 기대겠지. 그러면 나는 아직 좀 어리니까 얼굴을 붉히면서 팔을 당신에게 두르고, 이렇게, 에, 저, 형의 아내와 결혼하고 그녀가 요리를 하는 동안 자질구레한 일을 하러 나갈 겁니다."

"하지만 내 질문에 대답 안 했어요." 그녀가 나무랐다. 그가 말하면서 흥분해 그녀를 끌어안았는데 이제 그의 팔에서 빠져나온 그녀의 얼굴은 장미처럼 붉고 광채가 났다.

"그래, 뭘 알고 싶은 거요?" 그가 물었다.

"어떻게 이런 일이 일어날 수 있는지 알고 싶어요. 이렇게 갑자기 사업을 접을 수 있나요? 뭔가 곧 일어날 거라는 게 무슨 말인가요? 나는," 그녀가 머뭇거리며 얼굴을 붉혔다. "나는 대답했잖아요."

"갑시다, 결혼합시다." 그가 재촉했다. 눈빛은 더 급했다. "알다시피 튼튼한 동생에게 자릴 비켜줘야 하니 난 그리 오래 살지 못할 거요." 그녀가 참지 못하고 인상을 찌푸리자 그가 진지하게 말을 이었다. "들어봐요. 디디, 이렇게 된 거요. 나는 이

제기랄 공황이 시작된 이래 말 40마리분의 일을 했소. 그동안 당신이 심어놓은 싹이 틀 준비를 하고 있었는데 오늘 아침 드디어 그 싹이 텄소. 그게 다요. 평소대로 일어나서 사무실로 가야 했소. 하지만 안 갔지. 그 순간 싹이 텄어. 햇살이 창에 비치기에 언덕에 가기 좋은 날이라고 생각했소. 사무실로 가고 싶은 마음보다 당신과 함께 말을 타고 싶은 마음이 3천만 배 더 컸소. 늘 그렇게 못 했소. 왜냐고? 사무실 때문이었지. 사무실이 날 안 보내줬어. 내 돈이 버티며 방해해서 못 갔소. 그 지긋지긋한 돈이 그렇게 했다구. 알겠지, 무슨 말인지?

그때 난 갈림길에 서 있다는 걸 알게 됐소. 한쪽 길은 사무실로 한쪽 길은 버클리로 가는 길이었지. 난 버클리로 가는 길을 택한 거야. 사무실에 다시는 발도 안 들여놓을 거요. 다 끝났어. 완전히, 완벽하게 끝장내고 그만 두었으니 이제 사업이 망하든 말든 상관없소. 내 마음은 이쪽으로 완전히 기울었소. 내겐 종교가 있소. 그건 증말 오래된 종교지. 그건 바로 사랑이고 당신이요. 세상 어떤 종교보다 더 오래된 종교요. 그게 최고의 종교요, 바로 그거."

그녀는 놀란 표정으로 그를 쳐다보았다.

"그 말은?" 그녀가 말을 시작하려고 했다.

"내 말은 이거요. 깨끗하게 끝낼 거야. 사업이 망하든 말든 상관없어. 그 3천만 달러가 내게 들이대며 오늘 그 고원에 같이 못 간다고 했어. 단호해질 때가 된 거지. 난 발을 꽉 디디고 버텼어. 내겐 당신이 있고, 당신을 위해 일할 힘과 소노마의 그 작은 목장이 있어. 내게 필요한 건 그것뿐이고 내가 지킬 것도 그 것뿐이오. 또 밥과 울프, 여행가방과 140개의 말총 굴레 말이 오. 다른 것은 전부 보내버렸소. 속시원하게. 그것들은 쓰레기 였어."

하지만 디디는 끈질겼다.

"그러면 이, 이 엄청난 손실이 전혀 안 중요하다는 말인가 요?" 그녀가 물었다.

"그렇지 않다고 말했잖소. 정말로 중요한 손실이야. 돈이 생 각을 할 줄 안다면 내 얼굴에 대고 당신과 말을 타러 가지 말라 고 했을 거요."

"아니오, 아니. 진지하게요." 디디가 말을 끊었다. "내 말은 그런 뜻이 아니에요. 아시잖아요. 내가 알고 싶은 것은 사업의 관점에서 이 도산이 중요한가 하는 거예요."

그는 고개를 저었다.

"안 중요해. 그게 요점이오. 공황 때문에 꼼짝 못 하고 버텼 고 내버려둘 수 없어서 여태 손을 놓지 않고 있었어. 이제 공황 이 끝났고 이겨냈으니 손을 놓아도 돼. 그러니 그게 내게 얼마나 하찮은지 알겠소? 중요한 건 당신이오. 당신 말대로 살 거요."

하지만 그녀가 그의 팔에서 빠져나왔다.

"미쳤군요, 일럼."

"그렇게 다시 한 번 불러줘요." 그가 황홀경에 빠진 듯 중얼 거렸다. "그건 수백만 달러보다 더 달콤해."

그녀는 그 말을 못 들은 척했다.

"미쳤어요. 자기가 뭘 하고 있는지 모르는군요."

"아니, 잘 알아." 그가 단호하게 말했다. "난 제일 간절한 소망을 이루려고 하고 있어. 당신의 작은 손가락이 더 가치가……."

"잠깐만 정신을 차려보세요."

"이렇게 정신이 말짱한 적이 없었소. 내가 뭘 원하는지 알고 그걸 하려고 하고 있소. 당신과 맑은 공기를 원해. 포장된 보도 블록은 밟고 싶지 않고 전화소리도 듣기 싫어. 신이 만드신 것 중 가장 아름다운 곳에 있는 작은 농가를 원하고 그 주변에서 자질구레한 일을 하고 싶어. 젖소 기르기, 나무 베기, 말 쓰다듬기, 땅 갈기, 그런 것들 말이오. 당신과 그 농가에서 함께 살고 싶어. 다른 것들에는 아주 진저리가 났소. 그리고 완전히 지쳤고. 난 운이 제일 좋은 사람이오. 돈으로도 못 사는 것을 얻었으니까. 난 당신을 얻었소. 3천만 달러는 당신을 못 얻어요. 3백억 달러도 30센트도."

문 두드리는 소리가 나 말을 그쳤다. 디디가 나가고 그는 혼자 남아서 웅크리고 앉은 비너스와 디디의 아기자기한 물건들을 즐겁게 둘러보고 있었다. 그녀는 전화를 받고 있었다.

"히건 씨예요," 그녀가 돌아오자마자 말했다. "전화 안 끊었어요. 중요한 일이 있다고 하네요."

데이라이트가 고개를 저으며 웃음을 지었다.

"끊으라고 해요. 사무실 일은 끝냈고 일에 대해선 아무것도 듣고 싶지 않아."

잠시 뒤 디디가 다시 돌아왔다.

"끊지 않겠대요. 언윈이 사무실에서 기다리고 있대요. 해리슨도요. 히건 씨는 그림쇼와 호지킨스에게 문제가 생겼다고 했어요. 도산할 것 같다고요. 도와주는 일에 대해 뭐라고 하더군요."

놀랄 만한 소식이었다. 언윈과 해리슨은 은행 거물이었다. 만약 그림쇼와 호지킨스의 회사가 무너지면 잇달아 수많은 회사가 도산할 것이고 상황이 심각해질 것을 데이라이트는 잘 알고 있었다. 하지만 그는 웃으면서 고개를 젓고 사무실에서 하던 말투를 흉내 내어 이렇게 말했다.

"메이슨 양, 히건에게 할 일은 전화를 끊는 것밖에 없다고 친절히 전하시오."

"하지만 그러면 안 되잖아요." 그녀가 간청했다.

"날 봐요." 그가 엄격하게 대답했다.

"일럼!"

"다시 불러봐." 그가 소리쳤다. "다시 그렇게 불러준다면 그림쇼와 호지킨스 수십 명이 도산해도 괜찮아."

그가 그녀를 끌어당겼다.

"히건은 전화통 붙들고 지칠 때까지 기다리라고 해. 오늘 같은 날 그자에게 낭비할 시간이 없어. 그가 사랑하는 건 책과 일뿐이오. 하지만 내 품엔 늘 도망가려고 하긴 하지만 나를 사랑해주는 진짜 살아 있는 여자가 있어."

23

"하지만 전 당신이 어떻게 일했는지 알아요." 디디가 힘주어 말했다. "지금 그만두면 당신이 한 모든 일, 모든 것이 무너질 거예요. 당신은 그럴 권리가 없어요. 그러면 안 돼요."

데이라이트는 굽히지 않았다. 머리를 가로젓고 보일 듯 말 듯 웃었다.

"아무것도 무너지지 않아, 디디, 아무것도. 이 사업이란 걸 잘 모르는군. 사업은 서류 위에서 이루어져. 알겠소? 내가 클론다이크에서 파낸 금이 어디 있소? 20달러 금화, 금시계, 결혼반지 속에 있소. 나한테 무슨 일이 일어나든 그 20달러짜리 금화, 시계, 결혼반지는 남아요. 내가 당장 죽는다고 합시다. 그렇다고 그 금들이 달라질 건 없소. 지금 이 상황도 똑같아. 난 서류나 마찬가지요. 수십 평방킬로미터에 대한 서류. 그 서류가 불타고 나도 같이 타죽어 버려도 땅은 남아요. 그렇지? 거기 비가 내려서 씨앗이 싹을 틔우고 나무가 자라나고 집이 지어지고 전차가 다녀요. 사업은 서류로 이루어져. 서류가 없어지거나 내가 죽거나 그건 똑같은 일이야. 그건 저 땅에 있는 모래 한 알 바꾸지 못하고 길 옆의 풀잎 하나 비틀지 못해요."

"아무 일도 없을 거요. 독의 기둥 하나, 철로의 못 하나, 도선에서 나온 증기 한 줄기도. 전차들은 계속 다닐 거요. 서류를 누가 가지고 있든 말이야. 조수는 오클랜드로 밀려왔고 사람들은 몰려들기 시작해요. 건물터가 또 팔리지. 그 조수는 멈추지 않아. 나와 서류가 어떻게 되든 30만 명이 몰려오는 건 똑같아. 사람들을 실어다줄 전차가 있고, 그들이 살 집이 있고, 마실 좋은 물이 있고, 전기가 있고, 모든 게 있을 거요."

이때 히건이 차로 도착했다. 열린 창으로 경적소리가 들렸다. 빨간색 차 옆에 그의 차가 서 있었다. 차에는 언윈과 해리슨이 있었고 존슨은 운전석 옆에 앉아 있었다.

"히건은 만나겠소." 데이라이트가 디디에게 말했다. "나머지는 필요 없소. 차에서 기다리라고 해요."

"사장이 술 마셨소?" 히건이 문에서 디디에게 속삭였다.

그녀가 고개를 젓고 안으로 안내했다.

"잘 잤나? 래리." 데이라이트가 인사했다. "편히 앉게. 안절부절 못 하는군."

"저는," 그 작은 아일랜드인이 잽싸게 말을 받았다. "어떻게 하지 않으면 그림쇼와 호지킨스가 파산할 겁니다. 사무실로 가시는 게 어떻겠습니까? 어쩌실 생각입니까?"

"아무것도 안 해." 데이라이트가 느리게 말했다. "그들을 도산시키는 것 빼고는."

"하지만,"

"나는 그림쇼와 호지킨스와는 거래한 적이 없어. 그들에게 빚진 것이 없다고. 게다가 나도 망할 거잖아. 이봐, 래리. 자넨 날 알잖아. 내가 결정했다고 하면 그게 무슨 뜻인지 알잖아. 나 분명히 결정했어. 게임에는 아주 진저리가 나. 가능한 빨리 손을 뗄 거야. 파산이 손을 떼는 가장 빠른 방법이야."

히건은 뚫어지게 쳐다보았다. 그의 두려움에 질린 시선이 디디에게 향했다. 디디는 히건을 이해한다는 듯 고개를 끄덕였다.

"도산시키자, 래리." 데이라이트가 말을 이었다. "자네가 할 일은 자네 자신과 친구들을 지키는 거야. 할 일을 말해줄 테니 잘 들게. 지금 때가 아주 좋아. 아무도 다쳐서는 안 돼. 내 옆에 있던 사람들 모두 손해를 입지 않고 끝내야 해. 밀린 월급은 전부 즉시 지급해. 내가 수도회사, 시내전차, 도선에서 빼내왔던 돈은 전부 제자리로 돌려놔. 그리고 자네에게도 손해가 안 갈 거야. 자네가 주식을 보유하고 있는 회사는 전부 무사할 거거든."

"미쳤군요. 데이라이트!" 그 변호사가 소리를 질렀다. "완전히 미쳤어. 어디가 아픈 겁니까? 약 같은 거라도 먹은 거예요?"

"그래, 먹었지." 데이라이트가 웃으며 대답했다. "지금 그걸 뱉어내는 중이야. 도시에서 사는 데, 그리고 사업하는 데 질렸어. 햇빛, 시골, 푸른 풀밭으로 갈 거야. 여기 있는 디디와 함께 말이야. 그러니 자네가 처음으로 날 축하해주게."

"제기랄, 축하합니다." 히건이 빠르게 지껄였다. "이런 바보 같은 일은 참을 수가 없습니다."

"아, 안 돼지. 참아야지. 안 그러면 더 큰 파멸이 올 테고 타격을 받는 사람들도 생길 테니까. 자네도 백만장자고 내 말대로 하면 괜찮을 거야. 난 망하고 싶어. 최대한 많은 손해를 입고 싶어. 그게 내가 원하는 거야. 아무도 말릴 수 없어. 알겠나? 히건, 알겠어?"

"사장님을 어떻게 한 거요?" 히건이 디디에게 호통을 쳤다.

"잠깐, 래리." 처음으로 데이라이트의 목소리가 날카로워졌다. 얼굴의 잔인한 주름들이 두드러져 보였다. "메이슨 양은 내 아내가 될 거야. 하고 싶은 말을 다 해도 좋지만 그런 식으로 계속 이야기하면 자넨 병원신세를 지게 될 거야. 내가 한방 날릴 거거든. 그리고 한 가지만 더 말해두지. 이 모든 일은 다 나 혼자 저지르는 거야. 디디도 내가 미쳤대."

히건은 말없이 슬픈 듯 고개를 젓고는 그를 계속 뚫어지게 바라보았다.

"물론 얼마 동안 파산관재인들이 맡을 거야." 데이라이트가 알려주었다. "하지만 그들은 아무도 성가시게 하지 않을 거야. 오래 가지도 않을 거고. 자네가 즉시 해야 할 일은 모두를 구하는 일이야. 월급을 나에게 맡긴 사람들, 채권자들, 도와준 관계자들. 뉴저지 패거리와 협상하던 땅이 많이 있어. 자네가 조금만 시간을 주면 그들이 수십 평방킬로미터 전부를 가져갈 거야. 페어마운트 구역이 핵심이니 그들은 거기에 4천 평방미터당 천 달러까지 계속 올리겠지. 그게 돈이 좀 될 거야. 2평방킬로미터가 넘으니 그들이 4천 평방미터당 2백 달러만 내도 자넨 행운아야."

디디는 말을 거의 듣고 있지 않다가 갑자기 결심한 듯 두 사람에게 다가갔다. 얼굴은 파리했지만 표정은 단호하게 굳어져 있었다. 데이라이트는 그 표정을 보고 그녀가 처음 밥을 타던 날이 떠올랐다.

"잠깐만요," 그녀가 말했다. "할 말이 있어요. 일럼, 이렇게 미친 짓을 한다면 결혼하지 않겠어요. 당신과 결혼 안 해요."

히건은 괴로운 와중에도 그녀에게 재빨리 고맙다는 눈인사를 했다.

"그건 어쨌든 해볼 거요." 데이라이트가 말을 하려고 했다.

"기다려요!" 그녀가 다시 끼어들었다. "일을 이렇게 만들지 않으면 결혼하겠어요."

"그럼 정리해보지." 데이라이트가 아주 천천히 차근차근 말했다. "난 이렇게 들었소. 내가 사업을 계속하면 나와 결혼하겠단 말이오? 내가 계속 일만 하고 마티니나 마셔대면 나와 결혼하겠다는 말이오?"

그는 질문이 하나 끝날 때마다 간격을 두었는데 그때마다 그녀가 고개를 끄덕였다.

"당장 나와 결혼할 거요?"

"그래요."

"오늘? 지금?"

"그래요."

그는 잠시 곰곰이 생각했다.

"아니오. 난 그렇게 하지 않겠소. 소용없는 짓이야. 당신도 알 거야. 내가 원하는 건 당신이야. 당신의 전부. 그걸 얻으려면 내 전부를 당신에게 주어야 하는데 내가 계속 사업을 하면 줄 게 없소. 디디, 같이 농장에 갑시다. 난 당신을 믿고 나 자신을 믿소. 누가 뭐래도 당신을 믿어요. 하고 싶은 일과 안 하고 싶은 일을 다 말해요. 하지만 어쨌든 결혼은 할 거잖소. 그러니 래리, 자넨 이제 가는 게 좋겠군. 난 한동안 호텔에 있을 거야. 사무실엔 다시 가지 않을 거니까 서명해야 할 서류 같은 건 내 방으로 가지고 오게. 호텔로 전화하면 언제든 나와 통화할 수 있어. 잘될 거야. 그렇지? 난 끝."

그는 히건에게 가라고 재촉하는 듯 일어섰다. 히건은 당황의 기색을 감추지 못했다. 데이라이트를 따라서 일어섰지만 주위를 두리번거리고 그냥 서 있었다.

"완전히, 아주, 완벽하게 미쳤어." 그가 중얼거렸다.

데이라이트가 그의 어깨에 손을 올렸다.

"힘내게, 래리. 자넨 늘 인간의 경이로움에 대해 말했었잖아. 내가 그 본보기이야. 몰라보는 모양이군. 내가 자네보다 꿈이 더 클 뿐이야. 실현될 꿈이지. 내 꿈 중 제일 큰 거야. 난 쫓아가서 그 꿈을 잡을 걸세."

"가진 걸 전부 잃고서 말인가요?" 히건이 버럭 소리를 질렀다.

"그래. 안 가지고 싶었는데 가지고 있던 것 전부를 내놓고 말이야. 하지만 140개의 말총 굴레처럼 그것들을 잘 걸어둘 거야. 이제 언원과 해리슨에게 가게. 시내로 가는 게 좋겠군. 난 호텔에 있을 테니 언제든 전화해."

그는 히건이 가자마자 돌아서서 디디의 손을 잡았다.

"자, 당신은 이제 사무실에 나올 필요가 없어. 해고됐다고 생각해요. 내가 당신 사장인 걸 잊은 건 아니겠지? 추천장 받으려면 나한테 와야 해요. 제대로 안 하면 안 써줄 거야. 그동안 푹 쉬고 뭘 가지고 갈지 생각하고 있어요. 당신 짐으로 살림을 차려야 하니까. 현관이라도 좀 차려놓아야 할 것 아니겠소."

"하지만 일럼, 전 안 하겠어요. 안 가요! 이 미친 짓을 계속하면 결혼하지 않겠어요."

그녀는 손을 뿌리치려고 했다. 하지만 그는 아버지처럼 따스하게 그녀의 손을 꽉 잡았다.

"솔직하고 진실하게 말해주겠소? 좋아요. 어떤 걸 가지는 게 낫겠소? 나와 돈이요, 나와 목장이요?"

"하지만," 그녀가 말을 이으려고 했다.

"하지만은 없어요. 나와 돈이요?"

대답이 없었다.

"나와 목장?"

여전히 대답이 없었지만 그는 흔들리지 않았다.

"알잖아요. 당신이 어떻게 대답할지 난 알아. 디디, 난 할 말을 다했소. 소노마를 향해 고원을 올라야 해. 가지고 갈 게 정해지면 사람 몇을 보내겠소. 짐 꾸리는 걸 도와줄 거요. 누군가 우리 일을 대신해주는 건 그게 마지막이오. 짐 풀고 정리하는 건 직접 합시다."

그녀가 다시 설득하려고 했다.

"일럼, 이성적이 될 수 없어요? 다시 생각해보세요. 내가 전화를 해서 히건이 사무실에 도착하자마자……."

"난 지금 아주 이성적이오." 그가 대답했다. "날 봐요. 아주 침착하게 왕처럼 행복하게 날 봐요. 그자들이 머리가 잘릴 닭처럼 파다닥거리고 있든 말든."

"이 일이 조금이라도 좋은 일이라면 난 기뻐 날뛰었을 거예요." 그녀가 으름장을 놓았다.

"그랬으면 난 당신을 안고 진정시켜줬겠지." 그가 받아쳤다. "난 이제 갈 거요. 맵을 판 것은 너무 유감이야. 목장에 데려가면 좋을 텐데. 하지만 다른 말이 있으니 어떤지 보시오."

그가 막 가려고 계단 위에 서 있을 때 그녀가 말했다.

"일꾼들 보낼 필요 없어요. 짐은 안 쌀 거예요. 당신과 결혼 안 할 거니까요."

"하나도 안 무서워." 그가 대답하고 계단을 내려갔다.

24

사흘 뒤 데이라이트는 그 빨간 차를 타고 버클리로 갔다. 그 차
는 그날이 마지막이었다. 다음날이면 주인이 바뀔 것이기 때문
이었다. 힘든 사흘이었다. 그의 파산 규모가 엄청났기에 캘리포
니아는 난리가 났다. 신문들은 그 기사로 시끄러웠고 사람들이
크게 분개했다. 하지만 나중에 사람들은 데이라이트가 자신들
의 이익을 완벽하게 보호해주었다는 것을 알게 되었다. 데이라
이트가 미쳤다는 소문이 자자하게 퍼진 것도 그런 사실이 알려
지면서부터였다. 제정신으로는 그런 짓을 할 리가 없다고 사업
가들은 입을 모았다. 또 그의 오래된 음주 사실과 디디와의 관계
에 대해서도 전혀 몰랐기 때문에 알래스카에서 온 그 야만스러
운 사업가가 미쳐버렸다고밖에 달리 생각할 수 없었다. 그리고

데이라이트가 기자들을 만나주지 않았기 때문에 그 소문은 기정 사실이 되어버렸다.

그는 디디의 집 문 앞에 차를 세운 뒤 예의 그 급한 성격대로 말 한 마디 없이 우선 그녀를 덥석 끌어안았다. 그녀가 그를 떼 내 자리에 앉히고 나자 비로소 그가 입을 열었다.

"다 했소," 그가 선언하듯 말했다. "물론 신문 봤겠지만. 완전히 끝냈소. 언제 글렌엘런으로 출발하면 좋을지 물어보려고 들렀어요. 요즘 오클랜드에서 사는 데 돈이 정말 많이 드니 빨리 가야 할 것 같소. 호텔 투숙비는 주말분까지만 내놨으니 그 이후부턴 거기 있을 수 없어요. 내일부턴 전차를 타고 다녀야 하니 돈이 들 거고."

말을 멈추고 그녀를 바라보았다. 얼굴에 망설임과 곤혹스러움이 드러났다. 그러다 그가 너무도 잘 알고 있는 미소가 그녀의 입술과 눈으로 점차 번졌다. 그리곤 고개를 젖히고 남자처럼 호탕하게 웃었다.

"언제 사람들이 제 짐을 싸주러 오나요?" 그녀가 물었다.

그녀는 다시 웃으며 곰처럼 힘센 그의 팔에서 빠져나오려고 했지만 그가 놔주지 않았다.

"일럼," 그녀가 속삭였다. "소중한 일럼." 그리고 처음으로 그녀가 먼저 그에게 키스했다.

그녀가 그의 머리카락을 부드럽게 매만졌다.

"지금 당신 눈은 온통 금빛이오." 그가 말했다. "날 얼마나 사랑하는지 눈에 다 있어요. 난 보여."

"당신을 향한 빛이었어요, 일럼. 오래전부터. 우리의 작은 목장에서도 늘 그럴 거예요."

"머리카락도 금빛이야. 타는 듯한 금빛." 그가 양손으로 그녀의 얼굴을 감싸고 오랫동안 눈을 들여다보았다. "바로 며칠 전에도 눈이 온통 금빛이었소. 결혼 안 한다고 말했을 때 말이오."

그녀가 고개를 끄덕이며 웃었다.

"당신 나름의 생각이 있었겠죠." 그녀가 말했다. "하지만 전 그런 미친 짓에 끼어들 수는 없었어요. 그 돈은 당신 것이지 내 것이 아니죠. 하지만 항상 당신을 사랑해요, 일럼. 당신은 아주 큰 아기예요. 가지고 놀다 질렸다고 3천만 달러짜리 장난감을 부수는 아기. 내가 싫다고 말할 때 항상 그건 좋다는 뜻이었어요. 항상 내 눈에 금빛 광채가 났을 거예요. 단 한 가지, 당신이 전부 잃지 않을까봐 두려웠죠. 당신과 결혼할 테고 당신과 그 목장과 밥과 울프, 그 말총 굴레들을 너무도 원했으니까요. 비밀 하나 말해줄까요? 당신이 가고 나서 바로 내가 맵을 판 사람에게 전화를 걸었어요."

그녀가 그의 가슴에 잠깐 얼굴을 묻었다가 명랑하게 미소를 지으며 그를 바라보았다.

"일럼, 내 입이 뭐라고 말하든 마음은 결정되어 있었어요. 난, 난 당신과 결혼할 거였어요. 하지만 당신이 모든 것을 잃게 해달라고 계속 기도하고 있었죠. 그래서 맵이 어떻게 됐는지 알아보려고 했어요. 하지만 그 사람이 맵을 팔아버렸고 그다음엔 어떻게 됐는지 모른대요. 글렌엘런에서 당신과 함께 맵과 밥을 타고 싶어요. 피드몬트 언덕에서처럼요."

데이라이트는 맵이 어디 있는지 알려주고 싶어 입이 근질근질 했지만 꾹 참았다.

"맵만큼 좋아할 말을 주겠소." 그가 말했다.

하지만 디디가 고개를 저었다. 위로가 되지 않는 듯했다.

"자, 좋은 생각이 있어." 데이라이트는 서둘러 화제를 바꾸었다. "도시를 떠나요. 당신에게 일가친척이 없으니 도시에서 결혼하고 출발할 필요가 없을 것 같아. 그래서 이러면 어떻겠소? 내가 먼저 목장에 가서 집 주변을 정리하고 거기 관리인을 내보내겠소. 그럼 당신은 이틀 뒤에 아침 기차를 타고 와요. 목사를 알아봐서 같이 기다리고 있겠소. 가방에 승마복을 넣어 와요. 결혼식이 끝나자마자 호텔로 가서 옷을 갈아입고 나오면 내가 말 두 마리를 데리고 앞에서 기다리고 있겠소. 말을 타고 그 목장에서 제일 아름다운 곳을 둘러보는 거요. 정말 아름다운 곳이라오. 자, 그럼 이제 결정됐으니 모레아침 기차를 타고 올 당신을 기다리겠소."

디디가 얼굴을 붉히며 말했다.

"당신은 정말 허리케인이에요."

"에, 부인," 그가 점잔빼며 말했다. "난 시간을 낭비하는 게 싫소. 우린 너무 많이 낭비했어. 벌써 몇 년 전에 결혼했어야 했는데."

이틀 뒤 데이라이트는 글렌엘런의 작은 호텔 앞에 있었다. 결혼

식이 끝나고 디디가 승마복으로 갈아입는 동안 그는 말을 몰고
왔다. 밥과 맵을 데리고 있었고 울프는 여물통 그늘에 누워 있었
다. 겨우 이틀 동안 캘리포니아의 태양을 쬐었는데 벌써 데이라
이트의 얼굴에는 예전의 구릿빛이 감돌았다. 디디가 피드몬트
에서처럼 채찍을 들고 눈에 익은 승마복 치마와 레깅스를 입고
문을 나서는 것을 보자 데이라이트의 뺨은 한층 더 달아올랐고
눈은 불탔다. 그녀도 붉게 달아오른 얼굴로 그와 눈을 마주친 뒤
뒤쪽에 서 있는 말들을 보았다. 그리고 맵을 보았다. 그런 뒤 곧
바로 데이라이트를 다시 보았다.

"아아, 일럼!" 그녀가 속삭이듯 말했다.

거의 기도하듯 속삭였다. 데이라이트는 수천 가지 뜻이 담긴
그 기도를 애써 모른 척했다. 하지만 그의 가슴은 기뻐서 요동치
고 있었다. 단순히 그의 이름을 부른 것이었지만 그 안에는 나무
람과 감사와 기쁨과 사랑이 모두 녹아 있었다.

그녀가 앞으로 걸어와 맵을 어루만지더니 다시 그를 바라보
며 속삭였다.

"아아, 일럼!"

그리고 그 목소리에 담긴 모든 것이 그녀의 눈 속에도 있었
다. 데이라이트는 그 눈에서 어떤 말이나 생각보다 더 깊고 넓고
오묘함을 느낄 수 있었다. 말로 표현할 수 없는 성과 사랑의 신
비로움과 경이였다.

그가 가벼운 농담을 던져보려고 했지만 너무도 위대한 순간
이어서 성급한 사랑의 감정조차 끼어들 수 없었다. 아무 말도 못

했다. 그녀가 고삐를 쥐고 몸을 숙이자 데이라이트가 한 손으로 발을 받쳐주었다. 안장을 올려놓자 그녀가 뛰어올랐다. 이제 그와 그녀가 나란히 말을 타고 있었고 울프가 영락없는 늑대의 걸음으로 앞으로 슬며시 달려나왔다. 언덕을 올라 마을을 벗어났다. 두 마리 밤색 구렁말을 탄 한 쌍의 연인이 따스한 여름날 신혼여행을 떠나고 있었다. 데이라이트는 술에 취한 것처럼 느껴졌다. 그는 삶의 최절정에 있었다. 아무도 더 높이 올라간 적이 없었고 올라갈 수도 없었다. 최고의 날이었다. 사랑을 만나는 순간이자 짝을 만나는 순간이었다. 그날의 절정은 그녀가 그를 바라보고 순수한 감정으로 '아아, 일럼'이라고 말했던 때였다.

언덕 등성이를 지났다. 그녀는 기쁨에 넘치는 얼굴로 아름답고 싱그러운 땅을 바라보았다. 그가 잘 익은 곡식들이 넘실거리는 완만한 경사면 너머 무성한 숲을 가리켰다.

"저기야," 그가 말했다. "그 목장의 맛보기쯤 돼. 큰 협곡이 보일 때까지 기다려요. 저 아래엔 너구리가 있고 이 뒤쪽 소노마에는 밍크가 있어. 그리고 사슴! 저 산엔 사슴이 잔뜩이야. 진짜 거친 일을 하고 싶으면 쿠거 사냥을 해도 돼. 에, 또, 작은 풀밭이 하나 있소. 아, 더는 말 안 하는 게 좋겠소. 좀 있다가 직접 봐요."

게이트를 지났다. 그곳에서부터 점토 채취장까지 들판을 건너는 길이 이어져 있었다. 두 사람은 잘 익은 따스한 풀냄새가 콧속을 파고들자 좋아서 어쩔 줄 모르고 킁킁거렸다. 그가 처음 이곳에 왔을 때처럼 숲과 꽃이 피어 있는 빈터에 이를 때까지 종달새들이 풍부한 음색을 뿜냈고 앞에서 퍼덕거리며 날아다녔다. 이윽고 종달새들 대신 푸른 어치와 딱따구리가 나타났다.

"이제 우리 땅이오." 목초장을 지나자 그가 말했다. "저 너머에 아주 험한 부분들도 있소. 좀 있다가 봐요."

그는 처음 왔을 때처럼 점토 채취장을 돌아 왼쪽 숲을 가로질렀다. 첫번째 샘을 지나 부서진 울타리를 말로 뛰어넘었다. 여기서부터 디디는 줄곧 황홀해서 정신을 못 차렸다. 삼나무 사이로 흘러나오는 샘 옆에는 큰 야생 백합이 하나 더 있었다. 그 날씬한 줄기 위에 매끈한 흰색 종모양 꽃들이 아름답게 활짝 피어 있었다. 처음 왔을 때와 달리 말에서 내리지 않고 계속 깊은 골짜기까지 갔다. 그 골짜기는 언덕 사이에 나 있는 길 때문에 끊어져 있었다. 가파르고 미끄러운 길을 따라 시내를 건너 석양이 비치는 삼나무 그늘을 따라 위쪽으로 올라갔다. 계속해서 떡갈나무와 마드로노 나무가 뒤얽힌 숲을 지났다. 작은 개간지에 도착했다. 곡식들이 허리까지 자라 있었다.

"우리 땅이오." 데이라이트가 말했다.

그녀가 안장에 앉은 채 몸을 구부려 익은 곡식 줄기 하나를 꺾더니 조금 뜯어먹었다.

"달콤한 풀이에요," 그녀가 외쳤다. "맵이 좋아하는 거예요."

말을 타는 내내 그녀는 계속 감탄했고 놀라움과 기쁨으로 소리도 질렀다.

"이런 얘길 왜 여태 한 번도 안 해줬어요!" 작은 개간지와 소노마 계곡의 큰 굽이길로 이어진 비탈을 건너다보며 그녀가 그를 나무랐다.

"이리 와요." 그가 말했다. 말을 돌려 숲 그늘을 지나 돌아가서 시내를 건너 샘 옆의 백합까지 갔다.

이곳에서부터 가파른 고원의 빽빽한 길로 올라가야 했다. 그가 앞장서 길을 터주었다. 지그재그로 겨우 그 길을 올라가서 보니 아래쪽은 온통 녹색이었다. 게다가 먼 풍경도 온통 녹색이었고 또 올라가는 내내 머리 위로 둥글게 나뭇가지가 지붕을 이루어 햇살은 드문드문한 그 틈새로만 들어올 수 있었다. 사방은 온통 양치류 식물이었다. 골드백 고사리와 공작고사리부터 키가 2미터에서 2.5미터에 이르는 거대한 고사리에 이르기까지 다양했다.

올라가서 보니 아래쪽에 커다란 옹이가 박힌 오래된 나무줄기가 보였고 위쪽으로도 그런 줄기들이 보였다.

디디가 말을 세우고 그 아름다움에 감탄했다.

"헤엄치고 있는 것 같아요." 그녀가 말했다. "깊은 초록 바다에서요. 위엔 하늘과 태양이 있고 여긴 몇 길 깊이의 바닷속에요."

말을 몰기 시작하던 그녀가 공작고사리 사이로 어깨를 내민 얼레지 하나를 보고 고삐를 다시 잡았다.

등성이를 지나자 그 바다에서 전혀 다른 세상으로 옮겨간 듯했다. 이제 벨벳 같은 줄기의 어린 마드로노 숲 속이었다. 아래로 언덕허리가 햇빛을 듬뿍 받고 있었고 하늘거리는 풀밭을 가로질러 작은 시내 양편의 풀밭에는 온통 푸른색과 희색이 섞인 네모필라 군락이 있었다. 디디가 손뼉을 쳤다.

"사무실 가구들보다 증말 예뻐." 데이라이트가 말했다.

"예, 증말 그래요." 그녀가 대답했다.

데이라이트는 자신이 '정말' 이라고 해야 할 때 '증말' 이라고 틀리게 발음한다는 것을 알고 있었는데 그녀가 그를 감싸주려고 따라했다는 것을 눈치챘다.

그들은 시내를 건너 낮은 바위 언덕을 지나 맨자니터 관목이 우거진 곳으로 갔다. 마침내 또 다른 계곡에 이르렀다. 그곳은 작은 시내가 풀밭을 양옆에 끼고 흐르고 있었다.

"메추라기 몇 마리가 보일 때가 됐는데." 데이라이트가 말했다.

그 말이 떨어지지가 무섭게 늙은 메추라기가 울프 옆에서 푸 드덕거리며 날아오르는 소리가 울렸다. 어린 메추라기들은 허 둥지둥 달아나 기적처럼 눈앞에서 사라져버렸다.

그는 그녀에게 번개 맞은 삼나무 꼭대기에서 찾은 매 둥지를 보여주었고 그녀는 그가 못 본 숲쥐의 집을 찾아냈다. 그런 뒤 오래된 숲길을 따라가 개간지에 이르렀다. 그곳에는 포도나무 가 와인색 화산성 토양 위에서 자라고 있었다. 그다음 더 빽빽한 숲과 드문드문한 습지를 지나 소들이 다니는 길을 따라 갔다. 그 리고 언덕 허리로 내려오니 농가가 있었다. 큰 협곡의 우묵한 곳 에 있어서 위에 올라가야만 보이는 집이었다.

디디가 말 몸체 길이만 한 널따란 현관 앞에 서 있는 동안 데 이라이트가 말을 매러 갔다. 디디는 무척 조용한 곳이라고 생각 했다. 건조하고 따스하고 쥐죽은 듯 고요한 캘리포니아의 한낮이었다. 온 세상이 잠에 빠져 있는 듯했다. 어디선가 비둘기들이 나른하게 구구거렸다. 울프는 오는 길에 시냇물을 잔뜩 마신 터라 기분 좋게 숨을 내쉬더니 시원한 현관 그늘에 쭉 뻗었다. 그녀는 데이라이트가 돌아오는 발소리를 듣고 재빨리 숨을 죽였다. 그가 그녀의 손을 잡고 문 쪽으로 몸을 돌리자 그녀가 망설이는 듯했다. 그래서 그녀에게 팔을 둘렀다. 문이 열리고 안으로 들어갔다.

25

도시에서 태어나 자란 사람들이 시골에 내려와 큰 행복을 얻는
경우는 많았다. 이런 경우 환상이 가차 없이 깨져야 했다. 하지
만 디디와 데이라이트는 달랐다. 둘 다 시골 태생이라 시골이 얼
마나 단순하고 원시적인 곳인지 알고 있었다. 그들은 방랑을 끝
내고 고향으로 다시 돌아온 것에 지나지 않았다. 시골 생활에서
예상치 못한 일에 부딪히는 경우가 적었다. 오히려 옛 기억을 끄
집어낼 수 있어서 기쁘기만 했다. 점잖게 자란 사람들이 지저분
하고 궁상맞다고 생각하는 일이 그들에게는 아주 건강하고 자연
스러운 일이었다. 그들은 자연과 어떻게 소통하는지 잘 알고 있
었다. 거의 실수가 없었다. 이미 알고 있었기에 기억을 되살리
는 일이 기쁠 뿐이었다.

또 한 가지 알게 된 것은 좋은 음식을 실컷 먹었던 사람들이 굳은 빵만 먹고 살았던 사람들보다 더 쉽게 그 빵에 만족한다는 사실이었다. 그렇다고 궁핍하게 살았다는 말은 아니었다. 그들은 작은 일에서 더 기뻐하고 만족하려고 했다. 아주 엄청나고 대단한 게임을 했던 데이라이트는 이곳, 소노마 산비탈에서도 마찬가지로 게임을 했다. 여전히 성취해야 할 일, 싸워 이겨야 할 힘, 넘어야 할 장애물이 있었다. 시장에 팔려고 비둘기 몇 마리를 키우는 사소한 일을 하면서 이전에 몇백만 달러를 만질 때처럼 열심히 그 새끼들을 보살폈다. 똑같은 성취였다. 이번엔 그 과정이 더 합리적인 것 같았고 그는 이성적으로 성취해냈다.

야생의 본성이 살아나 그의 비둘기를 잡아먹은 집고양이를 경제계에서 그를 덮쳐 수백만 달러를 빼앗으려고 했던 찰스 클린크너와 똑같이 위협적인 존재로 여겼다. 매와 족제비와 너구리들은 은밀하게 그를 공격한 다우셋, 레튼, 구겐해머와 같은 존재였다. 개간지 옆 야생식물의 바다는 싸워 정복해야 할 만만찮은 적으로, 그 바다는 파도를 개간지까지 밀고 어떤 때는 땅으로 파고들어 일주일이면 홍수를 일으켰다. 고원 후미진 곳의 비옥한 채소밭이 작황이 좋지 않아 고심했다. 결국 배수관을 설치해서 문제를 해결하고 느낀 성취감은 결코 잊을 수 없었다. 밭에서 일할 때 땅이 굳어 있지 않아 작업하기 쉬울 때도 성취의 기쁨을 느꼈다.

수도관 문제가 있었다. 운 좋게 말총 굴레를 팔아 수리재료를 구입할 수 있었다. 전부 직접 작업했지만 몇 번 디디에게 렌치로 꽉 붙들고 있어달라고 부탁했다. 결국 욕조와 물통을 설치했다.

잘 작동되자 자신이 손으로 직접 만든 것이라는 생각에 빠져 헤어나지를 못했다. 설치한 날 저녁 디디는 그가 보이지 않자 램프를 들고 찾아나섰다가 그가 말없이 그 욕조를 보면서 좋아하고 있는 것을 발견했다. 그는 손으로 그 부드러운 나무 구멍을 매만지며 큰 소리로 웃고 있었다. 몰래 자신의 훌륭한 솜씨에 감탄하고 있다가 들킨 그는 아이처럼 수줍어했다.

이렇게 목조작업과 수도관을 설치해본 뒤에는 급기야 작은 작업장까지 지었다. 그는 하나씩 도구들을 모아 애지중지했다. 예전에는 원하는 것은 수백만 달러로 뭐든 즉시 살 수 있지만 이제는 알뜰하게 절약하여 오랫동안 참고 기다린 다음에야 물건을 가질 수 있었고 그는 거기서 소유의 새로운 기쁨을 알게 되었다. 장장 3개월을 기다려 양키 스크루드라이버라는 사치품을 손에 넣었다. 그 작은 도구를 얻고 너무도 기뻐하는 모습을 보자 디디에게 좋은 생각이 떠올랐다. 그녀는 정당하게 나누어진 자신의 몫을 6개월 동안 저축하여 아주 깔끔한 다기능 갈이틀을 그에게 선물했다. 그것은 데이라이트 것이었지만 디디 것인 맵의 새끼를 보고 두 사람이 함께 기뻐했던 것처럼 디디도 그 도구를 보고도 함께 기뻐했다.

두 해째 여름이 되어서야 데이라이트는 골짜기 건너 퍼거슨의 것보다 더 멋지고 큰 벽난로를 만들었다. 이런 일에는 시간이 걸리는 법이었으니 디디와 데이라이트는 서두르지 않았다. 아주 백지 상태로 시골에 내려온 보통의 도시 사람들과 같은 실수는 저지르지 않았다. 개간을 하기 위해 저당을 잡히지 않았고 부자가 되고자 발버둥치지도 않았다. 많이 먹지도 않았고 집세를 내야 할 일도 없었다. 그래서 구체적인 계획을 세워 서로를 위해 돈을 남겨두었고 보통 시골 사람들이 시골 생활에서 누릴 수 없는 일을 위해 생활비에서 조금씩 떼어놓았다. 퍼거슨에게서 많은 도움을 받았다. 그는 아주 간소한 음식만 있으면 됐고 필요한 것은 직접 만들었다. 책이나 잡지를 사기 위해 돈이 필요할 때만 일용 노동자로 일했고 깨어 있는 시간 대부분을 놀며 지내려고 했다. 오후에는 그늘에서 책을 읽으며 빈둥거렸고 해가 뜨자마자 일어나 고원을 넘는 것을 좋아했다.

그가 이따금 디디와 데이라이트를 사슴사냥에 데려갔다. 험한 협곡과 후드 산의 바위투성이 비탈길이었다. 하지만 디디와 데이라이트 둘이서만 가는 일이 더 잦았다. 그들은 그렇게 말을 타는 것을 아주 좋아했다. 골짜기마다 탐험하고 다녔고 온갖 숨어 있는 시내와 작은 골짜기를 다 찾아냈다. 길이란 길은 다 알고 있었다. 하지만 무엇보다 제일 좋은 것은 아주 험해서 거의 갈 수 없을 것 같은 곳까지 말을 타고 가는 것이었다. 사슴이나 다니는 좁은 길을 따라 가슴을 졸이며 천천히 가는 것을 좋아했다. 그런 길 앞에서 밥과 맵은 서로 먼저 가지 않으려고 난리를 피웠다.

돌아오는 길에는 야생화 씨앗과 구근을 가져와서 목장 구석 적당한 터에 심었다. 큰 협곡 옆 수도관의 취수구를 따라 양치식물 재배지를 만들었다. 보기 좋으라고 만든 것 아니었기에 그냥 제멋대로 자라도록 내버려두었다. 때때로 새 식물들을 가져오기도 했고 서식지를 바꾸어주기도 했다. 데이라이트가 멘도키노에서 부탁해 받은 야생 라일락도 마찬가지였다. 목장 황무지에 심고 몇 달 동안 보살펴준 다음 알아서 자라도록 두었다. 또 캘리포니아 양귀비 씨도 뿌렸다. 그래서 풀밭에 그 주황색 꽃들이 화려하게 피었는데 울타리 구석과 개간지 가장자리에서는 특히 무성하게 자라 불타오르는 듯했다.

부들을 좋아하는 디디는 목초지의 시내 가장자리에 그것들을 심어 그곳의 물냉이와 겨루도록 내버려두었다. 끝내 물냉이가 절멸의 위기에 처하자 데이라이트는 샘 옆의 한 곳을 물냉이 밭으로 만들어 부들과 전면전을 선포했다. 결혼식 날 삼나무 샘 위쪽의 구불구불한 길에서 발견했던 얼레지를 이곳에 더 심었다. 작은 풀밭 위의 널따란 언덕 허리는 나비나리 군락이 만들어졌다. 주로 그녀가 다 했고 데이라이트는 자루 짧은 도끼를 안장 앞테에 싣고 바위투성이 언덕을 돌아다니며 죽고 말라버리거나 약한 작은 맨자니터 나무들을 베어주었다.

그들은 이런 일에 너무 열심이거나 힘을 들이지 않았다. 그저 지나가다가 들러서 잠시 도와주는 데 그쳤다. 꽃과 관목들은 스스로 자랐다. 그것들의 존재는 자연에 침해가 아니었다. 그 환경에 맞지 않는 꽃이나 나무를 심지 않았다. 적으로부터 보호해주지도 않았다. 그 식물들 사이로 말과 망아지, 소와 송아지들이 마음껏 뛰어다녔다. 식물들은 운이 좋아야 살아남을 수 있었다. 하지만 그 동물들은 그렇게 파괴적인 영향을 끼치지 않았다. 수가 적은데다 목장이 넓었기 때문이었다. 한편 데이라이트는 말 열두 마리 정도는 풀을 뜯길 수 있었다. 그랬다면 한 달에 한 마리당 1달러 50센트를 벌 수 있었지만 하지 않았다. 그렇게 풀을 많이 뜯기면 황폐화될 수 있었기 때문이었다.

커다란 돌 벽난로가 완성되자 퍼거슨이 집들이에 왔다. 데이라이트가 계곡을 건너가 수차례 의논한 터라 신성한 첫 점화식에 그를 초대했다. 데이라이트는 칸막이를 치우고 두 방을 하나로 만들었다. 그곳은 디디의 보물이 있는 큰 거실이었다. 그녀의 책, 그림, 사진, 피아노, '웅크리고 앉은 비너스', 식탁용 조리기구와 반짝거리는 부속품들이 있었다. 그녀가 가지고 있던 동물 가죽과 데이라이트가 잡은 사슴과 코요테, 쿠거 가죽도 있었다. 그것들의 무두질도 데이라이트가 직접 했다. 개척자들이 하는 식대로 천천히 공들여서 말이다.

그가 디디에게 성냥을 건네자 그녀가 난로에 불을 붙였다. 불꽃이 일렁이며 마른 나무껍질과 큰 통나무를 집어삼키자 파삭파삭한 맨자니터 나무가 우지끈 하고 부서졌다. 그녀가 남편의 팔에 기댔고 세 사람은 서서 가슴을 졸이며 바라보았다. 퍼거슨이 평가를 내릴 때였다. 그는 희색이 만면하여 팔을 활짝 벌렸다.

"연기가 통해요, 야아, 정말, 연기가 통해." 그가 외쳤다.

그는 기뻐 어쩔 줄 모르며 데이라이트의 손을 쥐고 흔들었고 데이라이트도 그랬다. 데이라이트가 몸을 숙여 디디에게 키스했다. 대기업이 엄청난 성공이라도 거둔 듯 단순한 작품에 몹시 기뻐했다. 디디가 데이라이트에게 꽉 안겨 있는 동안 퍼거슨은 거의 눈물을 머금었다. 데이라이트는 갑자기 디디의 손을 잡아

피아노 앞에 앉히며 외쳤다. "어서, 영광의 찬가, 영광의 찬가."

벽난로의 불꽃이 타는 동안 12번째 미사곡의 장엄한 선율이 울려 퍼졌다.

26

절대금주를 선언한 것은 아니었지만 데이라이트는 사업을 접기로 결심한 후 몇 달 동안 술을 마시지 않았다. 곧 아주 몸이 튼튼해져서 술 한 잔을 1초도 안 걸리고 들이킬 수 있을 정도가 되었다. 또 한편으로 시골에 살기 시작하면서 술에 대한 욕구가 모두 사라졌다. 술을 마시고 싶지도 않았고 술의 존재 자체를 잊고 지냈다. 하지만 겁내며 피하고 싶지 않았기에 마을에서 가게 주인이 권하면 응했다. "좋아, 내가 술을 마셔서 자네가 기분이 좋다면 위스키 한 잔 주게."

하지만 이 정도의 술로는 술에 대한 욕구가 조금도 되살아나지 않았다. 아무런 느낌도 없었다. 소량의 술에는 전혀 아무렇지 않을 만큼 튼튼했다. 디디에게 말했던 대로 도시 사업가 데이라이트는 목장에서 얼마 지내지 못하고 죽고 대신 알래스카에서 젊은 동생이 왔다. 출렁이던 살이 없어지고 인디언처럼 깡마른 몸과 근육이 돌아왔다. 뺨도 이전처럼 살짝 패였다. 건강해졌다는 신호였다. 그는 소노마 계곡에서 튼튼한 남자로 유명했다. 힘세고 튼튼한 다른 농부들보다 더 무거운 것을 들었고 더 열심히 일했다. 그리고 1년에 한 번 자신의 생일에는 이전처럼 잔치를 벌여 계곡 사람 모두를 목장에 불러 진탕 놀았다. 여자들과 아이들도 함께 와서 소풍날처럼 즐거워했다.

처음에는 급히 돈이 필요할 때면 퍼거슨처럼 일용 노동을 했다. 하지만 곧 더 활기차고 만족스러운 일이 생겼고 그 일 덕분에 디디와 목장과 언덕 곳곳에서 더 자주 말을 탈 수 있었다. 대장장이가 장난 삼아 망나니 망아지 길들이기를 해보라고 부추겼는데 데이라이트는 곧 조마사(調馬師)로 평판이 자자해진 것이었다. 곧 이 일로 원하는 만큼의 돈을 벌 수 있었다. 게다가 이 일은 그에게 잘 맞았다.

5킬로미터 정도 떨어진 캘리언트에서 농사를 짓고 마구간들을 관리하는 한 설탕왕이 필요할 때마다 그를 부르곤 했는데 연말 즈음 그에게 마구간 관리일을 해보지 않겠느냐고 했다. 그러나 데이라이트는 웃으며 손사래를 쳤다. 게다가 아주 많은 말을 길들이는 일도 거절했다. "난 과로로 죽고 싶지 않아요." 그가 디디를 안심시켰다. 그런 뒤 돈이 필요할 때만 일을 했다. 나중에 목장의 작은 땅을 구획지어 놓고 몇 마리 말만 맡아서 길들이곤 했다.

"우린 목장과 서로를 얻었어요." 그가 아내에게 말했다. "40달러를 버는 것보다 후드 산에서 당신과 말타는 게 더 좋소. 40달러로는 석양과 사랑스러운 아내와, 시원한 샘물과 그런 소소한 것들을 얻을 수가 없어. 4천만 달러와도 당신과 후드 산에서 말 타는 것을 바꿀 수 없지."

그의 삶은 아주 건전하고 자연 그대로였다. 일찍 잠자리에 들어 아기처럼 푹 잤고 새벽이면 일어났다. 늘 할 일이 있었다. 소소한 일들이 아주 많았지만 모두 하고 싶은 일이었고 거창한 일은 없었다. 과로하는 법이 없었다. 하지만 디디와 말을 타고 115~130킬로미터를 달리고 나서 잠자리에 들 때면 아주 노곤했다.

돈이 좀 모이면 날씨가 좋은 날을 택해 안장주머니를 말 뒤에 매달고 계곡을 넘어 다른 계곡까지 말을 달렸다. 밤이 되면 농장이나 마을에 내려 쉬고 다음날엔 또 일정을 정하지 않고 계속 말을 탔다. 그러다가 돈이 떨어지면 돌아왔다. 이런 식으로 일주일, 열흘, 보름까지 돌아다녔다. 한 번은 3주 동안 이렇게 여행한 적도 있었다. 부끄러울 만큼 많은 돈이 모이자 데이라이트가 어린 시절을 지낸 오리건 동부로 말을 타고 가다가 디디가 어린 시절을 보낸 시스키유에 들를 거창한 계획을 세웠다. 이 여행에서 소소한 기쁨들을 많이 얻었다. 하지만 떠나기 전 미리 여행을 계획할 때가 훨씬 즐거웠다.

어느 날 그들이 글렌엘런 우체국에 편지를 부치려고 들렀는데 대장장이가 반가운 소식을 전했다.

"이보쇼, 데이라이트." 그가 말했다. "슬로슨이라는 청년이 당신에게 안부를 전해달라더군요. 차를 타고 산타로사로 가는 길이라고 했소. 당신이 이 근처에 살고 있는지 알고 싶어했는데 같이 있던 사람들이 빨리 가자고 재촉해서 안부만 전하면서 자기가 당신 충고를 받아들였고 아직도 기록을 깨고 있다고 하더군요."

데이라이트는 디디에게 오래전에 그 사건을 말한 적이 있었다.

"슬로슨?" 그가 생각에 잠겼다. "슬로슨? 그 해머 던지기 선수가 분명한데. 내 팔목을 두 번이나 꺾은 망나니야." 갑자기 디디를 향해 말했다. "산타로사까지는 30여 킬로미터밖에 안 되고 말들도 아직 생생해요."

그녀는 그가 무슨 생각을 하고 있는지 알았다. 눈을 빛내며 소년처럼 수줍게 웃고 있는 모습만으로도 충분히 알 만했다. 그녀는 웃으며 고개를 끄덕였다.

"베넷 계곡을 가로질러 가면 돼." 그가 말했다. "더 가까운 길이오."

산타로사에서 슬로슨을 찾기는 어렵지 않았다. 그와 동료들은 오벌린 호텔에 묵고 있었고 데이라이트는 그곳에서 그 젊은 해머 던지기 선수와 마주쳤다.

"이보게," 데이라이트는 디디를 소개하고 난 뒤 말했다. "팔씨름을 한 번 더 하고 싶었어. 지금이 딱이야."

슬로슨은 웃으며 응했다. 두 사람은 마주 보고 오른쪽 팔꿈치를 카운터에 올리고 손을 맞잡았다. 슬로슨의 손은 금방 아래로 꺾였다.

"져보기는 처음인데요." 그가 말했다. "한 번 더 합시다."

"좋지." 데이라이트가 대답했다. "하지만 이것도 잊지 말게. 나도 자네한테밖에 안 져봤어. 그래서 이렇게 자넬 쫓아온 거야."

다시 손을 맞잡았고 또다시 슬로슨의 팔이 꺾였다. 그는 어깨가 넓은 근육질의 젊은 거구였고 데이라이트보다 머리 반만큼은 더 키가 컸다. 그는 애석해하면서 한 번 더 하자고 했다. 이번에는 마음을 굳게 먹었지만 이길 수 있을지는 확신하지는 못했다. 그는 달아오른 얼굴로 이를 악다물고 버텼다. 결국 우지끈거리며 그가 무너졌다. 패배를 시인했다. 그의 긴장했던 폐에서 격렬하게 숨이 터져 나왔고 팔이 축 늘어졌다.

"너무 센데요." 그가 시인했다. "해머 던지기를 안 하시길 바랄 뿐입니다."

데이라이트가 웃으며 고개를 흔들었다.

"협상하지. 자기 분야만 하기로. 자네는 해머 던지기만 하게. 난 팔씨름만 할 테니."

하지만 슬로슨은 그대로 패배를 받아들이고 싶지 않았다.

"있잖아요." 데이라이트와 디디가 말에 앉아 떠날 준비를 하고 있을 때 그가 불러세웠다. "저, 내년에 다시 찾아가도 될까요? 다시 한 번 해보고 싶어요."

"그럼, 되고말고. 언제든 환영이지. 자네 열심히 힘을 길러야 할걸. 요즘 내가 쟁기질하고 나무 패고 망아지를 길들이고 있으니까 말이야."

집으로 오는 도중 디디는 남편이 아이처럼 좋아서 낄낄거리
는 소리를 몇 번 들었다. 베넷 계곡으로 가는 분수령에 말을 세
우고 석양을 보고 있을 때 그가 나란히 말을 세우고 그녀의 허리
에 슬쩍 팔을 감았다.

"여보," 그가 말했다. "증말 당신 때문이오. 이렇게 아름다운
여자에게 두르고 있을 땐 이 팔 한쪽이 돈으로 따질 수 없을 만
큼 소중한 건, 전부 당신 때문이오."

새로운 인생에서 그가 제일 좋아하는 것은 디디였다. 그녀에
게 여러 번 말했듯 그는 사랑을 두려워했는데 결국 세상에서 가
장 큰 사랑을 얻게 되었다. 둘이 잘 어울렸을 뿐만 아니라 그 농
장이 그 사랑에 가장 적합한 장소였다. 그녀는 책과 음악을 사랑
했지만 건강하고 단순한 시골과 자연도 사랑했고 데이라이트는
본질적으로 시골을 사랑하는 사람이었다.

그는 디디의 야무진 손에 감탄했다. 재빨리 말을 받아쓰고 타
자기를 똑딱거리던, 그가 처음 본 손, 밥 같은 망나니를 다부지
게 잡던 손, 피아노 건반 위를 나는 손, 집안일을 잘 해내는 손,
애무할 때와 그의 머리를 쓰다듬을 때면 더더욱 놀라운 손이었
다. 하지만 데이라이트가 아내 앞에서 쩔쩔맸던 것은 아니다.
그녀가 여자로서 삶을 사는 것과 똑같이 그는 남자로서 자신의
삶을 살았다. 각자 적당히 분배하여 일을 했다. 하지만 서로에
대한 관심과 배려로 전체의 일이 씨실과 날실처럼 잘 엮였다. 그
는 그녀의 요리와 음악에 깊은 관심을 가졌고 그녀는 그의 채소

밭 일에 대해 그랬다. 그리고 결코 과로로 쓰러지지 않겠다는 다짐이 아내에게도 마찬가지여서 그녀가 힘들지 않게 배려했다.

아내가 손님맞이로 힘들어하지 않도록 남자다운 판단력과 단호함으로 배려했다. 특히 길고 더운 여름에 온 손님들이었는데 주로 그녀의 친구들이었다. 그들은 텐트를 치고 직접 모든 일을 했다. 진짜 야영꾼들처럼 요리도 직접 해서 먹어야 했다. 캘리포니아 사람이라면 야영을 어떻게 하는지 다들 잘 알고 있었다. 데이라이트의 주장은 가정부가 없다고 해서 아내가 요리사, 하녀, 가정부가 되어서는 안 된다는 것이었다. 한편 야영 손님들에게 큰 거실에 있는 조리용 냄비를 빌려주고 집안일을 분담해서 맡겼다. 하룻밤만 자고 가는 사람들에게는 좀 다르기는 했다. 또 독일에서 돌아온 남동생에게도 달랐다. 그는 이제 말을 탈 수 있게 되었다. 휴가 동안 그는 그 집의 식구가 되었다. 그래서 장작 모으기, 청소, 설거지를 했다.

데이라이트가 디디의 일을 줄여주려고 고심하고 있었는데 그때 그녀의 남동생이 남아도는 농장의 수력을 이용해보라고 부추겼다. 그래서 데이라이트는 그 재료를 사기 위해 더 많은 말을 길들였다. 동생은 3주의 휴가 동안 그 일을 돕고 펠턴 수차를 설치했다. 데이라이트는 나무를 베고 갈이틀과 숫돌을 돌렸고 휘젓개에 전기를 넣었다. 뭐니뭐니 해도 아내의 허리에 팔을 두르고 펠턴 수차로 돌아가는 세탁기를 보여주는 것이 가장 큰 기쁨이었다. 세탁기는 아주 잘 돌아갔고 빨래가 아주 잘 되었다.

디디와 퍼거슨이 끈질기게 의논하더니 데이라이트에게 시를 가르쳤다. 마침내 그는 안장에 느슨하게 앉거나 나뭇가지 사이로 점점이 햇살이 비쳐드는 산길을 내려갈 때면 큰 소리로 키플링의 〈톰린슨〉을 읊게 되었다. 또 도끼를 갈 때면 돌아가는 숫돌에 맞추어 헨리의 〈검의 노래〉를 읊었다. 그렇다고 두 스승처럼 문학에 조예가 깊어졌다는 말은 아니다. 브라우닝의 〈리포 리피 신부〉와 〈캘리반과 시테보스〉는 결국 외우지 못했고 조지 메러디스는 아예 포기했다. 그러나 그가 자진해서 시작한 일이 있었다. 바이올린을 사서 맹연습을 한 끝에 저녁이 되면 디디와 함께 행복하게 연주할 수 있게 되었다.

이렇게 금슬 좋은 부부에게 모든 일이 다 좋았다. 시간은 더디지 않았다. 늘 새 아침이 반가웠고 시원한 해질녘이 찾아왔다. 항상 수천 가지의 흥미진진한 일들이 기다렸다. 부부의 관심사가 항상 같았다. 그는 이전보다 더 완벽하게 일들의 관계를 이해하게 되었다. 권력을 쥐고 나라 절반에 사나운 광풍을 일으키면서 느꼈던 희열을 지금은 이 새로운 게임의 소소한 일들에서 느꼈다. 직접 힘들여 야생 망아지를 길들여 고분고분하게 만드는 일에서 큰 성취감을 느꼈다. 지금 하고 있는 새 게임판은 깨끗했다. 거짓말도 속임수도 허풍도 없었다. 그 전 게임은 파멸과 죽음으로 이끌었지만 이 새 게임은 순수한 힘과 삶으로 안내했다. 이렇게 그는 협곡 가장자리의 농가에서 디디와 나란히 세월이 흐르는 것을 지켜보았다. 서늘한 서리가 내린 아침과 불타는 여름 햇살 아래 말을 타거나 바깥세상이 남동풍에 떨고 있는 동안 거실에 앉아 직접 만든 벽난로의 장작이 타들어가는 것을 보면서.

딱 한 번 디디가 그에게 후회하지 않는지 물었다. 그는 대답 대신 팔로 아내를 꽉 껴안고 입술을 비볐다. 그런 뒤 이렇게 말했다.

"여보, 당신이 3천만 달러짜리라면 내가 여태껏 얻은 것 중 제일 싼 거요." 그런 뒤 이렇게 덧붙였다. "그래요, 섭섭한 일이 하나 있긴 해. 아주 섭섭한 일이지. 다시 한 번 당신을 얻고 싶어. 당신을 만나려고 피드몬트 고원으로 숨어들어가고 싶어. 처음 버클리에서 봤던 당신 방을 보고 싶소. 그리고 말해도 소용없겠지. 당신이 내 가슴에 기대 펑펑 울지 않으니 그때처럼 당신을 안을 수 없어서 섭섭해."

27

하지만 어느 해 4월 초 그날이 왔다. 디디는 난롯가 안락의자에 앉아 조그만 옷들을 만들고 있었고 데이라이트는 옆에서 소리 내어 책을 읽고 있었다. 오후의 밝은 햇빛이 녹색 세상을 비추고 있었다. 채소밭의 배수관 옆 시내가 넘쳐서 데이라이트가 몇 번씩 책을 내려놓고 달려나가 물길을 바꿔놓아야 했다. 그는 디디의 바느질에 성가시게 이것저것 물었다. 그녀는 그의 그런 행동에 아주 행복하게 느껴져서 너무 집요하게 장난을 치면 얼굴을 살짝 붉히며 화를 내는 척했다.

앉은 채 바깥이 보였다. 앞쪽에 달의 계곡이 칼처럼 굽어져 있었고 드문드문 있는 농가와 목장, 건초밭, 포도밭이 보였다. 계곡 뒤로는 디디와 데이라이트가 잘 알고 있는 골짜기들이 있었고 태양이 곧바로 내리쬐는 곳에 폐광이 보석처럼 묻혀 있었다. 앞쪽 외양간 옆 목장에 맵이 있었다. 맵은 어린 새끼 걱정에 안절부절못하고 서성이고 있었다. 대기에는 열기가 아른거렸고 나른하게 햇볕이 쏟아지는 날이었다. 집 뒤의 울창한 숲에서는 메추라기가 새끼를 불렀다. 비둘기가 조용히 구구거렸고 큰 협곡의 깊은 골짜기에서는 산비둘기가 구슬프게 울었다. 하늘 높이 매가 날며 땅에 그림자를 드리워서 먹이를 찾던 수탉들이 일제히 울었다.

아마 그때 울프에게 오래전 사냥기억이 되살아난 것 같았다. 아무튼 디디와 데이라이트에게는 흥미로운 일이었다. 아주 오래전의 비극이 재연되는 것을 보았다. 그 개는 아주 부지런하고 온순하고 유령처럼 조용하게 몸을 웅크렸다 구르곤 했지만 역시 길들여진 늑대에 지나지 않았다. 그 개는 맵이 얼마 전 세상에 내놓은 어린 생명을 물어뜯으려고 몰래 다가갔다. 암말은 타고난 본능으로 벌떡 일어나 새끼 주변을 맴돌았다. 암말의 모든 선조가 늑대와 그 형제들의 위협을 알고 있었다. 맵은 한 바퀴 돈 뒤 앞발로 개를 차려고 하고 이빨로 등을 물려고 입을 벌리고 귀를 바짝 세우고 달려들었다. 그러자 그 늑대개는 몸을 낮추고 웅크린 채 몰래 반대편으로 다가가 망아지 주위를 한 바퀴 돌며 다시 위협했다. 걱정스러워진 디디가 재촉하자 데이라이트는 낮은 소리로 겁을 주었다. 그러자 울프는 곧바로 인간에 대한 충성심이 발동하여 몸을 누그러뜨리고 외양간 뒤로 도망쳤다.

바로 얼마 뒤 데이라이트가 책을 읽다 말고 물길을 바꾸려고 했는데 아예 물이 나오지 않았다. 곡괭이와 삽을 어깨에 메고 창고에서 망치와 파이프 렌치를 들고 디디에게 왔다.

"내려가서 파이프를 파내야 할 것 같아." 그녀에게 말했다. "겨울 내내 문제더니 드디어 산이 무너져 내렸나봐."

"먼저 다 읽지 말아." 그는 집을 돌아 협곡 가장자리로 내려갔다.

길을 반쯤 내려가니 산사태가 난 것이 보였다. 별일 아니었다. 흙과 바위가 조금 무너져내린 것이었다. 하지만 4.5미터 높이에서 그것들이 무너져내리면서 수도관의 이음새가 부서져 있었다. 작업 전 산사태가 난 쪽을 올려다보았다. 이땐 광부의 눈이었다. 그때 깜짝 놀랄 만한 것이 눈길을 잡아챘다.

"여어," 그가 큰 소리로 말했다. "이것 봐라."

그의 시선은 표면이 갈라진 비탈을 따라 올라가서 반대편으로 옮겨갔다. 곳곳에 작은 맨자니터들이 아슬아슬하게 자라고 있었지만 잡초와 풀을 빼면 그 협곡 대부분이 헐벗어 있었다. 빗물이 협곡 가장자리에서 비옥한 토양을 싣고 흘러내린 흔적이 있었다.

"암맥이 아주 다 드러났군. 이런 건 처음 보는군." 그는 조용히 외쳤다.

그리고 그 늑대개에게서 예전의 사냥 본능이 되살아났든 그에게서 금사냥꾼의 강한 열망이 부활했다. 망치와 파이프 렌치를 내던지고 삽과 곡괭이를 가지고 비탈을 올라 흙으로 뒤덮여 있지만 금이 나올 것이 분명한 암맥으로 올라갔다. 육안으로는 거의 알아볼 수 없는 상태였지만 노련한 그의 눈은 그 속에 무엇이 있는지 알고 있었다. 부서진 바위를 곡괭이로 내리치고 삽으로 흙을 걷어냈다. 바위를 자세히 들여다보았다. 너무 부드러워서 손가락으로 부서지는 바위도 있었다. 4미터가량 파낸 후 다시 삽과 곡괭이질을 했다. 다시 부서진 바위덩어리에서 나온 흙을 만져보더니 갑자기 기뻐하며 벌떡 일어났다. 그는 적이 습격할까 공포에 떨며 물을 마시려는 사슴처럼 재빨리 사방을 둘러보고 아무도 없다는 것을 확인했다. 괜한 걱정이라는 생각이 들어 스스로를 비웃고는 다시 바위를 살폈다. 햇빛이 비스듬하게 비추자 틀림없는 자연금 입자들이 반짝거렸다.

"지표 아래," 그가 두려운 듯한 목소리로 중얼거리고 그 무른 표면에 곡괭이를 휘둘렀다.

그는 다른 사람으로 변해버린 것 같았다. 칵테일을 아무리 많이 마셔도 뺨이 이렇게 불타오른 적이 없었고 눈이 그렇게 빛난 적이 없었다. 그의 일생 대부분을 지배했던 그 열정에 다시 사로잡힌 것 같았다. 광기에 사로잡혔고 그 광기는 점점 더 강렬해졌다. 미친 듯이 움직여 숨이 헐떡이고 얼굴에서 땀이 뚝뚝 떨어졌다. 그 암맥 반대편 비탈도 살펴보고 왔다. 그러다가 무너진 위쪽 언덕에서 씻겨 내려온 붉은 화산성 흙도 파보았다. 석영이 나왔다. 무른 석영을 손으로 부스러뜨리자 자연금이 나왔다.

팠던 비탈들도 다시 팠다. 그러다 협곡 비탈 아래로 15미터 정도까지 미끄러졌지만 숨도 안 돌리고 다시 허둥대며 기어올라왔다. 거의 진흙만큼 무른 석영을 내리쳤더니 더 많은 금이 있었다. 틀림없는 보물창고였다. 30미터 위아래로 암맥을 오르내렸다. 협곡 가장자리를 타고 올라가 언덕 꼭대기에 광맥이 드러나 있는지 보려고 했다. 하지만 급한 일은 아니라는 생각이 들자 급히 다시 내려왔다.

미친 듯한 속도로 계속 했다. 등이 참을 수 없이 아파오고 지쳐 나가떨어질 지경이었다. 금이 든 석영이 더 많이 묻힌 곳이 있었다. 상체를 구부리자 이마에서 땀이 뚝뚝 떨어졌다. 땀이 눈으로 흘러들어 앞이 보이지 않을 정도였다. 손등으로 땀을 훔쳐내고 다시 몰두했다. 톤에 3만, 아니 5만 달러는 될 것이라는 것을 그는 알고 있었다. 황금빛 유혹에 숨을 헐떡이며 땀을 닦으며 재빨리 시선을 여기저기로 옮겼다. 계곡에서부터 위쪽 목장을 가로질러 작은 철로가 눈에 선했다. 머릿속에서 계단에 협곡을 연결하는 다리를 지었더니 정말 눈에 보이는 듯했다. 협곡 건너가 공장터였다. 줄로 연결되어 작동되는 양동이의 행렬도 보였다. 그것들로 협곡을 가로질러 석영을 분쇄장소까지 운반할 것이다. 광산 전체가 눈앞에 펼쳐졌다. 터널, 수갱, 갱도, 승강기도 있었다. 광부들의 떠들썩한 소리가 귓가에 울렸고 협곡을 가로질러 사람들이 몰려오는 소리도 들렸다. 석영 덩어리를 들고 있던 손이 떨렸고 뱃속 깊은 곳에서 피로와 흥분으로 두근거림이 느껴졌다. 갑자기 술 생각이 간절했다. 위스키, 칵테일, 무엇이든 술이면 될 것 같았다. 그렇지만 새롭게 샘솟는 술에 대한 강한 열망을 느끼고 있을 때 협곡의 녹색 골짜기 아래로 디디의 목소리가 희미하게 울렸다.

"자, 꼬꼬, 꼬꼬, 꼬꼬, 꼬꼬, 꼬꼬! 자, 꼬꼬, 꼬꼬, 꼬꼬!"

놀랄 만큼 시간이 많이 흘러 있었다. 디디가 이미 바느질을 끝냈고 저녁 준비 전에 닭 모이를 주고 있었다. 오후가 다 지나 버렸다. 그는 자신이 그렇게 오래 밖에 있었는지 몰랐다.

다시 소리가 들렸다. "자, 꼬꼬, 꼬꼬, 꼬꼬, 꼬꼬, 꼬꼬! 자, 꼬꼬, 꼬꼬, 꼬꼬!"

그녀는 항상 그렇게 닭을 불렀다. 처음에 다섯 번, 나중에 세 번. 그는 이런 습관을 전부터 잘 알고 있었다. 그리고 그녀를 생각하자 다른 생각들이 잇달아 떠올랐고 그의 얼굴에 서서히 두려운 표정이 드리워졌다. 그녀를 거의 잊어버리고 있었던 것 같았다. 그 광란의 시간 동안 한 번도 그녀 생각을 하지 않았다. 적어도 그동안만은 정말로 그녀가 머릿속에 없었다.

그는 석영 조각을 떨어뜨리고 비탈을 따라 내려와서 급히 길로 뛰어갔다. 개간지 가장자리에서 속도를 늦추어 개간지가 보이는 곳까지 기어가서 몸을 숨겼다. 그녀는 닭 모이를 주고 있었다. 곡식을 한 줌씩 던져주며 닭들의 우스꽝스러운 짓거리를 보며 웃고 있었다.

그녀의 모습을 보자 미친 듯한 공포가 좀 누그러드는 것 같았다. 돌아서 길로 다시 달렸다. 그런 뒤 다시 비탈을 올랐지만 이번에는 삽과 곡괭이를 들고 더 높이 올라갔다. 또 미친 듯이 일했지만 이번에는 목적이 달랐다. 솜씨있게 비탈의 붉은 흙을 걷어 아래로 내려 보내 좀 전에 찾아낸 것들을 모두 덮었다. 찾아낸 보물들을 완전히 덮었다. 또 숲에서 낙엽들을 한 가득 가지고 와서 비탈 여기저기에 흩뿌렸다. 하지만 그것이 끝이 아니었다. 비탈의 흙을 더 많이 덮어 암맥이 하나도 보이지 않게 했다.

그다음 부서진 파이프를 고치고 도구를 챙겨서 길을 따라 올라갔다. 천천히 걸었다. 엄청난 사고를 당한 사람처럼 몹시 지쳐 있었다. 도구들을 가져다 놓고 고쳐진 파이프에서 나오는 물을 한 모금 들이키고 열린 부엌문 옆 벤치에 앉았다. 디디가 안에서 저녁을 짓고 있었다. 그녀의 발소리가 큰 위안처럼 느껴졌다.

그는 향기로운 산 공기를 잔뜩 들이마셨다. 마치 바닷속에서 머리를 내밀고 공기를 마시는 다이버처럼. 눈앞에 구름과 산과 계곡밖에 없어서 공기와 함께 그것들도 들이마시고 있는 듯했다.

디디는 그가 돌아온지 몰랐다. 그는 몇 번 고개를 내밀고 그녀를 훔쳐보았다. 야무진 손과 창문으로 비쳐드는 햇빛을 받아 그을린 듯 갈색 머리카락을 보았다. 그녀의 미더운 얼굴을 보자 감미롭고 소중하고 묘한 아픔이 느껴졌다. 그는 그녀가 문으로 다가오는 소리를 듣고도 계곡 쪽으로 얼굴을 그대로 돌린 채 앉아 있었다. 다음 순간 전율이 느껴졌다. 그녀의 손가락이 머리카락 속을 부드럽게 파고들었다. 늘 그렇게 전율했다.

"돌아온 줄 몰랐네요." 그녀가 말했다. "심각한가요?"

"아주 나빠, 그 비탈." 그는 눈길을 멀리 준 채 대답하며 계속 그녀의 손길을 느꼈다. "생각보다 더 심각해. 하지만 생각해둔 게 있어. 내가 뭘 할지 알아? 유칼리 나무를 심을 거요. 거기 가득 차게 말이오. 풀처럼 빽빽하게 심어서 깡마른 토끼 한 마리도 못 지나다니게 할 거요. 그 나무들이 뿌리를 내리면 아무도 거기서 흙 한줌 못 가져갈 거야."

"그렇게 심각한가요?"

그가 머리를 저었다.

"그 정도는 아니요. 하지만 아무리 오래된 비탈도 나한텐 아주 소중해. 백만 년 동안 그대로 있도록 그 비탈을 덮어줄 거요. 세상이 멸망해 마지막 나팔소리가 들려 소노마 산과 다른 산들이 모두 없어져도 그 비탈은 나무뿌리에 잡혀 굳건히 있을 거야."

그는 그녀에게 팔을 두르고 자신의 무릎에 눕혔다.

"여보, 당신은 이 목장 생활로 많은 것을 잃었어. 음악, 연극 같은 것 말야. 목장을 버리고 다시 돌아가고 싶단 생각 해본 적 없어?"

어떤 대답이 나올지 너무 두려워 그녀를 차마 볼 수도 없었다. 그녀가 소리 내어 웃고 고개를 젓자 비로소 마음이 놓였다. 그 소년 같은 웃음에서 변치 않는 생기가 느껴졌다.

"있잖소," 그가 갑자기 엄하게 말했다. "나무를 다 심어서 뿌리가 내릴 때까지 저 비탈 주변엔 절대 가면 안 돼. 너무 위험한 곳이오. 당신을 잃고 싶지 않아."

그가 그녀를 끌어당겨 맹렬하게 입을 맞추었다.

"어머, 너무 뜨거워요!" 그녀가 그를 자랑스러워하는 듯 말했다. 그녀의 목소리에는 여성스러움이 가득했다.

"저길 봐요, 디디." 그가 한쪽 팔을 풀고 뒤쪽의 계곡과 산 전체를 손으로 감싸 안는 것처럼 했다. "달의 계곡, 멋진 이름이야. 아주 좋아. 저길 보면서 당신 생각을 하고 소중함을 느낄 때면 목이 약간 따끔거리고 말로 표현할 수 없는 아픔 같은 게 느껴지고 브라우닝이나 다른 위대한 시인들을 좀 이해할 수 있을 것 같은 느낌이 드는 걸 알아? 저기 후드 산을 봐요. 태양이 비추는 저곳. 우리가 샘을 찾았던 계곡 아래 말이오."

"당신이 열 시까지 우유를 짜던 그날 밤이요." 그녀가 웃었다. "절 계속 여기 잡아두면 오늘 저녁밥은 그날보다 더 늦게 먹어야 할 거예요."

둘이 벤치에서 일어났고 데이라이트는 문 옆에 걸린 우유통을 집어 들었다. 그는 잠시 그 계곡을 둘러보았다.

"증말 멋져." 그가 말했다.

"증말 멋져." 그녀는 그의 말을 흉내 내고는 그를 보고 밝게 웃었다. 그와 그녀와 온 세상이 모두 웃었다. 그런 뒤 그녀가 문으로 들어갔다.

데이라이트는 예전에 본 그 노인처럼 손에 우유통을 들고 석양을 받으며 언덕을 내려갔다.

옮긴이의 글

우리는 열심히 일한다. 땅을 파고 집을 짓고 짐을 나르고 밭을 갈고 상품을 만들고 컴퓨터 자판을 두드리고 물건을 판다. 그러다 드물지만 돈을 많이 벌기도 한다. 돈이 많으면 행복해질까? 돈이 얼마나 있어야 행복해질까? 24평 아파트에 눈물 나게 행복해하던 사람이 똑같은 그 집이 코딱지만하다고 말하게 되는 데는 그리 오래 걸리지 않는다. 왜 점점 더 큰 집, 점점 더 많은 돈을 원하게 될까? 타고난 욕망일까? 욕망을 채우면 행복해져야 하는데 왜 욕망은 늘 행복보다 점점 더 커지는 것일까? 왜 만족할 수 없을까? 이 책의 주인공, 버닝 데이라이트도 우리처럼 경쟁에서 승리하고 돈을 벌고 싶어했다. 그래서 혹한 속에서 개썰매를 끌었고 금을 찾기 위해 누구보다 부지런히 일했다. 잘생긴 얼굴에 단단한 근육, 상상을 초월하는 힘과 재빠른 두뇌,

끈기와 투지, 백발백중의 예감까지 그에게는 부족한 것이 없었다. 결국 그는 경쟁에서 이겼고 백만장자가 되었다. 하지만 그는 행복해지지 않았다. 우리처럼.

그런 그의 인생에 속기사 디디 메이슨이 들어온다. 똑똑하고 매력적이고 당당한 그녀는 그의 끈질긴 구애에도 신데렐라가 되기를 거부함으로써 데이라이트에게 행복이 어떤 것인지 가르쳐준다. 그리고 마침내 그가 돈을 포기하자 둘은 소박한 행복을 누리며 살게 된다. 데이라이트는 일찍이 세상에 빼앗는 자와 뺏기는 자가 있으며 뺏기는 자는 늘 빼앗기기만 하다가 죽는다는 것을 깨달아 스스로 빼앗는 자가 되기로 했다. 우리처럼. 뼈 빠지게 돈을 모아 부동산에, 펀드에, 주식에 투자하면서 그 모든 것이 사실상 합법적인 약탈임을 알면서도 빼앗기고 짓밟히지 않기 위해 발버둥친다. 데이라이트는 약탈을 그만두고 자연 속에 파묻혀 살아가기로 한다. 이제 그는 돈에 대한 욕망이나 경쟁에서 승리하고자 하는 욕망 따위는 떨쳐버리고 자연 속의 일상에 만족하며 행복하게 산다. 우리도 그럴 수 있을까? 그렇다면 왜 그러지 못할까? 디디 메이슨과 같은 매력적인 사랑이 찾아오지 않아서일까? 그 사랑만큼 강렬한 깨달음의 순간이 아직 오지 않아서일까?

읽는 내내 나는 마음이 가볍지 않았다. 처음에는 왜 지금 잭 런던일까 하는 의문이 들었고 그야말로 수퍼영웅의 데이라이트가 힘과 용기와 투지로 수많은 성공을 이루는 부분과 그의 사랑이 멜로드라마처럼 전개되는 부분에서는 약간 실망스러웠고 자본주의에 대한 그의 분석이 일부분 지금도 들어맞는다는 사실 때문에 씁쓸하기도 했다. 결국 모든 일이 다 '마음먹기 나름'이란 말인가? 작가는 욕망도 만족도 행복도 모두 마음먹기 나름이라고 말하고 싶었던 것일까? 자본주의와 야생과 문명에 대한 날카로운 통찰을 통해 그가 말하고 싶었던 것은 결국 모든 것이 개인의 선택이라는 것일까? 탐욕의 진화를 막을 방법이 개인의 자각과 선택뿐이라는 말일까? 사회주의 리얼리즘의 기수인 잭 런던이 어떻게 보면 무책임한 그런 결론을 내렸을까? 그래서 마음을 바꾸고 욕망을 다스린 주인공은 이후에도 계속 행복했을까?

번역에는 『Burning Daylight』 1915년판(The Macmillan Company)과 1939년판(The Readers Library Publishing Company LTD.)을 사용하였다. 이 작품은 잭 런던의 다른 소설들, 『야성이 부르는 소리』와 『강철군화』, 『마틴 이든』의 요소요소를 모아놓은 것 같다. 클론다이크의 모험과 자본주의에 대한 신랄한 비판과 통찰, 계급이 다른 이성의 사랑을 한 작품에 담아놓은 셈이다. 그런 만큼 읽는 재미도 다양하다. 긴장감 넘치는 카드판에서의 도박 부분에서는 오락영화를, 사방이 얼음인 혹한을 개썰매로 달리는 그의 모습에서는 스펙터클한 다큐멘터리를, 그가 꿈꾸는 도시의 풍경은 대규모 개발현장을 보여주는 3차원 입체 영상처럼 황홀하며 두 사람의 사랑의 줄다리기는 로맨틱 코미디를 보는 듯하다. 특히 도시에서 그에게 사기를 쳤던 거물들에게 권총 한 자루를 들고 찾아가 빼앗긴 돈을 되찾아오는 장면은 아주 통쾌하다. 무엇보다 현재 우리의 모습을 되돌아볼 수 있다. 무한경쟁의 시대에 살고 있는 우리, 타인들을 밟고 올라서서 물질을 소유해야 행복할 수 있다고 믿는 우리, 그러나 끝내 그것으로 행복을 살 수 없다는 것을 알고 있는 우리, 그럼에도 자연과 사랑으로 쉽게 돌아가지 못해서 끝끝내 행복하지 못한 쓸쓸한 우리의 모습 말이다.

이 책을 맡겨준 궁리출판과 부족한 글을 다듬어 한 권의 책이 될 수 있게 해준 분들께도 감사한다. 잭 런던이 이번 선집을 통해 의미있게 부활하기를 바란다.

2009년 2월
정주연

1876년(1세)　1월 12일 캘리포니아 주 샌프란시스코에서 중산계급 출신의 플로라 웰먼의 사생아로 태어나다. 웰먼은 떠돌이 점성가인 윌리엄 체이니를 생부라고 주장하지만, 체이니는 임신 사실을 알고 그녀를 버리며, 런던이 자신의 아이임을 부인한다. 얼마 후 플로라 웰먼은 존 런던을 새 남편으로 맞아들인다.

1881년(5세)　가족이 앨러미다의 농장으로 이주하다.

1882년(6세)　앨러미다 웨스트엔드 초등학교에 들어가다.

1885년(9세)　리버모어 밸리로 이주한 뒤, 위다의 『시냐(Signa)』와 어빙의 『알람브라 이야기(Tales of Alhambra)』를 읽으며 독서의 세계에 빠지다.

1886년(10세)　오클랜드로 이주하여 신문배달 등 중노동을 하며 가계를 돕다. 오클랜드 공공 도서관에서 만난 사서 이나 쿨브리스의 도움으로 열심히 책을 읽기 시작하다.

1887년(11세)　웨스트 오클랜드의 오클랜드 콜 문법학교에 등록하다.

1890년(14세)　학업을 중단하고, 한 시간에 10센트를 받는 연어 통조림 공장에서 일하다.

1891년(15세)	유모 제니 프렌티스에게서 300달러를 빌려 작은 배 '래즐대즐' 호를 사다. 샌프란시스코 만에서 굴 양식장을 터는 해적질을 하다.
1892년(16세)	해적단의 동태를 살피는 '캘리포니아 해안 순찰대'의 일원이 되다.
1893년(17세)	바다표범잡이 배, 소피 서덜랜드 호의 선원이 되어 7개월 동안 하와이, 일본, 베링 해 등의 수역을 항해하다. 《샌프란시스코 모닝콜》에 현상응모한 『일본 해안의 태풍(Story of a Typhoon off the Coast of Japan)』이 당선되어, '묘사가 가장 탁월한 작품'이라는 평을 들으며 상금으로 25달러를 받다.
1894년(18세)	실업자 집단인 '켈리 장군의 군단'에 들어가다. 실업 문제에 항의하기 위해 들고 일어난 제이콥 콕시의 '산업 역군 부대'에 합류하고자 워싱턴으로 행진하다. 이후 미국과 캐나다를 떠돌다 부랑죄로 이리 카운티 교도소에서 30일 동안 중노동을 한다. 이때의 경험을 바탕으로 10여 년 뒤 『길(The Road)』을 펴내다.
1895년(19세)	오클랜드 고등학교에 들어가 4년 과정을 18개월 만에 끝마치다. 토론 모임인 헨리 클레이 클럽에 가입하여 상류사회를 처음으로 접하며, 상류계급 여성 메이블 애플가스와 사랑에 빠지다. 허먼 짐 휘태이커와 친구가 되고, 그에게서 권투와 펜싱을 배우다.
1896년(20세)	사회노동당에 가입하다. 대학입학시험에 몰입해, 가을학기부터 버클리 대학에 다니다. 집안 사정으로 한 학기 만

에 학업을 포기하다.

1897년(21세) 사회주의자로서 오클랜드 교육위원회에 입후보하다. 알 래스카를 여행하며 돈을 모으기 위해 매형과 함께 클론 다이크 골드러시 대열에 합류하다.

1898년(22세) 돈 한 푼 없이 오클랜드로 돌아오다. 의붓아버지가 죽자, 어머니와 살아가기 위해 글을 쓰면서 독학하기로 결심하 다. 직업으로서 글쓰기를 시작하면서 자신의 집필능력을 발전시키기 위해 노력하다.

1899년(23세) 《오버랜드 먼슬리》에 『황야에 선 남자(To the Man on Trail)』를 발표하다. 출판사로부터 수백 번 퇴짜를 맞았 지만 에세이와 시, 소설 등을 계속 써나가다.

1900년(24세) 베시 매던과 결혼하다. 그와 동시에 차미언 키트리지를 만나다. 클론다이크의 이야기를 모은 첫 책 『늑대의 아들 (The Son of the Wolf)』을 펴내다.

1901년(25세) 딸 조안이 태어나다. 오클랜드 사회노동당 시장 후보로 나서지만 낙마하다.

1902년(26세) 영국 런던의 이스트엔드 슬럼가에서 6주간 하층민의 삶 을 체험하고서 『밑바닥 사람들(The People of the Abyss)』을 쓰다. 딸 베스가 태어나다. 런던의 첫 소설인 『눈의 딸(The Daughter of the Snows)』을 비롯해 『대즐 러의 항해(The Cruise of the Dazzler)』와 『혹한의 아이 들(Children of the Frost)』이 출간되다. 『야성이 부르는 소리(The Call for the Wild)』를 쓰기 시작하다.

호를 띄워 하와이 섬과 타히티 섬 등을 향해 세계 여행을 떠나다. 『비포 아담(Before Adam)』, 『삶을 향한 사랑과 그 밖의 이야기들(Love of Life and Other Stories)』, 『길』을 출간하다.

1908년(32세)

남태평양을 항해하다 건강 문제로 호주에서 치료를 받고, 여행을 그만두다. 『강철군화(The Iron Heel)』를 출간하다.

1909년(33세)

호주 시드니에서 치료를 받다, 오클랜드로 돌아오다. 『마틴 이든(Martin Eden)』을 출간하다.

1910년(34세)

울프 하우스를 짓기 시작하다. 이복여동생 엘리자 셰퍼드를 농장 관리자로 삼다. 아내 차미언이 첫딸을 낳았으나 서른여섯 시간 만에 죽다. 『버닝 데이라이트(Burning Daylight)』, 『잃어버린 얼굴(Lost Face)』, 『혁명과 그 밖의 에세이들(Revolution and Other Essays)』, 『도둑질: 4막 연극(Theft: A Play in Four Acts)』을 출간하다.

1911년(35세)

울프 하우스를 계속 짓고, K&F 와이너리를 사들이다. 『스나크 호의 항해(The Cruise of the Snark)』, 『모험(Adventure)』, 『남양 이야기(South Sea Tales)』, 『신이 웃을 때와 그 밖의 이야기들(When God Laughs and Other Stories)』을 출간하다.

1912년(36세)

'디리고' 호를 타고 발티모어에서 케이프 혼을 거쳐 시애틀까지 항해하다. 아내 차미언이 유산하면서 더 이상 아이를 갖지 못한다는 소식을 듣다. 『태양의 아들(A Son of the Sun)』, 『스모크 벨로(Smoke Bellew)』를 출간하다.

1913년(37세)	신장이 안 좋다는 진단을 받다. 누군가의 방화로 울프하우스가 불에 타버리다. 로머 호를 타고 새크라멘토와 산 호아킨 강 삼각주를 향해하다. 『존 발리콘(John Barleycorn)』, 『달의 계곡(The Valley of the Moon)』, 『나락의 짐승(The Abysmal Brute)』을 출간하다.
1914년(38세)	멕시코혁명을 기록하기 위해 미군 수송대와 베라크루즈로 떠나지만, 병을 얻어 글렌엘런으로 돌아오다. 『강자의 힘(The Strength of the Strong)』, 『엘시노어 폭동(The Mutiny of the Elsinore)』을 출간하다.
1915년(39세)	류머티즘을 심하게 앓다. 요양차 하와이에서 5개월을 지내다. 『표류하는 영혼(The Star Rover)』, 『새빨간 돌림병(The Scarlet Plague)』을 출간하다.
1916년(40세)	사회당을 탈당하다. 『도토리재배자(The Acorn-Planer)』, 『대저택에 사는 작은 아씨(The Little Lady of the Big House)』 등을 출간하다. 류머티즘과 요독증을 계속 앓다. 불면증에 시달리다 11월 22일에 세상을 떠나다. 런던의 죽음에 관해서는 지병으로 숨을 거둔 것으로 발표되나, 약물 중독으로 인한 자살이라는 설도 있다.
1917년	『인간의 표류(The Human Drift)』가 출간되다.
1963년	미완성 작품 『암살주식회사(The Assassination Bureau)』를 추리소설가 로버트 L. 피시가 완성해 출간하다.

잭 런던 걸작선을 펴내며

19세기 말과 20세기 초, 미국 문학의 중심에 서 있던 인물 잭 런던. 최하층 노동자에서 미국 내 가장 많은 돈을 번 작가가 된 그에게는 언제나 상반된 수식어가 따라다녔다. 미국 최고의 사회주의 작가이자 대중에 영합하는 통속소설가, 낭만적 이상주의자이자 과학적 사실주의자, 과격한 선동가이자 온정적 연민가, 노동자들의 친구이자 자본주의 정신의 표상, 시대의 희생자이자 스스로 만든 늪에 빠진 도피자 등등. 한마디로 그는 복잡하면서도 모순에 찬 사람이었다.

그러나 마흔이라는 길지 않은 삶을 사는 동안 그가 한결같이 간직한 것이 있었다. 바로 삶에 대한 열정이었다. 런던은 자신을 짓누르는 억압된 상황을 끊임없이 박차고 나가 모험의 길에 들어섰고, 그 길에서 무엇이든 배우고자 애썼다. 죽은 듯 영구히 사는 별이 되느니 순식간에 화려하게 타올랐다 사라지는 유성이 되고자 했던 작가였기에 그가 남긴 많은 작품들이 오늘날의 우리에게도 더없이 많은 생각거리를 안겨준다.

19세기 말은 미국으로서 초기 자본주의의 모순이 적나라하게 드러나던 격동기였다. 독과점으로 치닫는 자본가들은 점점 더 많은 부를 축적해갔지만, 노동자들은 저임금과 빈곤에 시달려야 했다. 이에 불황까지 덮쳐 많은 은행과 기업이 파산했고 실업이 만연했다. 노동자들의 파업과 농민들의 저항이 줄을 잇고 수백만 민중이 굶주림으로 고통 받는 상황에서도 미국 정부는 아랑곳하지 않았다. 이런 격동기에 특별한 기술도 없이 닥치는 대로 일하던 잭 런던이 가장 먼저 터득한 것은 살아남기였다.

그의 눈에 보이는 세상은 힘의 논리가 지배하는 생존투쟁의 전장이었다. 그는 피 튀기는 그곳에서 살아남는 방법을 튼튼한 육체와 강인한 정신력에서 찾았고, 그런 생각은 자연스레 다윈의 적자생존, 스펜서의 사회진화론, 니체의 초인사상으로 이어졌다. 야성의 법칙이 난무하는 알래스카에서 겪은 극한의 체험 역시 자신의 생각들을 더욱 확신하게 하는 계기가 되었다. 그래서일까? 그의 작품 속 주인공은 대개가 불굴의 의지를 가진 강인한 인물이다.

19편의 장편소설을 비롯해, 단편소설, 논픽션 등 수백 편에 이를 만큼 많은 작품들이 전부 뛰어날 수는 없지만, 자신의 다양한 경험을 글로 형상화했다는 점은 그만이 누릴 수 있는 문학적 성과로 남아 있다. 그는 자신이 직접 보고 듣고 체험한 세계에 상상력을 가미하여 구수한 입담으로 이야기를 풀어낸 작가이다. 그렇기에 작품 속에는 언제나 생동감이 흘러넘치며, 그 특유의 기지 넘치는 입담과 더불어 미국뿐 아니라 전 세계 대중들에게 많은 사랑을 받고 있다.

런던의 동료 작가였던 업턴 싱클레어는 그를 두고 "적응과 순응을 강요하는 미국의 문화 풍속"이 낳은 희생자라고 했다. 현실에 대한 폭넓고 날카로운 관찰과 그 이면의 모순까지 통찰한 1세기 전 작가는 어찌 보면 시대가 낳은 비극이기도 하다. 자신의 작품만큼 열정적인 삶을 살다 간 잭 런던, 오늘날 우리가 처한 시대의 현실과 모순을 직시하기에 그만큼 알맞은 작가도 없지 않을까.

〈잭 런던 걸작선〉에는 방대한 그의 작품 중 오늘의 현실을 되비추는 날카로운 통찰력이 담긴 작품들이 선별되었다. 이미 국내에도 잘 알려진 작품들이 있는가 하면, 국내 초역으로 그동안 접할 수 없었던 숨겨진 명작들도 있다. 런던이 살았던 100년 전 약육강식의 세상은 오늘날과 그리 다르지 않다. 단지 고도 자본주의라는 이름하에 좀더 세련된 모습만 보일 뿐 더 잔인하고 혹독해졌다. 그래서 그가 작품 속에 담았던 초기 자본주의의 야생은 시간이 지날수록 더 생생하게 다가온다.

자본주의 정글에서 강자가 되려던 남자. 그 치열한 삶의 순간순간을 피 흘리며 글로 써내려간 그의 작품들이 오늘의 우리에게 말하는 메시지는 여러 함의로 읽힐 수 있다. 그것이 쾌락이든 욕망이든 반성이든 성찰이든 한국의 독자들 역시 한 위대한 이야기꾼이 풀어내는 이야기에서 우리의 자화상을 만날 수 있으리라 생각한다. 그러한 바람으로 100년 전 잭 런던이 던졌던 불길한 예언이 점점 실현되어가는 우울한 현실을 감당해야 하는 우리 독자들에게 이 걸작선을 바친다.

책임기획

곽영미

버닝 데이라이트

1판 1쇄 찍음 2009년 3월 2일
1판 1쇄 펴냄 2009년 3월 6일

지은이 잭 런던
옮긴이 정주연

주간 김현숙
편집 변효현, 김주희
디자인 이현정, 전미혜
영업 백국현, 도진호
관리 김옥연

펴낸곳 궁리출판
펴낸이 이갑수

등록 1999. 3. 29. 제300-2004-162호
주소 110-043 서울시 종로구 통인동 31-4 우남빌딩 2층
전화 02-734-6591~3
팩스 02-734-6554
E-mail kungree@chol.com
홈페이지 www.kungree.com

ⓒ 궁리출판, 2009. Printed in Seoul, Korea.

ISBN 978-89-5820-152-6   03840
ISBN 978-89-5820-150-2   03840(세트)

값 12,800원